新世纪电工电子实践系列规划教材

电机实验技术教程

陈宗涛

东南大学出版社

·南 京·

图书在版编目(CIP)数据

电机实验技术教程/陈宗涛. —南京：东南大学出版
社，2008.12
ISBN 978-7-5641-1508-1

Ⅰ.电… Ⅱ.陈… Ⅲ.电机—实验—高等学校—教材
Ⅳ.TM306

中国版本图书馆 CIP 数据核字(2008)第 196342 号

电机实验技术教程

出版发行	东南大学出版社
出 版 人	江 汉
网 址	http://press.seu.edu.cn
电子邮箱	press@seu.edu.cn
社 址	南京市四牌楼 2 号
邮 编	210096
经 销	全国新华书店
排 版	南京理工大学印刷厂
印 刷	江苏省地质测绘院印刷厂
开 本	787mm×1092mm 1/16
印 张	19
字 数	471 千
版 次	2008 年 12 月第 1 版
印 次	2008 年 12 月第 1 次印刷
书 号	ISBN 978-7-5641-1508-1/TM·15
印 数	1—3500 册
定 价	40.00 元

本社图书若有印装质量问题，请直接与读者服务部联系。电话(传真)：025-83792328

前　言

　　本书是《电机学》、《电机与拖动》、《控制电机》三门课程的实验配套教材,也是电机理论课程的重要组成部分。本书突出理论指导实验,实验验证理论的教学方法。在实验中充分运用所学到的电机理论知识来分析研究实验中的各种现象、各种问题,得出必要的结论,达到培养学生具备分析问题和解决问题的初步能力。

　　电机实验技术是学习研究电机理论的重要实践环节。其目的在于通过实验来验证和研究电机理论,使学生掌握电机实验的基本方法和基本技能,培养学生严谨认真和实事求是的科学作风。

　　本书由四个部分组成。第1章"电机实验的基本要求和基本参数的测试方法"是学生电机课程实验前应掌握和必备的基本要求、基本知识和基本技能。第2章"电机与拖动"是基本验证性实验,可根据专业需要和设备条件选做。第3章"控制微电机实验"可根据专业设置和学科方向选做。第4章"电机性能专题研究实验"可供专业特殊需要,如电机制造专业等选做。有条件的院校也可选做。每个实验基本为2学时,有些实验内容较多,超过3学时,可根据各专业教学计划选做部分内容。

　　本书在编写上每个实验都有操作要点。学生实验前,对本实验的操作和测试过程有一个清晰的条理和思路,以减少实验和设备故障的发生。电机实验所述的试验方法与工厂、科研单位所用的方法基本一致。特别是实验报告部分,数据的处理、计算与分析,现象分析,曲线的绘制与分析,验证结论及思考问题都与工厂、科研单位的工程测试报告基本一致。

　　为规范学生实验测试原始数据的记录整理和处理分析,本书还配有"电机实验技术测试原始数据记录册",以达到学生严谨的科学作风和工程测试的基本训练,为走上工作岗位打下基础。

　　本书可供高校本、专科电机、电气工程、工业电气自动化、发电及其他电类专业作电机实验教学用书,亦可供从事电机试验工作的工程技术人员和工人参考使用。

　　本书由常州工学院陈宗涛编写、审校和统稿。陆浩、谢斐为本书录入做了一定的工作,在此表示感谢。

　　由于编者水平有限,加之时间仓促,书中缺点错误在所难免,恳请读者批评指正。

编　者

2008 年 8 月

目 录

1 电机实验的基本要求和基本参数的测试方法 ………………………………………（ 1 ）

　1.1　DDSZ 型电机实验装置交流电源及直流电源操作说明 ………………………（ 1 ）

　　1.1.1　实验装置及三相交流电源开启与关闭的操作 …………………………（ 1 ）

　　1.1.2　直流电机开启与关闭电源的操作 …………………………………………（ 1 ）

　1.2　实验装置和挂件箱的使用 ………………………………………………………（ 2 ）

　　1.2.1　无源挂件的使用 …………………………………………………………（ 2 ）

　　1.2.2　有源挂件箱 ………………………………………………………………（ 4 ）

　　1.2.3　交直流电机的使用 ………………………………………………………（ 7 ）

　　1.2.4　导轨、测速发电机及转速表的使用 ……………………………………（ 8 ）

　　1.2.5　测力矩支架、测力矩圆盘及弹簧秤的使用 ……………………………（ 8 ）

　1.3　实验的基本要求 …………………………………………………………………（ 9 ）

　　1.3.1　实验前的准备 ……………………………………………………………（ 9 ）

　　1.3.2　实验的进行 ………………………………………………………………（ 9 ）

　　1.3.3　实验报告 …………………………………………………………………（ 10 ）

　1.4　实验安全操作规程 ………………………………………………………………（ 10 ）

　1.5　电机基本参数测试常用仪表的原理构造和使用方法 …………………………（ 10 ）

　　1.5.1　指针式万用表 ……………………………………………………………（ 10 ）

　　1.5.2　数字万用表 ………………………………………………………………（ 13 ）

　　1.5.3　钳形表 ……………………………………………………………………（ 16 ）

　　1.5.4　兆欧表 ……………………………………………………………………（ 17 ）

　　1.5.5　单臂电桥 …………………………………………………………………（ 18 ）

　　1.5.6　直流双臂电桥 ……………………………………………………………（ 20 ）

　1.6　电机基本参数的测试方法 ………………………………………………………（ 22 ）

　　1.6.1　直流电机的基本参数测试 ………………………………………………（ 22 ）

　　1.6.2　变压器的基本参数测试 …………………………………………………（ 24 ）

　　1.6.3　交流电机的基本参数测试 ………………………………………………（ 25 ）

　　1.6.4　功率的测量 ………………………………………………………………（ 30 ）

　　1.6.5　校正过的直流电机 ………………………………………………………（ 32 ）

　　1.6.6　测速发电机测量转速 ……………………………………………………（ 33 ）

　　1.6.7　温度的测量 ………………………………………………………………（ 33 ）

2 电机与拖动实验 …………………………………………………………………（ 35 ）

　2.1　他励电动机实验 …………………………………………………………………（ 35 ）

2.1.1　实验目的 …………………………………………………………………（35）

2.1.2　实验内容 …………………………………………………………………（35）

2.1.3　实验器件 …………………………………………………………………（35）

2.1.4　操作要点 …………………………………………………………………（35）

2.1.5　实验步骤与原理图 …………………………………………………………（36）

2.1.6　实验报告 …………………………………………………………………（37）

2.2　直流发电机 …………………………………………………………………（39）

2.2.1　实验目的 …………………………………………………………………（39）

2.2.2　实验内容 …………………………………………………………………（39）

2.2.3　实验器件 …………………………………………………………………（39）

2.2.4　实验操作要点 ………………………………………………………………（40）

2.2.5　实验步骤与原理图 …………………………………………………………（40）

2.2.6　实验报告 …………………………………………………………………（42）

2.3　直流并励电动机 ……………………………………………………………（44）

2.3.1　实验目的 …………………………………………………………………（44）

2.3.2　实验内容 …………………………………………………………………（44）

2.3.3　实验器件 …………………………………………………………………（44）

2.3.4　操作要点 …………………………………………………………………（44）

2.3.5　实验步骤与原理图 …………………………………………………………（44）

2.3.6　实验报告 …………………………………………………………………（45）

2.4　直流串励电动机 ……………………………………………………………（47）

2.4.1　实验目的 …………………………………………………………………（47）

2.4.2　实验内容 …………………………………………………………………（47）

2.4.3　实验器件 …………………………………………………………………（48）

2.4.4　操作要点 …………………………………………………………………（48）

2.4.5　实验步骤与原理图 …………………………………………………………（48）

2.4.6　实验报告 …………………………………………………………………（49）

2.5　单相变压器 …………………………………………………………………（50）

2.5.1　实验目的 …………………………………………………………………（50）

2.5.2　实验内容 …………………………………………………………………（50）

2.5.3　实验器件 …………………………………………………………………（51）

2.5.4　操作要点 …………………………………………………………………（51）

2.5.5　实验步骤与原理图 …………………………………………………………（51）

2.5.6　实验报告 …………………………………………………………………（52）

2.6　三相变压器 …………………………………………………………………（56）

2.6.1　实验目的 …………………………………………………………………（56）

2.6.2　实验内容 …………………………………………………………………（57）

2.6.3　实验器件 …………………………………………………………………（57）

2.6.4　操作要点 …………………………………………………………………（57）

　　2.6.5　实验步骤与原理图 ……………………………………………（57）

　　2.6.6　实验报告 …………………………………………………………（59）

2.7　三相变压器的联接组和不对称短路 ………………………………（63）

　　2.7.1　实验目的 …………………………………………………………（63）

　　2.7.2　实验内容 …………………………………………………………（64）

　　2.7.3　实验器件 …………………………………………………………（64）

　　2.7.4　操作要点 …………………………………………………………（64）

　　2.7.5　实验步骤与原理图 ………………………………………………（64）

　　2.7.6　实验报告 …………………………………………………………（69）

　　2.7.7　附录 ………………………………………………………………（74）

2.8　单相变压器的并联运行 ……………………………………………（74）

　　2.8.1　实验目的 …………………………………………………………（74）

　　2.8.2　实验内容 …………………………………………………………（74）

　　2.8.3　实验器件 …………………………………………………………（75）

　　2.8.4　操作要点 …………………………………………………………（75）

　　2.8.5　实验步骤与原理图 ………………………………………………（75）

　　2.8.6　实验报告 …………………………………………………………（76）

2.9　三相变压器的并联运行 ……………………………………………（77）

　　2.9.1　实验目的 …………………………………………………………（77）

　　2.9.2　实验内容 …………………………………………………………（77）

　　2.9.3　实验器件 …………………………………………………………（77）

　　2.9.4　操作要点 …………………………………………………………（77）

　　2.9.5　实验步骤与原理图 ………………………………………………（77）

　　2.9.6　实验报告 …………………………………………………………（78）

2.10　三相鼠笼异步电动机的工作特性 …………………………………（79）

　　2.10.1　实验目的 ………………………………………………………（79）

　　2.10.2　实验项目 ………………………………………………………（80）

　　2.10.3　实验器件 ………………………………………………………（80）

　　2.10.4　操作要点 ………………………………………………………（80）

　　2.10.5　实验步骤与原理图 ……………………………………………（80）

　　2.10.6　实验报告 ………………………………………………………（82）

2.11　三相异步电动机的启动与调速 ……………………………………（86）

　　2.11.1　实验目的 ………………………………………………………（86）

　　2.11.2　实验内容 ………………………………………………………（86）

　　2.11.3　实验器件 ………………………………………………………（87）

　　2.11.4　操作要点 ………………………………………………………（87）

　　2.11.5　实验步骤与原理图 ……………………………………………（87）

　　2.11.6　实验报告 ………………………………………………………（90）

2.12　单相电容启动异步电动机 …………………………………………（92）

2.12.1　实验目的 ··（ 92 ）

2.12.2　实验项目 ··（ 92 ）

2.12.3　实验器件 ··（ 92 ）

2.12.4　操作要点 ··（ 92 ）

2.12.5　实验步骤与原理图 ··（ 93 ）

2.12.6　实验报告 ··（ 93 ）

2.13　单相电容运转异步电动机 ··（ 96 ）

2.13.1　实验目的 ··（ 96 ）

2.13.2　实验项目 ··（ 96 ）

2.13.3　实验器件 ··（ 96 ）

2.13.4　操作要点 ··（ 96 ）

2.13.5　实验步骤与原理图 ··（ 97 ）

2.13.6　实验报告 ··（ 98 ）

2.14　单相电阻启动异步电动机 ··（100）

2.14.1　实验目的 ··（100）

2.14.2　实验项目 ··（100）

2.14.3　实验器件 ··（100）

2.14.4　操作要点 ··（101）

2.14.5　实验步骤与原理图 ··（101）

2.14.6　实验报告 ··（102）

2.15　双速异步电动机 ··（104）

2.15.1　实验目的 ··（104）

2.15.2　实验项目 ··（104）

2.15.3　实验器件 ··（104）

2.15.4　操作要点 ··（105）

2.15.5　实验步骤与原理图 ··（105）

2.15.6　实验报告 ··（106）

2.16　三相异步发电机 ··（107）

2.16.1　实验目的 ··（107）

2.16.2　实验内容 ··（107）

2.16.3　实验器件 ··（107）

2.16.4　操作要点 ··（108）

2.16.5　实验步骤与原理图 ··（108）

2.16.6　实验报告 ··（109）

2.17　三相同步发电机的运行特性 ····································（111）

2.17.1　实验目的 ··（111）

2.17.2　实验内容 ··（111）

2.17.3　实验器件 ··（112）

2.17.4　操作要点 ··（112）

2.17.5　实验步骤与原理图 ……………………………………………………… (112)

2.17.6　实验报告 ……………………………………………………………… (114)

2.18　三相同步发电机的并网运行 ……………………………………………… (117)

2.18.1　实验目的 ……………………………………………………………… (117)

2.18.2　实验内容 ……………………………………………………………… (117)

2.18.3　实验器件 ……………………………………………………………… (117)

2.18.4　操作要点 ……………………………………………………………… (117)

2.18.5　实验步骤与原理图 ……………………………………………………… (118)

2.18.6　实验报告 ……………………………………………………………… (120)

2.19　三相同步电动机 …………………………………………………………… (122)

2.19.1　实验目的 ……………………………………………………………… (122)

2.19.2　实验内容 ……………………………………………………………… (122)

2.19.3　实验器件 ……………………………………………………………… (123)

2.19.4　操作要点 ……………………………………………………………… (123)

2.19.5　实验步骤与原理图 ……………………………………………………… (123)

2.19.6　实验报告 ……………………………………………………………… (125)

2.20　三相同步发电机参数的测定 ……………………………………………… (127)

2.20.1　实验目的 ……………………………………………………………… (127)

2.20.2　实验项目 ……………………………………………………………… (127)

2.20.3　实验器件 ……………………………………………………………… (127)

2.20.4　操作要点 ……………………………………………………………… (128)

2.20.5　实验步骤与原理图 ……………………………………………………… (128)

2.20.6　实验报告 ……………………………………………………………… (130)

3　控制微电机实验 …………………………………………………………… (133)

3.1　永磁式直流测速发电机 …………………………………………………… (133)

3.1.1　实验目的 ………………………………………………………………… (133)

3.1.2　实验内容 ………………………………………………………………… (133)

3.1.3　实验器件 ………………………………………………………………… (133)

3.1.4　操作要点 ………………………………………………………………… (133)

3.1.5　实验步骤与原理图 ……………………………………………………… (133)

3.1.6　实验报告 ………………………………………………………………… (134)

3.2　直流伺服电动机 …………………………………………………………… (135)

3.2.1　实验目的 ………………………………………………………………… (135)

3.2.2　实验内容 ………………………………………………………………… (135)

3.2.3　实验器件 ………………………………………………………………… (135)

3.2.4　操作要点 ………………………………………………………………… (135)

3.2.5　实验步骤与原理图 ……………………………………………………… (135)

3.2.6　实验报告 ………………………………………………………………… (137)

3.3　控制式自整角机 ……………………………………………………… (140)

　　3.3.1　实验目的 ……………………………………………………… (140)

　　3.3.2　实验内容 ……………………………………………………… (140)

　　3.3.3　实验器件 ……………………………………………………… (140)

　　3.3.4　操作要点 ……………………………………………………… (140)

　　3.3.5　实验步骤与原理图 …………………………………………… (140)

　　3.3.6　实验报告 ……………………………………………………… (141)

3.4　力矩式自整角机 ……………………………………………………… (142)

　　3.4.1　实验目的 ……………………………………………………… (142)

　　3.4.2　实验内容 ……………………………………………………… (142)

　　3.4.3　实验器件 ……………………………………………………… (142)

　　3.4.4　操作要点 ……………………………………………………… (143)

　　3.4.5　实验步骤与原理图 …………………………………………… (143)

　　3.4.6　实验报告 ……………………………………………………… (145)

3.5　正、余弦旋转变压器 ………………………………………………… (146)

　　3.5.1　实验目的 ……………………………………………………… (146)

　　3.5.2　实验内容 ……………………………………………………… (146)

　　3.5.3　实验器件 ……………………………………………………… (147)

　　3.5.4　操作要点 ……………………………………………………… (147)

　　3.5.5　实验步骤与原理图 …………………………………………… (147)

　　3.5.6　实验报告 ……………………………………………………… (149)

3.6　交流伺服电动机 ……………………………………………………… (151)

　　3.6.1　实验目的 ……………………………………………………… (151)

　　3.6.2　实验内容 ……………………………………………………… (151)

　　3.6.3　实验器件 ……………………………………………………… (151)

　　3.6.4　操作要点 ……………………………………………………… (151)

　　3.6.5　实验步骤与原理图 …………………………………………… (151)

　　3.6.6　实验报告 ……………………………………………………… (153)

3.7　交流测速发电机实验 ………………………………………………… (155)

　　3.7.1　实验目的 ……………………………………………………… (155)

　　3.7.2　实验内容 ……………………………………………………… (155)

　　3.7.3　实验器件 ……………………………………………………… (155)

　　3.7.4　操作要点 ……………………………………………………… (155)

　　3.7.5　实验步骤与原理图 …………………………………………… (155)

　　3.7.6　实验报告 ……………………………………………………… (157)

3.8　旋转编码器实验 ……………………………………………………… (159)

　　3.8.1　实验目的 ……………………………………………………… (159)

　　3.8.2　实验项目 ……………………………………………………… (159)

　　3.8.3　实验器件 ……………………………………………………… (159)

3.8.4　操作要点 ……………………………………………………………… (159)

3.8.5　实验步骤与原理图 …………………………………………………… (160)

3.8.6　实验报告 ……………………………………………………………… (160)

3.9　三相永磁同步电机实验 …………………………………………………… (161)

3.9.1　实验目的 ……………………………………………………………… (161)

3.9.2　实验内容 ……………………………………………………………… (161)

3.9.3　实验器件 ……………………………………………………………… (161)

3.9.4　操作要点 ……………………………………………………………… (162)

3.9.5　实验步骤与原理图 …………………………………………………… (162)

3.9.6　实验报告 ……………………………………………………………… (163)

3.10　直流无刷电机实验 ………………………………………………………… (165)

3.10.1　实验目的 ……………………………………………………………… (165)

3.10.2　实验内容 ……………………………………………………………… (165)

3.10.3　实验器件 ……………………………………………………………… (166)

3.10.4　操作要点 ……………………………………………………………… (166)

3.10.5　实验步骤与原理图 …………………………………………………… (166)

3.10.6　实验报告 ……………………………………………………………… (167)

3.11　步进电动机 ………………………………………………………………… (170)

3.11.1　实验目的 ……………………………………………………………… (170)

3.11.2　实验项目 ……………………………………………………………… (170)

3.11.3　实验器件 ……………………………………………………………… (170)

3.11.4　操作要点 ……………………………………………………………… (170)

3.11.5　实验步骤与原理图 …………………………………………………… (170)

3.11.6　实验报告 ……………………………………………………………… (174)

3.12　直线电机实验 ……………………………………………………………… (177)

3.12.1　实验目的 ……………………………………………………………… (177)

3.12.2　实验内容 ……………………………………………………………… (177)

3.12.3　实验器件 ……………………………………………………………… (178)

3.12.4　操作要点 ……………………………………………………………… (178)

3.12.5　实验步骤与原理图 …………………………………………………… (178)

3.12.6　实验报告 ……………………………………………………………… (179)

3.13　开关磁阻电机 ……………………………………………………………… (181)

3.13.1　实验目的 ……………………………………………………………… (181)

3.13.2　实验内容 ……………………………………………………………… (181)

3.13.3　实验器件 ……………………………………………………………… (181)

3.13.4　操作要点 ……………………………………………………………… (181)

3.13.5　实验步骤与原理图 …………………………………………………… (181)

3.13.6　实验报告 ……………………………………………………………… (184)

4　电机性能专题研究实验 ·· (189)

4.1　直流他励电动机在各种运转状态下的机械特性 ······························ (189)

4.1.1　实验目的 ··· (189)

4.1.2　实验内容 ··· (189)

4.1.3　实验器件 ··· (189)

4.1.4　操作要点 ··· (189)

4.1.5　实验步骤与原理图 ·· (190)

4.1.6　实验报告 ··· (191)

4.2　并励电动机转动惯量测试 ·· (193)

4.2.1　实验目的 ··· (193)

4.2.2　实验内容 ··· (193)

4.2.3　实验器件 ··· (193)

4.2.4　操作要点 ··· (193)

4.2.5　实验步骤与原理图 ·· (194)

4.2.6　实验报告 ··· (194)

4.3　三相异步电动机在各种运行状态下的机械特性 ·································· (195)

4.3.1　实验目的 ··· (195)

4.3.2　实验内容 ··· (196)

4.3.3　实验器件 ··· (196)

4.3.4　操作要点 ··· (196)

4.3.5　实验步骤与原理图 ·· (196)

4.3.6　实验报告 ··· (198)

4.4　三相异步电动机的 M-S 曲线测试 ·· (201)

4.4.1　实验目的 ··· (201)

4.4.2　实验内容 ··· (201)

4.4.3　实验器件 ··· (202)

4.4.4　操作要点 ··· (202)

4.4.5　实验步骤与原理图 ·· (202)

4.5　三相鼠笼式异步电动机的不对称运行 ·· (207)

4.5.1　实验目的 ··· (207)

4.5.2　实验项目 ··· (207)

4.5.3　实验器件 ··· (207)

4.5.4　操作要点 ··· (207)

4.5.5　实验步骤与原理图 ·· (207)

4.5.6　实验报告 ··· (208)

4.6　三相异步电动机的温升试验 ··· (209)

4.6.1　实验目的 ··· (209)

4.6.2　实验内容 ··· (209)

4.6.3　实验器件 ··· (209)

　　4.6.4　操作要点 ·· (210)

　　4.6.5　实验步骤与原理图 ······································ (210)

　　4.6.6　实验报告 ·· (211)

4.7　三相鼠笼式异步电动机转子转动惯量测试 ············· (213)

　　4.7.1　实验目的 ·· (213)

　　4.7.2　实验内容 ·· (213)

　　4.7.3　实验器件 ·· (213)

　　4.7.4　操作要点 ·· (213)

　　4.7.5　实验步骤与原理图 ······································ (214)

　　4.7.6　实验报告 ·· (215)

4.8　三相同步发电机的突然短路实验 ·························· (216)

　　4.8.1　实验目的 ·· (216)

　　4.8.2　实验内容 ·· (217)

　　4.8.3　实验器件 ·· (217)

　　4.8.4　操作要点 ·· (217)

　　4.8.5　实验步骤与原理图 ······································ (217)

　　4.8.6　实验报告 ·· (218)

4.9　三相同步发电机不对称运行实验 ·························· (221)

　　4.9.1　实验目的 ·· (221)

　　4.9.2　实验内容 ·· (221)

　　4.9.3　实验器件 ·· (221)

　　4.9.4　操作要点 ·· (222)

　　4.9.5　实验步骤与原理图 ······································ (222)

　　4.9.6　实验报告 ·· (224)

4.10　三相三绕组变压器 ··· (225)

　　4.10.1　实验目的 ··· (225)

　　4.10.2　实验内容 ··· (225)

　　4.10.3　实验器件 ··· (225)

　　4.10.4　实验步骤与原理图 ····································· (226)

　　4.10.5　实验报告 ··· (226)

附录 ··· (230)

附录1　DDSZ型电机实验装置各类电机铭牌数据一览表 ········ (230)

附录2　电机实验技术测试原始数据记录册 ··················· (232)

参考文献 ··· (287)

1 电机实验的基本要求和基本参数的测试方法

1.1 DDSZ 型电机实验装置交流电源及直流电源操作说明

1.1.1 实验装置及三相交流电源开启与关闭的操作

（1）开启电源前,要检查控制屏下方直流电机电源部分的电枢电源开关（右下方）及励磁电源开关（左下方）都必须在关断的位置。控制屏左侧端面下方的调压器旋钮必须在零位,即必须将它向逆时针方向旋转到底。检查无误后用钥匙开启电源总开关,停止按钮指示灯亮,表示实验装置的进线接到电源,但还不能输出电压。此时在电源输出端进行实验电路接线操作是安全的。

（2）按下启动按钮,启动按钮指示灯亮,表示三相交流调压电源输出插孔 U、V、W 及 N 上已接电。实验电路所需的不同大小的交流电压,都可调节调压器旋钮用导线从三相四线制插孔中取得。输出线电压为 $0\sim450$ V（可调）并显示在控制屏上方的三只交流电压表上。把电压表下面左边的指示切换开关拨向左边三相电网电压时,它指示三相电网进线的线电压;把指示切换开关拨向右边三相调压电压时,它指示三相四线制插孔 U、V、W 和 N 的输出端的线电压。

（3）实验中如果需要改接线路,必须按下停止按钮以切断交流电源,保证实验操作安全。实验完毕,还需用钥匙关断电源总开关,并将控制屏左侧端面下方的调压器旋钮调回到零位。将"直流机电源"的"电枢电源"开关及"励磁电源"开关拨回到关断位置。

1.1.2 直流电机开启与关闭电源的操作

（1）直流电源是由交流电源变换而来,开启直流电机电源,必须先完成开启交流电源,即用钥匙开启电源总开关,并按下启动按钮的操作。然后把励磁电源开关拨向开的位置,可获得约为 220 V、0.5 A 不可调的直流电压输出。把电枢电源开关拨向开的位置,可得到 $40\sim230$ V、3 A 可调节的直流电压输出。励磁电源电压及电枢电源电压指示都由两开关中间的一只直流电压表指示。把电压表下方的指示切换开关拨向电枢电压时,指示电枢电源电压,拨向励磁电压时,指示励磁电源电压。本装置在电路上励磁电源与电枢电源,直流机电源与交流三相调压电源都是经过三相多绕组变压器隔离的,可独立使用。

（2）电枢电源电路是采用脉宽调制型开关式稳压电源,输入端接有滤波用的大电容,为了不使过大的充电电流损坏电源电路,采用了限流延时的保护电路。因此本电源在开机时,从电枢电源开关合闸到直流电压输出大约有 $3\sim4$ s 的延时,属正常现象。

（3）电枢电源设有过压和过流指示告警保护电路。当输出电压出现过电压时,会自动切断输出,并告警指示。此时需要恢复输出,必须先将电压调节旋钮逆时针旋转调低电压到正常值(约 240 V 以下),再按过压复位按钮,恢复电压输出。当负载电流过大(即负载电阻过小)超过 3 A 时,也会自动切断输出,并告警指示,此时只要调小负载电流(即调大负载电阻),即可恢复输出。当开机时出现过流告警时,说明在开机时负载电流太大,需要降低负载电流,可在电枢电源输出端增大负载电阻或暂时拔掉一根导线(空载)开机,待直流输出电压正常后再插回导线加正常负载(但不可短路)工作。若在空载时开机仍发生过流告警,这是气温或湿度明显变化,造成光电耦合器 TIL117 漏电使过流保护起控点改变所致,一般经过空载开机(即开启交流电源后,再开启"电枢电源"开关)预热几十分钟即可停止告警,恢复正常。所有这些操作到直流电压输出都需要 3~4 s 的延时。

　　(4) 做直流电动机实验时,一定要注意开机时须先开励磁电源(观察励磁回路电流表有指示值)后开电枢电源,关机时则要先关电枢电源再关励磁电源的顺序。同时要注意在电枢电路中串联启动电阻以实现电源过流保护。具体方法要在实验中按照实验项目操作步骤的要求去做。

1.2　实验装置和挂件箱的使用

1.2.1　无源挂件的使用

　　电机实验装置的无源挂件的有:DJ11、DJ12、D41、D42、D43、D44、D51、D53、D61、D62、D63 共 11 个,无外拖电源线,可直接挂钩在控制屏的两根不锈钢管上并沿钢管左右随意移动。

　　1) DJ11 组式变压器

　　由三只相同的双绕组单相变压器组成,每只单相变压器的高压绕组额定值为 220 V、0.35 A,低压绕组的额定值为 55 A、1.4 A。

　　三只变压器可单独做单向变压器实验。也可将其连成三相变压组进行实验,此时,三相高压绕组的首端分别用 A、B、C 标号,其对应末端用 X、Y、Z 标号,三相低压绕组的首端用小写的 a、b、c 标号,其对应末端用小写的 x、y、z 标号。

　　2) DJ12 三相芯式变压器

　　三相芯式变压器是一个三柱铁心结构的三相三绕组变压器。每个铁心柱即每相上安装有高压、中压、低压三个绕组,每个高压绕组的额定值为 127 V、0.4 A,每个中压绕组的额定值为 63.6 V、0.8 A,每个低压绕组的额定值为 31.8 V、1.6 A。三相高压绕组的首端分别用 A、B、C 标号,其对应末端用 X、Y、Z 标号;三相中压绕组的首端分别用 A_m、B_m、C_m 标号,其对应末端用 X_m、Y_m、Z_m 标号;三相低压绕组的首端分别用 a、b、c 标号,其对应末端用 x、y、z 标号。所有 18 个接线端在内部互不连接,可按实验要求进行各种连接。

　　3) D41 三相可调电阻器

　　由三只 90 Ω×2、1.3 A、150 W 可调瓷盘电阻组成。每只 90 Ω 电阻串接 1.5 A 保险丝,以作过载保护。其中上面一组电阻器设有两个 90 Ω 固定阻值的接线柱。实验时可作为电机负载及启动电阻使用,也可作他用。

4）D42 三相可调电阻

由三只 900 Ω×2、0.4 A、150 W 可调瓷盘电阻组成。每只 900 Ω 电阻串接 0.5 A 保险丝，以作过载保护。其中上面一组电阻器设两个 900 Ω 固定阻值的接线柱。实验时可作电机负载或励磁电阻使用，也可作他用。

5）D43 三相可调电抗器

由一个 127 V、0.5 A 的固定电抗器和一个 0～250 V 的自耦变压器组成。可有三种用法，现以一相为例：

（1）作固定电抗器使用，接线从线端 L_1、X 两端引出，允许电压 127 V，电流 0.5 A，电感量 0.8 H。

（2）作调压器使用，220 V 交流电压加到 A、X 端，0～250 V 可调电压从 a、x 端输出。

（3）作可调电抗器使用，须将 L_1 与 a 端相连，把 A、X 两端接入交流电源（127 V），在交流电压作用下随着调压器旋钮顺时针方向旋转（原、副绕组的匝数比减小），通过 A、X 的电流增大，等效于电抗减小即起到可调电抗的作用。

6）D44 可调电阻器、电容器

由 90 Ω×2、1.3 A、150 W 可调瓷盘式电阻器，900 Ω×2、0.4 A、150 W 瓷盘电阻器，35 μF（450 V）、4 μF（450 V）电力电容器各一只及两只单刀双掷开关组成。每只 90 Ω 和 900 Ω 电阻器都串接有保险丝保护，其中 90 Ω 电阻器组设有两个 90 Ω 固定阻值的接线柱。90 Ω×2 电阻器一般用于直流他励电动机与电枢串联的启动电阻；900 Ω×2 电阻器一般用于与励磁绕组串联的励磁电阻。

35 μF（450 V）电容器为单相电容启动异步电动机的启动电容器。4 μF（450 V）电容器为单相电容运转异步电动机的运行电容器。

7）D51 波形测试及开关板

该挂件由波形测试部分和一个三刀双掷开关组成。波形测试部分用于测试三相组式变压器及三相芯式变压器不同接法时的空载电流、主磁通、相电势、线电势及三角形（△形）连接的闭合回路中三次谐波电流的波形。面板上方"Y_1"和"⊥"两个接线柱接示波器的输入端，任意按下五个琴键开关中的一个时（不能同时按下两个或两个以上的琴键），示波器屏幕上将显示与该琴键开关上所标的指示符号相对应的波形。

注意：在测试电势与电流的波形时，示波器要用衰减 10 倍的探头，并选择合适的衰减挡位。S_1、S_2、S_3 三个开关，用作 Y/△ 换接的手动切换开关，或另作他用。

8）D53 整步表及开关

该挂件是由一个 Mz10 整步表及一个三刀双掷开关组成。

Mz10 整步表：做三相同步发电机并网运行实验时，用以检查是否达到并网条件（电压相等，频率相等，相序一致）。按实验指导书正确接线（A_0、B_0、C_0 接三相电网线电压 220 V，A、B、C 接发电机的三相输出端），启动电源控制屏，使同步发电机发出额定 220 V 电压。按下"接通"键，便接入整步表（不用时可按下"断开"键，切断整步表的输入信号）。此时如果同步发电机和电网电压相同，整步表 V 指针指向正下方；如果频率相同，Hz 指针指向正上方；如果相位相同，S 指针指向正左方。否则不符合并网条件。

三刀双掷开关：可用于同步机实验，也可作他用。其功能同 D51 的三刀双掷开关。

9) D61 继电接触控制(一)

该挂件由三只交流接触器、一只热继电器、一只时间继电器和三只按钮组成,可做电动机点动、Y-△启动、互锁、自锁等实验项目。各器件的线圈和触点均已引到面板的接线柱上,面板上符号一目了然。交流接触器型号为 CJ10-10,线圈电压为交流 220 V;热继电器型号为 JR16B-30/3D;时间继电器型号为 JS7-1A,线圈电压为交流 220 V,是通电延时型时间继电器。其中交流接触器和时间继电器线圈通电时绿色指示灯亮;热继电器保护动作时,红色指示灯亮,此时,必须按一下其复位开关才可恢复正常工作。

此挂件箱的面板采用摇臂结构,当需要观察接触器及时间继电器等实物结构、吸合动作情况(包括观察吸合时触头处的火花等)、热继电器动作后需要手动复位,需要调节时间继电器的延时时间时,可旋下面板右边的 M5 螺丝并小心地摇开面板即可。

10) D62 继电接触控制(二)

该挂件由中间继电器(JZ-7)、时间继电器(JZ7-4A)、变压器、桥式整流电路、行程开关 JW2A-11H/LTH 及电容器各一只组成。

中间继电器、时间继电器线圈电压为 220 V,线圈通电后,其工作指示灯亮;变压器为 220 V/26 V/6.3 V;电容器为 CBB61,1.2 μF,450 V。

时间继电器可通过面板上的"时间调节"小孔调节其延时时间,调节范围为 0.45～6 s,是断电延时型时间继电器。

11) D63 继电接触控制(三)

该挂件由两只三刀双掷开关(KN1-302)、三只熔断器(RL1-15)、三只法郎电阻、四只行程开关(JW2A-11H/LTH)及两只中间继电器(JZ-7)组成。

三刀双掷开关的使用同 D51;熔断器熔芯为 3 A;法郎电阻为 100 Ω/20 W,可用作能耗制动,也可做他用;行程开关可用于换向、限位、行程控制等实验;中间继电器线圈通电时,绿色指示灯亮。

1.2.2 有源挂件箱

有源挂件箱是 D31(或 D31-2)两件,D32、D33、D34(或 D34-2)、D35、D36、D52、D54、D55 各一件,共十件,它们都需要外接电源,因此都有一根三芯护套线和 220 V 三芯圆形电源插头(配控制屏挂箱凹槽处的 220 V 三芯插座外拖电源线)。对于 D31(或 D31-2)直流电压电流表,D32 交流电流表,D33 交流电压表,D34(或 D34-2)单、三相智能型数字功率、功率因数表,D35(或 D37-1)智能型三相交流电流表,D36(或 D38-1)智能型三相交流电压表,D55 转矩、转速、功率表七个挂件箱,还有一根四芯护套线和航空插头,插于控制屏挂箱凹槽处的四芯插座和导轨上测速发电机的四芯插座输出端。

1) D31 直流数字电压、电流表

(1) 将挂箱挂在钢管上,并移动到合适位置,插好电源线插头(D31-2 加信号线插头)。挂箱在钢管上不能随便移动,否则会损坏电源线及插头等。开启面板右下方的电源开关,指示灯亮。

(2) 电压表的使用:通过导线将"+"、"-"两极并接到被测对象的两端,在四挡琴键开关进行操作,完成对电压表的接入和量程的选择。电压表的"+"、"-"两极要与被测量的正负端对应,否则电压表表头的第一个数码管将会出现"-",表示极性接反。

关	2 V	20 V	200 V	1 000 V

在使用过程中要特别注意应预先估算被测量的范围,以此来正确选择适当的量程,否则易损坏仪表。

(3) 毫安表的使用:用导线将"＋"、"－"两极串接到被测电路中,在四挡琴键开关进行操作,完成对毫安表的接入和量程的选择。如果极性接反,毫安表表头的第一个数码管将会出现"－"。

关	2 mA	20 mA	200 mA

(4) 电流表(5 A量程)的使用:用导线将"＋"、"－"两极串接到被测电路中,按下开关按钮,数码显示被测电流之值。如果极性接反,电流表表头的第一个数码管将会出现"－"。

2) D31-2 直流数字电压、电流表

挂好此箱,接插好电源和信号线插座。由单片机主控测量电路构成的全数显和全测程自动换挡电流表,具有测量范围宽、测量精度高和工作稳定可靠等特点。由直流数字电压表(0～300 V)、直流数字毫安表(0～500 mA)、直流数字电流表(0～5 A)三只表组成,测试过程皆自动换挡,不必担心由于疏忽而造成误操作。实验中均可存储数据(记录15组),可随时查阅。测量接线时,电流表要与被测电路串联,电压表要与被测电路并联。

3) D32 交流电流表

(1) 将挂件箱挂在钢管上,接插好电源和信号线插座。挂件箱上共有三个完全不同的多量程的指针式交流电流表,各表都设置四个量程(0.25 A、1 A、2.5 A及5 A),并通过琴键开关进行切换。

(2) 实验接线要与被测电路串联,量程换挡不需要指示测量值时,将"测量/短接"键处于"短接"状态;需要指示测量值时,将"测量/短接"键处于"测量"状态。

(3) 当测量电流小于0.25 A时,选择"0.25 A"、"＊"这两个输入口;当测量电流大于0.25 A小于1 A时选择"1 A"、"＊"这两个输入口;当测量电流大于1 A小于2.5 A时选择"2.5 A"、"＊"这两个输入口;当测量电流大于2.5 A小于5 A时选择"5 A"、"＊"这两个输入口。使用前要估算被测量的大小,以此选择适当的量程并按下该量程按键,相应的绿色指示灯亮。指针指示被测量值。

(4) 若被测量值超过该仪表某量程的量限时,则告警指示灯亮,蜂鸣器发出告警信号,并使控制屏内接触器跳开。此时将该超量程仪表的"复位"按钮按一下,蜂鸣器停止发出声音。重新选择量程或将测量值减小到原量程测量范围内,再启动控制屏,即可继续实验。

4) D33 交流电压表

(1) 挂好此箱,接插好电源和转速表面板。箱上共有三个完全相同的多量程的指针式交流电压表,各表都设置五个量程(30 V、75 V、150 V、300 V和450 V),并通过琴键开关进行切换。

(2) 电压表测量接线要与被测电路并联,使用前要估算被测量值的大小以此来选择量程按键,指针指示被测量值,相应的绿色指示灯亮。

(3) 若被测量值超过仪表某量程的量限,则告警指示灯亮,蜂鸣器发出告警信号,并使控制屏内接触器跳开。此时将该超量程仪表的"复位"按钮按一下,蜂鸣器停止发出声音。重新选择量程或将测量值减小到原量程测量范围内,再启动控制屏,即可继续实验。

5) D34(或 D34-2)单、三相智能数字功率、功率因数表

挂好此箱,接插好电源和信号线插座。本产品主要由微电脑、高精度 A/D 转换芯片和全数字显示电路构成。为了提高电压、电流的测量范围和测量精度,在硬、软件结构上,均分为八挡测试区域,测试过程中皆自动换挡,不必担心由于疏忽换错挡而损坏仪器。主要功能如下:①单相功率及三相功率 P_1、P_2、P_3(总功率)的测量,输入电压、电流量程分别为 450 V、5 A。②功率因数 $\cos \varphi$ 测量,同时显示负载性质(感性或容性)以及被测电压、电流的相位关系。③频率与周期测量,测量范围分别为 1.00～99.00 Hz 和 1.00～99.00 ms。④对测量过程中数据进行储存,可记录 15 组测试数据[包括单相功率、三相功率(P_1、P_2、P_3)、功率因数 $\cos \varphi$ 等],可随时查阅。测量接线与一般功率表相同,即电流线圈与被测电路串联,电压线圈与被测电路并联。(D34-2 需按"功能"键选择好测试项目,再按"确认"键)

6) D35(或 D37-1)智能型三相交流电流表

挂好此箱,接插好电源和信号线插座。由单片机主控测量电路构成的全数显和全测程自动换挡电流表。在测试中能同时显示三相电流,具有测量范围宽、测量精度高和工作稳定可靠等特点。电流量程均为 5 A,分为八挡测试区域,测试过程皆自动换挡,不必担心由于疏忽而造成误操作。作为单相或三相表使用时,均可存储数据(记录 15 组),可随时查阅。测量接线时,电流表要与被测电路串联。(D37-1 需按"功能"键选择好测试项目,再按"确认"键)

7) D36(或 D38-1)智能型三相交流电压表

挂好此箱,接插好电源和信号线插座。由单片机主控测量电路构成的全数显和全测程自动换挡电压表。在测试中能同时显示三相电压,具有测量范围宽、测量精度高和工作稳定可靠等特点。电压量程均为 450 V,分为八挡测试区域,测试过程皆自动换挡,不必担心由于疏忽而造成误操作。作为单相或三相表使用时,均可存储数据(记录 15 组),可随时查阅。测量接线时,电压表要与被测电路并联。(D38-1 需按"功能"键选择好测试项目,再按"确认"键)

8) D52 旋转灯、并网开关及同步机励磁电源

本挂件箱由三相组灯(黄、绿、红各两只),一组并网开关和一组同步机直流励磁电源组成,是有源挂件,使用时先插好挂件电源线。

(1) 三相组灯:作同步发电机并网运行实验时,按实验指导书接线图正确接线(A_0、B_0、C_0 接电网的 220 V 线电压,A、B、C 接发电机的三相输出端),启动控制屏交流电源,使同步发电机发出三相额定线电压 220 V,此时若三相组灯一次明灭形成旋转灯光则表示发电机与电网相序相同,若三相组灯同时闪亮又同时熄灭则表示发电机与电网相序不符。

(2) 并网开关:启动电源控制屏,此时红色按钮灯亮,表示三相触头 KM 断开,在满足三相同步发电机并网条件下,按下绿色按钮,交流接触器动作,触头 KM 闭合,绿灯亮,红灯

灭,完成发电机与电网并网运行。此开关也可另作他用。

(3) 同步机励磁电源:启动交流控制屏后绿色指示灯亮,表示电源输出正常,电源输出电压在空载时为 8~40 V 可调,输出电流 2.5 A。此电源具有过流保护功能。

9) D54 步进电机智能控制箱

见步进电动机实验部分。

10) D55 转矩、转速、功率表

挂好此箱,接插好电源和信号线插座。本产品主要由微电脑、高精度 A/D 转换芯片和全数字显示电路构成。

(1) 将四芯电缆线两插头一头插测速发电机电压信号输出端(四芯插座),另一头插 D55 转矩、转速、功率表"转速 n 输入"四芯插座(注意槽口位置)。合上船形按钮开关,此时转速表有"1"、"2"、"3"、"4"四个数循环显示,当显示到"2"时,按下"功能"键,转速表显示"100?"(发电机励磁电流应为 100 mA),再按下"位/+"键,显示电机稳态转速(导轨上的转速表指针需正向偏转)。

(2) 断开 D55 船形按钮开关,将发电机负载回路开关 S 打开,把话筒插头插入 D55"电枢电流 IF 输入"插孔,话筒插头引出的两导线的插头串入发电机负载回路,合上负载回路开关 S,重复上面操作,观察转矩表的示数,如显示 0.182 常数,说明发电机负载回路不通,此时断开负载回路开关 S,将话筒插头引出的两导线的插头位置对调即可。再合上负载回路开关 S,D55 转矩、转速、功率表显示电机运行状态下此时的转矩 T、转速 n、输出功率 P。

1.2.3　交直流电机的使用

1) 直流电机

DJ13 直流复励发电机、DJ14 直流串励电动机、DJ15 直流并励电动机。各电机的电枢绕组和励磁绕组的端子都已接到接线板上,接线时红色接线柱接电源的正端,黑色接线柱接负端,直流电动机即可正转。直流发电机发出一红色接线柱为正端,黑色接线柱为负端的直流电压。

2) 三相电机

DJ16 三相鼠笼式异步电动机、DJ17 三相绕线式异步电动机、DJ18 三相同步电机、DJ22 三相双速异步电动机。各电机的三相绕组均已引到接线板上。接线时把电机绕组接线端与控制屏交流电源输出端的相同颜色对应连接起来(黄、绿、红),电机即可正转。三相鼠笼式异步电动机是三角形接法(额定电压 220 V),三相绕线式异步电动机和三相同步电动机是星形接法(额定电压 220 V)。其中 DJ17 右边的四个接线柱中红色接线柱表示三个转子的一端,黑色接线柱表示三个转子的公共端,转子绕组既可串接电阻,也可直接短路。DJ18 右边的红、黑接线柱表示励磁绕组的两端,实验时,在励磁绕组上加上适当的直流电压,即可把电机拉入同步。DJ22 三相双速异步电动机的 1、2、3 三个端子接 220 V 电压,4、5、6 三个端子空着时,为四极电机,额定转速为 1 400 r/min;4、5、6 三个端子接 220 V 电压,并把 1、2、3 端子短接时,电机为二极电机,额定转速为 2 200 r/min。

3) 单相电动机

D19 单相电容启动异步电动机、DJ20 单相电容运转异步电动机、DJ21 单相电阻启动异步电动机。各电机的绕组均已引到接线板上,实验时,只要从控制屏三相交流输出处取 220 V

电压即可。其中 D19 要用 D44 挂件中的 35 μF 启动电容；DJ20 要用 D44 中的 4 μF 运转电容；DJ21 单相电阻启动异步电动机的启动电阻已经安装在电机内部，只需按实验指导书接线即可。

4）DJ23 校正过的直流电机

作测功机时，它是发电机发出相应的直流电压，根据某一特定励磁电流下发电机的电枢电流，查出转矩曲线上对应的转矩 T，即可算出功率（$P = 0.104\,5 \times T \times n$）。同时，DJ23 也可作为直流电动机使用，如带动同步发电机、做机械特性实验等。接线时励磁绕组和电枢绕组的红色接线柱接电源正端，黑色接线柱接电源负端。

5）DJ24 三相鼠笼式电动机

接法同 DJ16，三角形接法时工作电压为 220 V，星形接法时工作电压为 380 V。用来做继电接触控制实验和工厂电气控制实验。

以上电机（除 DJ24）都必须与导轨配套使用，安装方法见"导轨、测速发电机及转速表的使用"。

1.2.4　导轨、测速发电机及转速表的使用

出厂时，这三个部件已由厂方安装调试完毕，可以直接使用。

（1）使用时，转速表一端应在桌面电源控制屏一侧，并以实验内容的不同适当改变位置。安装电机时，首先要把电机底座有燕尾槽一侧与导轨对应一侧靠紧，并把电机装有联轴器的一端通过橡皮垫圈与测速发电机转轴的联轴器相联（不宜太紧），然后用偏心螺丝（直面贴紧导轨）把电机与导轨固定。电机与电机联接也是按照此方法进行。

（2）转速表面板上装有"正向"与"反向"，"1800"与"3600"两个转换开关。测速时，以测速发电机轴顺时针方向旋转为正向，反之为反向。面板上正反向的指示应与电机转向一致，否则，指针反偏。当电机转速低于 1 800 r/min 时，转速切换开关应选择"1800"挡；高于 1 800 r/min 时，则选择"3600"挡。

（3）转速表面板右面有一个四芯插座是测速发电机电压信号输出端，在实验中用于输出测速发电机电压信号。

1.2.5　测力矩支架、测力矩圆盘及弹簧秤的使用

用于测速电机启动力矩的实验装置。

实验时，将测力矩支架固定在导轨适当的位置（用内六角螺丝固定，固定时，四颗螺丝要均匀受力）。测力矩圆盘用内六角螺丝固定在电机装有联轴器的一端，并将尼龙绳一端穿过圆盘边缘上的一个小孔（尼龙绳一端要打结，且不能穿过圆孔，另一端打结挂在弹簧秤的挂钩上）。弹簧秤挂在支架上适当的沟槽内。

圆盘的直径为 110 mm，沟槽底形成的圆直径 D 为 100 mm，弹簧秤测量单位 F 为"牛顿"（N），通过公式 $T = F \times \dfrac{D}{2}$，即可求出力矩，单位为"牛顿×米"（N·m）。

注意：圆盘上的小槽应与弹簧秤在一条直线上；测试时，电机一定要固定紧。

1.3 实验的基本要求

电机实验课的目的在于培养学生掌握基本的实验方法与操作技能。培养学生能根据实验目的、实验内容及实验设备来拟定实验线路,选择所需仪表,确定实验步骤,测取所需数据,进行分析研究,得出必要结论,作出完整的实验报告。学生在整个实验过程中,必须集中精力,认真做好实验。现按实验过程对学生提出下列基本要求。

1.3.1 实验前的准备

实验前应复习教科书有关章节,理解理论知识和要点。认真研读实验指导书,了解实验目的、内容、方法与步骤,明确实验过程中应注意的问题(有些内容可到实验室对照实验预习,如熟悉组件的编号、使用及其规定值等),并按照实验项目准备记录抄表等。

实验前应认真做好预习报告,回答课前思考题上所提出的问题。经指导教师检查认为确实做好了实验前的准备后方可开始做实验。这对于培养学生独立工作的能力,提高实验质量和保护实验设备都是很重要的。

1.3.2 实验的进行

1)建立小组,合理分工

在本门课程的整个实验中,,尽可能固定人员固定实验装置。因为同一型号的电机不可能参数完全相同,存在一定的差别。在后面的实验中,可能要用到前面实验的测试参数值。因此实验都以固定小组为单位进行,每组由 2~3 人组成。实验前小组成员要对工作任务进行明确的分工,以保证实验中的接线、调节负载、电压或电流、记录数据等操作相互协调,记录数据准确可靠。

2)选择组件和仪表

实验前先熟悉该次实验所用的组件,记录电机铭牌和选择仪表量程,然后依次排列组件和仪表便于测取数据。

3)按图接线

根据实验线路图及所选组件、仪表按图接线,线路力求简单明了,一般接线原则是先接串联主回路,再接并联支路。为了查找线路方便,每路可用相同颜色的导线。

4)启动电机,观察仪表

在正式实验开始之前,先熟悉仪表刻度,并记下倍率,然后按一定的操作顺序规范启动电机,观察所有仪表是否正常(如指针正、反向是否超满量程等)。如果出现异常,应立即切断电源,并排除故障;如果一切正常,即可正式开始实验。

5)测取数据

实验前对电机的测试方法及所测数据的大小做到心中有数。正式实验时,根据实验步骤逐次测取数据。实验数据应记录在实验测试原始记录纸上。

6)认真负责,实验有始有终

实验完毕,须将填好试验测试数据的实验测试原始记录纸交指导教师审阅。经指导教师认可后,才允许拆线并把实验所用的组件、导线及仪器等物品整理好。

1.3.3 实验报告

实验报告是根据实测数据及在实验中观察和发现的问题,经过自己分析研究或分析讨论后写出的心得体会。

实验报告要简明扼要、字迹清楚、图表整洁、结论明确。

实验报告包括以下内容:

(1) 实验名称、专业、班级、学号、姓名、实验日期、室温(℃)。

(2) 列出实验中所用组件的名称及编号,电机铭牌数据(P_N、U_N、I_N、n_N)等。

(3) 列出实验项目并绘出实验时所用的线路图,并注明仪表量程、电阻器阻值、电源端编号等。

(4) 将实验测试原始记录纸的数据进行分析整理填入实验报告数据栏中并按实验要求进行计算。

(5) 按记录及计算的数据用坐标纸画出曲线,图纸尺寸不小于 8 cm×8 cm。曲线要用曲线尺或曲线板连成光滑曲线,不在曲线上的点仍按实际数据标出。

(6) 根据数据和曲线进行计算和分析,说明实验结果与理论是否符合,可对某些问题提出一些自己的见解并最后写出结论、回答课后思考题所提出的问题。

(7) 每次实验每人独立完成一份报告,按时送交指导教师批阅。

1.4 实验安全操作规程

为了安全顺利地完成电机实验,确保实验时人身安全与设备安全,要严格遵守以下安全操作规程:

(1) 实验时,人体不可接触带电线路。

(2) 接线或拆线都必须在切断电源的情况下进行。

(3) 学生独立完成接线或改接线路后必须经指导教师检查和许可,并使组内其他同学引起注意后方可接通电源。实验中如发生事故,应立即切断电源,经查清问题和妥善处理故障后才能继续进行实验。

(4) 电机如直接启动则应先检查功率表及电流表的电流量程是否符合要求,有否短路回路存在,以免损坏仪表或电源。

(5) 总电源或实验台控制屏上的电源接通应由实验指导人员控制,其他人只能由指导人员允许后方可操作,不得自行合闸。

1.5 电机基本参数测试常用仪表的原理构造和使用方法

1.5.1 指针式万用表

1) 万用表的组成和测试功能

如图 1-1 所示,指针式万用表由表头、测量电路元器件及转换开关组成。它的外形有便携式、袖珍式两种。标度盘、调零扭、测试插孔等装在面板上,各种万用表的功能略有不同,但是最基本的功能有四种:一是测试直流电流;二是测试直流电压;三是测试交流电压;四是测试交流直流电阻。有的万用表可以测量音频电平、交流电流、电容、电感及晶体管的特殊值等,由于这些功能的不同,万用表的外形布局也有差异。

为了用万用表测量多种电量,并且有多个量程,就需通过测量电路把被测的量变换成磁电式表头所能接受的直流电流。万用表的功能越多,其测量电路越复杂。在测试电流、电压等的测量电路中有许多电阻器,在测试交流电压的测量电路中还包含有整流器件,在测试直流电阻的测量电路中还应有干电池作电源。

表头:它是一只高灵敏度的磁电式直流电流表,万用表的主要性能指标基本上取决于表头的性能。表头的灵敏度是指表头指针满刻度偏转时流过表头的直流电流值,这个值越小,表头的灵敏度就越高。测电压时的内阻越大,其性能就越好。指针式万用表刻度盘的指示:A—V—Ω 表示这只电表是可以测量电流、电压和电阻的多用表。表盘上印有多条刻度线,其中右端标有"Ω"的是电阻刻度线,其右端为零,左端为∞,刻度值分布是不均匀的。符号"—"或"DC"表示直流,"~"或"AC"表示交流,"⌴"表示交流和直流共用的刻度线,"dB"表示音频电平。刻度线下的几行数字是与选择开关的不同挡位相对应的刻度值。

指针式万用表的转换开关是用来选择不同被测量和不同量程的切换器件。它是一个多挡位的旋转开关,用来选择测量项目和量程(如图 1-1 所示)。一般的万用表测量项目包括:"mA":直流电流;"V":直流电压;"V~":交流电压;"A~":交流电流;"Ω":电阻。每个测量项目又划分为几个不同的量程以供选择。它包含有若干固定接触点和活动接触点,当固定触点和活动点闭合时就可以接通电路。其中固定触点一般被称之为"掷",活动点一般被称之为"刀"。转换开关时,各刀与不同的掷闭合,构成不同的测量电路。另外,各种转换开关的刀和掷随其结构不同数量也各有不同。万用表常用的转换开关有四刀三掷、单刀九掷、双刀十一掷的等。

图 1-1 指针式万用表

表头上还设有机械零位调整旋钮,用以校正指针在左端指零位。

2) 万用表的基本使用方法

万用表的种类和结构是多种多样的,使用时,只有掌握正确的方法,才能确保测试结果的准确性,才能保证人身与设备的安全。

(1) 插孔和转换开关的使用

首先要根据测试目的选择插孔或转换开关的位置,由于使用时测量电压、电流和电阻等交替进行,一定不要忘记换挡。切不可用测量电流或测量电阻的挡位去测量电压。如果用直流电流或电阻去测量 220 V 的交流电压,万用表就会立刻烧坏。

(2) 测试表笔的使用

万用表有红表笔和黑表笔,别看它只有两根,使用中能不能运用自如,也是大有学问的,如果位置接反、接错,将会带来测试错误或烧坏表头的可能性。一般红表笔为"+",黑表笔为"—"。

表笔插入万用表插孔时一定要严格按颜色和正负插入。测直流电压或直流电流时,一定要注意正负极性。测电流时,表笔与电路串联,测电压时,表笔与电路并联,不能搞错。

（3）如何正确读数

万用表使用前应检查指针是否在零位上,如不指零位,可调正表盖上的机械调节器,调至零位。

万用表有多条标尺,一定要认清对应的读数标尺,不能图省事而把交流和直流标尺任意混用,更不能看错。

万用表同一测量项目有多个量程,例如直流电压量程有 1 V、10 V、15 V、25 V、100 V、500 V 等,量程选择应使指针在满刻度的 2/3 附近。测电阻时,应将指针指向该挡中心电阻值附近,这样才能使测量更准确。

3）常用器件的测量

（1）电阻的测量

用万用表测量电阻时,首先应该将表笔短接,拧动调零电位器调零,使指针在欧姆零位上。而且每次换挡之后也需重新调整调零电位器调零。在选择欧姆挡位时,尽量选择被测阻值在接近表盘中心阻值读数的位置,以提高测试结果的精确度;如果被测电阻在电路板上,则应焊开其中一脚方可测试,否则被测电阻有其他分流器件,读数不准确。测量电阻时,不要将两手手指分别接触表笔与电阻的引脚,以防人体电阻的分流,增加误差。

（2）对地测量电阻值

所谓对地测量电阻值,即是用万用表红表笔接地,黑表笔接被测量的元件的其中一个点,测量该点在电路对地电阻值,与正常的电阻值进行比较来断定故障的范围。在测量时,电阻挡位设置在 R×1 k 挡,当测得的点的电阻值与正常值相差较大,说明该部分电路存在故障,如滤波电容漏电、电阻开路或集成 IC 损坏等。

（3）晶体管的测量

把万用表的量程转换到欧姆挡 R×100 或 R×1 k 挡来测量二极管。不能用 R×10,R×10 k 挡。前者是一个电阻太小,一个电阻太大,通过二极管的电流太大,易损坏二极管;后者则因为内部电压较高,容易击穿耐压较低的二极管。如果测出的电阻只有几百欧到几千欧(正向电阻),则应把红、黑表笔对换一下再测,如果这时测出的电阻值为几百千欧(反向电阻),说明这只二极管可以使用。当测量正向电阻值时,红表笔所测的那一头是二极管的负极,而黑表笔所测的一头是该二极管的正极(二极管的单向导电特性)。

通过测量正反向电阻值,可以检查二极管的好坏,一般要求反向电阻比正向电阻大几百倍。也就是说,正向电阻越小越好,反向电阻则是越大越好。

（4）交直流电压的测量

我们可以用万用的直流电压挡和交流电压挡分别测量直流和交流电的电压值,此时把万用表与被测电路以并联的形式连接上。要选择表头指针接近满刻度偏转 2/3 的量程。如果电路上的电压大小估计不出来,就要先用大的量程,精确测量后再用合适的量程,这样可以防止电压过高而损坏万用表。在测量直流电压时,要把万用表的红表笔触在被测的电路正极,而把黑表笔触到电路的负极上,千万不能搞反。在测量比较高的电压时应该特别注意两手分别握住红、黑表笔的绝缘部分去测量,或先将一支表笔固定在一端,而后触及被测试点。

（5）充电变压器的测量

可以在变压器不通电情况下用万用表的欧姆挡初步估计其好与坏。先将万用表选择在

R×10 挡,测量一下变压器初级线圈的直流电阻值,一般在几百欧到几千欧。如果测量出的数值是无穷大,说明该线圈已经断路,不能使用了。

然后再测试初级线圈和次级线圈之间的绝缘电阻值,应是越大越好。如果阻值小说明初次级之间的绝缘不良,即不能使用。以上测量如果都是良好,就可以将变压器接上电源测量其输出电压值,对带有滤波电路的变压器要注意红、黑表笔应该正确地分别放在电压输出端的正负极上,如果被测量出的输出电压正常,说明该变压器的性能良好。

这方面通常用在手机充电器上。

4) 注意事项

(1) 使用万用表之前,应充分了解各转换开关、专用插口、测量插孔以及相应附件的作用,了解其刻度盘的读数。

(2) 万用表在使用时一般应水平放置在干燥、无振动、无强磁场的条件下使用。

(3) 测量完毕,应将量程选择开关调到最大电压挡,防止下次开始测量时不慎烧坏万用表。

1.5.2　数字万用表

1) 数字万用表的组成和测试功能

数字万用表采用了大规模集成电路和液晶数字显示技术,从根本上改变了传统的指针式万用表的电路和结构。与指针式万用表相比较,数字万用表具有许多特有的性能和优点。例如:读数方便直观,不会产生指针式万用表那种人为的读数差错;准确度高;体积小、耗电小;功能多,许多数字万用表还带有测容量、频率、温度等测量功能。DT890D 型属中低档普及型表(见图1-2)。从面板上看,数字万用表是由液晶显示屏、量程转换开关与测试插孔等组成。液晶显示屏直接以数字形式显示测量结果,并且还能自动显示被测数值的单位和符号(例如:Ω、$k\Omega$、$M\Omega$、mV、V、mA、A、μF 等)。最大显示数字为 $\pm 1\,999$。由于其首位不能显示 $0\sim9$ 的所有数字,只能显示称作"半位"的 1,因此习惯上称为 $3\frac{1}{2}$ 位数字万用表。数字万用表位数越多,它的灵敏度就越高。如较高档的 $4\frac{1}{2}$ 位表,最大显示值为 $\pm 19\,999$。

(a)

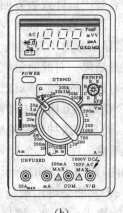
(b)

图1-2　DT890D 型两种数字式万用表的外形图

　　量程转换开关位于表的中间。由于最大显示数为±1 999,不到满度 2 000,所以量程挡的首位数几乎都是 2,如 200 Ω、2 kΩ、2 V……。数字万用表的量程也较指针式表要多,在 DT890D 表上,电阻量程从 200 Ω 至 200 MΩ 就有 7 挡。除了直流电压、电流和交流电压及 hFE 挡外,还增加了指针式表少见的交流电流和电容量等测试挡。

　　表笔插孔有 4 个。标有 COM 字样的为公共插孔,通常插入黑表笔。标有 V/Ω 字样的插孔应插入红表笔,用以测量电阻值和交直流电压值。测量交直流电流有两个插孔,分别为 mA 和 20 A,供不同量程挡选用,也插入红表笔。

　　使用数字万用表前,应先估计一下被测量值的大小范围。尽可能选用接近满度的量程,这样可提高测量精度。如测 12 kΩ 电阻宜用 20 k～2 M 挡,而不用 200 MΩ 挡。如果预先不能估计被测量值的大小,可从最高量程挡开始测,逐渐减小到恰当的量程位置。假如测量显示结果只有"半位"上的读数 1,表示被测数值超出所在挡测量范围(称为溢出),说明量程选得太小,可换高一挡量程试一试。

　　数字万用表在刚测量时,显示屏的数值会有跳数现象,这是正常的(类似指针式表的表针在摆动),应当待显示数值稳定后(不到 1～2 s)才能读数。初次使用数字万用表者,切勿以最初跳数变化中的某一数值当作测量值读取。另外,被测元器件的引脚因日久氧化或有锈污,造成被测件和表笔之间接触不良,显示屏会产生长时间的跳数现象,无法读取正确的测量值,并增加测量误差。应当先清除氧化层和锈污后再测量。

　　数字万用表的功能多,量程挡位也多。在 DT890D 型表上共有 30 个测量挡位。而普通指针式表仅 15～18 个挡位。这样,相邻两个挡位之间的距离只能做得很小。常使用指针式表的读者使用数字万用表时,会体会到量程转换开关的"吃"挡手感不如指针式表明显。这对初学者来讲,很容易造成跳挡和拨错挡位。比较好的方法是:转换量程开关时要慢,用力不要过猛。在开关到位后,再轻轻地左右拨动一下,看看是否真的到位。要确保量程开关接触良好。此外,严禁在测量的同时拨动量程开关,特别是在高电压、大电流的情况下,以防产生电弧烧坏量程开关。

　　2) 数字万用表的使用方法

　　(1) 电阻的测量

　　用指针式表测量电阻时,欧姆调零挺累人。并且每次更换不同的电阻挡时,必须重新调过。使用数字万用表要比指针式表方便多了,因为它是自动调零的。例如,测一标有 47 kΩ 字样的电阻,先把红、黑表笔分别插入 V/Ω 和 COM 插孔。量程开关拨在 200 kΩ 挡位。打开万用表电源开关,显示数为 1(半位)。然后将两表笔跨接到电阻两引脚,读数稳定后显示 45.4 Ω。这便是测量结果。对此测量结果,一些初学者可能会认为电阻没到 47 kΩ 不合格。事实上电阻是允许有误差的(如 47 kΩ±2.35 kΩ)。以往在指针式表中,40～50 kΩ 之间的刻度只能估读,如今在数字万用表中却精确、如实地反映了读数,故所测结果并非电阻不准或数字万用表不准,而是对这种精确的显示不习惯。

　　(2) 二极管的测量

　　在电阻量程挡内,如图 1-2(b)所示挡(画有圆圈和二极管),称蜂鸣器和二极管挡。该挡有两个功能:第一个功能是可用来检查线路的通断。蜂鸣器有声响时,表示被测线路通($R < 70$ Ω);无声响则表示不通。这样可以在眼睛只看被测线路的同时,凭耳朵听觉便能测定线路的通断,提高了测试效率。必须注意的是,被测线路不能带电,否则会产生错误判

断。第二个功能是可测二极管的极性和正向压降值。

例如:测 1N4001 整流二极管。置量程开关于蜂鸣器和二极管挡,用红、黑两表笔分别接触二极管的两个引脚。假如先显示溢出数"1"(反向),再交换两表笔,必然为正向测试。我们得到的读数为 537。这说明:①二极管是好的。②二极管的正向压降为 0.537 V。③显示正向压降时,红表笔所接的引脚为二极管的正极,黑表笔所接则为负极。假如两次测量均显示溢出数"1"(硅堆除外)或两次均有压降读数的话,表明该二极管已损坏。在数字万用表中,红表笔带正电,黑表笔带负电,正好与指针式万用表相反。因而初学者不要把指针式万用表判二极管极性的测量习惯带到数字万用表中来,造成二极管正负极性的误判。还有,不要把显示的正向压降 0.537 V 看成正向电阻 537 Ω。

在数字万用表各电阻挡的测试电流很小,均小于 1 mA,故对二极管、三极管等非线性元件,通常不测正向电阻而测正向压降。利用这一点,可判断出二极管的制作材料是锗还是硅。一般锗管的正向压降为 0.15～0.3 V,硅管为 0.5～0.7 V。读者可以按照此方法测定手头的二极管或三极管是锗管还是硅管。

此外,用指针式万用表较难检测的发光二极管,改用数字表的二极管挡检测尤为方便。在显示正向压降的同时,发光二极管还能被点亮发出微光。极性也是红表笔所接为二极管的正极。读者不妨一试。

(3) hFE 的测量

DT890D 型表和一些指针式表一样设置了 hFE 插孔。要说明的是:该表所测的 hFE 是在低电压、小电流状态条件下($U_{ce} = 2.8$ V, $I_b = 10\ \mu A$)进行的,测得的数值一般偏小,不能作为三极管的参数依据,仅供选管时参考。

(4) 交直流电压和电流的测量

数字万用表有着较宽的电压和电流测量范围。如 DT890D 型表中,直流电压为 0～1 000 V;交流电压为 0～700 V;交直流电流均为 0～20 A(见表 1-1)。交流显示值均为有效值。测直流时能自动转换和显示极性。即当被测电压(电流)的极性接反时,会显示负号,不必调换表笔重测。对于电压与电流的测量,数字万用表与指针式万用表差不多,这里不再赘述。

(5) 电容量的测量

不少数字万用表还可以测电容器的容量,如 DT890D 型表的可测范围为 1 pF～20 μF,并已把早期产品中的手工调零改为自动调零。还设置了保护电路,在电容测试过程中不必再考虑电容器的极性及电容器充放电等情况,使用更为简便。

例如:测收音机用密封双联可变电容器,置量程开关于 2 000 pF 挡。将电容器任一联的两引脚插入标有 Cx 处的两插孔中(不要用表笔)。先将双联顺时针方向旋到底,测得电容量为 285 pF。再将双联逆时针方向旋到底,测得电容量为 7 pF。该可变电容的容量为 7～285 pF。

3) 注意事项

(1) 数字万用表测试一些连续变化的电量和过程,不如指针式万用表方便直观。如测电解电容器的充、放电过程,测热敏电阻、光敏二极管等。可采用数字表和指针表结合使用。

(2) 测 10 Ω 以下精密小电阻时(200 Ω 挡),先将两表棒短接,测出表棒线电阻(约 0.2 Ω),然后在测量中减去这一数值。

(3) 尽管数字万用表内部有比较完善的各种保护电路,使用时仍应力求避免误操作,如用电阻挡去测 220 V 交流电压等,以免带来不必要的损失。

(4) 为了节省用电,数字万用表设置了 15 min 自动断电电路。自动断电后若要重新开启电源,可连续按动电源开关两次。

(5) 在使用过程中若产生很大的测量误差,并且在显示屏左下角出现"BATT"或"LOW BAT"标记符号时,表示需更换电池了。

表 1-1　DT890D 型数字式万用表的测量范围与误差

功　能	量程范围	分辨率	基本不确定度
直流电压	2～600 V	100 μV	$\pm(0.8\%+3\,d)$
交流电压·	2～600 V	100 μV	$\pm(1.2\%+3\,d)$
直流电流	20 mA/200 mA/10 A	10 μA/10 mA	$\pm(1\%+3\,d)$
交流电流	20 mA/200 mA/10 A	10 μA/10 mA	$\pm(1.5\%+3\,d)$
电　　阻	200 Ω～20 MΩ	100 mΩ	$\pm(0.8\%+3\,d)$
电　　容	2～200 μF	1 nF	$\pm(4\%+3\,d)$

1.5.3　钳形表

1) 钳形表的组成和测试功能

钳形电流表是一种用于测量正在运行的电气线路电流大小的仪表,可在不断电的情况下测量电流(见图 1-3)。它是由电流互感器和电流表组合而成。电流互感器的铁心在捏紧扳手时可以张开;被测电流所通过的导线可以不必切断就可穿过铁心张开的缺口,当放开扳手后铁心闭合。穿过铁心的被测电路导线就成为电流互感器的一次线圈,其中通过电流便在二次线圈中感应出电流,从而使二次线圈相连接的电流表便有指示——测出被测线路的电流。钳形表可以通过转换开关的拨挡,改换不同的量程。但拨挡时不允许带电进行操作。钳形表一般准确度不高,通常为 2.5～5 级。为了使用方便,表内还有不同量程的转换开关供测不同等级电流以及测量电压的功能。

图 1-3　钳形表外形

2) 钳形电流表及其使用方法

使用钳形电流表测电流时,首先要机械调零,将其量程转换开关转到合适的挡位,手持胶木手柄,用食指等四指勾住铁心开关,用力一握,打开铁心开关,将被测导线从铁心开口处引入铁心中央,松开铁心开关使铁心闭合,钳形电流表指针偏转,读取测量值。再打开铁心开关,取出被测导线,即完成测量工作。

3) 钳形电流表使用时的注意事项

被测线路电压不得超过钳形电流表所规定的使用电压。测高压线路的电流时,要戴绝缘手套,穿绝缘鞋,站在绝缘垫上,以防止绝缘击穿而导致触电事故的发生;若不清楚被测电流大小,应由大到小逐级选择合适挡位进行测量,不能用小量程挡测量大电流;当使用最小量程测量,其读数还不明显时,可将被测导线绕几匝,匝数要以钳口中央的匝数为准,则读数＝指示值×量程/满偏×匝数。测量过程中,不得转动量程开关。需要转换量程时,应先脱离被测线路,再转换量程;为提高测量值的准确度,被测导线应置于钳口中央。测量完毕,要将转换开关放在最大量程处。

1.5.4 兆欧表

1) 兆欧表的组成和工作原理

兆欧表又称绝缘电阻摇表,是一种测量高电阻的仪表,经常用它测量电气设备或供电线路的绝缘电阻值,是一种可携带式的仪表,兆欧表的表盘刻度以兆欧(MΩ)为单位。兆欧表的种类很多,工作原理有手摇直流发电机,如 ZC7、ZC11 等;还有用晶体管电路的,如 ZC14、ZC30 等信号。

常用手摇直流发电机式兆欧表的测量机构见图 1-4。它由永久磁铁固定在同一转轴上的两个动圈,有缺口的圆柱形铁心及指针构成。外部有三个端钮,即线路(L)、地线(E)、屏蔽接线(保护环)。

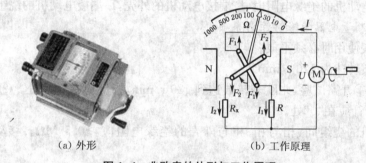

（a）外形 （b）工作原理

图 1-4　兆欧表的外形与工作原理

兆欧表原理:当以 120 r/min 的速度均匀摇动手柄时,表内的直流发电机输出该表的额定电压,在动圈被测电阻间有电流 I_1,在动圈表内附加电阻 R_x 有电流 I_2,两种电流与磁场作用产生相反的力矩,当 I_1 电流最大(即被测电阻为 0),指针指向刻度 0。当 I_2 电流最大(即开路状态),指针指向刻度∞,当被测电阻为一定值时,指针指在被测电阻的数值。由于兆欧表没有游丝,不能产生反作用力矩,所以兆欧表在不测时停留在任意位置(即不定位),而不是回到零,这跟其他指针式的仪表是有区别的。

2) 兆欧表的正确使用方法

(1) 兆欧表的选择:主要是根据不同的电气设备选择兆欧表的电压及其测量范围。对于额定电压在 500 V 以下的电气设备,应选用电压等级为 500 V 或 1 000 V 的兆欧表;额定电压在 500 V 以上的电气设备,应选用 1 000～2 500 V 的兆欧表。

(2) 测试前的准备:测量前将被测设备切断电源,并短路接地放电 3～5 min,特别是电容量大的,更应充分放电以消除残余静电荷引起的误差,保证正确的测量结果以及人身和设备的安全;被测物表面应擦干净,绝缘物表面的污染、潮湿,对绝缘的影响较大,而测量的目的是为了解电气设备内部的绝缘性能,一般都要求测量前用干净的布或棉纱擦净被测物,否则达不到检查的目的。

兆欧表在使用前应平稳地放置在远离大电流导体和有外磁场的地方;测量前对兆欧表

本身进行检查。开路检查,两根线不要绞在一起,将发电机摇动到额定转速,指针应指在"∞"位置。短路检查,将表笔短接,缓慢转动发电机手柄,看指针是否到"0"位置。若零位或无穷大达不到,说明兆欧表有毛病,必须进行检修。

(3) 接线:一般兆欧表上有三个接线柱,"L"表示"线"或"火线"接线柱;"E"表示"地"接线柱,"G"表示屏蔽接线柱。一般情况下"L"和"E"接线柱,用有足够绝缘强度的单相绝缘线将"L"和"E"分别接到被测物导体部分和被测物的外壳或其他导体部分(如测相间绝缘)。在特殊情况下,如被测物表面受到污染不能擦干净、空气太潮湿或者有外电磁场干扰等,就必须将"G"接线柱接到被测物的金属屏蔽保护环上,以消除表面漏流或干扰对测量结果的影响。

(4) 测量:摇动发电机使转速达到额定转速(120 r/min)并保持稳定。一般采用 1 min以后的读数为准。当被测物电容量较大时,应延长时间,以指针稳定不变时为准。

(5) 拆线:在兆欧表没停止转动和被测物没有放电以前,不能用手触及被测物和进行拆线工作,必须先将被测物对地短路放电,然后再停止兆欧表的转动,防止电容放电损坏兆欧表。

(6) 测量电动机的绝缘电阻时,E 端接电动机的外壳,L 端接电动机的绕组。

3) 兆欧表测量电器绝缘时注意事项

(1) 兆欧表使用时必须平放。

(2) 兆欧表转速为 120 r/min。

(3) 自查:①开路试验,兆欧表转数达到 120 r/min,指针应在"∞"处。②短路,慢慢地转动兆欧表,指针应在"0"处。

(4) 电动机的绕组间、相与相、相与外壳的绝缘电阻应≥0.5 MΩ。移动电动工具≥2 MΩ。

(5) 测量线路绝缘时,相与相≥0.38 MΩ,相与零≥0.22 MΩ。

(6) 中、小型电动机一般选用 500～1 000 型。

(7) 若测得这相电阻是零的话说明这相已短路。

(8) 若测得这相电阻是 0.1 MΩ 或 0.2 MΩ 的话则说明这相绝缘电阻性能已降低。

(9) 电器设备的绝缘电阻是越大越好。

(10) 结论:电动机或线路的绝缘电阻性能降低、短路,需要维修,不能使用。

1.5.5　单臂电桥

1) 直流单臂电桥电路结构和工作原理

图 1-5(b)是 QJ23 型直流单臂电桥原理电路。它由四个电阻连接成一个封闭的环形电路,每个电阻支路均称为桥臂。电桥的两个顶点 a、b 为输入端,接供桥直流电源;另两个顶点 c、d 为输出端,接电流检流计(指零仪)。其比例桥臂由八个电阻组成,一般有七个挡位,分别为×0.001、×0.01、×0.1、×1、×10、×100、×1 000 七种比率,由倍率开关切换。

2) 使用操作步骤和方法

(1) 使用前先把检流计锁扣或短路开关打开,并调节调零器使指针或光点置于零位。

(2) 若使用外接电源,电池电压应按规定选择。电压太高对电路元件不利,电压太低时电桥灵敏度不够。使用外接检流计也应按规定选择其灵敏度和临界电阻(查说明书)。

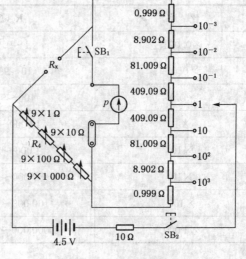

(a) QJ23 型直流单臂电桥外形　　　　　　　　　(b) QJ23 型直流单臂电桥原理图

图 1-5　直流单臂电桥

(3) R_x 接好后,先估计一下被测量的电阻阻值范围,选择合适的 R_2/R_3 比率,以保证比较臂 R_4 的四挡电阻都能充分使用。例如:R_x 为几个欧姆时,应选比率为 10^{-3}。

(4) 电源和检流计按钮的使用:测量时先按"电源"按钮,再按"检流计"按钮。若检流计指针向"+"偏转,说明 R_4 电阻小了,应增加比较臂 R_4 数值。反之,指针若向"-"偏转,则应减小 R_4 数值。测量完毕,先松开检流计按钮,后松开电源按钮。特别是在测量具有电感的元件(如线圈)时一定要遵守上述操作顺序,否则将有很大的自感电动势作用于检流计而损坏检流计。

(5) 在电桥调平衡过程中,不要把检流计按钮按死,应是每改变一次比较臂电阻,按一次按钮测量一次,直至检流计偏转较小时,再按死检流计按钮。

(6) 将测量结果记下后,被测电阻值等于比率读数与比较臂读数的乘积。

(7) 测量结束不再使用时,应将检流计的锁扣锁上。

3) 电桥调平衡过程的注意事项

(1) 为了测量准确,在测量时选择的倍率应使比较桥臂电阻的四个读数盘都有读数。

(2) 测量时,电桥必须放置平稳;被测电阻应单独测量,不能带电测试。

(3) 由于接头处接触电阻和连接导线电阻的影响,直流单臂电桥不宜测量电阻值小于 $1\,\Omega$ 的电阻。

(4) 测量时,连接导线应尽量用截面较大、较短的导线,以减小误差;接线必须拧紧,如有松脱,电桥会极端不平衡,使检流计损坏。

(5) 电池电压不足会影响电桥的灵敏度,当发现电池不足时应调换。

(6) 测量完毕,应先打开检流计按钮,再打开电源按钮,特别当被测电阻具有电感时,一定要遵守上述规则,否则会损坏检流计。

（7）测量结束不再使用时，应将检流计锁扣锁上，以免检流计受震损坏。

表 1-2　单臂电桥比率臂

比　　率	$R_x(\Omega)$	电　　压(V)
×0.001	1～9.999	4.5
×0.01	10～99.99	4.5
×0.1	100～999.9	4.5
×1	1 0000～9 999	6
×10	1 000～40 000	15
×10	50 000～99 990	20
×100	100 000～999 900	15
×1 000	1 000 000～9 999 000	15

1.5.6　直流双臂电桥

1）电路结构和工作原理

直流双臂电桥，用于测量低值（1 Ω 以下）直流电阻。如果低值电阻仍使用单臂电桥测量，则因 R_x 很小，而 R_2、R_3、R_4 也必然很小，四个臂相联接的接点处的接触电阻值和接线电阻值都不容忽略，会使测量结果造成极大的误差。而双臂电桥则解决了这些问题。

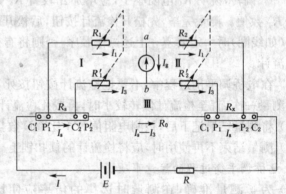

（a）QJ44 型直流双臂电桥外形　　　　　　（b）直流双臂电桥原理图

图 1-6　直流双臂电桥

图 1-6(b)是直流双臂电桥原理电路，图 1-7(a)为 QJ44 型直流双臂电桥原理电路。被测小值电阻 R_x 和比较臂小值电阻 R_n，都使用了两种接头：电位接头 P_1 和 P_2；电流接头 C_1 和 C_2。R_x 及 R_n 的值是两个电位接头 P_1 和 P_2 间的值。比率臂有两个，R_1 与 R_2、R_1' 与 R_2'，它们各自的电阻值均为中值电阻，电位接头的接触电阻和其接线电阻对它们而言可忽略不计。电桥平衡时（检流计指零时）有且 r 很小很小（粗连线）。

$$R_x = \frac{R_2}{R_1}R_n + \frac{rR_2}{r + R_1' + R_2'}\left(\frac{R_1'}{R_1} - \frac{R_2'}{R_2}\right)$$

$$\therefore \quad \frac{R_1'}{R_1} = \frac{R_2'}{R_2}$$

$$\therefore \quad R_x = \frac{R_2}{R_1} R_n$$

2）使用操作步骤和方法

双臂电桥的操作方法与单臂电桥基本相同。

（1）在电池盒内装入 1.5 V 1 号电池 4～6 节并联，或用两节 6F2、9 V 并联使用，此时电桥就正常工作。如用外接直流电源 1.5～2 V 时，盒内电池应先全部取出。

（2）"B1"开关扳到"通"位置，等稳定后（约 5 min），调节检流计指针在零位。

（3）灵敏度旋钮应放在最低位置。

（4）将被测电阻按四端联结法，接在电桥相应的 C_1、P_1、P_2、C_2 的接线柱上，如图 1-7（b）所示，A、B 之间为被测电阻。

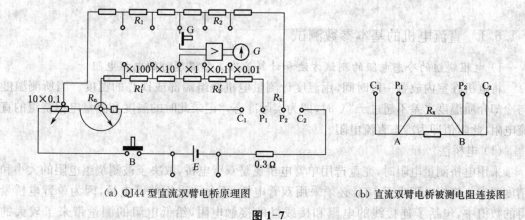

(a) QJ44 型直流双臂电桥原理图 　　　　(b) 直流双臂电桥被测电阻连接图

图 1-7

（5）估计被测电阻值大小，选择适当倍率位置，先按"G"按钮，再按"B"按钮，调节步进读数和滑线读数，使检流计指在零位置上。如发现检流计灵敏度偏低，应增加其灵敏度，移动滑线盘四小格，检流计指针偏离零位约一格，就能满足测量要求。在改变灵敏度时，会引起检流计指针偏离位，在测量时，随时都可以调节检流计零位。被测电阻按下式计算：

$$被测电阻值 = 倍率读数 \times （步进读数 + 滑线读数）$$

3）使用注意事项

（1）在测量电感电路的直流电阻时，应先按下"B"按钮，再按"G"按钮。断开时，应先断开"G"按钮，再断开"B"按钮。

（2）测量 0.1 Ω 以下阻值时，"B"按钮应间歇使用。

（3）在测量 0.1 Ω 以下阻值时，C_1、P_1、P_2、C_2 接线柱到被测电阻之间的连接导线电阻为 0.005～0.01 Ω，测量其他阻值时连接导线电阻都不大于 0.05 Ω。

（4）电桥使用完毕后，"B"与"G"按钮应松开。"B1"开关应扳向"断"位置，避免浪费晶体管检流计放大器工作电源。

（5）如电桥长期搁置不用，应将电池取出。

（6）被测电阻范围与倍率位置按表 1-3 选择。

表 1-3　倍率选择

倍　　数	被测电阻范围（Ω）
×100	1. 1～11
×10	0. 11～1. 1
×1	0. 011～0. 11
×0. 1	0. 001 1～0. 011
×0. 01	0. 000 11～0. 001 1

1.6　电机基本参数的测试方法

1.6.1　直流电机的基本参数测试

1）电枢绕组的冷态电阻的测试方法和计算基准工作温度时的电枢电阻

将电机在室内放置一段时间,用温度计测量电机绕组端部或铁心的温度。当所测温度与冷却介质温度之差不超过±3℃时,即为实际冷态。记录此时的温度和测量电枢绕组的直流电阻,此阻值即为冷态直流电阻。

（1）电桥法

采用电桥测量电阻时,究竟选用单臂电桥还是双臂电桥,取决于被测绕组电阻的大小和精度要求。绕组电阻小于 1 Ω,必须采用双臂电桥,不允许采用单臂电桥,因为单臂电桥量得的数值中,包括了连接线的电阻和接线柱的接触电阻,给低电阻的测量带来了较大的误差。

先用万用表测一下电枢绕组大致阻值范围,然后调节电桥电阻盘和选择适当倍率位置,使读取阻值在大致范围内。再将电桥刻度盘指针旋钮调至平衡的位置（指示"0"）,然后按下电池按钮,接通电源,待电桥中的电流达到稳定后方可按下检流计按钮接入检流计。测量完毕,应先断开检流计,再断开电源,以免检流计受到冲击（具体测试方法步骤见"电机基本参数测试常用仪表的原理构造和使用方法"章节电桥使用部分）。再将电机转子分别旋转三分之一和三分之二周,测量两次,共三组数据记录于表 1-4 中。

电桥法测定绕组直流电阻准确度以及灵敏度高,并有直接读数的优点。

表 1-4

室温 _____ ℃

序　号	$R(\Omega)$	R_a（平均）（Ω）	$R_{aref}(\Omega)$
1	$R_{a1}=$		
2	$R_{a2}=$		
3	$R_{a3}=$		

注:$R_a = \dfrac{1}{3}(R_{a1} + R_{a2} + R_{a3})$。

（2）用伏安法测电枢的直流电阻

① 接线如图 1-8 所示，电阻 R 用 D44 上 1 800 Ω 和 180 Ω 串联共 1 980 Ω 阻值并调至最大。电流表 A 选用 D31 上的直流安培表。S 开关选用 D51 挂箱上的双刀双掷开关。

② 经检查无误后合上电枢电源，并缓慢调至 220 V（观察电流表 A 指示）。调节 R 使电枢电流达到 20％额定电流（电流太大，可能由于剩磁的作用使电机旋转，测量无法进行。但如果电

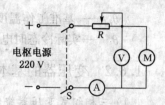

图 1-8　测电枢绕组直流
电阻接线图

流太小，可能由于接触电阻产生较大的误差），迅速测取电机电枢两端电压 U 和对应的电流 I，再将电机转子分别旋转三分之一和三分之二周，同样测取电枢两端电压 U 和对应的电流 I 共三组数据记录于表 1-5 中。

③ 同理，增大电阻 R 分别使电流达到 15％和 10％额定电流，操作步骤同上，共测取六组数据记录于表 1-5 中。

取三次测量的平均值作为实际冷态电阻值。

表 1-5

室温＿＿＿＿℃

序　号	U(V)	I(A)	R(平均)(Ω)		R_a(Ω)	R_{aref}(Ω)
1			$R_{a11}=$			
			$R_{a12}=$	$R_{a1}=$		
			$R_{a13}=$			
2			$R_{a21}=$			
			$R_{a22}=$	$R_{a2}=$		
			$R_{a23}=$			
3			$R_{a31}=$			
			$R_{a32}=$	$R_{a3}=$		
			$R_{a33}=$			

注：$R_{a1}=\dfrac{1}{3}(R_{a11}+R_{a12}+R_{a13})$，$R_{a2}=\dfrac{1}{3}(R_{a21}+R_{a22}+R_{a23})$，$R_{a3}=\dfrac{1}{3}(R_{a31}+R_{a32}+R_{a33})$，

$R_a=\dfrac{1}{3}(R_{a1}+R_{a2}+R_{a3})$。

（3）计算基准工作温度时的电枢电阻

由实验直接测得电枢绕组阻值，此值为实际冷态电阻值。冷态温度为室温。按下式换算到基准工作温度时的电枢绕组电阻值：

$$R_{aref}=R_a\frac{235+\theta_{ref}}{235+\theta_a}$$

式中：R_{aref}——换算到基准工作温度时电枢绕组电阻，Ω；

　　　R_a——电枢绕组的实际冷态电阻，Ω；

θ_{ref}——基准工作温度,对于 E 级绝缘为 75℃;

θ_a——实际冷态时电枢绕组的温度,℃。

1.6.2　变压器的基本参数测试

1) 三相组式变压器绕组同极性端的判别

变压器的同极性端(同名端)是指通过各绕组的磁通发生变化时,在某一瞬间,各绕组上感应电动势或感应电压极性相同的端钮。根据同极性端钮,可以正确连接变压器绕组。

(1) 判断三个单相变压器高低压绕组

用万用表电阻挡测量每个变压器绕组的同端,找出同一相的两个出线端。电阻值大的为高压绕组,电阻值小的为低压绕组。或者引线细的是高压绕组,引线粗的是低压绕组。在三相高压绕组的任一相上施加约 $50\%U_N$ 的交流电压,测试三个低压绕组电压,其中有一相低压绕组电压较高。此相低压绕组为对应相高压绕组。其他两相对应高、低压绕组用同样方法判别。

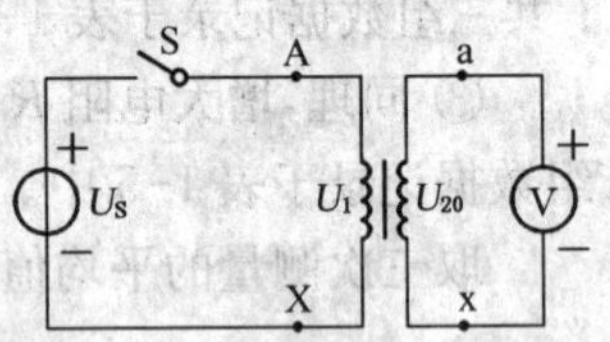

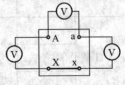

图 1-9　直流法测试同名端

(2) 直流法测试同名端

① 接线如图 1-9 所示。为一相变压器同名端测试法,其余两相相同。直流电压的数值根据实验变压器的不同而选择合适的值,一般可选择 6 V 以下数值。直流电压表选 20 V 量程,注意其极性。

② 电路连接无误后,闭合电源开关,在 S 闭合瞬间,一次侧电流由无到有,必然在一次侧绕组中引起感应电动势 e_{L1},根据楞次定律判断 e_{L1} 的方向应与一次侧电压参考方向相反,即下"—"上"+";S 闭合瞬间,变化的一次侧电流的交变磁通不但穿过一次侧,而且由于磁耦合同时穿过二次侧,因此在二次侧也会引起一个互感电动势 e_{M2}。e_{M2} 的极性可由接在二次侧的直流电压表的偏转方向确定:当电压表正偏时,极性为上"+"下"—",即与电压表极性一致;如指针负偏,则表示 e_{M2} 的极性为上"—"下"+"。

(3) 交流法测试同名端

① 接线如图 1-10 所示。为一相变压器同名端测试法,其余两相相同。图中 X 和 x 之间的黑色实线表示将变压器两侧的一对端子进行串联,可串接在两侧任意一对端子上。A、X 接交流电源的 U、V 两端子,连接无误后合上交流电源,在一次侧 AX 端施加约 $50\%U_N$ 的交流电压。

图 1-10　交流法测试同名端

② 用电压表分别测量两绕组的一次侧电压、二次侧电压和总电压。如果测量结果为 $U_{Aa} = |U_{AX} + U_{ax}|$ 时,则导线相连的一对端子为异名端;若测量结果为 $U_{Aa} = |U_{AX} - U_{ax}|$ 时,则导线相连的一对端子为同名端。

2) 三相组式变压器绕组同极性端的判别

(1) 测定相间极性

① 用上面同样方法测得高、低压绕组。高压绕组用 A、B、C、X、Y、Z 标记,低压绕组用 a、b、c、x、y、z 标记。

② 接线如图 1-11 所示。A、X 接交流电源的 U、V 两端子,Y、Z 短接。接通交流电源,在绕组 A、X 间施加约 $50\%U_N$ 的电压。

③ 用电压表测出电压 U_{BY}、U_{CZ}、U_{BC}，若 $U_{BC}=|U_{BY}-U_{CZ}|$，则首末端标记正确；若 $U_{BC}=|U_{BY}+U_{CZ}|$，则标记不对，需将 B、C 两相任一相绕组的首末端标记对调。

④ 用同样方法，将 B、C 两相中的任一相施加电压，另外两相末端相联，定出每相首、末端正确的标记。

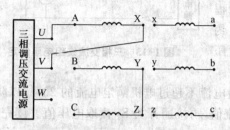

图 1-11　测定相间极性接线图

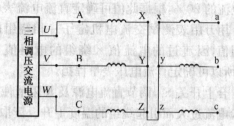

图 1-12　测定原、副边极性接线图

（2）测定原、副边极性

① 暂时标出三相低压绕组的标记 a、b、c、x、y、z，然后按图 1-12 接线，原、副边中点用导线相连。

② 高压三相绕组施加约 50% 的额定电压，用电压表测量电压 U_{AX}、U_{BY}、U_{CZ}、U_{ax}、U_{by}、U_{cz}、U_{Aa}、U_{Bb}、U_{Cc}，若 $U_{Aa}=U_{Ax}-U_{ax}$，则 A 相高、低压绕组同相，并且首端 A 与 a 端点为同极性。若 $U_{Aa}=U_{AX}+U_{ax}$，则 A 与 a 端点为异极性，若 U_{Aa} 都不符合上述关系式，则不是对应的低压绕组。

③ 用同样的方法判别出 B、b、C、c 两相原、副边的极性。

④ 高低压三相绕组的极性确定后，根据要求连接出不同的联接组。

1.6.3　交流电机的基本参数测试

1）测量定子绕组的冷态直流电阻和计算基准工作温度时的定子电阻

将电机在室内放置一段时间，用温度计测量电机绕组端部或铁心的温度。当所测温度与冷却介质温度之差不超过 ±3℃ 时，即为实际冷态。记录此时的温度和测量定子绕组的直流电阻，此阻值即为冷态直流电阻。

（1）电桥法

用单臂电桥测量电阻时，应先将刻度盘旋到电桥大致平衡的位置。然后按下电池按钮，接通电源，等电桥中的电源达到稳定后，方可按下检流计按钮接入检流计。测量完毕，应先断开检流计，再断开电源，以免检流计受到冲击。将数据记录于表 1-6 中。

电桥法测定绕组直流电阻准确度及灵敏度高，并有直接读数的优点。

表 1-6

室温　　　　℃

参　数	绕组Ⅰ	绕组Ⅱ	绕组Ⅲ	r_{1ref}
$R(\Omega)$				

（2）伏安法

测量接线如图 1-13 所示。直流电源用主控屏上电枢电源，可先将电枢电压输出旋钮调至最小。S_1、S_2 开关选用 D51 挂箱，R 用 D42 挂箱上 1 800 Ω 可调电阻。将 R 调至最大位置，S_1、S_2 开关断开。

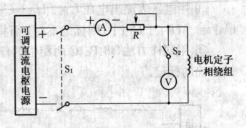

图 1-13　三相交流绕组电阻测定

量程的选择：测量时通过的测量电流应小于额定电流的 20%，根据此值可确定直流电流表的量程挡。用万用表测试交流电机定子一相绕组的大约电阻值，因流过的电流值×绕组的电阻值为电压值，所以可确定直流电压表量程挡。

合上开关 S_1，调节直流电源及 R 阻值使试验电流不超过电机额定电流的 20%，以防因试验电流过大而引起绕组的温度上升。读取电流值，再接通开关 S_2 读取电压值。读完后，先打开开关 S_2，再打开开关 S_1。

调节 R 使 A 表分别为额定电流的 20%、15%、10%，测取三次，取其平均值，测量定子三相绕组的电阻值记录于表 1-7 中。

表 1-7

室温_____℃

	绕组 I			绕组 II			绕组 III			r_{1ref}
I(mA)										
U(V)										
R(Ω)										

注意事项：

① 在测量时，电动机的转子须静止不动。

② 测量通电时间不应超过 1 min。

（3）计算基准工作温度时的相电阻

由实验直接测得每相电阻值，此值为实际冷态电阻值。冷态温度为室温。按下式换算到基准工作温度时的定子绕组相电阻：

$$r_{1ref} = r_{1c}\frac{235 + \theta_{ref}}{235 + \theta_c}$$

式中：r_{1ref}——换算到基准工作温度时定子绕组的相电阻，Ω；

　　　r_{1c}——定子绕组的实际冷态相电阻，Ω；

　　　θ_{ref}——基准工作温度，对于 E 级绝缘为 75℃；

　　　θ_c——实际冷态时定子绕组的温度，℃。

2）三相异步电动机定子绕组的首末端判断

三相异步机三相定子绕组的六个线头在出厂前（或维修后）均按规定的位置排成上下两排，连接在电动机接线盒内的接线板上，若长期使用过的电机无法从外观上分清六个出线的首尾端时，先用万用表电阻挡（或兆欧表）分清三相绕组各相的两个线头，并暂时编号为 U_1、U_2、V_1、V_2、W_1、W_2，然后可采取下列方法之一加以判别。

（1）直流法

可用直流微安挡或直流毫伏挡接线(如图 1-14 所示)。操
作程序如下:

① 按图 1-14 测出各相绕组。

② 将假想 U 相接一低直流电源 1.5 V 即可。

③ 将假想 W 相接 μA 挡。

④ 将开关 S 突然合上,若 μA 表指针正偏则电源正极接线

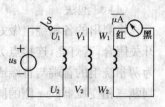

图 1-14　直流法判断定子绕组的首末端

端与万用表黑表笔(所插为"—"极孔)为首端,可归纳为当表针
正偏时"+、—"为首端。再将直流电源接假想 V 相,操作同上,
可测出三相的首尾端。

(2) 剩磁法

电动机经过运转后,它的转子铁心会存在一定强度的剩磁,旋转转子时,定子绕组与剩
磁切割,在定子绕组中产生微弱的感生电势,而且是三相对称的,这是剩磁法操作的依据。

测出各相绕组并做好标记,按如图 1-15 所示接线,将暂定的 U_1、V_1、W_1 及 U_2、V_2、
W_2(标点的为首端)分别并接在一起,再并毫伏表(或万用表微安挡)。用手慢慢转动电动机
转子,同时看毫伏表指针。若指针不动(有时会有微小摆动),则表明原先所定的编号不对,
这时应将其中一相的编号对调后重测,最多经四次对调可判别出三相组的首尾端。

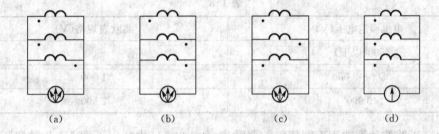

(a)　　　　　　(b)　　　　　　(c)　　　　　　(d)

图 1-15　剩磁法判断定子绕组的首末端

(3) 交流法

将测出的各相绕组做好标记,按图 1-16 接线。为安全起见交流电源电压 U_1 应低于
24 V。开关 S_1 合后,再将 S_2 闭合,若 $U \approx 2U_1$,如图 1-16(a)所示,两相绕组连接点为一相
的首端与另一相的尾端;若 $U \approx 0$,如图 1-16(b)所示,两相绕组连接点为两相的首端或尾
端。这一方法是应用互感线圈串联的特点。图 1-16(a)是顺向串联,图 1-16(b)是反向串
联。用万用表判断定子绕组首尾端中的直流和交流法还可用于判断三相变压器同一侧同名
端的判断。

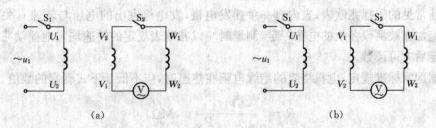

(a)　　　　　　　　　　　　　　　　(b)

图 1-16　交流法判断定子绕组的首末端

（4）灯泡法

将测出的各相绕组做好标记，按图 1-17 所示接线，交流电源电压 36 V，灯泡 24 V，将 S 开关闭合，若灯亮，连接点为两相绕组的首端或尾端。如图 1-17（a）所示，若灯不亮，连接点为两相绕组的首端与首端或尾端与尾端。用同样的方法测试第三相的首尾端。用这一方法判断三相变压器同一侧的同名端时，交流电压的选择应考虑三相变压器的额定电压。

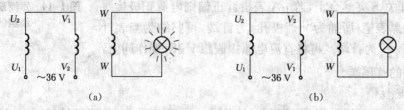

（a）　　　　　　　　　　　　　　　　（b）

图 1-17　灯泡法判断定子绕组的首末端

3）交流电机绝缘电阻的测量

绝缘电阻的测定是电机电器绝缘检验项目之一。通过绝缘电阻的测定可以检查绝缘是否受潮，有无局部缺陷等。

绝缘电阻用兆欧表测定，所用兆欧表的规格，根据被测电机的额定电压按表 1-8 选用。

表 1-8

电机额定电压（V）	兆欧表规格（V）
500（以下）	500
500～3 000	1 000
3 000	2 500

电力变压器按种类选用不同规格的兆欧表，如 1 000 V 电压以下的 Ⅰ、Ⅱ 类变压器选用 1 000 V 的兆欧表。

电机各相（或各种）绕组分别由出线端引出时，应分别测量各绕组对机壳（或铁心）及各绕组之间的绝缘电阻。若各绕组已在电机内部连接起来，允许仅测量所有相联绕组对机壳的绝缘电阻。将测试数据记录在表 1-9 中。

表 1-9

相间绝缘	U—V	MΩ	V—W	MΩ	W—U	MΩ
对地绝缘	U—地	MΩ	V—地	MΩ	W—地	MΩ

目前常见的手摇兆欧表，表内有一手摇发电机，发电机发出的电压与转速有关，因此为了维持施加在被测设备上的电压一定，测量时应以兆欧表规定的转速均匀地摇动兆欧表，待指针稳定后方可读数。

根据国家标准规定，电机绕组的绝缘电阻在热态时，应不低于下式确定的数值。

$$R = \frac{U}{1\ 000 + \dfrac{P_{N}}{100}}　\text{（MΩ）}$$

式中：U——电机绕组的额定电压，V；

P_N——电机的额定功率对直流电机和交流电机单位为 kW，对交流发电机和同步补偿机，单位为 kV·A。

由上式可知，500 V 以下的低压电机电器，热态时其绝缘电阻应不低于 0.5 MΩ，如果低于这个数值，应分析原因，采取相应措施，以提高绝缘电阻。否则，强行投入运行，可能会造成人身和设备事故。

4）用日光灯法测定转差率

日光灯是一种闪光灯，当接到 50 Hz 电源上时，灯光每秒闪亮 100 次，人的视觉暂留时间为 0.1 s 左右，故用肉眼观察时日光灯是一直发亮的，我们就利用日光灯这一特性来测量电机的转差率。现举例说明：

（1）选用编号为 DJ16 的三相鼠笼异步电动机（$U_N = 220\,\text{V}$，△接法）极数 $2P = 4$。直接与测速发电机同轴联接，在 DJ16 和测速发电机联轴器上用黑胶布包一圈，再用四张白纸条（宽度约为 3 mm）均匀地贴在黑胶布上。

（2）由于电机的同步转速为 $n_0 = \dfrac{60 f_1}{P} = 1\,500\,\text{r/min} = 25\,\text{r/s}$，而日光灯闪亮为 100 次/s，即日光灯闪亮一次，电机转动四分之一圈。因为电机轴上均匀贴有四张白纸条，所以电机以同步转速转动时，肉眼观察图案是静止不动的（这个可以用直流电动机 DJ15、DJ23 和三相同步电机 DJ18 来验证）。

（3）打开电源总开关，合上交流电源。接通控制屏上日光灯开关，缓慢调压升高电动机电压，观察电动机转向，如转向不对应停机调整相序。转向正确后，升压至 220 V，使电机启动运转，记录此时电机转速。

（4）由于三相异步电机转速总是低于同步转速，故灯光每闪亮一次图案逆电机旋转方向落后一个角度，用肉眼观察图案逆电机旋转方向缓慢移动。

（5）按住控制屏报警记录仪"复位"键，手松开之后开始观察图案后移的个数，计数时间可定得短一些（一般取 30 s）。将观察到的数据记录于表 1-10 中。停机。将调压器调至零位，关断电源开关。

表 1-10

$N(\text{r})$	$t(\text{s})$	S（转差率）	$n(\text{r/s})$

转差率

$$S = \frac{\Delta n}{n} = \frac{60 \times \dfrac{N}{t}}{\dfrac{60 f}{P}} = \frac{PN}{tf}$$

式中：t——计数时间，s；

N——t 秒内图案转过的圈数；

f——电源频率，50 Hz；

P——电机的极对数。

（6）将计算出的转差率与实际观测到的转速算出的转差率进行比较。

1.6.4　功率的测量

电功率以瓦特表进行测量。一般都采用电动式瓦特表,它可以测交直流电功率,并能达到较高的准确度。这种瓦特表有一个电压线圈和电流线圈,它们的同名端钮均标有"*"或"±"符号,电压线圈利用串联附加电阻做成多个电压量程,电流线圈也利用串、并联接做成两种电流量程。另外,瓦特表上还装有一个改变指针偏转方向的极性开关。

1) 瓦特表的正确选择与使用

选用瓦特表时,根据被测线路的电压高低和电流大小来选择电压表量程和电流表量程,若被测交流线路的电流(或电压)超过瓦特表的最大量程,应配用适当变化的互感器来扩大量程,使线路的电流和电压均在瓦特表的量程范围之内,同时还要考虑被测电路的功率因数高低,选用普通的瓦特表(额定功率因数 $\cos \varphi_N = 1$)或是低功率因数的瓦特表(如 $\cos \varphi_N = 0.2$ 或 0.1)。瓦特表的功率常数 C_W 以下式表示:

$$C_W = U_N I_N \cos \varphi_N / \alpha_N$$

式中:U_N——电压量程,V;

$\quad\quad I_N$——电流量程,A;

$\quad\quad \alpha_N$——瓦特表的满刻度格数。

由上式可见瓦特表每格所代表的瓦特数与 $\cos \varphi_N$ 有关。在量程 U_N、I_N 和 α_W 都相同的条件下,$\cos \varphi_N = 1$ 的瓦特表的 C_w 是 $\cos \varphi_N = 0.1$ 的瓦特表的 10 倍。如果用普通的瓦特表测量低功率因数的交流电路(例如空载变压器)的功率,即使电流和电压达到量程但因功率因数低,功率却很小,瓦特表偏转角很小,测量误差较大。若改用 $\cos \varphi_N = 0.1$ 的低功率因数瓦特表,它的指针偏转角将增大 10 倍,可以提高测量精度。

瓦特表必须按以下规则接入线路:

(1) 瓦特表的电流线圈与被测负载串联,它的同名端钮接至电源侧,另一端接负载侧。

(2) 瓦特表的电压线圈并接在负载两端,它的同名端钮接至电流线圈的任一端,它的另一端钮跨接到负载的另一端。

如图 1-18(a)、(b)所示的两种接线方法都是符合以上规则的,都是正确的。按该图接线,如果极性开关指"＋",瓦特表指针作正向偏转,则功率由电源输向负载;反之,指针反向偏转,表示功率反向输送,此时为了使指针仍作正向偏转,可将极性开关拨向"－"或将电流线圈的端钮换接,但不能把电压线圈的端钮换接,这样电压线圈与电流线圈的电位差将接近负载的端电压,有使线圈间的绝缘损坏的危险,同时,线圈间的静电场作用还会引起附加误差。

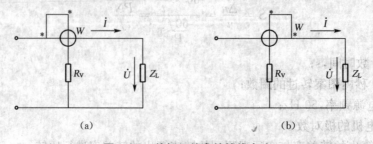

(a)　　　　　　　　　　　　　　　(b)

图 1-18　单相瓦特表的接线方法

图 1-17(a)所示的联接方法被广泛采用,瓦特表的读数中除包括有负载功率外,还有消耗在电流线圈中的功率,当负载电压较高,电流较小时,可以忽略。

图 1-17(b)所示的联接方法适用于低电压大电流负载的功率测量,瓦特表的读数中除包括负载功率外,还有消耗在电压线圈及串联电阻 R 中的功率。

2)三相有功功率的测量

三相对称电路只要用一个单相瓦特表测量任一相的功率,然后将它乘以三即得出三相负载的总功率。

三相不对称电路、三线制和三相四线制要用不同的方法来测量功率,三相四线制线路采用三个单相瓦特表分别测各相功率,它们的读数和就是三相负载总功率。

三线制线路一般用两瓦特表测量三相功率,三相总功率等于两瓦特数的代数和。

用两瓦特法测三相功率的接线的规则是:

(1)两个单相瓦特表的电流线圈分别串入三相线路的任意两线,它们的同名端都接至电源侧,电流线圈中通过的是线电流。

(2)每个瓦特表的电压线圈的同名端接至该电流线圈所在的线,另一端均接在没有接瓦特表电流线圈的线,如图 1-19 所示。

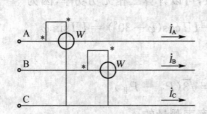

图 1-19　两功率表法测三相功率

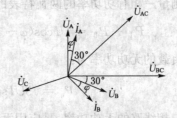

图 1-20　三相对称线路矢量图

假若三相线路是对称的,矢量关系如图 1-20 所示,$U_{AC} = U_{BC} = U$,$I_A = I_B = I$。

两瓦特表读数分别为:

$$P_{\mathrm{I}} = UI\cos(30° - \varphi)$$

$$P_{\mathrm{II}} = UI\cos(30° + \varphi)$$

两相总功率:

$$
\begin{aligned}
P = P_{\mathrm{I}} + P_{\mathrm{II}} &= UI\cos(30° - \varphi) + UI\cos(30° + \varphi) \\
&= UI[\cos(30° - \varphi) + \cos(30° + \varphi)] \\
&= 2UI\cos 30°\cos \varphi \\
&= \sqrt{3}UI\cos \varphi
\end{aligned}
$$

由以上可见:

当 $\varphi = 0°$,$\cos \varphi = 1$ 时,$P_{\mathrm{I}} = P_{\mathrm{II}}$;

当 $\varphi = 30°$,$\cos \varphi = 0.866$ 时,$P_{\mathrm{I}} > 0$,$P_{\mathrm{II}} > 0$;

当 $\varphi > 30°$,$\cos \varphi = 0.866$ 时,$P_{\mathrm{I}} > 0$,$P_{\mathrm{II}} > 0$;

当 $\varphi = 60°$,$\cos \varphi = 0.5$ 时,$P_{\mathrm{I}} > 0$,$P_{\mathrm{II}} = 0$;

当 $\varphi > 60°$，$\cos \varphi < 0.5$ 时，$P_\text{I} > 0$，$P_\text{II} < 0$。

总之，两瓦特表读数的大小和正负都随被测负载的性质($\cos$)而变，反过来从两个瓦特表读数的正负变化，可以判断负载性质的变化。

3）三相无功功率的测量

三相对称线路中，可以利用瓦特表测量无功功率，方法有两种。

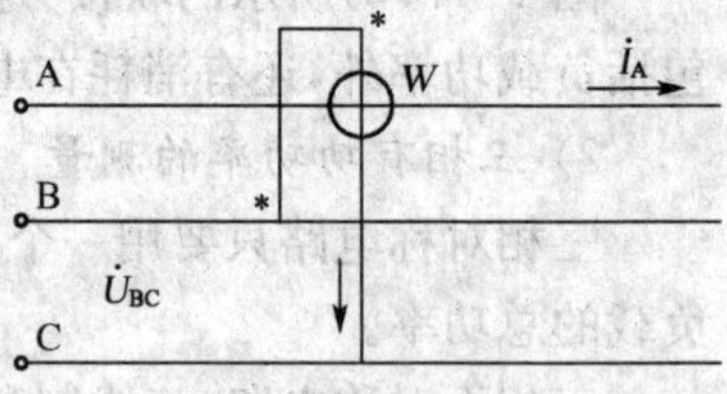

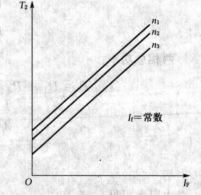

图 1-21　用一瓦特表法测三相无功功率

（1）一瓦特表法

接线如图 1-21 所示，从三相对称线路的矢量图 1-20 可知，$\dot{I}_\text{A}$ 与 $\dot{U}_\text{BC}$ 间夹角为$(90°-\varphi)$，故瓦特表读数为：$P' = U_\text{BC}I_\text{A}\cos(90°-\varphi) = UI\sin\varphi$。

三相对称线路中，三相负载的无功功率为：

$$P_\text{q} = \sqrt{3}UI\sin\varphi = \sqrt{3}P'$$

因此，利用这种方法，把瓦特表读数乘上$\sqrt{3}$就得到三相线路的无功功率。

（2）两瓦特表法

根据测量三相有功功率的两瓦特表的读数，可以计算三相无功功率，因为

$$P_\text{I} - P_\text{II} = UI\cos(\varphi - 30°) - UI\cos(\varphi + 30°) = UI\sin\varphi$$

所以三相负载的无功功率为：

$$P_\text{q} = \sqrt{3}UI\sin\varphi = \sqrt{3}(P_\text{I} - P_\text{II})$$

一般三相线路的无功功率，是应用无功功率表测量的。

1.6.5　校正过的直流电机

将被试电机与校正过的直流电机用联轴器直接连接，该校正过的电机作为他励直流发电机已用测功机或计算法（在保持转速与励磁电流为一定值条件下），求得电枢电流与轴上矩的校正曲线 $T_2 = f(I_\text{F})$，对应不同转速，可以求得数条校正曲线，如图 1-22 所示。测转矩时该校正过的电机应保持与校正时同样的励磁电流不变，记录转速和校正过电机的电枢电流，根据这两个数据可以直接从校正曲线上查得相应的轴上转矩。

采用校正过的直流电机直接测定电机的转矩时，在相应的转速下被试的电机功率应不小于校正过的直流电机功率的三分之一。

图 1-22　在励磁电流为一定值条件下的校正曲线 $T_2 = f(I_\text{F})$

本实验装置校正过的直流电机（直流测功机）用编号 DJ23：$P_\text{N} = 355$ W，$U_\text{N} = 220$ V，$I_\text{N} = 2.2$ A，$n_\text{N} = 1\,500$ r/min，$U_\text{f} = 220$ V，$I_\text{fN} < 0.16$ A。当励磁电流 $I_\text{f} = 50$ mA 和 $I_\text{f} = 100$ mA 时的校正曲线分别如图 1-23、图 1-24 所示。

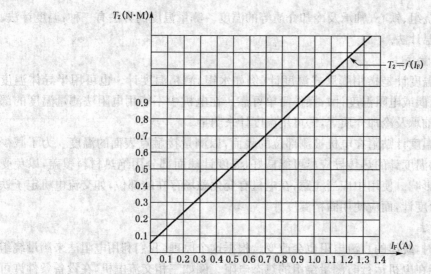

图 1-23　在励磁电流 $I_f = 50$ mA，电机转速在1 400～
1 500 r/min 时的校正曲线 $T_2 = f(I_F)$

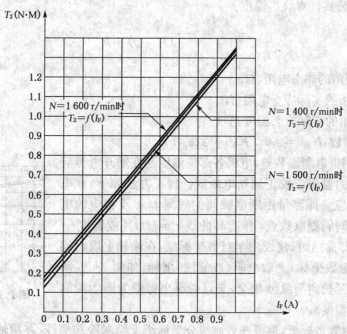

图 1-24　在励磁电流 $I_f = 100$ mA 时的校正曲线 $T_2 = f(I_F)$

1.6.6　测速发电机测量转速

方法是在被测电机轴端连接一测速发电机，通常采用永磁式测速发电机。由于测速发电机 $E = C_e \Phi n$（式中 C_e 为常数），故在磁通量一定时，感应电势与转速成正比，可将测速发电机输出的电压接入直流电压表，电压表刻度换算到以转速单位后，即可直接读出转速值。

1.6.7　温度的测量

电机中绝缘材料的寿命与运行时的温度密切相关，为保证电机安全、合理地使用，需要监视与测量电机绕组、铁心、轴承及冷却介质等的温度。测量温度的方法有三种：温度计法、电阻法和埋置检温计法。

1）温度计测量法

本方法所用温度计是指用膨胀式温度计（例如水银、酒精温度计。也可用半导体温度计、非埋置的热电偶或电阻温度计），操作简单可靠。在电机中不能用电阻法测量温度的部位，如定子铁心、轴承及冷却介质等，即可用温度计来测量。

测量时应将温度计贴附在电机被测部位的表面，以测量接触点表面的温度。为了减少误差，从被测点到温度计的热传导应尽可能良好，温度计球面部分用绝热材料覆盖，以免受周围冷却介质的影响。使用中应当注意，在电机有变化磁场存在的部位，如交流电机定子铁心，不能用水银温度计，而应使用酒精温度计。

2）电阻测量法

当温度改变时，绕组的直流电阻也会改变。根据这个原理，我们利用电阻法来测量绕组的温度，应尽可能在电机运行时测量绕组的热态电阻。例如三相交流电机，在设备条件许可时可采用高压或低压带电测温装置，利用该装置测得电机绕组冷态电阻 r 及热态电阻 r_m 后，可以按下列公式计算绕组温度：

$$\theta_t = \frac{r_m - r}{r}(K + \theta) + \theta$$

式中：r_m——绕组的热态电阻，Ω；

　　　r——绕组的实际冷态电阻，Ω；

　　　θ——绕组的实际冷态温度，℃；

　　　K—— 常数，$K_{铜} = 235$，$K_{铝} = 228$。

如果不能用带电测温装置，电机各部位温度是在断开电源后测得，则所测得的温度应校正到断电瞬间。校正方法如下：在电机切断电源后，应立即测量距断电瞬间的时间 $t(s)$ 及相应的电阻，按一定时间间隔测取数点，作冷却曲线 $r = f(t)$〔或温度 $= f(t)$〕。绘制冷却曲线时，建议用半对数坐标纸，在横轴上取时间坐标，在纵轴（对数坐标）上取电阻（或温度）坐标，如图 1-25 所示，将冷却曲线延长到与纵轴相交，交点的纵坐标即为断电瞬间绕组的电阻（或温度）。

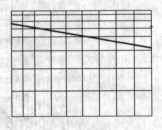

图 1-25　冷却曲线

若没有半对数坐标纸，也可在普通等分坐标纸上绘制冷却曲线，在横轴上取时间坐标，在纵轴上取电阻（或温度）的对数值。

如果断电后，出线电机个别部位的电阻（或温度）先开始上升，然后再行下降，则应取所量得的电阻（或温度）的最高数值作为电机绕组断电瞬间的电阻（或温度）。

如用数字仪表（如万用表、欧姆表），断电后，可以较迅速地测得绕组电阻。

3）埋置检温计测量法

在电机制造时，就将电阻温度计或热电偶埋置于电机制造完成后所不能达到的部位（如槽内导体间和铁心内），此法可测量绕组或铁心最热点处的温度，还可以监视局部温升状况。

2 电机与拖动实验

2.1 他励电动机实验

2.1.1 实验目的

(1) 学习和掌握电机实验的基本要求与安全操作注意事项。

(2) 熟悉和掌握 DDSZ 型电机实验装置交流及直流电源的使用方法和直流电机实验中所用的电机、仪表、变阻器等组件及使用方法。

(3) 学会和掌握他励电动机(即并励电动机接成他励)的接线、启动、改变电机转向与调速的方法。

2.1.2 实验内容

(1) 掌握 DD01 电源控制屏中的电枢电源、励磁电源、校正直流测功机、变阻器、多量程直流电压表、电流表及直流电动机的使用方法。

(2) 用伏安法测量直流电动机 M 和直流发电机 MG 的电枢绕组的冷态电阻。

(3) 学会直流他励电动机的启动、调速及改变转向。

2.1.3 实验器件

(1) 导轨、测速发电机及转速表 DD03,1 台。

(2) 校正直流测功机 DJ23,1 台。

(3) 直流并励电动机 DJ15,1 台。

(4) 直流数字电压、毫安、安培表 D31(或 D31-2),2 件。

(5) 三相可调电阻器 D42,1 件。

(6) 可调电阻器、电容器 D44,1 件。

(7) 波形测试及开关板 D51,1 件。

(8) 转矩转速功率表 D55,1 件。

2.1.4 操作要点

他励直流电动机 M 的启动:一定要将 R_1 阻值调到最大,R_{fl} 阻值调到最小。先接通励磁电源,观察励磁电流表 A_1 是否有电流值指示,如没有说明励磁回路断路。检查励磁回路,排除故障。当 A_1 电流表有电流值指示且 I_{fl} 为最大时,再接通电枢电源,使电机 M 启动运转。启动完毕,应将 R_1 调到最小。

电动机的调节:R_{fl} 电阻增加,I_f 励磁电流减少,n 转速上升,反之。R_2 负载电阻减少,I_a 电枢电流增加,电动机负载增加,反之。

测量电动机的转矩 T_2,必须将校正直流测功机 MG 的励磁电流调到校正值 100 mA 并保持不变,以便从校正曲线中查出电动机 M 的输出转矩或从转矩转速功率表 D55 上直接读取。

直流他励电动机停机时,必须先切断电枢电源,然后断开励磁电源。同时必须将电枢串联的启动电阻 R_1 调回到最大值,励磁回路串联的电阻 R_{f1} 调回到最小值。为下次启动做好准备。

2.1.5　实验步骤与原理图

(1) 由实验指导教师介绍 DDSZ 型电机实验装置各面板布置及使用方法,讲解电机实验的基本要求、安全操作和注意事项。

(2) 用伏安法测试 DJ15 电动机 M 电枢绕组的直流电阻和计算基准工作温度时的电枢电阻(方法见第 1.6 节)并记录数据于表 2-1 中。

(3) 直流电压表、电流表、转速表和变阻器的选择

直流并励电动机 DJ15 的铭牌参数:额定功率 $P_N = 185\,W$,额定电压 $U_N = 220\,V$,额定电流 $I_N = 1.2\,A$,额定转速 $n_N = 1\,600\,r/min$,额定励磁电流 $I_{fN} < 0.16\,A$。

校正直流测功机 DJ23 的铭牌参数:额定功率 $P_N = 355\,W$,额定电压 $U_N = 220\,V$,额定电流 $I_N = 2.2\,A$,额定转速 $n_N = 1\,500\,r/min$,额定励磁电流 $I_{fN} < 0.16\,A$。

直流电压表、电流表、转速表量程是根据电机的额定值和实验中可能达到的最大值来选择的。变阻器的阻值大小是根据实验要求来选用的,并按流过回路电流的大小选择串联、并联或串并联的接法(注:需小于变阻器电阻的额定电流)。

① 电压量程的选择

直流电动机 M 和校正直流测功机 MG 的额定电压为 220 V,直流电压 V_1、V_2 表应选用 D31(或 D31-2)1 000 V(或 500 V)量程挡。

② 电流量程的选择

直流并励电动机 M 的额定电流为 1.2 A,校正直流测功机 MG 的额定电流为 2.2 A,测量电动机 M 电枢电流的电流表 A_3 和测量 MG 负载回路的电流表 A_4 选用 D31(或 D31-2)直流安培表的 5 A 量程挡;M 和 MG 的额定励磁电流都小于 0.16 A,因此电流表 A_1、A_2 选用 D31(或 D31-2)直流毫安表的 200 mA(或 500 mA)量程挡。

③ 电机额定转速为 1 600 r/min,转速表选用 1 800 r/min 量程挡或直接从 D55 转矩转速表上读取。

④ 变阻器的选择

变阻器选用的原则是根据实验中所需的阻值大小和流过变阻器最大的电流来确定的,电动机 M 电枢回路电阻 R_1 选用 D44 挂件的 1.5 A 的 90 Ω 与 90 Ω 串联电阻,校正直流测功机 MG 负载回路电阻 R_2 选用 D42 上 0.5 A 的 900 Ω 与 900 Ω 串联加上 900 Ω 并 900 Ω 共 2 250 Ω 阻值,电动机 M 励磁回路 R_{f1} 选用 D44 挂件的 0.5 A 的 900 Ω 与 900 Ω 串联电阻,测功机 MG 励磁回路 R_{f2} 选用 D42 的 0.5 A 的 900 Ω 与 900 Ω 串联电阻。

(4) 他励直流电动机的启动

① 接线如图 2-1 所示。图中直流他励电动机 M 用 DJ15,校正直流测功机 MG 用 DJ23 作为测功机使用,TG 为测速发电机。接线完毕后,检查 M、MG 及 TG 之间是否用联轴器

直接连接好,安装在导轨上是否牢固,接线是否正确,电表的极性、量程选择是否正确,电动机励磁回路接线是否牢固。然后,将电动机 M 的电枢串联启动电阻 R_1、测功机 MG 的负载电阻 R_2 以及 MG 的励磁回路电阻 R_{f2} 调到阻值最大位置,M 的励磁回路电阻 R_{f1} 调到最小位置,S 开关处于断开位置,转速表开关拨至正向位置,并确认控制屏下方左边的励磁电源开关和右边的电枢电源开关在断开位置。

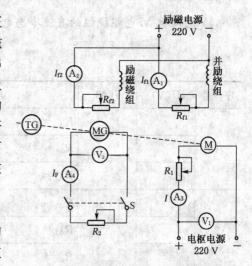

图 2-1　直流他励电动机接线图

② 开启控制屏上的钥匙开关,按下上方的"启动"按钮,将励磁电源开关和电枢电源开关之间的双向显示数字电压表开关拨向左边,合上下方左边的励磁电源开关,此时有励磁电源电压显示,观察 M 及 MG 的励磁电流值(A_1、A_2 电流表),调节电阻 R_{f2} 使 $I_{f2} = 100$ mA(校正值)并保持不变,再将双向显示数字电压表开关拨向右边,合上控制屏右下方的电枢电源开关,此时有电枢电源电压显示,使电机 M 启动。

③ 电机 M 启动后观察转速表指针偏转方向,应为正向偏转,若反向偏转,可将转速表上开关拨至反向而使指针正向偏转。缓慢调节控制屏上电枢电源"电压调节"旋钮,使电动机电枢端电压升至 220 V 并保持不变。减小启动电阻 R_1 阻值,直至短接。合上校正直流测功机 MG 的 S 负载开关,调节 R_2 阻值(减小),使 MG 的负载电流 I_F 增大(注:M 的电枢电流 $I_a \leqslant 1.2$ A),即直流电动机 M 的输出转矩 T_2 随负载电流 I_F 改变(查 1.6 节中对应于 $I_{f2} = 100$ mA 时的校正曲线 $T_2 = f(I_F)$,可得到电机 M 不同的输出转矩 T_2 值)。也可从转矩转速功率表 D55 上直接读取。记录 T_2 随 I_F 变化的数据 8~9 组于表 2-2 中。测试结束将电阻 R_2 阻值调至最大。

④ 调节他励电动机的转速

分别改变串入电动机 M 电枢回路的调节电阻 R_1(增加)和励磁回路的调节电阻 R_{f1}(增加),观察转速变化情况(上升或下降,转速不要超过 1 800 r/min)。记录变化过程于表 2-3 中。

⑤ 改变电动机的转向

将电枢串联启动变阻器 R_1 的阻值调回到最大值,先切断控制屏上的电枢电源开关,然后切断控制屏上的励磁电源开关,使他励电动机停机。按下控制屏上方的"停止"按钮,先把电枢绕组的两端对调,按他励电动机的启动步骤启动电动机,并观察电动机的转向及转速表显示的转向。停机步骤同上。再将励磁绕组两端接线对调,操作步骤同上。记录变化方向于表 2-4 中。停机步骤同上。

2.1.6　实验报告

专业_____　　班级_____　　学号_____　　姓名_____

实验组号_____　　同组者_____　　室温(℃)_____　　得分_____

被测试设备铭牌数据_____

1) 电动机 M 电枢绕组的直流冷态电阻数据和基准工作温度时的电枢电阻计算

表 2-1

室温_____℃

序　号	$U(V)$	$I(A)$	R(平均)(Ω)		$R_a(\Omega)$	$R_{aref}(\Omega)$
1			$R_{a11}=$ $R_{a12}=$ $R_{a13}=$	$R_{a1}=$		
2			$R_{a21}=$ $R_{a22}=$ $R_{a23}=$	$R_{a2}=$		
3			$R_{a31}=$ $R_{a32}=$ $R_{a33}=$	$R_{a3}=$		

注：表中，$R_{a1}=\frac{1}{3}(R_{a11}+R_{a12}+R_{a13})$，$R_{a2}=\frac{1}{3}(R_{a21}+R_{a22}+R_{a23})$，$R_{a3}=\frac{1}{3}(R_{a31}+R_{a32}+R_{a33})$，$R_a=\frac{1}{3}(R_{a1}+R_{a2}+R_{a3})$，$R_{aref}=R_a\frac{235+\theta_{ref}}{235+\theta_a}$。

2) 用坐标纸绘出转矩 $T_2 = f(I_F)$ 的特性曲线

表 2-2

序　号	1	2	3	4	5	6	7	8
$I_F(A)$								
$T_2(N \cdot m)$								

3) 他励电动机的转速调节

表 2-3

R_1	转速 n	R_{fl}	转速 n
增加		增加	
减少		减少	

4) 电动机的转向改变

表 2-4

电枢绕组	转速方向	励磁绕组	转速方向
两端对调		两端对调	

5）思考题

（1）课前思考题

① 直流电动机启动时，为什么要在电枢回路中串接启动变阻器？如不串接会产生什么严重后果？

② 直流电动机启动时，励磁回路串接的磁场变阻器应放置最大还是最小位置？为什么？若励磁回路突然断开造成失磁时，会产生什么严重后果？

③ 用哪些方法改变直流电动机的转向和调节速度大小？

（2）课后思考题

① 电动机负载运行时，增大电枢回路的调节电阻，电机的转速如何变化？增大励磁回路的调节电阻，转速又将如何变化？

② 他励直流电动机启动时，为什么一定要先加励磁电源后加电枢电源？

2.2　直流发电机

2.2.1　实验目的

（1）用实验方法测定直流发电机的各种运行特性，并根据所测数据分析评定该被测电机的有关性能。

（2）观察并励发电机的自励过程和自励条件。

2.2.2　实验内容

1）他励发电机实验

（1）空载特性 $n = n_N$，$I_L = 0$，$U_0 = f(I_f)$。

（2）外特性 $n = n_N$，$I_f = I_{fN}$，$U = f(I_L)$。

（3）调节特性 $n = n_N$，$U = U_N$，$I_f = f(I_L)$。

2）并励发电机实验

（1）观察自励过程。

（2）外特性 $n = n_N$，$R_{f2} = $ 常数，$U = f(I_L)$。

3）复励发电机实验

积复励发电机外特性 $n = n_N$，$R_{f2} = $ 常数，$U = f(I_L)$。

2.2.3　实验器件

（1）导轨、测速发电机及转速表 DD03，1 台。

（2）校正直流测功机 DJ23，1 台。

（3）直流复励发电机 DJ13，1 台。

（4）直流数字电压、毫安、安培表 D31（或 D31-2），2 件。

（5）可调电阻器、电容器 D44，1 件。

（6）波形测试及开关板 D51，1 件。

（7）三相可调电阻器 D42，1 件。

（8）转矩转速功率表 D55，1件。

2.2.4　实验操作要点

（1）直流电动机 MG 启动前，一定要将 R_1 阻值调到最大，R_{f1} 阻值调到最小。先接通励磁电源，观察励磁电流表 A_1 是否有电流值指示，如没有说明励磁回路断路。检查励磁回路排除故障。当 A_1 电流表有电流值指示且 I_{f1} 为最大时，再接通电枢电源，使 MG 启动运转。启动完毕，应将 R_1 调到最小。

（2）做外特性时，当电流超过 0.4 A 时，R_2 中串联的电阻调至零并用导线短接，以免电流过大引起变阻器损坏。

（3）直流他励电动机停机时，必须先切断电枢电源，然后断开励磁电源。同时必须将电枢串联的启动电阻 R_1 调回到最大值，励磁回路串联的电阻 R_{f1} 调回到最小值，为下次启动做好准备。

2.2.5　实验步骤与原理图

1）他励直流发电机

接线如图 2-2。图中直流发电机 G 选用 DJ13，额定值为 $P_N = 100$ W，$U_N = 200$ V，$I_N = 0.5$ A，$n_N = 1600$ r/min。校正直流测功机 MG 作为 G 的原动机（按他励电动机接线）。MG、G 及 TG 由联轴器直接连接。开关 S 选用 D51 组件。R_{f1} 选用 D44 的 1 800 Ω 变阻器，R_{f2} 选用 D42 的 900 Ω 变阻器，采用分压器接法。R_1 选用 D44 的 180 Ω 变阻器。R_2 为发电机的负载电阻选用 D42，采用串并联接法（900 Ω 与 900 Ω 电阻串联加上 900 Ω 与 900 Ω 并联），阻值为 2 250 Ω（注意：当负载电流大于 0.4 A 时用并联部分，而将串联部分阻值调到最小并用导线短接）。直流电流表 A_1、A_3 选用 D31 量程 200 mA（或 500 mA），A_2、A_4 选用 D31 量程 5 A，电压表 V_2 选用 D31 量程 500 V。

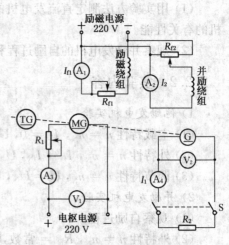

图 2-2　直流他励发电机接线图

（1）空载特性

① 打开发电机 G 的负载开关 S，接通控制屏上的励磁电源开关，将 R_{f2} 调至使 G 励磁电流最小的位置。将 MG 电枢串联启动电阻 R_1 阻值调至最大，R_{f1} 阻值最小。首先接通控制屏下方左边的励磁电源开关，在观察到 MG 的励磁电流为最大的条件下，接通控制屏下方右边的电枢电源开关，直流电动机 MG 启动，观察旋转方向应符合正向旋转的要求。

② 电动机 MG 启动正常运转后，应将 MG 电枢串联电阻 R_1 调至最小值，缓慢增加电枢电源电压，直至 MG 的电压为 220 V。调节电动机磁场电阻 R_{f1}，使发电机转速达额定值 $n = n_N$，并保持此额定转速不变。调节发电机励磁分压电阻 R_{f2}，使发电机空载电压 $U_0 = 1.2U_N$ 为止。保持 $n = n_N = 1 600$ r/min，从 $U_0 = 1.2U_N$ 开始，单方向调节分压器电阻 R_{f2}，使发电机励磁电流逐次减小，测取发电机的空载电压 U_0 和励磁电流 I_f，直至 $I_f = 0$（此时的电压即为电机的剩磁电压）。

③ 共测取 7~8 组数据,测取数据时 $U_0 = U_N$ 和 $I_f = 0$ 两点必测,并在 $U_0 = U_N$ 附近测点应较密。记录于表 2-5 中。

(2)外特性

① 发电机负载电阻 R_2 调到最大值,合上负载开关 S。调节电动机的磁场调节电阻 R_{f1}、发电机的分压电阻 R_{f2} 和负载电阻 R_2,使发电机的 $I_L = I_N$,$U = U_N$,$n = n_N$,此时运行点为发电机的额定点,其励磁电流称为额定励磁电流 I_{fN},记录于表 2-6。

② 在 $n = n_N$ 和 $I_f = I_{fN}$ 不变的条件下,逐渐增加负载电阻 R_2,即减小发电机负载电流 I_L,从额定负载到空载运行点范围内,测取发电机的电压 U 和电流 I_L,直到空载(断开开关 S,此时 $I_L = 0$),记录 6~7 组数据于表 2-6 中。

(3)调整特性

调节发电机的分压电阻 R_{f2},$n = n_N$ 不变,使发电机 $U_0 = U_N$。保持发电机 $n = n_N$ 不变,负载电阻 R_2 调至最大,合上负载开关 S,逐渐减小负载电阻 R_2,增加发电机输出电流 I_L,同时相应调节发电机励磁电流 I_f,使发电机端电压保持额定值 $U = U_N$。从发电机的空载至额定负载范围内测取发电机的输出电流 I_L 和励磁电流 I_f,记录 5~6 组数据于表 2-7 中。停机(按照操作顺序使电机 MG 停机)。

2)并励发电机实验

(1)观察自励过程

① 将发电机 G 的励磁方式由他励改为并励,按如图 2-3 所示接线。R_{f2} 选用 D42 的 900 Ω 电阻两只相串联并调至最大阻值,开关 S 打开。将启动电阻 R_1 调回最大值,磁场调节电阻 R_{f1} 调到最小值,做好启动准备。

② 按照启动的操作顺序使电动机 MG 启动。调节电动机的磁场调节电阻 R_{f1},使发电机的转速 $n = n_N$,并测量发电机是否有剩磁电压。若无剩磁电压,可将并励绕组改接成他励方式进行充磁。

③ 合上开关 S 并逐渐减小 R_{f2},观察发电机电枢两端的电压。若电压逐渐上升,说明满足自励条件。如电压下降,说明自励电压不能建立,需将励磁回路的两个插头对调。

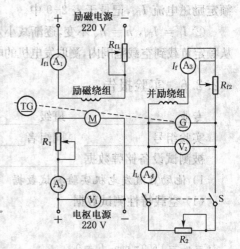

图 2-3 直流并励发电机接线图

④ 保持发电机 $n = n_N$ 不变,逐步增大 R_{f2} 电阻,使发电机电压逐渐下降,直至电压不能建立,此时的电阻即为临界电阻 R_{cr}。

(2)外特性

① R_2 负载电阻调至最大,并合上负载开关 S。调节电动机的磁场调节电阻 R_{f1}、发电机的磁场调节电阻 R_{f2} 和负载电阻 R_2,使发电机到达额定运行点,即 $n = n_N$,$U = U_N$,$I_L = I_N$。此时的励磁电流 I_f 值即为额定励磁电流 I_{fN},记录于表 2-8 中。

② $I_f = I_{fN}$、$n = n_N$ 保持不变,逐渐减小负载(即逐步增大 R_2 电阻),直至 $I_L = 0$,从额定到空载运行范围内测取发电机的电压 U 和电流 I_L。记录 6~7 组数据于表 2-8 中。停机(按照操作顺序)。

3）复励发电机实验

（1）积复励和差复励的判别

① 接线如图 2-4 所示，R_{f2} 选用 D42 的 1 800 Ω 阻值。C_1、C_2 为串励绕组。合上开关 S_1，先将串励绕组短接，此时发电机处于并励运行状态，按上述并励发电机外特性实验方法，调节发电机输出电流到 $I_L = 0.5I_N$。

② 打开短路开关 S_1，在保持发电机 n、R_{f2} 和 R_2 不变的条件下，观察发电机端电压的变化，若电压升高即为积复励，降低则为差复励。如果要改变励磁方式（积复励、差复励）只需对调串励绕组接线插头 C_1、C_2 即可。

（2）积复励发电机的外特性

① 实验方法与并励发电机的测试方法

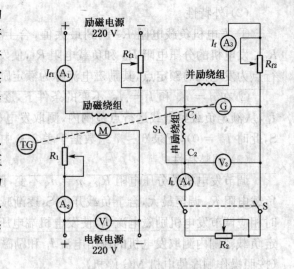

图 2-4　直流复励发电机接线图

相同。即先将发电机调到额定运行点，$n = n_N$，$U = U_N$，$I_L = I_N$。此时的励磁电流 I_f 即为额定励磁电流 I_{fN}，记录于表 2-9 中。

② $I_f = I_{fN}$，$n = n_N$ 不变，逐渐减小发电机负载电流（即逐步增大 R_2 电阻），直至 $I_L = 0$。从额定负载到空载范围内，测取发电机的电压 U 和电流 I_L，记录 6～7 组数据于表 2-9 中。

2.2.6　实验报告

专业＿＿＿＿＿＿　班级＿＿＿＿＿＿　学号＿＿＿＿＿＿　姓名＿＿＿＿＿＿

实验组号＿＿＿＿＿　同组者＿＿＿＿＿　室温（℃）＿＿＿＿＿　得分＿＿＿＿＿

被测试设备铭牌数据＿＿＿＿＿＿＿＿＿＿＿＿＿＿＿＿＿＿＿＿＿＿＿＿＿＿＿＿

1）他励直流发电机实验测试数据

（1）空载特性测试数据

表 2-5

$n = n_N = 1\ 600\ \text{r/min},\ I_L = 0$

U_0(V)							
I_f(mA)							

（2）外特性测试数据

表 2-6

$n = n_N =$ ＿＿＿ r/min，$I_f = I_{fN} =$ ＿＿＿ mA

U(V)							
I_L(A)							

（3）调整特性测试数据

表 2-7

$n = n_N = $＿＿r/min, $U = U_N = $＿＿V

I_L(A)								
I_f(mA)								

2）并励发电机外特性实验测试数据

表 2-8

$n = n_N = $＿＿r/min, $I_{f2} = I_{fN} = $＿＿mA

U(V)								
I_L(A)								

3）复励发电机外特性实验测试数据

表 2-9

$n = n_N = $＿＿r/min, $I_f = I_{fN} = $＿＿mA

U(V)								
I_L(A)								

4）作图与分析

（1）根据空载实验数据，作空载特性曲线，由空载特性曲线计算出被试电机的饱和系数和剩磁电压的百分数。

（2）在同一坐标纸上绘出他励、并励和复励发电机的三条外特性曲线。算出三种不同励磁方式的电压变化率：$\Delta U\% = \dfrac{U_0 - U_N}{U_N} \times 100\%$ 并进行分析比较，回答不相同的原因。

（3）画出他励发电机调整特性曲线，分析在发电机转速不变的条件下，负载增加时要保持端电压不变，为什么必须增加励磁电流的原因。

5）思考题

（1）课前思考题

① 什么是发电机的外特性？求取直流发电机的特性曲线时，哪些物理量应保持不变，哪些物理量应测取？

② 空载特性实验时，为什么励磁电流必须保持单方向调节？

③ 并励发电机的自励条件有哪些？

④ 怎样确定复励发电机是积复励还是差复励？

（2）课后思考题

① 并励发电机不能建立电压在实验中应怎样解决？

② 在发电机—电动机组成的机组中，当发电机负载增加时，为什么机组的转速会变低？

要保持发电机的转速 $n = n_N$，应如何进行调节？

2.3　直流并励电动机

2.3.1　实验目的

(1) 用实验方法测取直流并励电动机的工作特性和机械特性。

(2) 学会直流并励电动机的调速方法。

2.3.2　实验内容

1) 工作特性和机械特性

$U = U_N$ 和 $I_f = I_{fN}$ 不变，测取 n、T_2、$\eta = f(I_a)$、$n = f(T_2)$。

2) 调速特性

(1) 改变电枢电压调速

$U = U_N$，$I_f = I_{fN} =$ 常数，$T_2 =$ 常数，测取 $n = f(U_a)$。

(2) 改变励磁电流调速

$U = U_N$，$T_2 =$ 常数，测取 $n = f(I_f)$。

2.3.3　实验器件

(1) 导轨、测速发电机及转速表 DD03，1 台。

(2) 校正直流测功机 DJ23，1 台。

(3) 直流并励电动机 DJ15，1 台。

(4) 直流数字电压、毫安、安培表 D31（或 D31-2），2 件。

(5) 可调电阻器、电容器 D44，1 件。

(6) 波形测试及开关板 D51，1 件。

(7) 三相可调电阻器 D42，1 件。

(8) 转矩转速功率表 D55，1 件。

2.3.4　操作要点

直流电动机 MG 启动前，一定要将 R_1 阻值调到最大，R_{f1} 阻值调到最小。先接通励磁电源，观察励磁电流表 A_1 是否有电流值指示，如没有说明励磁回路断路。检查励磁回路，排除故障。当 A_1 电流表有电流值指示且 I_{f1} 为最大时，再接通电枢电源，使 MG 启动运转。启动完毕，应将 R_1 调到最小。

电动机达到额定值的调节：R_{f1} 电阻增加、I_f 励磁电流减少、n 转速上升，反之。R_2 负载电阻减少、I_a 电枢电流增加、电动机负载增加，反之。

2.3.5　实验步骤与原理图

1) 并励电动机的工作特性和机械特性

(1) 接线如图 2-5 所示。校正直流测功机 MG 连接成他励发电机形式，作直流电动机

M 的负载,测量电动机的转矩和输出功率。R_{f1} 用 D44 的 900 Ω 阻值,按分压法接线。R_{f2} 用 D42 的 900 Ω 与 900 Ω 串联计 1 800 Ω 阻值。R_1 用 D44 的 180 Ω 阻值。R_2 选用 D42 的 900 Ω 与 900 Ω 串联再加 900 Ω 与 900 Ω 并联计 2 250 Ω 阻值。直流电流表 A_1、A_2 选用 D31 量程 200 mA(或 500 mA),A_3、A_4 选用 D31 量程 5 A,电压表 V_2 选用 D31 量程 500 V。

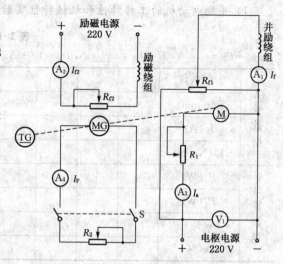

图 2-5　直流并励电动机接线图

(2)按照操作要点进行电机启动。M 启动正常后,将电枢串联电阻 R_1 调至零,电枢电源的电压调至 220 V,调节直流测功机的励磁电流 I_{f2} 为 100 mA(校正值),然后同时调节其负载电阻 R_2 和电动机的磁场调节电阻 R_{f1},使电动机达到额定值:$U = U_N$,$I = I_N$,$n = n_N$。此时 M 的励磁电流 I_f 即为额定励磁电流 I_{fN},记录于表 2-10 中。

(3)$U = U_N$,$I_f = I_{fN}$,$I_{f2} = 100$ mA 保持不变,逐渐减小 I_a 电枢电流,直至负载电阻 R_2 调到最大。测取电动机电枢输入电流 I_a,转速 n 和校正电机的负载电流 I_F(从第 1.6 节中校正曲线查出电动机输出对应转矩 T_2)或 D55 器件上直接读取 T_2 和 P_2 的数值。记录 10 组数据于表 2-10 中。

2)调速特性

(1)电枢绕组串电阻调速

① 直流电动机 M 运行后,R_1 电阻调至零,$I_{f2} = 100$ mA,$I_f = I_{fN}$,$U = U_N$。调节负载电阻 R_2,使 M 的 $I_a = 0.5I_N$,记下此时 MG 的 I_F 值或 T_2 于表 2-11 中。

② 保持此时的 I_F 值(即 T_2 值)和 $I_f = I_{fN}$ 不变,逐渐增加 R_1 的阻值,降低电枢两端的电压 U_a,使 R_1 从零调至最大值,测取电动机的端电压 U_a,转速 n 和电枢电流 I_a。记录 8~9 组数据于表 2-11 中。

(2)改变励磁电流的调速

① 直流电动机运行后,R_1 电阻和 R_{f1} 调至零,$I_{f2} = 100$ mA,$U = U_N$。再调节 MG 的负载电阻 R_2,使电动机 M 的 $U = U_N$,$I_a = 0.5I_N$,记下此时的 I_F 值或 T_2 表 2-12 中。

② 保持此时的 I_F 值(即 T_2 值)和 M 的 $U = U_N$ 不变,逐次增加磁场电阻 R_{f1} 阻值,直至 $n = 1.3n_N$,每次测取电动机的 n、I_f 和 I_a。记录 7~8 组于表 2-12 中。

2.3.6　实验报告

专业_____　班级_____　学号_____　姓名_____

实验组号_____　同组者_____　室温(℃)_____　得分_____

被测试设备铭牌数据_____

1）并励电动机的工作特性和机械特性实验测试计算数据

表 2-10

$U = U_N = $ ___ V, $I_f = I_{fN} = $ ___ mA, $I_{f2} = 100$ mA

实验数据	$I_a(A)$							
	$n(r/min)$							
	$I_F(A)$							
	$T_2(N \cdot m)$							
计算数据	$P_2(W)$							
	$P_1(W)$							
	$\eta(\%)$							
	$\Delta n(\%)$							

2）并励电动机的调速特性实验测试数据

（1）电枢绕组串电阻

表 2-11

$I_f = I_{fN} = $ ___ mA, $I_F = $ ___ A($T_2 = $ ___ N · m), $I_{f2} = 100$ mA

$U_a(V)$								
$n(r/min)$								
$I_a(A)$								

（2）改变励磁电流

表 2-12

$U = U_N = $ ___ V, $I_F = $ ___ A($T_2 = $ ___ N · m), $I_{f2} = 100$ mA

$n(r/min)$								
$I_f(mA)$								
$I_a(A)$								

3）作图与分析

（1）由表 2-10 计算出 P_2 和 η，用坐标纸绘出 n、T_2、$\eta = f(I_a)$ 及 $n = f(T_2)$ 的特性曲线。

电动机输出功率：

$$P_2 = 0.105nT_2$$

式中输出转矩 T_2 的单位为 N · m（由 I_{f2} 及 I_F 值，从校正曲线 $T_2 = f(I_F)$ 查得或从 D55 器件上直接读取），转速 n 的单位为 r/min。

电动机输入功率：　　　　　　　　$P_1 = UI$

输入电流：　　　　　　　　　　　$I = I_a + I_{fN}$

电动机效率：
$$\eta = \frac{P_2}{P_1} \times 100\%$$

由工作特性求出转速变化率：

$$\Delta n\% = \frac{n_0 - n_N}{n_N} \times 100\%$$

（2）根据测试数据在坐标纸上绘出并励电动机调速特性曲线 $n = f(U_a)$ 和 $n = f(I_f)$。并分析在恒转矩负载时两种调速方法下的电枢电流变化规律及优缺点。

4）思考题

（1）课前思考题

① 怎样从直流电动机的工作特性和机械特性来判断其性能的好坏？

② 直流电动机调速有哪几种方法，原理是什么？

（2）课后思考题

① 并励电动机的 $n = f(I_a)$ 特性为什么是略微下降，会出现上翘现象吗？为什么？如上翘对电动机运行有何影响？

② 保持电动机的负载转矩 T_2 和励磁电流 I_f 不变，减小电枢端电压，为什么会引起电动机转速降低？

③ 电动机的负载转矩 T_2 和电枢端电压 U 不变时，减小励磁电流转速 n 会上升吗？为什么？

④ 在实验过程中，当磁场回路断线时并励电动机是否一定会出现"飞车"？为什么？

2.4　直流串励电动机

2.4.1　实验目的

（1）学会串励电动机工作特性和机械特性测取方法。

（2）掌握串励电动机启动、调速及改变转向的方法。

2.4.2　实验内容

1）工作特性和机械特性

$U = U_N$ 不变，测取 n、T_2、$\eta = f(I_a)$ 以及 $n = f(T_2)$。

2）人为机械特性

$U = U_N$ 不变，电阻 $R_1 = $ 常数，测取 $n = f(T_2)$。

3）调速特性

（1）电枢回路串电阻调速

$U = U_N$、$T_2 = $ 常值，测取 $n = f(U_a)$。

（2）磁场绕组并联电阻调速

$U = U_N$、$T_2 = $ 常数、$R_1 = 0$，测取 $n = f(I_f)$。

2.4.3　实验器件

(1) 导轨、测速发电机及转速表 DD03，1 台。

(2) 校正直流测功机 DJ23，1 台。

(3) 直流串励电动机 DJ14，1 台。

(4) 直流数字电压、毫安、安培表 D31(或 D31-2)，2 件。

(5) 三相可调电阻器 D41，1 件。

(6) 三相可调电阻器 D42，1 件。

(7) 波形测试及开关板 D51，1 件。

(8) 转矩转速功率表 D55，1 件。

2.4.4　操作要点

串励电动机不允许空载启动。空载时 I_a 接近零，磁通 Φ 很小，转速将达到 $5\sim6n_N$，会出现飞车现象。因此校正直流测功机 MG 需先加他励励磁电流 I_{f2} 为 100 mA(校正值)，负载电阻 R_2 调到最大，使电动机在启动过程中带上负载。

2.4.5　实验步骤与原理图

1) 实验线路

如图 2-6 所示，直流串励电动机选用 DJ14，校正直流测功机 MG 选用 DJ23 作电动机的负载。R_1 用 D41 的 180 Ω 阻值，R_2 用 D42 上 900 Ω 和 900 Ω 串联再加上 900 Ω 和 900 Ω 并联共 2 250 Ω 阻值，R_{f1} 用 D41 的 180 Ω 和 90 Ω 串联共 270 Ω 阻值，R_{f2} 用 D42 上 1 800 Ω 阻值，V_2、V_3 用 D31 或 D31-2 上的电压表、电流表选用 D31 或 D31-2。

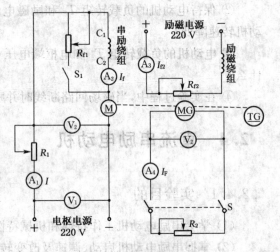

图 2-6　串励电动机接线图

2) 工作特性和机械特性

(1) 启动前准备，见操作要点。

(2) 将直流串励电动机 M 的电枢串联启动电阻 R_1 和磁场分路电阻 R_{f1} 调至最大值，断开磁场分路开关 S_1，合上电枢电源开关，启动 M，并观察电压表、电流表的指示值及转向是否正确。

(3) M 运转后，切除 R_1 至零，将 MG 的励磁电流 I_{f2} 调至校正值 100 mA，并调节 MG 的负载电阻值 R_2，及电枢电压调压旋钮，使 M 的电枢电压 $U_1 = U_N$、$I_a = 1.2I_N$。

(4) 当 $U_1 = U_N$，I_{f2} 为校正值的条件下，逐渐减小负载(即增大 R_2)直至 $n < 1.4n_N$ 为止，测取 I_a、n、I_F，共取数据 6～7 组，记录于表 2-13 中。

(5) 测试完毕后不需要停机，可接着做下面内容。若要串励电动机 M 停机，要将电枢串联启动电阻 R_1 调回到最大值，再断开控制屏上电枢电源开关。重复启动过程。

3) 测取电枢串电阻后的人为机械特性

(1) 保持 I_{f2} 为 100 mA(校正值)，调节串入 M 电枢的电阻 R_1 和负载电阻 R_2。使 $I_a =$

I_N，$n = 0.8n_N$。

（2）保持此时的 R_1 不变和 $U = U_N$，逐渐减小电动机的负载，直至 $n < 1.4n_N$ 为止。每次测取 U_1、I_a、n、I_F，共取数据 $6 \sim 7$ 组，记录于表 2-14 中。

4）绘出串励电动机恒转矩两种调速的特性曲线

（1）电枢回路串电阻调速

① 可不停机，也可停机重新启动。S_1 仍为断开状态。

② 调节电枢电压和负载电阻 R_2，使 $U = U_N$，$I_a \approx I_N$，记录此时 M 的 n、I_a 和 MG 的 I_F。

③ 保持 $U = U_N$ 以及 T_2（即保持 I_F）不变，逐次增加 R_1 的阻值，测量 n、I_a、U_2。

④ 共取数据 $6\sim 8$ 组，记录于表 2-15 中。测试完毕停机。

（2）磁场绕组并联电阻调速

① 重复启动过程。

② 电动机电枢串电阻并带负载启动后，调节 R_1 至零，开关 S_1 合上。

③ 调节电枢电压和负载，使 $U = U_N$，$T_2 = 0.8T_N$。记录此时 M 的 n、I_a、I_{fl} 和 MG 的 I_F。

④ 保持 $U = U_N$ 及 I_F（即 T_2）不变，逐渐减小 R_{fl} 的阻值（注意 R_{fl} 不能短接），直至 $n < 1.4n_N$ 为止。测取 n、I_a、I_{fl}，共取数据 $6\sim 8$ 组，记录于表 2-16 中。

2.4.6 实验报告

专业＿＿＿＿＿＿　　　班级＿＿＿＿＿＿　　　学号＿＿＿＿＿＿　　　姓名＿＿＿＿＿＿

实验组号＿＿＿＿＿　　　同组者＿＿＿＿＿　　　室温（℃）＿＿＿＿　　　得分＿＿＿＿＿

被测试设备铭牌数据＿＿＿＿＿＿＿＿＿＿＿＿＿＿＿＿＿＿＿＿＿＿＿＿＿＿＿＿＿＿＿＿＿＿＿

1）实验数据

表 2-13

$U_1 = U_N = $ ___ V，$I_{f2} = $ ___ mA

实验数据	I_a(A)						
	n(r/min)						
	I_F(A)						
计算数据	T_2(N·m)						
	P_2(W)						
	η(%)						

表 2-14

$U = U_N = $ ___ V，$R_1 = $ 常值，$I_{f2} = $ ___ mA

实验数据	I_F(A)						
	n(r/min)						
	I_a(A)						
查表	T_2(N·m)						

表 2-15

$U = U_N =$ ___ V, $I_{f2} =$ ___ mA, $I_F =$ ___ A

n(r/min)							
I_a(A)							
U_2(V)							

表 2-16

$U = U_N =$ ___ V, $I_{f2} =$ ___ mA, $I_F =$ ___ A

n(r/min)							
I_a(A)							
I_{f1}(A)							

2) 作图与分析

(1) 绘制直流串励电动机的工作特性曲线 n、T_2、$\eta = f(I_a)$。

(2) 在同一张坐标纸上绘制出串励电动机的固有和人为机械特性。

(3) 绘制串励电动机恒转矩下两种调速的特性曲线。分析在 $U = U_N$ 和 T_2 不变条件下调速时电枢电流的变化规律，并对两种调速方法进行比较。

3) 思考题

(1) 课前思考题

① 串励电动机为什么不允许空载和轻载启动？

② 磁场绕组并联电阻调速时，为什么不允许并联电阻调至零？

③ 直流串励电动机如何改变转向与调速，调速过程中需注意哪些问题？

(2) 课后思考题

串励电动机与并励电动机的工作特性有何差别？

2.5　单相变压器

2.5.1　实验目的

通过空载和短路及负载实验测定变压器的参数和运行特性。

2.5.2　实验内容

1) 空载实验

空载特性 $U_0 = f(I_0)$，$P_0 = f(U_0)$，$\cos \varphi_0 = f(U_0)$。

2) 短路实验

短路特性 $P_K = f(I_K)$，$U_K = f(I_K)$，$\cos \varphi_K = f(I_K)$。

3) 负载实验

(1) 纯电阻负载

$U_1 = U_N$，$\cos \varphi_2 = 1$ 不变，测取 $U_2 = f(I_2)$。

（2）阻感性负载

$U_1 = U_N$，$\cos \varphi_2 = 0.8$ 不变，测取 $U_2 = f(I_2)$。

2.5.3　实验器件

（1）交流电压表 D33，1 件。

（2）交流电流表 D32，1 件。

（3）智能型功率、功率因数表 D34-3，1 件。

（4）三相组式变压器 DJ11，1 件。

（5）三相可调电阻器 D42，1 件。

（6）三相可调电抗器 D43，1 件。

（7）波形测试及开关板 D51，1 件。

2.5.4　操作要点

（1）每次实验前（合上交流电源总开关前），需将控制屏左侧调压器旋钮向逆时针方向旋转到底，即将其调到输出电压为零的位置。

（2）短路实验操作要快，否则线圈发热引起电阻变化。

2.5.5　实验步骤与原理图

1）空载实验

（1）按图 2-7 接线。选三相组式变压器 DJ11 中的任一只作为单相变压器，额定容量为 $P_N = 77$ V·A，$U_{1N}/U_{2N} = 220/55$ V，$I_{1N}/I_{2N} = 0.35/1.4$ A。一般在变压器的低压线圈接电源，高压线圈开路。因此单相变压器的低压线圈 a、x 接电源，高压线圈 A、X 开路。选好测量仪表量程。

（2）打开交流电源总开关，按"启动"按钮，接通三相交流电源。调节三相调压器旋钮，观察电压表指示，使其空载电压为 $U_0 = 1.2U_N$，然后逐渐降低电源电压，在 $1.2 \sim 0.3U_N$ 的范围内，测 $7 \sim 8$ 组对应的 U_0、I_0、P_0。测试时，$U = U_N$ 点必须测，该点附近要多测几个点。将测得的数据记录于表 2-17 中。

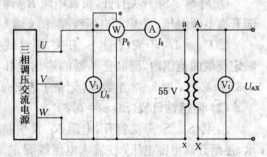

图 2-7　空载实验接线图

（3）变压器变比的计算，在测取 U_N 以下 U_{ax} 低压边电压的同时测对应高压边 U_{AX} 电压，数据同时记录于表 2-17 中。测试完毕，将交流调压器旋钮调到输出电压为零的位置，断开三相调压交流电源。

2）短路实验

（1）按图 2-8 接线。将变压器的高压线圈 A、X 接电源，低压线圈 a、x 直接短路。选好所有测量仪表量程。

（2）合上交流电源，观察电流表指示，逐渐缓慢增加输入电流，直至短路电流等于 $1.1I_N$ 为止，在 $(0.2\sim1.1)I_N$ 范围内测取变压器的 U_K、I_K、P_K。测试时，$I_K=I_N$ 点必须测，该点附近要多测几个点，测取数据 $7\sim8$ 组记录于表 2-18 中。记下周围环境温度（℃）。测试完毕同上。

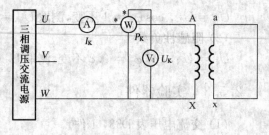

图 2-8　短路实验接线图

3）负载实验

实验线路如图 2-9 所示。变压器低压线圈 a、x 接电源，高压线圈 A、X 经过开关 S_1 和 S_2 接负载电阻 R_L 和电抗 X_L。R_L 用 D42 上四只 900 Ω 变阻器相串联共 3 600 Ω 阻值，X_L 用 D43，功率因数表用 D34-3，开关 S_1 和 S_2 用 D51 挂箱。

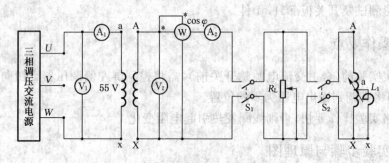

图 2-9　负载实验接线图

（1）纯电阻负载

① 将 S_1、S_2 开关打开，负载电阻 R_L 调到最大值。合上交流电源，观察电压表指示，逐渐升高电源电压，使输入电压线圈 a、x 端 $U_1=U_N$。

② $U_1=U_N$ 不变，合上 S_1 开关，缓慢减小负载电阻 R_L，使负载电流逐渐增加，在空载到额定负载的范围内，测取变压器的输出电压 U_2 和电流 I_2。测取时，$I_2=0$ 和 $I_2=I_{2N}=0.35$ A 必测，取 $7\sim8$ 组数据，记录于表 2-19 中。

（2）阻感性负载（$\cos\varphi_2=0.8$）

① 将 S_1、S_2 开关打开，电阻 R_L 及电抗 X_L 调至最大。合上交流电源，观察电压表指示，逐渐升高电源电压，使输入电压线圈 a、x 端 $U_1=U_N$。

② 合上 S_1、S_2，保持 $U_1=U_N$ 及 $\cos\varphi_2=0.8$ 不变，逐渐增加负载电流，在空载到额定负载的范围内，测取变压器 U_2 和 I_2。测取时，$I_2=0$，$I_2=I_{2N}=0.35$ A 两点必测，取数据 $7\sim8$ 组记录于表 2-20 中。

2.5.6　实验报告

专业＿＿＿＿　　班级＿＿＿＿　　学号＿＿＿＿　　姓名＿＿＿＿

实验组号＿＿＿　同组者＿＿＿＿　室温（℃）＿＿＿　得分＿＿＿＿

被测试设备铭牌数据＿＿＿＿＿＿＿＿＿＿＿＿＿＿＿＿＿＿＿＿

1）实验数据

表 2-17

序号	实　验　数　据				计算数据	
	U_0(V)	I_0(A)	P_0(W)	U_{AX}(V)	$\cos \varphi_0$	K

表 2-18

室温_____℃

序　号	实　验　数　据			计算数据
	U_K(V)	I_K(A)	P_K(W)	$\cos \varphi_K$

表 2-19

$\cos \varphi_2 = 1$，$U_1 = U_N = $___V

序　号							
U_2(V)							
I_2(A)							

表 2-20

$\cos \varphi_2 = 0.8$，$U_1 = U_N = $___V

序　号							
U_2(V)							
I_2(A)							

2）计算变比

由空载实验测变压器对应的原副边电压的数值,分别计算出变比,取其平均值作为变压器的变比 K。

$$K = \frac{U_{AX}}{U_{ax}}$$

3）绘出空载特性曲线和计算激磁参数

（1）绘出空载特性曲线

$$U_0 = f(I_0),\ P_0 = f(U_0),\ \cos\varphi_0 = f(U_0)$$

式中：$\cos\varphi_0 = \dfrac{P_0}{U_0 I_0}$。

（2）计算激磁参数

从空载特性曲线上查出对应于 $U_0 = U_N$ 时的 I_0 和 P_0 值,从下式算出激磁参数：

$$r_m = \frac{P_0}{I_0^2}$$

$$Z_m = \frac{U_0}{I_0}$$

$$X_m = \sqrt{Z_m^2 - r_m^2}$$

4）绘出短路特性曲线和计算短路参数

（1）绘出短路特性曲线

$$U_K = f(I_K),\ P_K = f(I_K),\ \cos\varphi_K = f(I_K)$$

（2）计算短路参数

从短路特性曲线上查出对应于短路电流 $I_K = I_N$ 时的 U_K 和 P_K 值,从下式算出实验环境温度为 $\theta(\text{℃})$ 时的短路参数。

$$Z_K' = \frac{U_K}{I_K}$$

$$r_K' = \frac{P_K}{I_K^2}$$

$$X_K' = \sqrt{Z_K'^2 - r_K'^2}$$

折算到低压方：

$$Z_K = \frac{Z_K'}{K^2}$$

$$r_K = \frac{r_K'}{K^2}$$

$$X_K = \frac{X_K'}{K^2}$$

由于短路电阻 r_K 随温度变化,因此,算出的短路电阻应按国家标准换算到基准工作温度 75℃时的阻值。

$$r_{K75℃} = r_{K\theta} \frac{234.5 + 75}{234.5 + \theta}$$

$$Z_{K75℃} = \sqrt{r_{K75℃}^2 + X_K^2}$$

式中:234.5 为铜导线的常数,如果用铝导线常数应改为 228。

计算短路电压(阻抗电压)百分数:

$$u_K = \frac{I_N Z_{K75℃}}{U_N} \times 100\%$$

$$u_{Kr} = \frac{I_N r_{K75℃}}{U_N} \times 100\%$$

$$u_{KX} = \frac{I_N X_K}{U_N} \times 100\%$$

$I_K = I_N$ 时短路损耗 $P_{KN} = I_N^2 r_{K75℃}$。

5) 根据空载和短路实验测定和计算的参数,画出被试变压器折算到低压方的"T"型等效电路

如果要分离一次侧和二次侧电阻,可用万用表(最好用电桥)测出每侧的直流电阻,设 R_1' 为一次绕组的直流电阻折算到二次侧的数值,R_2 为二次绕组的直流电阻。r_K 已折算到二次侧,应有

$$r_K = r_1' + r_2$$

$$\frac{r_1'}{R_1'} = \frac{r_2}{R_2}$$

联立方程组求解可得 r_1' 和 r_2。一次侧和二次侧的漏阻抗无法用实验方法分离,通常取 $X_1' = X_2 = \frac{X_K}{2}$。

6) 变压器的电压变化率 Δu

(1)绘出 $\cos \varphi_2 = 1$ 和 $\cos \varphi_2 = 0.8$ 两条外特性曲线 $U_2 = f(I_2)$,由特性曲线计算出 $I_2 = I_{2N}$ 时的电压变化率。

$$\Delta u = \frac{U_{20} - U_2}{U_{20}} \times 100\%$$

(2)根据实验求出的参数,算出 $I_2 = I_{2N}$、$\cos \varphi_2 = 1$ 和 $I_2 = I_{2N}$、$\cos \varphi_2 = 0.8$ 时的电压变化率 Δu。

$$\Delta u = u_{Kr} \cos \varphi_2 + u_{KX} \sin \varphi_2$$

7) 绘出被试变压器的效率特性曲线

(1)用间接法算出 $\cos \varphi_2 = 0.8$ 不同负载电流时的变压器效率,记录于表 2-21 中。

$$\eta = \left(1 - \frac{P_0 + I_2^{*2} P_{KN}}{I_2^* S_N \cos \varphi_2 + P_0 + I_2^{*2} P_{KN}}\right) \times 100\%$$

式中：$I_2^* S_N \cos \varphi_2 = P_2(\text{W})$；

$\quad P_{KN}$——变压器 $I_K = I_N$ 时的短路损耗，W；

$\quad P_0$——变压器 $U_0 = U_N$ 时的空载损耗，W；

$\quad I_2^* = I_2 / I_{2N}$——副边电流标幺值；

$\quad S_N$——变压器的额定容量。

表 2-21

$\cos \varphi_2 = 0.8$，$P_0 = \underline{\quad}$ W，$P_{KN} = \underline{\quad}$ W

I_2^*	$P_2(\text{W})$	η
0.2		
0.4		
0.6		
0.8		
1.0		
1.2		

(2) 由计算数据绘出变压器的效率曲线 $\eta = f(I_2^*)$。

(3) 计算被试变压器 $\eta = \eta_{\max}$ 时的负载系数 β_m。

$$\beta_m = \sqrt{\frac{P_0}{P_{KN}}}$$

8) 思考题

(1) 课前思考题

① 在空载和短路实验中，各种仪表应怎样联接才能使测量误差最小？

② 变压器的空载和短路实验应注意哪些问题？实验中电源电压一般加在哪一方较合适？

③ 如何用实验方法测定变压器的铁耗及铜耗。

(2) 课后思考题

将纯电阻负载和阻感性负载进行综合比较，分析不同性质的负载对变压器输出电压 U_2 的影响。

2.6　三相变压器

2.6.1　实验目的

(1) 通过空载和短路实验，测定三相变压器的变比和参数。

(2) 通过负载实验，测取三相变压器的运行特性。

2.6.2 实验内容

(1) 测定变比

(2) 空载实验

空载特性 $U_{0L} = f(I_{0L})$，$P_0 = f(U_{0L})$，$\cos \varphi_0 = f(U_{0L})$。

(3) 短路实验

短路特性 $U_{KL} = f(I_{KL})$，$P_K = f(I_{KL})$，$\cos \varphi_K = f(I_{KL})$。

(4) 纯电阻负载实验

$U_1 = U_N$，$\cos \varphi_2 = 1$ 不变，测取 $U_2 = f(I_2)$。

2.6.3 实验器件

(1) 数/模交流电压表 D33，1 件。

(2) 数/模交流电流表 D32，1 件。

(3) 智能型功率、功率因数表 D34-3，1 件。

(4) 三相芯式变压器 DJ12，1 件。

(5) 三相可调电阻器 D42，1 件。

(6) 波形测试及开关板 D51，1 件。

2.6.4 操作要点

(1) 每次实验前(合上交流电源总开关前)，需将控制屏左侧调压器旋钮向逆时针方向旋转到底，即将其调到输出电压为零的位置。

(2) 在三相变压器实验中，应注意电压表、电流表和功率表的合理布置。做短路实验时操作要快，否则线圈发热会引起电阻变化。

2.6.5 实验步骤与原理图

1) 测定变比

接线如图 2-10 所示，选 DJ12 三相三线圈芯式变压器为被测变压器，额定容量 $P_N = 152/152/152$ V・A，$U_N = 220/63.6/55$ V，$I_N = 0.4/1.38/1.6$ A，Y/△/Y 接法。实验时用高、低压两组线圈，低压线圈接电源，高压线圈开路。选好测量仪表量程。开启控制屏上钥匙开关，按下"启动"按钮，电源接通后调节三相调压器旋钮，观察电压表指示，使外施电压 $U = 0.5U_N = 27.5$ V，测取高、低线圈的线电压 U_{AB}、U_{BC}、U_{CA}、U_{ab}、U_{bc}、U_{ca}，记录于表 2-22 中。测试完毕，将交流调压器旋钮调到输出电压为零的位置，断开三相调压交流电源。

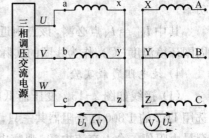

图 2-10　三相变压器变比实验接线图

2) 空载实验

(1) 接线如图 2-11。变压器低压线圈接电源，高压线圈开路。选好测量仪表量程。按下"启动"按钮，接通三相交流电源，调节电压，观察电压表指示，使变压器的空载电压 $U_{0L} =$

$1.2U_N$。

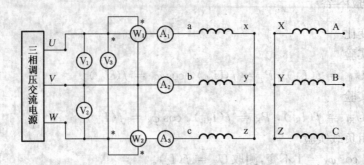

图 2-11 三相变压器空载实验接线图

(2) 逐渐降低电源电压,在$(1.2\sim0.2)U_N$范围内,测取变压器三相线电压、线电流和功率。

$U_{0L}=U_N$点必须测,该点附近要多测几个点,测 8~9 组数据记录于表 2-23 中。测试完毕同上。

3) 短路实验

(1) 按图 2-12 接线。变压器高压线圈接电源,低压线圈直接短路。按下"启动"按钮,接通三相交流电源,观察电流表指示,逐渐缓慢地增加输入电流,使变压器的短路电流$I_{KL}=1.1I_N$。

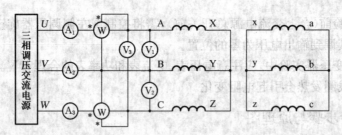

图 2-12 三相变压器短路实验接线图

(2) 逐渐降低电源电压,在$1.1\sim0.3I_N$的范围内,测取变压器的三相输入电压、电流及功率。

其中$I_{KL}=I_N$点必测,该点附近要多测几个点,取数据 7~8 组记录于表 2-24 中。记下周围环境温度(℃),作为线圈的实际温度。测试完毕同上。

4) 纯电阻负载实验

(1) 接线如图 2-13。变压器低压线圈接电源,高压线圈经开关 S 接负载电阻R_L,R_L选用 D42 的 1 800 Ω 变阻器共三只,开关 S 选用 D51 挂件。打开开关 S,将负载电阻R_L调至最大阻值。合上交流电源,观察电压表指示,逐渐升高电源电压,使变压器的输入电压$U_1=U_N$。

(2) $U_1=U_{1N}$不变,合上开关 S,逐渐增加负载电流,从空载到额定负载范围内,测取三相变压器输出线电压和相电流。其中$I_2=0$和$I_2=I_N$两点必测。取 7~8 组数据记录于表 2-25 中。

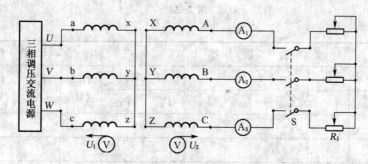

图 2-13　三相变压器负载实验接线图

2.6.6　实验报告

专业＿＿＿＿＿＿＿　班级＿＿＿＿＿＿＿　学号＿＿＿＿＿＿＿　姓名＿＿＿＿＿＿

实验组号＿＿＿＿＿＿　同组者＿＿＿＿＿＿　室温(℃)＿＿＿＿＿　得分＿＿＿＿＿

被测试设备铭牌数据＿＿＿＿＿＿＿＿＿＿＿＿＿＿＿＿＿＿＿＿＿＿＿＿＿＿＿＿

1) 实验数据

表 2-22

高压绕组线电压(V)		低压绕组线电压(V)		变比(K)	
U_{AB}		U_{ab}		K_{AB}	
U_{BC}		U_{bc}		K_{BC}	
U_{CA}		U_{ca}		K_{CA}	

表 2-23

序号	实　验　数　据								计　算　数　据			
	$U_{0L}(V)$			$I_{0L}(A)$			$P_0(W)$		U_{0L} (V)	I_{0L} (A)	P_0 (W)	$\cos \Phi_0$
	U_{ab}	U_{bc}	U_{ca}	I_{a0}	I_{b0}	I_{c0}	P_{01}	P_{02}				
1												
2												
3												
4												
5												
6												
7												
8												
9												

表 2-24

室温_____℃

序号	实 验 数 据								计 算 数 据			
	$U_{KL}(V)$			$I_{KL}(A)$			$P_K(W)$		U_{KL} (V)	I_{KL} (A)	P_K (W)	$\cos\Phi_K$
	U_{AB}	U_{BC}	U_{CA}	I_{AK}	I_{BK}	I_{CK}	P_{K1}	P_{K2}				
1												
2												
3												
4												
5												
6												
7												
8												

表 2-25

$U_1 = U_{1N} = $____ V, $\cos\varphi_2 = 1$

序号	$U_2(V)$				$I_2(A)$			
	U_{AB}	U_{BC}	U_{CA}	U_2	I_A	I_B	I_C	I_2
1								
2								
3								
4								
5								
6								
7								
8								
9								

2) 计算变压器的变比

根据实验数据,计算各线电压之比,取其平均值作为变压器的变比。

计算变比 K:

$$K_{AB} = \frac{U_{AB}}{U_{ab}}, \quad K_{BC} = \frac{U_{BC}}{U_{bc}}, \quad K_{CA} = \frac{U_{CA}}{U_{ca}}$$

平均变比:

$$K = \frac{1}{3}(K_{AB} + K_{BC} + K_{CA})$$

3）根据空载实验数据作空载特性曲线并计算激磁参数

（1）绘出空载特性曲线

$$U_{0L} = f(I_{0L}), \; P_0 = f(U_{0L}), \; \cos\varphi_0 = f(U_{0L})$$

式中：$U_{0L} = \dfrac{U_{ab} + U_{bc} + U_{ca}}{3}$；

$\qquad I_{0L} = \dfrac{I_a + I_b + I_c}{3}$；

$\qquad P_0 = P_{01} + P_{02}$；

$\qquad \cos\varphi_0 = \dfrac{P_0}{\sqrt{3}\,U_{0L}\,I_{0L}}$。

（2）计算激磁参数

从空载特性曲线查出对应于 $U_{0L} = U_N$ 时的 I_{0L} 和 P_0 值，并由下式求取激磁参数。

$$r_m = \frac{P_0}{3I_{0\varphi}^2}$$

$$Z_m = \frac{U_{0\varphi}}{I_{0\varphi}} = \frac{U_{0L}}{\sqrt{3}\,I_{0L}}$$

$$X_m = \sqrt{Z_m^2 - r_m^2}$$

式中：$U_{0\varphi} = \dfrac{U_{0L}}{\sqrt{3}}$，$I_{0\varphi} = I_{0L}$，$P_0$—变压器空载相电压、相电流、三相空载功率（注：Y 接法，以后计算变压器和电机参数时都要换算成相电压、相电流）。

4）绘出短路特性曲线和计算短路参数

（1）绘出短路特性曲线

$$U_{KL} = f(I_{KL}), \; P_K = f(I_{KL}), \; \cos\varphi_K = f(I_{KL})$$

式中：$U_{KL} = \dfrac{U_{AB} + U_{BC} + U_{CA}}{3}$；

$\qquad I_{KL} = \dfrac{I_{AK} + I_{BK} + I_{CK}}{3}$；

$\qquad P_K = P_{K1} + P_{K2}$；

$\qquad \cos\varphi_K = \dfrac{P_K}{\sqrt{3}\,U_{KL}\,I_{KL}}$。

（2）计算短路参数

从短路特性曲线查出对应于 $I_{KL} = I_N$ 时的 U_{KL} 和 P_K 值，并由下式算出实验环境温度 θ℃ 时的短路参数：

$$r_K' = \frac{P_K}{3I_{K\varphi}^2}, \; Z_K' = \frac{U_{K\varphi}}{I_{K\varphi}} = \frac{U_{KL}}{\sqrt{3}\,I_{KL}}, \; X_K' = \sqrt{Z_K'^2 - r_K'^2}$$

式中：$U_{K\varphi} = \dfrac{U_{KL}}{\sqrt{3}}$，$I_{K\varphi} = I_{KL} = I_N$，$P_K$—短路时的相电压、相电流、三相短路功率。

折算到低压方：

$$Z_K = \frac{Z'_K}{K^2}, \quad r_K = \frac{r'_K}{K^2}, \quad X_K = \frac{X'_K}{K^2}$$

换算到基准工作温度下的短路参数 $r_{K75℃}$ 和 $Z_{K75℃}$（换算方法与单相变压器相同），计算短路电压百分数：

$$u_K = \frac{I_{N\varphi} Z_{K75℃}}{U_{N\varphi}} \times 100\%$$

$$u_{Kr} = \frac{I_N r_{K75℃}}{U_{N\varphi}} \times 100\%$$

$$u_{KX} = \frac{I_N X_K}{U_{N\varphi}} \times 100\%$$

计算 $I_K = I_N$ 时的短路损耗：

$$P_{KN} = 3I_{N\varphi}^2 r_{K75℃}$$

5) 根据空载和短路实验测定的参数，画出被试变压器的"T"型等效电路

要分离一次侧和二次侧电阻，可用万用表（最好用电桥）测出每相绕组的直流电阻，然后取其平均值。设 R'_1 为一次绕组的直流电阻折算到二次侧的数值，R_2 为二次绕组的直流电阻。r_k 已折算到二次侧，应有：

$$r_k = r'_1 + r_2$$

$$\frac{r'_1}{R'_1} = \frac{r_2}{R_2}$$

联立方程组求解可得 r'_1 及 r_2。一次侧和二次侧的漏阻抗无法用实验方法分离，通常取：

$$X'_1 = X_2 = \frac{X_K}{2}$$

6) 变压器的电压变化率

(1) 根据实验数据绘出 $\cos \varphi_2 = 1$ 时的特性曲线 $U_2 = f(I_2)$，由特性曲线计算出 $I_2 = I_{2N}$ 时的电压变化率：

$$\Delta u = \frac{U_{20} - U_2}{U_{20}} \times 100\%$$

(2) 根据实验求出的参数，算出 $I_2 = I_N$、$\cos \varphi_2 = 1$ 时的电压变化率：

$$\Delta u = \beta (u_{Kr} \cos \varphi_2 + u_{KX} \sin \varphi_2)$$

7) 绘出被试变压器的效率特性曲线

(1) 用间接法算出在 $\cos \varphi_2 = 0.8$ 时，不同负载电流时变压器效率，记录于表 2-26 中。

表 2-26

$\cos \varphi_2 = 0.8$, $P_0 = $ ___ W, $P_{KN} = $ ___ W

I_2^*	P_2 (W)	η
0.2		
0.4		
0.6		
0.8		
1.0		
1.2		

$$\eta = \left(1 - \frac{P_0 + I_2^{*2} P_{KN}}{I_2^* S_N \cos \varphi_2 + P_0 + I_2^{*2} P_{KN}}\right) \times 100\%$$

式中：$I_2^* S_N \cos \varphi_2 = P_2$；

　　　S_N——变压器的额定容量；

　　　P_{KN}——变压器 $I_{KL} = I_N$ 时的短路损耗；

　　　P_0——变压器 $U_{0L} = U_N$ 时的空载损耗；

　　　$I_2^* = I_2/I_{2N}$——副边电流标幺值。

（2）计算被测变压器 $\eta = \eta_{max}$ 时的负载系数 β_m。

$$\beta_m = \sqrt{\frac{P_0}{P_{KN}}}$$

8）思考题

（1）课前思考题

① 如何用双瓦特计法测三相功率？空载和短路实验应如何合理布置仪表？

② 变压器空载和短路实验时应注意哪些问题？一般电源应加在哪一方比较合适？

（2）课后思考题

① 在实验中观察三相芯式变压器的三相空载电流是否对称，为什么？

② 在实验中怎样测定三相变压器的铁耗和铜耗？

2.7　三相变压器的联接组和不对称短路

2.7.1　实验目的

（1）用实验方法测定三相变压器的同名端。

（2）掌握校验判别变压器的联接组别的方法。

（3）研究和观察三相变压器不对称短路。

（4）研究和观察三相变压器不同绕组联接法和不同铁心结构时的空载电流和电势波形。

2.7.2　实验内容

(1) 极性测定。

(2) 连接以下联接组并进行判定：

① Y/Y-12。

② Y/Y-6。

③ Y/△-11。

④ Y/△-5。

(3) 不对称短路。

① Y/Y$_0$-12 单相短路。

② Y/Y-12 两相短路。

(4) Y/Y$_0$ 连接的变压器的零序阻抗测定。

(5) 观察不同连接法和不同铁心结构时,三相变压器的空载电流和电势波形。

2.7.3　实验器件

(1) 数/模交流电压表 D33,1 件。

(2) 数/模交流电流表 D32,1 件。

(3) 智能型功率、功率因数表 D34-3,1 件。

(4) 三相组式变压器 DJ11,1 件。

(5) 三相芯式变压器 DJ12,1 件。

(6) 波形测试及开关板 D51,1 件。

(7) 单踪示波器(另配),1 台。

2.7.4　操作要点

(1) 每次实验前(合上交流电源总开关前),需将控制屏左侧调压器旋钮逆时针方向旋转到底,即将其调到输出电压为零的位置。

(2) 合上交流电源,顺时针方向缓慢调节调压器旋钮时,应注意电压表、电流表的数值变化。如数值异常,应迅速将调压器旋钮逆时针方向旋转到底。断开交流电源,检查线路故障。

2.7.5　实验步骤与原理图

1) 极性测定

(1) 相间极性测定

选用三相芯式变压器 DJ12 作为被测变压器,用其中高压和低压两组绕组,额定容量 $P_N = 152/152\,\text{V} \cdot \text{A}$, $U_N = 220/55\,\text{V}$, $I_N = 0.4/1.6\,\text{A}$, Y/Y 接法。用万用表测量,阻值大的为高压绕组,标记 A、B、C、X、Y、Z。低压绕组标记 a、b、c、x、y、z。

① 接线如图 2-14。A、X 接电源的 U、V 两端子,Y、Z 短接。

② 接通交流电源,缓慢调节调压器旋钮,观察电压表指示,在绕组 A、X 间施加约 50% U_N 的电压。

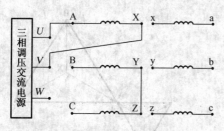
图 2-14 相间极性测定接线图

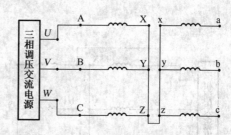
图 2-15 原、副边极性测定接线图

③ 用电压表测 U_{BY}、U_{CZ} 及 U_{BC}，若 $U_{BC}=U_{BY}-U_{CZ}$，则首末端标记正确；若 $U_{BC}=U_{BY}+U_{CZ}$，则说明标记错误，应将 B、C 两相任一相绕组的首末端标记互换。

④ 用同样方法，在 B 相或 C 相中的任一相施加电压，另外两相末端相联，定出每相首、末端正确的标记。测定三相高压线圈互间极性后，将它们的首、末端做正式的标记。测试完毕，将交流调压器旋钮调到输出电压为零的位置，断开三相调压交流电源。

（2）原、副边极性测定

① 暂定标出三相低压绕组的标记 a、b、c、x、y、z，接线如图 2-15，原、副边中点用导线相连。

② 按下"启动"按钮，接通三相交流电源，观察电压表指示，逐渐缓慢地增加输入电压，高压三相绕组施加约 50% 的额定电压，用电压表测量电压 U_{AX}、U_{BY}、U_{CZ}、U_{ax}、U_{by}、U_{cz}、U_{Aa}、U_{Bb}、U_{Cc}，若 $U_{Aa}=U_{Ax}-U_{ax}$，则 U_{Aa} 与 U_{ax} 同相，首端 A 与 a 端点为同极性。若 $U_{Aa}=U_{AX}+U_{ax}$，则 A 与 a 端点为异极性。若 U_{Aa} 都不符合上述关系式，则不是对应的低压绕组。用同样方法可判别出 B 与 b，C 与 c 两相原、副边的极性。

③ 高低压三相绕组的极性确定后，在低压线圈各相首末端做正式标记。测试完毕，同上。

2）联接组测试

（1）Y/Y-12

接线如图 2-16。A、a 两端点用导线联接，在高压边施加三相对称的额定电压，测量 U_{AB}、U_{ab}、U_{Bb}、U_{Cc} 及 U_{Bc}，将数据记录于表 2-27 中。测试完毕，同上。

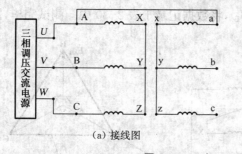

（a）接线图　　　　（b）电势相量图

图 2-16 Y/Y-12 联接组

（2）Y/Y-6

将前面实验的 Y/Y-12 联接组的副边绕组首、末端标记对调，A、a 两点用导线相联，如图 2-17 所示。

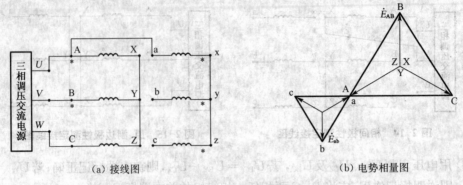

（a）接线图　　　　　　　　　　　　（b）电势相量图

图 2-17　Y/Y-6 联接组

按前面方法测出电压 U_{AB}、U_{ab}、U_{Bb}、U_{Cc} 及 U_{Bc}，将数据记录于表 2-28 中。测试完毕，同上。

（3）Y/△-11

接线如图 2-18。A、a 两端点用导线相连，高压侧施加对称额定电压，测量 U_{AB}、U_{ab}、U_{Bb}、U_{Cc} 及 U_{Bc}，将数据记录于表 2-29 中。测试完毕，同上。

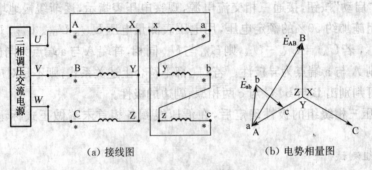

（a）接线图　　　　　　　　　　　　（b）电势相量图

图 2-18　Y/△-11 联接组

（4）Y/△-5

将前面实验的 Y/△-11 联接组的副边绕组首、末端的标记对调，如图 2-19 所示。实验方法同前，测取 U_{AB}、U_{ab}、U_{Bb}、U_{Cc} 和 U_{Bc}，将数据记录于表 2-30 中。测试完毕，同上。

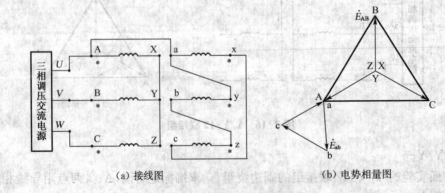

（a）接线图　　　　　　　　　　　　（b）电势相量图

图 2-19　Y/△-5 联接组

3) 不对称短路

(1) Y/Y₀ 连接单相短路

① 三相芯式变压器

接线如图 2-20。选用三相芯式变压器 DJ12 作为被测变压器。接通电源,逐渐增加外施电压,观察电流表指示,直至副边短路电流 $I_{2K} \approx I_{2N}$ 额定电流为止,测量此时短路电流 I_{2K} 和原方电流 I_A、I_B、I_C 及电压值数据记录于表 2-31 中。测试完毕,同上。

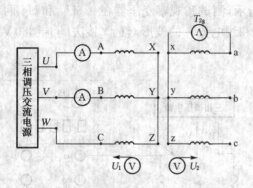

图 2-20　Y/Y₀ 联接单相短路接线图

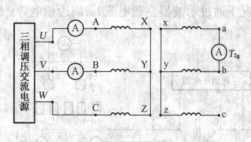

图 2-21　Y/Y 联接两相短路接线图

② 三相组式变压器

改用三相组式变压器 DJ11 作为被测变压器,重复上面实验过程。将数据记录于表 2-32 中。测试完毕,同上。

(2) Y/Y 联接两相短路

① 三相芯式变压器

接线如图 2-21。接通电源,逐渐增加外施电压,观察电流表指示,直至 $I_{2K} \approx I_{2N}$ 额定电流为止,测量变压器副边电流 I_{2K} 和原方电流 I_A、I_B、I_C 及电压值数据记录于表 2-33 中。测试完毕,同上。

② 三相组式变压器

改用三相组式变压器 DJ11 作为被测变压器,重复上述实验,测取数据记录于表 2-34 中。测试完毕,同上。

4) 测定变压器的零序阻抗

(1) 三相芯式变压器

接线如图 2-22。三相芯式变压器的高压绕组开路,三相低压绕组首末端串联后接上电源。合上交流电源,缓慢地增加外施电压,观察电流表指示,在输入电流 $I_0 = 0.25I_N$ 和 $I_0 = 0.5I_N$ 的两种情况下,测取变压器的 I_0、U_0 和 P_0,将数据记录于表 2-35 中。测试完毕,同上。

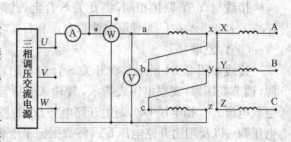

图 2-22　测零序阻抗接线图

(2) 三相组式变压器

由于三相组式变压器的磁路彼此独立,因此可用三相组式变压器 DJ11 中任何一台单相变压器做空载实验,求它的激磁阻抗作为三相组式变压器的零序阻抗。若前面单相变压器空载实验已做过,该实验可略。

5) 分别观察三相组式和芯式变压器在不同连接方法时的空载电流和电势的波形

(1) 三相组式变压器

① Y/Y 联接

接线如图 2-23 所示。三相组式变压器作 Y/Y 连接,将开关 S 打开(不接中线)。合上三相交流电源后,调节输入电压,观察电压表指示,测试和观察变压器在 $0.5U_N$ 和 U_N 两种情况下通过示波器空载电流 i_0,副边相电势 e_φ 和线电势 e_1 的波形(注:Y 接法 $U_N = 380 V$)。

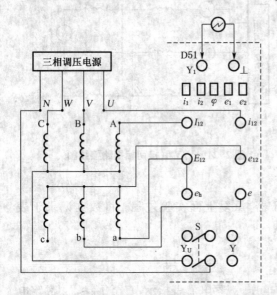

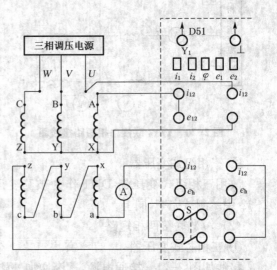

图 2-23　观察三相变压器 Y/Y 和 Y_0/Y 联接的
空载电流和电势波形接线图

图 2-24　观察 Y/△ 联接三相变压器空载电流
三次谐波电流和电势波形的接线图

当变压器的输入电压为额定值时,测取原方线电压 U_{AB} 和相电压 U_{AX},将数据记录于表 2-36 中(注:做试验之前,打开控制屏背面右侧后盖将保护开关拨至关断位置,以防误操作。做完试验后再合上保护开关)。测试完毕,同上。

② Y_0/Y 联接

接线与 Y/Y 联接相同,将开关 S 合上,此时为 Y_0/Y 接法。重复前面实验步骤,观察 i_0、e_φ、e_1 波形,在 $U_1 = U_N$ 时测取 U_{AB} 和 U_{AX},将数据记录于表 2-37 中。测试完毕,同上。

③ Y/△ 联接

接线如图 2-24 所示。将开关 S 合向左边,此时副边绕组不构成封闭三角形。合上电源,调节变压器,观察电压表指示,使输入电压至 $U_1 = U_{1N}$ 额定值,观察通过示波器的原方空载电流 i_0。相电压 $U\varphi$,副边开路电势 U_{az} 的波形,同时用电压表测取原方线电压 U_{AB}、相电压 U_{AX} 以及副边开路电压 U_{az},将数据记录于表 2-38 中。将开关 S 合向右边,使副边为三角形接法,重复前面实验步骤,观察 i_0、U_φ 以及副边三角形回路中谐波电流的波形,同时在 $U_1 = U_{1N}$ 时,测取 U_{AB}、U_{AX} 以及副边三角形回路中谐波电流,将数据记录于表 2-39 中。

(2) 三相芯式变压器

选用三相芯式变压器,重复前面(1)、(2)、(3)波形实验,将数据记录于表 2-40~

表 2-43 中(注：三相芯式变压器高压绕组为 Y 接法时 $U_N = 220$ V)。

2.7.6　实验报告

专业＿＿＿＿＿＿　班级＿＿＿＿＿　学号＿＿＿＿＿＿　姓名＿＿＿＿
实验组号＿＿＿＿　同组者＿＿＿＿　室温(℃)＿＿＿＿　得分＿＿＿＿
被测试设备铭牌数据＿＿＿＿＿＿＿＿＿＿＿＿＿＿＿＿＿＿＿＿＿＿＿＿

1) 联接组计算与校验

计算出不同联接组 U_{Bb}、U_{Cc}、U_{Bc} 的数值与实测值进行比较，判别绕组联接是否正确。

(1) Y/Y-12

表 2-27

实　验　数　据					计　算　数　据			
U_{AB} (V)	U_{ab} (V)	U_{Bb} (V)	U_{Cc} (V)	U_{Bc} (V)	$K_L = \dfrac{U_{AB}}{U_{ab}}$	U_{Bb} (V)	U_{Cc} (V)	U_{Bc} (V)

根据 Y/Y-12 联接组的电压相量图可知：

$$U_{Bb} = U_{Cc} = (K_L - 1)U_{ab}$$

$$U_{Bc} = U_{ab}\sqrt{K_L^2 - K_L + 1}$$

$$K_L = \frac{U_{AB}}{U_{ab}} \quad 为线电压之比$$

若实验测取的数值与用两式计算出的电压 U_{Bb}、U_{Cc}、U_{Bc} 的数值相同，则绕组联接表示正确，属于 Y/Y-12 联接组。

(2) Y/Y-6

表 2-28

实　验　数　据					计　算　数　据			
U_{AB} (V)	U_{ab} (V)	U_{Bb} (V)	U_{Cc} (V)	U_{Bc} (V)	$K_L = \dfrac{U_{AB}}{U_{ab}}$	U_{Bb} (V)	U_{Cc} (V)	U_{Bc} (V)

根据 Y/Y-6 联接组的电压相量图可得：

$$U_{Bb} = U_{Cc} = (K_L + 1)U_{ab}$$

$$U_{Bc} = U_{ab}\sqrt{(K_L^2 + K_L + 1)}$$

若实验测取的数值与用两式计算出的电压 U_{Bb}、U_{Cc}、U_{Bc} 的数值相同，则绕组联接表示正确，属于 Y/Y-6 联接组。

(3) Y/△-11

表 2-29

实 验 数 据					计 算 数 据			
U_{AB} (V)	U_{ab} (V)	U_{Bb} (V)	U_{Cc} (V)	U_{Bc} (V)	$K_L = \dfrac{U_{AB}}{U_{ab}}$	U_{Bb} (V)	U_{Cc} (V)	U_{Bc} (V)

根据 Y/△-11 联接组的电压相量可得：

$$U_{Bb} = U_{Cc} = U_{Bc} = U_{ab}\sqrt{K_L^2 - \sqrt{3}K_L + 1}$$

若实测值与上式计算出的电压 U_{Bb}、U_{Cc}、U_{Bc} 的数值相同,则绕组联接正确,属 Y/△-11 联接组。

(4) Y/△-5

表 2-30

实 验 数 据					计 算 数 据			
U_{AB} (V)	U_{ab} (V)	U_{Bb} (V)	U_{Cc} (V)	U_{Bc} (V)	$K_L = \dfrac{U_{AB}}{U_{ab}}$	U_{Bb} (V)	U_{Cc} (V)	U_{Bc} (V)

根据 Y/△-5 联接组的电势相量图可得：

$$U_{Bb} = U_{Cc} = U_{Bc} = U_{ab}\sqrt{K_L^2 + \sqrt{3}K_L + 1}$$

若实测值与上式计算出的电压 U_{Bb}、U_{Cc}、U_{Bc} 的数值相同,则绕组联接正确,属于Y/△-5 联接组。

2) 不对称短路,计算短路情况下的原方电流

(1) Y/Y$_0$ 联接单相短路

① 三相芯式变压器

表 2-31

$I_{2K}(A)$	$I_A(A)$	$I_B(A)$	$I_C(A)$	$U_a(V)$	$U_b(V)$	$U_c(V)$
$U_A(V)$	$U_B(V)$	$U_C(V)$	$U_{AB}(V)$	$U_{BC}(V)$	$U_{CA}(V)$	

② 三相组式变压器

表 2-32

$I_{2K}(A)$	$I_A(A)$	$I_B(A)$	$I_C(A)$	$U_a(V)$	$U_b(V)$	$U_c(V)$
$U_A(V)$	$U_B(V)$	$U_C(V)$	$U_{AB}(V)$	$U_{BC}(V)$	$U_{CA}(V)$	

副边电流：

$$\dot{I}_a = \dot{I}_{2K}, \quad \dot{I}_b = \dot{I}_c = 0$$

原方电流设略去激磁电流不计，则：

$$\dot{I}_A = -\frac{2\dot{I}_{2K}}{3K}, \quad \dot{I}_B = \dot{I}_C = \frac{\dot{I}_{2K}}{3K}$$

式中：K——变压器的变比。

将 $\dot{I}_A$、$\dot{I}_B$、$\dot{I}_C$ 计算值与实测值进行比较，分析产生误差的原因，并讨论 Y/Y$_0$ 三相组式变压器带单相负载的能力以及中点移动的原因。

（2）Y/Y 联接两相短路

① 三相芯式变压器

表 2-33

I_{2K}(A)	I_A(A)	I_B(A)	I_C(A)	U_a(V)	U_b(V)	U_c(V)

U_A(V)	U_B(V)	U_C(V)	U_{AB}(V)	U_{BC}(V)	U_{CA}(V)

② 三相组式变压器

表 2-34

I_{2K}(A)	I_A(A)	I_B(A)	I_C(A)	U_a(V)	U_b(V)	U_c(V)

U_A(V)	U_B(V)	U_C(V)	U_{AB}(V)	U_{BC}(V)	U_{CA}(V)

副边电流：$\quad \dot{I}_a = -\dot{I}_b = \dot{I}_{2K}, \dot{I}_C = 0$

原方电流：$\quad \dot{I}_A = -\dot{I}_B = \frac{-\dot{I}_{2K}}{K}, \quad \dot{I}_C = 0$

把实测值与用公式计算出的数值进行比较，并做简要分析。

3）测定和计算变压器的零序阻抗

表 2-35

	I_{0L}(A)	U_{0L}(V)	P_{0L}(W)
$0.25I_N=$			
$0.5I_N=$			

Y/Y₀ 三相芯式变压器的零序参数由下式求得：

$$Z_0 = \frac{U_{0\varphi}}{I_{0\varphi}} = \frac{U_{0L}}{3I_{0L}}$$

$$r_0 = \frac{P_0}{3I_{0\varphi}^2}$$

$$X_0 = \sqrt{Z_0^2 - r_0^2}$$

式中：$U_{0\varphi} = \dfrac{U_{0L}}{\sqrt{3}}$，$I_{0\varphi} = I_{0L}$，$P_0$——变压器空载相电压、相电流、三相空载功率。

分别计算 $I_0 = 0.25I_N$ 和 $I_0 = 0.5I_N$ 时的 Z_0、r_0、X_0，取其平均值作为变压器的零序阻抗、电阻和电抗，并按下式算出标幺值：

$$Z_0^* = \frac{I_{N\varphi}Z_0}{U_{N\varphi}}$$

$$r_0^* = \frac{I_{N\varphi}r_0}{U_{N\varphi}}$$

$$X_0^* = \frac{I_{N\varphi}X_0}{U_{N\varphi}}$$

式中：$I_{N\varphi}$、$U_{N\varphi}$——分别为变压器低压绕组的额定相电流和额定相电压。

4）分别观察三相组式和芯式变压器在不同联接方法时的空载电流和电势的波形

（1）三相组式变压器

① Y/Y 联接

表 2-36

实　验　数　据		计　算　数　据
$U_{AB}(V)$	$U_{AX}(V)$	U_{AB}/U_{AX}

② Y₀/Y 联接

表 2-37

实　验　数　据		计　算　数　据
$U_{AB}(V)$	$U_{AX}(V)$	U_{AB}/U_{AX}

③ Y/△联接

表 2-38

实　验　数　据			计　算　数　据
$U_{AB}(V)$	$U_{AX}(V)$	$U_{az}(V)$	U_{AB}/U_{AX}

表 2-39

实　验　数　据			计　算　数　据
$U_{AB}(V)$	$U_{AX}(V)$	I 谐波(A)	U_{AB}/U_{AX}

(2) 三相芯式变压器

① Y/Y 联接

表 2-40

实　验　数　据		计　算　数　据
$U_{AB}(V)$	$U_{AX}(V)$	U_{AB}/U_{AX}

② Y_0/Y 联接

表 2-41

实　验　数　据		计　算　数　据
$U_{AB}(V)$	$U_{AX}(V)$	U_{AB}/U_{AX}

③ Y/△联接

表 2-42

实　验　数　据			计　算　数　据
$U_{AB}(V)$	$U_{AX}(V)$	$U_{az}(V)$	U_{AB}/U_{AX}

表 2-43

实　验　数　据			计　算　数　据
$U_{AB}(V)$	$U_{AX}(V)$	I 谐波(A)	U_{AB}/U_{AX}

将不同铁心结构所得的结果作分析比较。

5) 思考题

(1) 课前思考题

① 按照国家标准规定的联接组有哪几种? 它是怎样定义的?

② 怎样把 Y/Y-12 联接组改接成 Y/Y-6 联接组以及把 Y/△-11 改接成 Y/△-5 联接组?

(2) 课后思考题

① 分析三相变压器绕组不同的联接方法和磁路系统对空载电流及电势波形有怎样的

影响？

②　由实验测得的数据算出 Y/Y 和 Y/△接法时的原方 U_{AB}/U_{AX} 比值，分析产生差别的原因。

③　根据实验观察结果，说明三相组式变压器不宜采用 Y/Y$_0$ 和 Y/Y 联接方法的原因。

④　根据实验分析和理论研究哪种联接的三相变压器在不对称短路情况下，电压中点偏移较大？为什么？

2.7.7　附录

变压器联接组校核公式（设 $U_{ab} = 1$，$U_{AB} = K_L \times U_{ab} = K_L$）如下：

组　别	$U_{Bb} = U_{Cc}$	U_{Bc}	U_{Bc}/U_{Bb}
12	$K_L - 1$	$\sqrt{K_L^2 - K_L + 1}$	>1
1	$\sqrt{K_L^2 - \sqrt{3}K_L + 1}$	$\sqrt{K_L^2 + 1}$	>1
2	$\sqrt{K_L^2 - K_L + 1}$	$\sqrt{K_L^2 + K_L + 1}$	>1
3	$\sqrt{K_L^2 + 1}$	$\sqrt{K_L^2 + \sqrt{3}K_L + 1}$	>1
4	$\sqrt{K_L^2 + K_L + 1}$	$K_L + 1$	>1
5	$\sqrt{K_L^2 + \sqrt{3}K_L + 1}$	$\sqrt{K_L^2 + \sqrt{3}K_L + 1}$	$=1$
6	$K_L + 1$	$\sqrt{K_L^2 + K_L + 1}$	<1
7	$\sqrt{K_L^2 + \sqrt{3}K_L + 1}$	$\sqrt{K_L^2 + 1}$	<1
8	$\sqrt{K_L^2 + K_L + 1}$	$\sqrt{K_L^2 - K_L + 1}$	<1
9	$\sqrt{K_L^2 + 1}$	$\sqrt{K_L^2 - \sqrt{3}K_L + 1}$	<1
10	$\sqrt{K_L^2 - K_L + 1}$	$K_L - 1$	<1
11	$\sqrt{K_L^2 - \sqrt{3}K_L + 1}$	$\sqrt{K_L^2 - \sqrt{3}K_L + 1}$	$=1$

2.8　单相变压器的并联运行

2.8.1　实验目的

(1) 学习和掌握变压器投入并联运行的方法。

(2) 分析和研究并联运行时阻抗电压对负载分配的影响。

2.8.2　实验内容

(1) 两台单相变压器投入并联运行。

(2) 当阻抗电压相等的两台单相变压器并联运行时，研究其负载分配情况。

(3) 当阻抗电压不相等的两台单相变压器并联运行时，研究其负载分配情况。

2.8.3　实验器件

（1）数/模交流电压表 D33，1 件。
（2）数/模交流电流表 D32，1 件。
（3）三相组式变压器 DJ11，1 件。
（4）三相可调电阻器 D41，1 件。
（5）波形测试及开关板 D51，1 件。

2.8.4　操作要点

（1）每次实验前（合上交流电源总开关前），需将控制屏左侧调压器旋钮向逆时针方向旋转到底，即将其调到输出电压为零的位置。

（2）两台单相变压器并联运行前，一定要检查两台变压器的变比是否相等，即 $K_1 = K_2$。首端 1a 与 2a 是否为同极性端，检查无误后方可投入并联运行。

2.8.5　实验步骤与原理图

1）两台单相变压器空载投入并联运行步骤

实验线路如图 2-25 所示。选三相组式变压器 DJ11 中任意两台作为测试用单相变压器，两变压器的高压绕组并联接电源，低压绕组经开关 S_1 并联后，开关 S_3 接负载电阻 R_L。由于负载电流较大，负载电阻 R_L 可采用串并联接法（采用 D41 的 90 Ω 与 90 Ω 并联再与 180 Ω 串联，共 225 Ω 阻值）的变阻器。在其副边串入电阻 R（采用 D41 的 90 Ω 与 90 Ω 并联共 45 Ω），是为了人为地改变变压器 2 的阻抗电压。

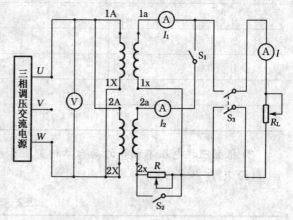

2）检查变压器的变比和极性

断开开关 S_1、S_3，合上开关 S_2。按下"启动"按钮，缓慢调节控制屏左侧调压旋钮，观察电压表指示，使变压器输入电压至额定电压，测两台变压器副边电压 U_{1a1x} 和

图 2-25　单相变压器并联运行接线图

U_{2a2x}。若 $U_{1a1x} = U_{2a2x}$，则两台变压器的变比相等，即 $K_1 = K_2$。

测两台变压器副边 1a 与 2a 端点之间的电压 U_{1a2a}，若 $U_{1a2a} = U_{1a1x} - U_{2a2x}$，则首端 1a 与 2a 为同极性端，反之为异极性端。

3）阻抗电压相等的两台单相变压器并联运行

两台变压器经确认和检查变比相等和极性相同后，将开关 S_1 合上，投入并联运行（若 K_1 与 K_2 不是严格相等，将会产生环流）。合上负载开关 S_3。在保持原方额定电压不变的情况下，逐渐增加负载电流（即减小负载 R_L 的阻值。先调节 90 Ω 与 90 Ω 串联电阻，当减小至零时用导线短接，然后再调节并联电阻部分），直到其中一台变压器的输出电流达到额定电流为止。测取 I、I_1、I_2，共取数据 7～8 组记录于表 2-44 中。测试完毕将负载电阻 R_L

调至最大。

4) 阻抗电压不相等的两台单相变压器并联运行

断开短路开关 S_2，变压器 2 的副边串入电阻 R，R 数值可根据需要调节（一般取 5～10 Ω）。重复前面实验步骤，测出 I、I_1、I_2，共取数据 7～8 组记录于表 2-45 中。

2.8.6　实验报告

专业＿＿＿＿＿＿　班级＿＿＿＿＿＿　学号＿＿＿＿＿＿　姓名＿＿＿＿＿＿

实验组号＿＿＿＿　同组者＿＿＿＿　室温(℃)＿＿＿＿　得分＿＿＿＿

被测试设备铭牌数据＿＿＿＿＿＿＿＿＿＿＿＿＿＿＿＿＿＿＿＿＿＿＿＿＿

1) 根据阻抗电压相等的两台单相变压器并联运行的测试数据，画出负载分配曲线 $I_1 = f(I)$ 及 $I_2 = f(I)$

表 2-44

I_1(A)	I_2(A)	I(A)

2) 根据阻抗电压不相等的两台单相变压器并联运行的测试数据，画出负载分配曲线 $I_1 = f(I)$ 及 $I_2 = f(I)$

表 2-45

I_1(A)	I_2(A)	I(A)

3) 思考题

(1) 课前思考题

① 单相变压器并联运行需满足哪几个条件?

② 怎样验证两台变压器具有相同的极性? 如果极性不同,并联会产生什么后果?

(2) 课后思考题

通过本次实验,分析实验中阻抗电压对负载分配的影响。

2.9 三相变压器的并联运行

2.9.1 实验目的

掌握三相变压器投入并联运行的方法及研究阻抗电压对负载分配的影响。

2.9.2 实验内容

(1) 两台三相变压器空载投入并联运行。

(2) 当阻抗电压相等的两台三相变压器并联运行时,研究其负载分配情况。

(3) 当阻抗电压不相等的两台三相变压器并联运行时,研究其负载分配情况。

2.9.3 实验器件

(1) 数/模交流电压表 D33,1 件。

(2) 数/模交流电流表 D32,1 件。

(3) 三相芯式变压器 DJ12,1 件。

(4) 三相可调电阻器 D41,1 件。

(5) 三相可调电抗器 D43,1 件。

(6) 波形测试及开关板 D51,1 件。

2.9.4 操作要点

(1) 每次实验前(合上交流电源总开关前),需将控制屏左侧调压器旋钮向逆时针方向旋转到底,即将其调到输出电压为零的位置。

(2) 两台三相变压器并联运行前,一定要检查两台变压器的变比是否相等,联接组是否相同。测出变压器副边电压、若电压相等,则变比相同,测出副边对应相两端点间的电压,若电压均为零,则联接组相同。

2.9.5 实验步骤与原理图

1) 两台三相变压器空载投入并联运行的步骤

接线如图 2-26 所示,选用两台三相芯式变压器作为测试变压器 1 和 2,其中低压绕组不用。三相变压器原、副边极性确定方法与单相变压器并联运行极性判别法相同。按照变压器的铭牌接成 Y/Y 接法,将两台变压器的高压绕组并联接电源,中压绕组由开关 S_1 并联后,经过开关 S_2 接负载电阻 R_L。R_L 选用 D41 上 180 Ω 阻值,共三组。在变压器 2 的副边串入电抗 X_L(或电阻 R)。X_L 选用 D43,要注意选用 R_L 和 X_L(或 R)的允许电流应大于实验时实际流过的电流,是为了人为的改变变压器 2 的阻抗电压。

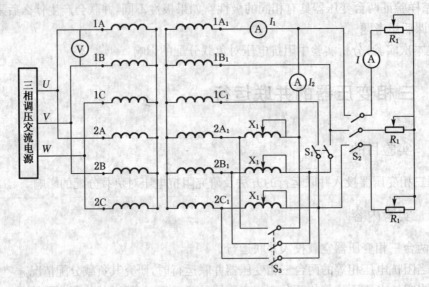

图 2-26　三相变压器并联运行接线图

(1) 检查变比和联接组

断开 S_1、S_2,合上 S_3。接通电源,缓慢调节变压器输入电压至额定电压。测量变压器副边电压,若电压相等,则变比相同,测量副边对应相两端点间的电压,若电压均为零,则联接组相同。

(2) 投入并联运行

检查满足变比相等和联接组相同的条件后,合上开关 S_1,投入并联运行。

2) 阻抗电压相等的两台三相变压器并联运行

将负载开关 S_2 合上,在保持 $U_1 = U_{1N}$ 不变的条件下,逐渐增加负载电流,直到其中一台三相变压器输出电流达到额定值为止。测取 I、I_1、I_2,共取数据 7～8 组记录于表 2-46 中。测试完毕将负载电阻 R_L 调至最大。

3) 阻抗电压不相等的两台三相变压器并联运行

断开短路开关 S_3,在三相变压器 2 的三个副边串入电抗 X_L(或电阻 R),X_L 的数值可根据需要调节。重复前面实验步骤,测取 I、I_1、I_2。共取数据 7～8 组记录于表 2-47 中。

2.9.6　实验报告

专业_____　　班级_____　　学号_____　　姓名_____

实验组号_____　　同组者_____　　室温(℃)_____　　得分_____

被测试设备铭牌数据_____

1) 根据阻抗电压相等的两台三相变压器并联运行的测试数据,画出负载分配曲线 $I_1 = f(I)$ 及 $I_2 = f(I)$

表 2-46

I_1(A)	I_2(A)	I(A)

2）根据阻抗电压不相等的两台单相变压器并联运行的测试数据，画出负载分配曲线 $I_1 = f(I)$ 及 $I_2 = f(I)$

表 2-47

I_1(A)	I_2(A)	I(A)

3）思考题

（1）课前思考题

三相变压器并联运行的条件。如果不同联接组并联后会出现什么后果？

（2）课后思考题

通过本次实验，分析实验中阻抗电压对负载分配的影响。

2.10 三相鼠笼异步电动机的工作特性

2.10.1 实验目的

（1）学会三相异步电动机的空载、短路和负载试验的测试方法。

(2) 掌握用直接负载法测取三相鼠笼式异步电动机工作特性的测试方法。

(3) 学会三相鼠笼式异步电动机的参数测定。

2.10.2　实验项目

(1) 电机转差率的测定。

(2) 定子绕组的冷态电阻的测定。

(3) 定子绕组首末端的判别。

(4) 空载实验。

(5) 短路实验。

(6) 负载实验。

2.10.3　实验器件

(1) 导轨、测速发电机及转速表 DD03,1 件。

(2) 校正过的直流电机 DJ23,1 件。

(3) 三相鼠笼异步电动机 DJ16,1 件。

(4) 数/模交流电压表 D33,1 件。

(5) 数/模交流电流表 D32,1 件。

(6) 智能型功率、功率因数表 D34-3,1 件。

(7) 直流数字电压、毫安、安培表 D31(或 D31-2),1 件。

(8) 三相可调电阻器 D42,1 件。

(9) 波形测试及开关板 D51,1 件。

(10) 测功支架、测功盘及弹簧秤(50N)DD05,1 套。

(11) 转矩转速功率表 D55,1 件。

2.10.4　操作要点

(1) 每次实验前(合上交流电源总开关前),需将控制屏左侧调压器旋钮逆时针方向旋转到底,即将其调到输出电压为零的位置。检查负载电阻是否在最大值位置,接负载电阻的开关 S 是否在断开位置。

(2) 合上交流电源,顺时针方向缓慢调节调压器旋钮时,应注意电压表、电流表的数值变化,三相电压、三相电流是否对称。如出现电机声音异常,三相电压、电流不对称,应迅速将调压器旋钮旋转到底。断开交流电源,检查线路故障。

2.10.5　实验步骤与原理图

(1) 用日光灯法测定转差率,见第 1.6 节。

将观察到的数据记录于表 2-48 中。

(2) 定子绕组的冷态电阻的测定,见第 1.6 节。

用伏安法测试 DJ16 三相异步电动机 M 定子绕组的冷态直流电阻和计算基准工作温度时的定子电阻,将测试数据记录于表 2-49 中。

(3) 定子绕组首末端的判别,见第 1.6 节。

（4）空载实验

① 按图 2-27 所示接线。电机绕组为 △ 接法（$U_N = 220$ V），三相鼠笼式异步电动机 DJ16 不与校正直流测功机 DJ23 联接，直接与测速发电机同轴联接。将三相交流调压器调至电压最小位置，接通电源，逐渐升高电压，使电机启动旋转，观察三相电压指示及电机旋转方向。电机旋转方向应为正转（如转向不符合要求需调整相序时，必须切断电源）。

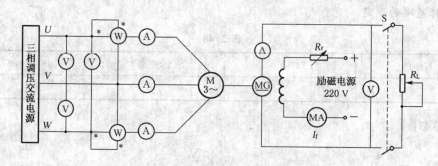

图 2-27　三相鼠笼式异步电动机实验接线图

② 保持电动机在额定电压下空载运行数分钟，使机械损耗达到稳定后再进行试验。使其空载电压为 $U_0 = 1.2U_N$，然后逐渐降低电源电压，直至电流或功率显著增大为止（大致在 $1.2 \sim 0.5U_N$ 的范围内），测 $7 \sim 8$ 组对应的空载电压 U_0、空载电流 I_0、空载功率 P_0。测试时，$U = U_N$ 点必须测，该点附近要多测几个点。共取数据 $7 \sim 8$ 组记录于表 2-50 中。测试完毕，将交流调压器旋钮调到输出电压为零的位置，断开三相调压交流电源。

（5）短路实验

测试接线图与空载实验图相同。制动工具可用 DD05 上的圆盘固定在电机轴上，螺杆装在圆盘上把三相电机堵住。按下"启动"按钮，接通交流电源。观察电流表指示（三相电流是否对称），逐渐缓慢地增加输入电流，直至短路电流等于 $1.2I_N$ 为止，在 $(0.3 \sim 1.1)I_N$ 范围内测取变压器的短路电压 U_K、短路电流 I_K、短路功率 P_K。测试时，$I_K = I_N$ 点必须测，该点附近要多测几个点，测取数据 $7 \sim 8$ 组记录于表 2-51 中。记下周围环境温度（℃）。测试完毕同上。

（6）负载实验

① 测量接线图如图 2-28 所示。同轴联接负载电机 DJ23。图中 R_f 用 D42 上 1 800 Ω 阻值，R_L 用 D42 上 1 800 Ω 阻值加上 900 Ω 并联 900 Ω 共 2 250 Ω 阻值调至最大。合上交流电源，调节调压器，观察三相电压指示，逐渐升压至额定电压 U_N 并保持不变。

② 将校正过的直流电机的励磁电源打开，调节励磁电阻 R_f，使励磁电流至校正值（100 mA）并保持不变。合上开关 S，调节负载电阻 R_L（注：先调节 1 800 Ω 电阻，调至零值后用导线短接再调节 450 Ω 电阻），使异步电动机的定子电流逐渐上升，直至电流上升到 $1.25I_N$。在 $1.25I_N \sim I_0$（即空载断开开关 S）的范围内读取异步电动机的定子电流 I_1、输入功率 P_1、转速 n、校正直流测功机的负载电流 I_F（由校正曲线查出电动机输出对应转矩 T_2）或在 D55 器件上直接读取转矩 T_2 和输出功率 P_2 的数值等数据。共取数据 $7 \sim 8$ 组记录于表 2-52 中。

2.10.6　实验报告

专业＿＿＿＿＿＿　　班级＿＿＿＿＿＿　　学号＿＿＿＿＿＿　　姓名＿＿＿＿＿＿

实验组号＿＿＿＿＿　同组者＿＿＿＿＿　室温(℃)＿＿＿＿＿　得分＿＿＿＿＿

被测试设备铭牌数据＿＿＿＿＿＿＿＿＿＿＿＿＿＿＿＿＿＿＿＿＿＿＿＿＿＿＿＿＿

1) 转差率的测定

表 2-48

$N(\text{r})$	$t(\text{s})$	S(转差率)	$n(\text{r/min})$

转差率：

$$S = \frac{\Delta n}{n} = \frac{60 \times \dfrac{N}{t}}{\dfrac{60f}{P}} = \frac{PN}{tf}$$

式中：t——计数时间，s；

　　N——t 秒内图案转过的圈数；

　　f——电源频率，50 Hz；

　　P——电机的极对数。

2) 定子绕组的冷态直流电阻和基准工作温度时的定子电阻计算

表 2-49

室温＿＿＿＿＿℃

	绕组 I		绕组 II		绕组 III		$r_{1\text{ref}}$
$I(\text{mA})$							
$U(\text{V})$							
$R(\Omega)$							

计算基准工作温度时的相电阻：

由实验直接测得每相电阻值，此值为实际冷态电阻值。冷态温度为室温。按下式换算到基准工作温度时的定子绕组相电阻：

$$r_{1\text{ref}} = r_{1\text{C}} \frac{235 + \theta_{\text{ref}}}{235 + \theta_{\text{C}}}$$

式中：$r_{1\text{ref}}$——换算到基准工作温度时定子绕组的相电阻，Ω；

　　$r_{1\text{C}}$——定子绕组的实际冷态相电阻，Ω；

　　θ_{ref}——基准工作温度，对于 E 级绝缘为 75℃。

3) 绘出空载特性曲线和计算激磁参数

(1) 绘出空载特性曲线 I_0、P_0、$\cos \varphi_0 = f(U_0)$

表 2-50

序号	U_0(V)				I_0(A)				P_0(W)			$\cos\varphi_0$
	U_{AB}	U_{BC}	U_{CA}	U_{0L}	I_A	I_B	I_C	I_{0L}	P_1	P_2	P_0	

(2) 计算激磁参数

由空载试验数据求激磁回路参数：

空载阻抗：$\quad Z_0 = \dfrac{U_{0\varphi}}{I_{0\varphi}} = \dfrac{\sqrt{3}U_0}{I_0}$

空载电阻：$\quad r_0 = \dfrac{P_0}{3I_{0\varphi}^2} = \dfrac{P_0}{I_0^2}$

空载电抗：$\quad X_0 = \sqrt{Z_0^2 - r_0^2}$

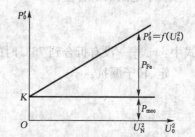

图 2-28 电机中铁耗和机械损耗的分离

式中：$U_{0\varphi}=U_0$，$I_{0\varphi}=\dfrac{I_0}{\sqrt{3}}$，$P_0$——电动机空载时的相电压、相电流、三相空载功率（△接法）。

激磁电抗：$\qquad\qquad\qquad X_m = X_0 - X_{1\sigma}$

激磁电阻：$\qquad\qquad\qquad r_m = \dfrac{P_{Fe}}{3I_{0\varphi}^2} = \dfrac{P_{Fe}}{I_0^2}$

式中：P_{Fe}——额定电压时的铁耗，由图 2-28 确定。

4）绘出短路特性曲线和计算短路参数

表 2-51

序号	U_K(V)				I_K(A)				P_K(W)			$\cos\varphi_K$
	U_{AB}	U_{BC}	U_{CA}	U_{KL}	I_A	I_B	I_C	I_{KL}	P_1	P_2	P_K	

（1）绘出短路特性曲线 I_K、$P_K = f(U_K)$

（2）由短路实验数据求短路参数

短路阻抗：
$$Z_K = \frac{U_{K\varphi}}{I_{K\varphi}} = \frac{\sqrt{3}U_K}{I_K}$$

短路电阻：
$$r_K = \frac{P_K}{3I_{K\varphi}^2} = \frac{P_K}{I_K^2}$$

短路电抗：
$$X_K = \sqrt{Z_K^2 - r_K^2}$$

式中：$U_{K\varphi} = U_K$，$I_{K\varphi} = \dfrac{I_K}{\sqrt{3}}$，$P_K$——电动机堵转时的相电压、相电流、三相短路功率

（△ 接法）。

转子电阻的折合值：
$$r_2' \approx r_K - r_{1C}$$

式中：r_{1C}——没有折合到 75℃时的实际值。

定、转子漏抗：
$$X_{1\sigma} \approx X_{2\sigma}' \approx \frac{X_K}{2}$$

5）由空载、短路实验计算数据绘出异步电机的等效电路图

6）作工作特性曲线 P_1、I_1、η、S、$\cos\varphi_1 = f(P_2)$

（1）将负载实验数据进行工作特性计算，填入表 2-53 中。

表 2-52

$U_1 = U_{1N} = 220\ \text{V}(\triangle)$，$I_f = $ ___ mA

序号	I_1(A)				P_1(W)			I_F (A)	T_2 (N·m)	n (r/min)
	I_A	I_B	I_C	I_1	P_I	P_{II}	P_1			
1										
2										
3										
4										
5										
6										
7										
8										
9										

表 2-53

$U_1 = 220 \text{ V}(\triangle)$, $I_f = \underline{\qquad}$ mA

序号	电动机输入		电动机输出		计 算 值			
	$I_{1\varphi}$ (A)	P_1 (W)	T_2 (N・m)	n (r/min)	P_2 (W)	S (%)	η (%)	$\cos\varphi_1$
1								
2								
3								
4								
5								
6								
7								
8								
9								

计算公式为:

$$I_{1\varphi} = \frac{I_1}{\sqrt{3}} = \frac{I_A + I_B + I_C}{3\sqrt{3}}$$

$$S = \frac{1\,500 - n}{1\,500} \times 100\%$$

$$\cos\varphi_1 = \frac{P_1}{3U_{1\varphi}I_{1\varphi}}$$

$$P_2 = 0.105nT_2$$

$$\eta = \frac{P_2}{P_1} \times 100\%$$

式中：$I_{1\varphi}$——定子绕组相电流,A;

$U_{1\varphi}$——定子绕组相电压,V;

S——转差率;

η——效率。

(2) 绘出工作特性曲线 P_1、I_1、η、S、$\cos\varphi_1 = f(P_2)$。

7) 由损耗分析法求额定负载时的效率

电动机的损耗有：

铁　　耗：$\qquad\qquad\qquad P_{Fe}$

机械损耗：$\qquad\qquad\qquad P_{mec}$

定子铜耗：$\qquad\qquad P_{Cu1} = 3I_{1\varphi}^2 r_1$

转子铜耗：$\qquad\qquad P_{Cu2} = \dfrac{P_{em}}{100}S$

杂散损耗 P_{ad} 取为额定负载时输入功率的 0.5%。

式中：P_{em}——电磁功率，W。

$$P_{em} = P_1 - P_{Cu1} - P_{Fe}$$

铁耗和机械损耗之和为：

$$P'_0 = P_{Fe} + P_{mec} = P_0 - 3I^2_{0\varphi}r_1$$

为了分离铁耗和机械损耗，作曲线 $P'_0 = f(U^2_0)$，如图 2-38。

延长曲线的直线部分与纵轴相交于 K 点，K 点的纵坐标即为电动机的机械损耗 P_{mec}，过 K 点作平行于横轴的直线，可得不同电压的铁耗 P_{Fe}。

电机的总损耗：

$$\sum P = P_{Fe} + P_{Cu1} + P_{Cu2} + P_{ad} + P_{mec}$$

于是求得额定负载时的效率为：

$$\eta = \frac{P_1 - \sum P}{P_1} \times 100\%$$

式中：P_1、S、I_1 由工作特性曲线上对应于 P_2 为额定功率 P_N 时查得。

8）思考题

（1）课前思考题

① 异步电动机的工作特性是哪些特性曲线？

② 怎样用实验的方法测取空载、短路数据并求激磁参数、短路参数？

③ 异步电动机的等效电路参数有哪些？它们的物理意义是什么？

（2）课后思考题

① 由空载、短路实验数据求取异步电机的等效电路参数时有没有误差？如果有是由哪些因素引起的？

② 从短路实验的测试数据中我们得出哪些结论？

③ 用直接负载法测得的电机效率和损耗分析法求得的电机效率有差别吗？如果有是由哪些因素引起的差别？

2.11 三相异步电动机的启动与调速

2.11.1 实验目的

掌握异步电动机的启动和调速的方法。

2.11.2 实验内容

（1）直接启动。

（2）星形——三角形（Y/△）联接启动。

（3）自耦变压器降压启动。

(4) 绕线式异步电动机转子绕组串入可变电阻器的启动方法。

(5) 绕线式异步电动机转子绕组串入可变电阻器调速方法。

2.11.3 实验器件

(1) 导轨、测速发电机及转速表 DD03，1件。

(2) 三相鼠笼异步电动机 DJ16，1件。

(3) 三相线绕式异步电动机 DJ17，1件。

(4) 校正直流测功机 DJ23，1件。

(5) 直流电压、毫安、安培表 D31(或 D31-2)，1件。

(6) 数/模交流电流表 D32，1件。

(7) 数/模交流电压表 D33，1件。

(8) 三相可调电抗器(可选)D43，1件。

(9) 波形测试及开关板 D51，1件。

(10) 启动与调速电阻箱 DJ17-1，1件。

(11) 测功支架、测功盘及弹簧秤(50N)DD05，1套。

2.11.4 操作要点

(1) 每次实验前(合上交流电源总开关前)，需将控制屏左侧调压器旋钮向逆时针方向旋转到底，即将其调到输出电压为零的位置。

(2) 按下"启动"按钮，接通三相交流电源，电机启动的瞬间，注意观察指针式电流表偏转到的最大位置所对应的读数值。这个数值就定性为计量电机启动瞬间的电流值。

(3) 绕线式异步电动机启动前，转子绕组串入的可变电阻器负载电阻一定要调至最大。

2.11.5 实验步骤与原理图

1) 三相鼠笼式异步电机直接启动

(1) 启动电流的测试

① 如图 2-29 所示接线。电机绕组为△接法。三相鼠笼式异步电动机 DJ16 不与校正直流测功机 DJ23 联接，直接与测速发电机同轴联接。电流表用 D32(或 D31-2)上的指针表。把交流调压器退到零位，开启钥匙开关，按下"启动"按钮，接通三相交流电源。

② 缓慢调节调压器，观察三相电压指示及电机旋转方向。电机旋转方向应为正转(如转向不符合要求需调整相序时，必须按下"停止"按钮，切断电源)。使输出电压达到电机额定电压($U_N = 220\,\text{V}$)，电机正常运行。按

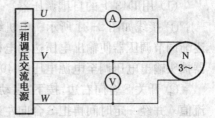

图 2-29　异步电动机直接启动

下"停止"按钮，断开三相交流电源，让电动机停止旋转。停止后，再按下"启动"按钮，接通三相交流电源，电机全压启动，观察电机启动瞬间电流值。重复三次，记录电机每次启动时的瞬间电流值 I_{st}，记录于表 2-54 中。断开电源开关，将调压器调至零位。

（2）启动转矩的测试

① 安装 DD05 步骤：除去圆盘上的堵转手柄，然后用细线穿过圆盘的小孔，在圆盘外的细线上打一小结卡住。将细线在圆盘外凹槽内绕 1～3 圈，留有一定的长度便于和弹簧秤相连。用内六角扳手将圆盘固定在电机左侧的联接轴上，将测功支架装在与实验操作人员面对着导轨的另一侧，用偏心螺丝固定，最后用细线将弹簧秤与测功支架相连即可。

② 合上开关，调节调压器，观察电流表指示（三相电流是否对称），逐渐缓慢地增加输入电流，使电机电流为 2～3 倍额定电流，快速读取电压值 U_K、电流值 I_K、转矩值 T_K（圆盘半径乘以弹簧秤力），记录于表 2-55 中。试验时通电时间不应超过 10 s，以免绕组过热。测试完毕，断开电源开关，将调压器调至零位。

2）星形——三角形（Y/△）启动

接线如图 2-30 所示。双掷三刀开关合向右边（Y 接法）。合上电源开关，逐渐调节调压器使输出电压达到电机额定电压（$U_N = 220$ V），电机正常运行。然后断开电源开关，让电机停转。停止后，再按下"启动"按钮，接通三相交流电源，电机星形（Y）启动，观察电机启动瞬间电流值。然后把 S 合向左边，使电机（△）正常运行，整个启动过程结束。重复三次。记录电机每次启动时的瞬间电流值 I_{st}，记录于表 2-56 中。断开电源开关，将调压器调至零位。

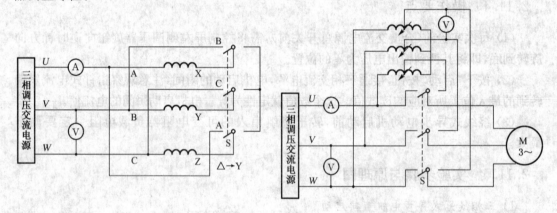

图 2-30　三相鼠笼式异步电机星形——三角形启动　图 2-31　三相鼠笼式异步电动机自耦变压器法启动

3）自耦变压器启动或用控制屏上调压器

（1）用 D43 上的自耦调压器

① 接线如图 2-31 所示。电机绕组为△接法。将开关 S 向左边合上。合上电源开关，逐渐调节调压器使输出电压达到电机额定电压（$U_N = 220$ V），电机正常运行。将自耦变压器抽头输出电压调至电源电压的 40%，然后断开电源开关，让电机停转。

② 开关 S 合向右边，按下"启动"按钮，自耦变压器降压启动电机，观察电机启动瞬间电流值。并经一定时间再把 S 合向左边，使电机按额定电压正常运行，整个启动过程结束。重复三次。记录电机每次启动时的瞬间电流值 I_{st}。自耦变压器抽头输出电压分别调至 60% 和 80% 电源电压时的测试过程与上面相同。记录于表 2-57 中。结束后，断开电源开关，将调压器调至零位。

（2）用控制屏上的调压器

接线如图 2-32 所示。电机绕组为 Y 接法。开关 S 合向右边。按下"启动"按钮，接通交流电源,缓慢旋转控制屏左侧的调压旋钮,使三相调压输出端输出电压分别达到额定电压值的40%。电机正常运行后按下"停止"按钮,使电机停转。然后再按下"启动"按钮,记录电机启动时的瞬间电流值 I_{St}。重复三次。控制屏上的调压器输出电压分别调至60%和80%,电源电压的测试过程与上面相同。将数据记录于表2-58中。结束后断开电源开关,将调压器调至零位。

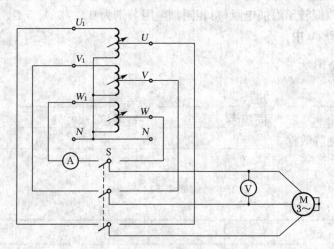

图 2-32　使用控制屏上的自耦调压器启动

4) 线绕式异步电动机转子绕组串入可变电阻器启动

电机定子绕组 Y 形接法:

(1) 接线如图2-33所示。电机为DJ17线绕式异步电动机,启动与调速电阻箱用DJ17-1。为了便于安装DD05,把电动机放在一合适的位置且不与测速发电机相连,然后按照安装DD05的步骤安装好。

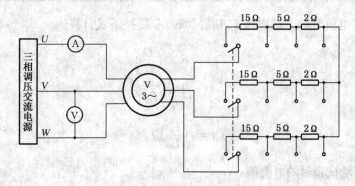

图 2-33　线绕式异步电机转子绕组串电阻启动

(2) 合上交流电源,调节输出电压(观察电压、电流指示和电机转向应符合要求),调至定子电压到 180 V,在转子绕组串入不同电阻值时分别测取定子电流和转矩。试验时通电时间不应超过 10 s 以免绕组过热。将数据记入表2-59中。

5) 线绕式异步电动机转子绕组串入可变电阻器调速

(1) 实验线路图同图2-33。将同轴联接的 DJ23 校正直流电机 MG 作为 DJ17 线绕式异步电动机 M 的负载，MG 的实验电路参考图 2-5 接线。接线完毕后，将 M 的转子附加电阻和 MG 的负载电阻调至最大。合上电源开关，电机空载启动，调解调压器的输出电压到电机额定电压 220 V 并保持不变。启动完毕，转子附加电阻调至零。

（2）合上励磁电源开关，调节校正直流测功机的励磁电流 I_f 为校正值（100 mA），再调节校正直流测功机负载电流（即调节负载电阻），使电动机输出功率接近额定功率并保持输出转矩 T_2 不变，改变转子附加电阻（每相附加电阻分别为 0 Ω、2 Ω、5 Ω、15 Ω），测取相应的转速记录于表 2-60 中。

2.11.6　实验报告

专业 _____　班级 _____　学号 _____　姓名 _____

实验组号 _____　同组者 _____　室温（℃）_____　得分 _____

被测试设备铭牌数据 _____

1）实验数据

表 2-54

$U_{st} = U_N = 220 \text{ V}$

次　数	1	2	3	平　均
$I_{st}(\text{A})$				

表 2-55

测　量　值			计　算　值		
$U_K(\text{V})$	$I_K(\text{A})$	$F(\text{N})$	$T_K(\text{N} \cdot \text{m})$	$I_{st}(\text{A})$	$T_{st}(\text{N} \cdot \text{m})$

对应于额定电压时的启动电流 I_{st} 和启动转矩 T_{st} 按下式计算：

$$T_K = F \times \left(\frac{D}{2} \right)$$

$$I_{st} = \left(\frac{U_N}{U_K} \right) I_K$$

$$T_{st} = \left(\frac{I_{st}^2}{I_K^2} \right) T_K$$

式中：I_K——启动试验时的电流值，A；

　　　　T_K——启动试验时的转矩值，N·m。

表 2-56

$U_{st} = U_N = 220 \text{ V}（\text{Y 接法}）$

次　数	1	2	3	平　均
$I_{st}(\text{A})$				

观察启动瞬间电流表的显示值与直接启动方法作定性比较，相差的倍数为多少。

表 2-57

$U_N = 220$ V

	$U_N = 40\%U_N$	$U_N = 60\%U_N$	$U_N = 80\%U_N$
$I_{st}(A)$			
$I_{st}(A)$			
$I_{st}(A)$			
平　均			

观察启动瞬间电流以作定性比较。

表 2-58

$U_N = 220$ V

	$U_N = 40\%U_N$	$U_N = 60\%U_N$	$U_N = 80\%U_N$
$I_{st}(A)$			
$I_{st}(A)$			
$I_{st}(A)$			
平　均			

观察每次启动瞬间电流以作定性比较。

表 2-59

$U_K = \underline{\quad}$ V

$R_{st}(\Omega)$	0	2	5	15
I_K				
$F(N)$				
$I_{st}(A)$				
$T_{st}(N \cdot m)$				

表 2-60

$U = 220$ V, $I_f = \underline{\quad}$ mA, $I_F = \underline{\quad}$ A$(T_2 = \underline{\quad}$ N · m$)$

$r_{st}(\Omega)$	0	2	5	15
$n(r/min)$				

2）由启动试验数据求下述三种情况下的启动电流和启动转矩

（1）外施额定电压为 U_N（直接法启动）。

（2）外施电压为 $U_N/\sqrt{3}$（Y-△启动）。

（3）外施电压为 U_K/K_A，式中 K_A 为启动用自耦变压器的变比（自耦变压器启动）。

3）思考题

（1）课前思考题

① 异步电动机有哪几种启动方法？

② 异步电动机的调速方法有几种？

③ 为什么绕线式异步电动机启动时转子绕组要串入电阻？

（2）课后思考题

① 比较异步电动机不同启动方法的优缺点。

② 启动电流和外施电压成正比，启动转矩和外施电压的平方成正比在什么情况下才能成立？

2.12　单相电容启动异步电动机

2.12.1　实验目的

学会用实验方法测定单相电容启动异步电动机的各项技术指标和参数。

2.12.2　实验项目

（1）定子主、副绕组的实际冷态电阻的测量。

（2）空载实验、短路实验、负载实验。

2.12.3　实验器件

（1）导轨、测速发电机及转速表 DD03，1 件。

（2）校正直流测功机 DJ23，1 件。

（3）单相电容启动异步电动机 DJ19，1 件。

（4）直流数字电压、毫安、安培表 D31（或 D31-2），1 件。

（5）数/模交流电流表 D32，1 件。

（6）数/模交流电压表 D33，1 件。

（7）智能型功率、功率因数表 D34-3，1 件。

（8）三相可调电阻器 D42，1 件。

（9）可调电阻器、电容器 D44，1 件。

（10）测功支架、测功盘及弹簧秤（50N）DD05，1 套。

（11）转矩转速功率表 D55，1 件。

2.12.4　操作要点

（1）每次实验前（合上交流电源总开关前），需将控制屏左侧调压器旋钮逆时针方向旋转到底，即将其调到输出电压为零的位置。

（2）合上交流电源，顺时针方向缓慢调节调压器旋钮时，应注意电压表、电流表的数值变化。短路实验时，测取数据要快，读取每组读数时，通电持续时间不应超过 5 s，以免绕组过热。如出现电机声音异常，应迅速将调压器旋钮逆时针方向旋转到底。断开交流电源，检查线路故障。

2.12.5　实验步骤与原理图

1) 定子绕组的冷态电阻的测定(见 1.6 节)

用伏安法分别测量 DJ19 单相电容启动异步电动机定子主、副绕组的实际冷态电阻,计算基准工作温度时的定子主、副绕组电阻,将测试数据记录于表 2-49 中。测试 DJ16 三相异步电动机 M 定子绕组的冷态直流电阻和计算基准工作温度时的定子电阻,将测试数据记录于表 2-61 中。

2) 空载实验

接线如图 2-34 所示,启动电容 C 选用 D44 上 35 μF 电容。

缓慢调节调压器让电机降压空载启动,在额定电压下空载运转几分钟使机械损耗达到稳定状态。空载电压为上升至 $U_0 = 1.1U_N$,然后逐渐降低电源电压,直至电流或功率显著增大为止(大致在 $1.2 \sim 0.5U_N$ 的范围内),测取相对应的电压 U_0、电流 I_0、功率 P_0 值,数据 7~8 组记录于表 2-62 中。

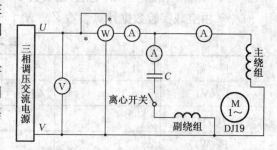

图 2-34　单相电容启动异步电动机接线图

3) 短路实验

(1) 测试接线图与空载实验图相同。在短路实验时,按照实验 2.11 节中所述步骤安装 DD05,然后按下"启动"按钮合上交流电源,观察电压表、电流表指示,升压至约 $0.95 \sim 1.02U_N$,再逐次降压至短路电流接近额定电流为止。测取相对应的 U_K、I_K、T_K 等数据 7~8 组记录于表 2-63 中。需注意:测取每组读数时,通电持续时间不应超过 5 s,以免绕组过热,动作要快。

(2) 转子绕组等值电阻的测量:将电动机 M 的副绕组脱开,主绕组加低电压使绕组中的电流等于额定值,记录电压 U_{K0}、电流 I_{K0}、功率 P_{K0} 于表 2-64 中。

4) 负载实验

测量接线图同图 2-32。负载实验时,负载电阻选用 D42 上 1 800 Ω 加上 900 Ω 并联 900 Ω 共 2 250 Ω 阻值。电动机 M 与校正直流电机 MG 同轴联接(MG 的接线参照实验 2.3 节,图 2-4 左),合上交流电源,缓慢升高电压至 U_N 并保持不变。调节 MG 的励磁电流 I_f 到规定值(100 mA 并保持不变)。再调节 MG 的负载电流 I_F(即 MG 的负载电阻),使电动机在 $1.1 \sim 0.25$ 倍额定功率范围内测取相对应的定子电流 I、输入功率 P_1、转矩 T_2、转速 n,共测取 7~8 组数据,其中额定点必测,记录于表 2-65 中(注:从校正直流测功机的负载电流 I_F 校正曲线上可查出电动机输出对应转矩 T_2 或从 D55 器件上直接读取转矩 T_2 和输出功率 P_2 的数值等数据)。

2.12.6　实验报告

专业＿＿＿＿　班级＿＿＿＿　学号＿＿＿＿　姓名＿＿＿＿

实验组号＿＿＿＿　同组者＿＿＿＿　室温(℃)＿＿＿＿　得分＿＿＿＿

被测试设备铭牌数据＿＿＿＿＿＿＿＿＿＿＿＿＿＿＿＿＿＿＿＿

1) 由实验数据计算出电机参数

(1) 测量定子主、副绕组的实际冷态电阻并计算基准工作温度下的电阻

表 2-61

室温＿＿＿＿℃

	主　绕　组			副　绕　组		
$I(mA)$						
$U(V)$						
$R(\Omega)$						

计算基准工作温度下的电阻,见实验 1.6 节。

(2) 由空载实验数据计算参数 Z_0、X_0、$\cos\varphi_0$

表 2-62

序　号	1	2	3	4	5	6	7	8
$U_0(V)$								
$I_0(A)$								
$P_0(W)$								
$\cos\varphi_0$								

空载阻抗:

$$Z_0 = \frac{U_0}{I_0}$$

式中:U_0——对应于额定电压值时的空载实验电压,V;

　　　I_0——对应于额定电压时的空载实验电流,A。

空载电抗:

$$X_0 = Z_0 \sin\varphi_0$$

式中:φ_0——空载实验对应于额定电压时电压和电流的相位差可由 $\cos\varphi_0 = P_0/(U_0 I_0)$ 求

　　　得 φ_0。

(3) 由短路实验数据计算 r_2'、$X_{1\sigma}$、$X_{2\sigma}$、X_m

表 2-63

序　号	1	2	3	4	5	6
$U_K(V)$						
$I_K(A)$						
$F(N)$						
$T_K(N \cdot m)$						

表 2-64

U_{K0} (V)	I_{K0} (A)	P_{K0} (W)	r_2' (Ω)

短路阻抗:

$$Z_{K0} = \frac{U_{K0}}{I_{K0}}$$

转子绕组等效电阻:

$$r_2' = \frac{P_{K0}}{I_{K0}^2} - r_1$$

式中: r_1——定子主绕组电阻。

定、转子漏抗:

$$X_{1\sigma} \approx X_{2\sigma}' \approx 0.5 Z_{K0} \sin\varphi_{K0}$$

式中: φ_{K0}——实验电压 U_{K0} 和电流 I_{K0} 的相位差。

可由式 $\cos\varphi_{K0} = P_{K0}/(U_{K0} I_{K0})$ 求得 φ_{K0}。

励磁电抗:

$$X_m = 2(x_0 - x_{1\sigma} - 0.5 x_{2\sigma}')$$

式中: $x_{1\sigma}$——定子漏抗,Ω;

$x_{2\sigma}'$——转子漏抗,Ω。

2) 由负载试验计算数据绘出电机工作特性: P_1、I_1、η、$\cos\varphi$、$S = f(P_2)$ 曲线图

表 2-65

$U_N = 220$ V, $I_f = $ ____ mA

序 号	1	2	3	4	5	6	7	8
I(A)								
P_1(W)								
I_F(A)								
n(r/min)								
T_2(N・m)								
P_2(W)								
$\cos\varphi$								
S(%)								
η(%)								

3）算出电动机的启动技术数据

4）确定电容参数

5）思考题

（1）课前思考题

① 单相电容启动异步电动机有哪几项技术指标和参数？

② 如何测定这些技术指标和参数？

（2）课后思考题

① 用电机参数计算出电机工作特性和实测数据进行比较是否有差异？如果有是由哪些因素造成的？

② 电容参数是如何决定的？电容是怎样选配的？

2.13　单相电容运转异步电动机

2.13.1　实验目的

学会用实验的方法测定单相电容运转异步电动机的技术指标和参数。

2.13.2　实验项目

（1）定子主、副绕组的实际冷态电阻的测量。

（2）有效匝数比的测定。

（3）空载实验、短路实验、负载实验。

2.13.3　实验器件

（1）导轨、测速发电机及转速表 DD03，1 件。

（2）校正过的直流电机 DJ23，1 件。

（3）单相电容运转异步电动机 DJ20，1 件。

（4）数/模交流电流表 D32，1 件。

（5）数/模交流电压表 D33，1 件。

（6）智能型功率、功率因数表 D34-3，1 件。

（7）直流数字电压、毫安、安培表 D31，1 件。

（8）三相可调电阻器 D42，1 件。

（9）可调电阻器、电容器 D44，1 件。

（10）波形测试及开关板 D51，1 件。

（11）测功支架、测功盘及弹簧秤（50N）DD05，1 套。

（12）转矩转速功率表 D55，1 件。

2.13.4　操作要点

（1）每次实验前（合上交流电源总开关前），需将控制屏左侧调压器旋钮逆时针方向旋转到底，即将其调到输出电压为零的位置。

（2）合上交流电源，顺时针方向缓慢调节调压器旋钮时，应注意电压表、电流表的数值变化。短路实验时，测取数据要快，读取每组读数时，通电持续时间不应超过 5 s，以免绕组过热。如出现电机声音异常，应迅速将调压器旋钮调压器旋钮逆时针方向旋转到底。断开交流电源，检查线路故障。

2.13.5 实验步骤与原理图

1）测量定子主、副绕组的实际冷态电阻

测量方法见实验 1.6 节，记录当时室温，将数据记录于表 2 66 中。

2）有效匝数比的测定

接线如图 2-35 所示，外配电容 C 选用 D44 上 4 μF 电容。合上开关 S_1、S_2，缓慢调节调压器让电机降压空载启动。启动结束后，将副绕组开路（打开开关 S_1）。在主绕组上加额定电压 220 V，测量并记录此时副绕组的感应电势 E_a 于表 2-67 中。再合上开关 S_1，将主绕组开路（打开开关 S_2）。加电压 U_a（$U_a = 1.25 \times E_a$）施于副绕组，测量并记录主绕组的感应电势 E_m 于表 2-67 中。

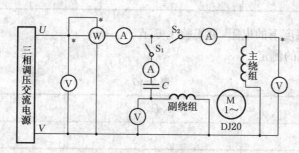

图 2-35 单相电容运转异步电动机接线图

3）空载实验

（1）调节调压器让电机降压空载启动。启动结束后，再将副绕组开路（打开开关 S_1），主绕组在额定电压下空载运转使机械损耗达到稳定状态（15 min）。将空载电压上升至 $U_0 = 1.2U_N$，然后逐渐降低电源电压，直至电流或功率显著增大为止（大致在 $1.2 \sim 0.5U_N$ 的范围内），测取相对应的电压 U_0、电流 I_0、功率 P_0 数值 7～8 组记录于表 2-68 中。

4）短路实验

（1）测试接线图与空载实验图相同。在短路实验时，按照实验 2.11 节中所述步骤安装 DD05，然后按下"启动"按钮，合上交流电源，观察电压表、电流表指示，升压至约 $0.95 \sim 1.02U_N$，再逐次降压至短路电流接近额定电流为止。测取相对应的 U_K、I_K、T_K 等数据 7～8 组记录于表 2-69 中。需注意：测取每组读数时，通电持续时间不应超过 5 s，以免绕组过热，动作要快。

（2）转子绕组等值电阻的测取：将电动机 M 的副绕组脱开，主绕组加低电压使绕组中的电流等于额定值，记录电压 U_{K0}、电流 I_{K0}、功率 P_{K0} 于表 2-70 中。

5）负载实验

参数的测量和计算方法见实验 2.12 节负载实验部分。将负载实验的数据记录于表 2-71 中。

2.13.6　实验报告

专业＿＿＿＿＿＿　　班级＿＿＿＿＿＿　　学号＿＿＿＿＿＿　　姓名＿＿＿＿＿＿

实验组号＿＿＿＿＿　　同组者＿＿＿＿＿　　室温(℃)＿＿＿＿＿　　得分＿＿＿＿＿

被测试设备铭牌数据＿＿＿＿＿＿＿＿＿＿＿＿＿＿＿＿＿＿＿＿＿＿＿＿＿＿＿＿

1) 由实验数据计算出电机参数

(1) 测量定子主、副绕组的实际冷态电阻并计算基准工作温度下的电阻

表 2-66

室温＿＿＿＿＿℃

	主　绕　组		副　绕　组	
$I(\text{mA})$				
$U(\text{V})$				
$R(\Omega)$				

计算基准工作温度下的电阻,见实验 1.6 节。

(2) 有效匝数比的测定

表 2-67

E_a	E_m	K

主、副绕组的有效匝数比 K 按下式求得:

$$K = \sqrt{\frac{U_a \times E_a}{E_m \times 220}}$$

式中: $U_a = 1.25 E_a$。

(3) 由空载实验数据计算参数 Z_0、X_0、$\cos \varphi_0$

表 2-68

序　号								
$U_0(\text{V})$								
$I_0(\text{A})$								
$P_0(\text{W})$								
$\cos \varphi_0$								

空载阻抗:

$$Z_0 = \frac{U_0}{I_0}$$

式中：U_0——对应于额定电压值时的空载实验电压，V；

I_0——对应于额定电压时的空载实验电流，A。

空载电抗：

$$X_0 = Z_0 \sin \varphi_0$$

式中：φ_0——空载实验对应于额定电压时电压和电流的相位差可由 $\cos \varphi_0 = P_0/(U_0 I_0)$ 求得 φ_0。

（4）由短路实验数据计算 r_2'、$X_{1\sigma}$、$X_{2\sigma}$、X_m

表 2-69

序　号						
$U_K(V)$						
$I_K(A)$						
$F(N)$						
$T_K(N \cdot m)$						

表 2-70

$U_{K0}(V)$	$I_{K0}(A)$	$P_{K0}(W)$	$r_2'(\Omega)$

短路阻抗：

$$Z_{K0} = \frac{U_{K0}}{I_{K0}}$$

转子绕组等效电阻：

$$r_2' = \frac{P_{K0}}{I_{K0}^2} - r_1$$

式中：r_1——定子主绕组电阻。

定、转子漏抗：

$$X_{1\sigma} \approx X_{2\sigma}' \approx 0.5 Z_{K0} \sin \varphi_{K0}$$

式中：φ_{K0}——实验电压 U_{K0} 和电流 I_{K0} 的相位差。

可由式 $\cos \varphi_{K0} = P_{K0}/(U_{K0} I_{K0})$ 求得 φ_{K0}。

励磁电抗：

$$X_m = 2(x_0 - x_{1\sigma} - 0.5 x_{2\sigma}')$$

式中：$x_{1\sigma}$——定子漏抗，Ω；

$x_{2\sigma}'$——转子漏抗，Ω。

2）由负载试验计算数据绘出电机工作特性：P_1、I_1、η、$\cos \varphi$、$S = f(P_2)$ 曲线图

表 2-71

$U_N = 220\text{ V}, I_f = \underline{\ \ \ \ }\text{ mA}$

序　号								
$I_主(\text{A})$								
$I_副(\text{A})$								
$I_总(\text{A})$								
$P_1(\text{W})$								
$I_F(\text{A})$								
$n(\text{r/min})$								
$T_2(\text{N}\cdot\text{m})$								
$P_2(\text{W})$								
$\eta(\%)$								
$\cos\varphi$								
$S(\%)$								

3）算出电动机的启动技术数据

4）确定电容参数

5）思考题

（1）课前思考题

① 单相电容运转异步电动机有哪几项技术指标和参数？

② 如何测定这些技术指标和参数？

（2）课后思考题

① 用电机参数计算出电机工作特性和实测数据进行比较是否有差异？如果有是由哪些因素造成的？

② 电容参数是如何决定的？电容是怎样选配的？

2.14　单相电阻启动异步电动机

2.14.1　实验目的

学会用实验方法测定单相电阻启动异步电动机的技术指标和参数。

2.14.2　实验项目

（1）定子主、副绕组的实际冷态电阻的测量。

（2）空载试验、短路试验、负载试验。

2.14.3　实验器件

（1）导轨、测速发电机及转速表 DD03，1 件。

(2) 单相电阻启动异步电动机 DJ21，1 件。

(3) 校正过的直流电机 DJ23，1 件。

(4) 直流数字电压、毫安、安培表 D3（或 D31-2），1 件。

(5) 数/模交流电流表 D32，1 件。

(6) 数/模交流电压表 D33，1 件。

(7) 智能型功率、功率因数表 D34-3，1 件。

(8) 三相可调电阻器 D42，1 件。

(9) 测功支架、测功盘及弹簧秤（50N）DD05，1 套。

(10) 转矩转速功率表 D55，1 件。

2.14.4　操作要点

(1) 每次实验前（合上交流电源总开关前），需将控制屏左侧调压器旋钮逆时针方向旋转到底，即将其调到输出电压为零的位置。

(2) 合上交流电源，顺时针方向缓慢调节调压器旋钮时，应注意电压表、电流表的数值变化。短路实验时，测取数据要快，读取每组读数时，通电持续时间不应超过 5 s，以免绕组过热。如出现电机声音异常，应迅速将调压器旋钮逆时针方向旋转到底。断开交流电源，检查线路故障。

2.14.5　实验步骤与原理图

1) 定子绕组的冷态电阻的测定

测量定子主、副绕组的实际冷态电阻，测量方法见实验 1.6 节，记录当时室温，将数据记录于表 2-72 中。

2) 空载实验

(1) 接线如图 2-36 所示。M 选用 DJ21 单相电阻启动异步电动机，与测速发电机同轴联接，不联接 DJ23 校正直流测功机（注：由于单相电阻启动异步电动机启动电流较大，所以做此实验时应把控制屏门后扭子开关打在"关"位置，切断过流保护，以防误操作）。

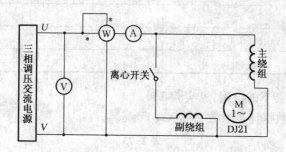

图 2-36　单相电阻启动异步电动机接线图

(2) 缓慢调节调压器，让电机 M 降压空载启动，启动结束后在额定电压下空载运转使机械损耗达到稳定状态（10 min）。将空载电压上升至 $U_0 = 1.1U_N$，然后逐渐降低电源电压，直至电流或功率显著增大为止（大致在 $1.2 \sim 0.5U_N$ 范围内），测取相对应的电压 U_0、电流 I_0、功率 P_0 值，共测取数据 $7 \sim 8$ 组，记录于表 2-73 中。

3）短路实验

（1）把功率表的电流线圈短接，按照实验 2.11 节中所述步骤安装 DD05。合上电源开关，缓慢升高电压，短路试验时可升高电流到 $2I_N$，再逐次降压至短路电流接近额定电流为止。测取相对应的短路电压 U_K、短路电流 I_K 及短路力矩 T_K 等数据 7～8 组记录于表 2-74 中。需注意：测取每组读数时，通电持续时间不应超过 5 s，以免绕组过热，动作要快。

（2）转子绕组等值电阻的测量：将 M 的副绕组脱开，在主绕组加低电压，使绕组中的电流等于额定值 I_N，测取电压 U_{K0}、电流 I_{K0} 及功率 P_{K0}，将数据记录于表 2-75 中。

4）负载实验

将电动机 M 和校正过的直流电机 MG 同轴联接（MG 的接线参照实验 2.3 节，图 2-4），磁场调节电阻 R_{f2} 选用 D42 上的 900 Ω 串 900 Ω 共 1 800 Ω 阻值，负载电阻 R_2 选用 D42 上 1 800 Ω 加上 900 Ω 并联 900 Ω 共 2 250 Ω 电阻值。缓慢调节调压器，观察电压指示，空载启动 M，逐渐升压至额定电压 $U_N = 220$ V 并保持不变。调节校正直流电机 MG 的励磁电流 I_f 到校正值 100 mA 并保持不变。调节 MG 的负载电流 I_F（即负载电阻 R_2），在电动机 M 的 1.1～0.25 倍的额定功率范围内，测取 M 的定子电流 I、输入功率 P_1、直流电机 MG 的负载电流 I_F（查对应转矩 T_2）或在 D55 器件上直接读取转矩 T_2 和输出功率 P_2 及转速 n。共测取数据 7～8 组，记录于表 2-76 中。

2.14.6　实验报告

专业＿＿＿＿＿＿　　班级＿＿＿＿＿＿　　学号＿＿＿＿＿＿　　姓名＿＿＿＿＿＿

实验组号＿＿＿＿＿　　同组者＿＿＿＿＿　　室温(℃)＿＿＿＿＿　　得分＿＿＿＿＿

被测试设备铭牌数据＿＿＿＿＿＿＿＿＿＿＿＿＿＿＿＿＿＿＿＿＿＿＿＿＿＿＿＿＿＿＿＿＿

1）由实验数据计算出电机参数

（1）测定定子绕组的冷态电阻并计算基准工作温度下的电阻

表 2-72

室温＿＿＿＿＿℃

	主　绕　组			副　绕　组	
I(mA)					
U(V)					
R(Ω)					

计算基准工作温度下的电阻，见实验 1.6。

（2）由空载实验数据计算参数 Z_0、X_0、$\cos \varphi_0$

表 2-73

序　号								
U_0(V)								
I_0(A)								
P_0(W)								
$\cos \varphi_0$								

空载阻抗:

$$Z_0 = \frac{U_0}{I_0}$$

式中:U_0——对应于额定电压值时的空载实验电压,V;

I_0——对应于额定电压时的空载实验电流,A。

空载电抗:

$$X_0 = Z_0 \sin \varphi_0$$

式中:φ_0——空载实验对应于额定电压时电压和电流的相位差可由 $\cos \varphi_0 = P_0/(U_0 I_0)$ 求得 φ_0。

（3）由短路实验数据计算 r_2'、$X_{1\sigma}$、$X_{2\sigma}$、X_m

表 2-74

序　号							
$I_K(A)$							
$U_K(V)$							
$F(N)$							
$T_K(N \cdot m)$							

表 2-75

$U_{K0}(V)$	$I_{K0}(A)$	$P_{K0}(W)$	$r_2'(\Omega)$

短路阻抗:

$$Z_{K0} = \frac{U_{K0}}{I_{K0}}$$

转子绕组等效电阻:

$$r_2' = \frac{P_{K0}}{I_{K0}^2} - r_1$$

式中:r_1——定子主绕组电阻。

定子、转子漏抗:

$$X_{1\sigma} \approx X_{2\sigma}' \approx 0.5 Z_{K0} \sin \varphi_{K0}$$

式中:φ_{K0}——实验电压 U_{K0} 和电流 I_{K0} 的相位差。

可由式 $\cos \varphi_{K0} = P_{K0}/(U_{K0} I_{K0})$ 求得 φ_{K0}。

励磁电抗:

$$X_m = 2(x_0 - x_{1\sigma} - 0.5 x_{2\sigma}')$$

式中：$x_{1\sigma}$——定子漏抗，Ω；

$\qquad x_{2\sigma}'$——转子漏抗，Ω。

2）由负载试验计算数据绘出电机工作特性：P_1、I_1、η、$\cos\varphi$、$S = f(P_2)$ 曲线图

表 2-76

$U_N = 220\ \text{V}$, $I_f =$ ＿＿mA

序　号									
$I(\text{A})$									
$P_1(\text{W})$									
$I_F(\text{A})$									
$n(\text{r/min})$									
$T_2(\text{N}\cdot\text{m})$									
$P_2(\text{W})$									
$\cos\varphi$									
$S(\%)$									
$\eta(\%)$									

3）算出电动机的启动技术数据

4）思考题

（1）课前思考题

① 单相电阻启动异步电动机有哪几项技术指标和参数？

② 如何测定这些技术指标和参数？

（2）课后思考题

用电机参数计算出电机工作特性和实测数据进行比较是否有差异？如果有是由哪些因素造成的？

2.15　双速异步电动机

2.15.1　实验目的

掌握用实验的方法测定两种转速时的工作特性，加深对变极调速原理的理解。

2.15.2　实验项目

（1）测试四极电机时的工作特性。

（2）测试二极电机时的工作特性。

2.15.3　实验器件

（1）导轨、测速发电机及转速表 DD03，1 件。

（2）校正直流测功机 DJ23，1 件。

（3）三相双速异步电动机 DJ22，1 件。

（4）数/模交流电流表 D32，1 件。

（5）数/模交流电压表 D32，1 件。

（6）智能型功率、功率因数表 D34-3，1 件。

（7）直流数字电压、毫安、安培表 D31(或 D31-2)，1 件。

（8）三相可调电阻器 D42，1 件。

（9）波形测试及开关板 D51，1 件。

（10）转矩转速功率表 D55，1 件。

2.15.4　操作要点

（1）每次实验前(合上交流电源总开关前)，需将控制屏左侧调压器旋钮逆时针方向旋转到底，即将其调到输出电压为零的位置。检查负载电阻是否在最大值位置，接负载电阻的开关 S 是否在断开位置。

（2）合上交流电源，顺时针方向缓慢调节调压器旋钮时，应注意电压表、电流表的数值变化，三相电压、三相电流是否对称。如出现电机声音异常，三相电压、电流不对称，应迅速将调压器旋钮逆时针方向旋转到底。断开交流电源，检查线路故障。

2.15.5　实验步骤与原理图

1）测试四极电机时的工作特性

（1）接线如图 2-37 所示，三相双速异步电动机电机 DJ22 和校正直流测功机 DJ23 同轴联接（MG 的接线参照实验 2.3 节，图 2-4 左）。负载电阻 R_L 选用 D42 上 900 Ω 串 900 Ω 加上 900 Ω 并联 900 Ω 共 2 250 Ω 电阻值。把开关 S 合向图 2-33 所示的右边，使电动机为△接法(四极电机)。合上交流电源，缓慢调节调压器，观察三相电压指示，逐渐升压至额定电压 $U_N = 220$ V 并保持不变。

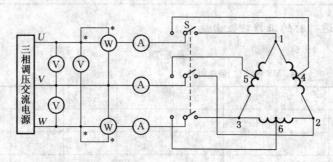

图 2-37　双速异步电动机(2/4 极)

（2）将校正过的直流电机的励磁电源打开，调节励磁电阻 R_f，使励磁电流至校正值 (100 mA)并保持不变。合上开关 S，调节负载电阻 R_L（注：先调节 1 800 Ω 电阻，调至零值后用导线短接再调节 450 Ω 电阻)，使异步电动机的定子电流逐渐上升，直至电流上升到 $1.25I_N$。在 $1.25I_N \sim I_0$（即空载断开开关 S）的范围内读取异步电动机的定子电流 I_1、输入功率 P_1、转速 n、校正直流测功机的负载电流 I_F（由校正曲线查出电动机输出对应转矩 T_2），或在 D55 器件上直接读取转矩 T_2 和输出功率 P_2 的数值。共取数据 7~8 组记录于表 2-77 中。测试完毕,将交流调压器旋钮调到输出电压为零的位置,断开三相调压交流电源。

2) 二极电机时的工作特性测试

(1) 把 S 合向左边(YY 接法)并把右边三端点用导线短接。将负载电阻 R_L 调至最大,合上交流电源,缓慢调节调压器,观察三相电压指示,逐渐升压至额定电压 $U_N = 220$ V 并保持不变。

(2) 操作步骤与 1)中第(2)相同,共取数据 7~8 组记录于表 2-78 中。

2.15.6　实验报告

专业 ＿＿＿＿＿＿　　　班级 ＿＿＿＿＿＿　　　学号 ＿＿＿＿＿＿　　　姓名 ＿＿＿＿＿

实验组号 ＿＿＿＿＿　　同组者 ＿＿＿＿＿　　室温(℃) ＿＿＿＿＿　　得分 ＿＿＿＿＿

被测试设备铭牌数据 ＿＿＿＿＿＿＿＿＿＿＿＿＿＿＿＿＿＿＿＿＿＿＿＿＿＿＿＿＿＿＿＿

1) 绘制四极运行时的工作特性曲线

表 2-77

$U_N = 220$ V, $I_f =$ ＿＿＿ mA,△ 接法(四极电机)

序　号	1	2	3	4	5	6	7	8
$I(A)$								
$P_1(W)$								
$I_F(A)$								
$n(r/min)$								
$T_2(N \cdot m)$								
$P_2(W)$								
$\eta(\%)$								
$\cos \varphi$								

2) 绘制二极运行时的工作特性曲线

表 2-78

$U_N = 220$ V, $I_f =$ ＿＿＿ mA, YY 接法(二极电机)

序　号	1	2	3	4	5	6	7	8
$I(A)$								
$P_1(W)$								
$I_F(A)$								
$n(r/min)$								
$T_2(N \cdot m)$								
$P_2(W)$								
$\eta(\%)$								
$\cos \varphi$								

3) 通过对 2/4 极双速电机两种工作特性的分析对比,评价它们的性能

4) 思考题

(1) 课前思考题

① 变极调速的工作原理?

② 怎样测试双速异步机的工作特性?

(2) 课后思考题

① 试验时三只电流表的读数是否相同? 如有差别是什么原因造成的? 定子电流应该怎样测量?

② △/YY 的变极调速有什么特点?

2.16 三相异步发电机

2.16.1 实验目的

(1) 研究和掌握三相异步发电机的自激条件、工作特性及运行问题。

(2) 进一步理解异步电机的可逆原理。

2.16.2 实验内容

(1) 空载试验

$n = n_N = n_0$ 不变,测取 $U_0 = f(I_C)$。

$n = n_N = n_0$ 不变,测取 $U_0 = f(C)$。

(2) 当电容不变时的空载电压与转速(频率)特性

$C = $ 常数,测取 $U_0 = f(n)$。

(3) 当空载电压不变时的电容与转速特性

$U_0 = $ 常数,测取 $C = f(n)$。

(4) 外特性

$n = n_0$, $C = $ 常数, $\cos \varphi = 1$,测取 $U = f(I)$。

2.16.3 实验器件

(1) 导轨、测速发电机及转速表 DD03,1 件。

(2) 校正直流测功机 DJ23,1 件。

(3) 三相鼠笼异步电动机 DJ16,1 件。

(4) 数/模交流电流表 D32,1 件。

(5) 数/模交流电压表 D33,1 件。

(6) 智能型功率、功率因数表 D34-3,1 件。

(7) 直流数字电压、毫安、安培表 D31(或 D31-2),1 件。

(8) 可调电阻器、电容器 D44,1 件。

(9) 异步发电机专用电容箱 D46,1 件。

(10) 波形测试及开关板 D51,1 件。

（11）三相可调电阻器 D42，1件。

（12）转矩转速功率表 D55，1件。

2.16.4　操作要点

他励直流电机的启动和停机步骤：启动前将 MG 电枢串联启动电阻 R_1 调至最大，R_{f1} 调至最小。S_1、S_2 开关在断开位置，异步发电机 G 的负载电阻 R 调至最大值位置。启动时先合上励磁电源，再合上电枢电源。电动机 MG 启动正常运转后，将启动电阻 R_1 调到最小，调节 R_{f1} 到发电机转速至所需值。停机时先将启动电阻 R_1 调到最大，然后断开电枢电源，再断开励磁电源。

2.16.5　实验步骤与原理图

1）空载试验

（1）接线如图 2-38 所示。DJ23 直流电机 MG 作电动机，联接为他励方式，用作拖动 DJ16 三相鼠笼式异步电动机 G 转动，G 的定子绕组为 △ 形接法（$U_N = 220$ V）。R_{f1} 选用 D44 上 900 Ω 加上 900 Ω 共 1 800 Ω 阻值，R_1 选用 D44 上 90 Ω 加上 90 Ω 共 180 Ω 阻值。R 选用 D42 上 900 Ω 加上 900 Ω 共 1 800 Ω 阻值（共三组）。可调电容 C 选用 D46 挂件（在挂件内部 C_1、C_2、C_3 已经联接好，只需按图接线即可）。C_1、C_2 的开关控制在本挂件上，C_3 的电容值由挂件上的旋钮来选择。C_3 调至最小值。开关 S_1、S_2 放在断开位置。MG 电枢串联启动电阻 R_1 调至最大，R_{f1} 调至最小。先合上励磁电源，再合上电枢电源。电动机 MG 启动正常运转后，将启动电阻 R_1 调到最小，调节 R_{f1} 到发电机转速为 1 500 r/min。

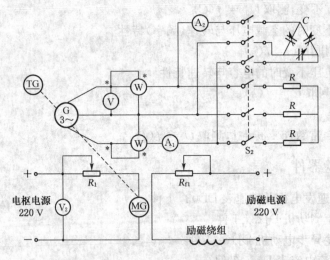

图 2-38　三相异步发电机实验接线图

（2）保持电机转速 1 500 r/min 不变。合上开关 S_1，调节电容器，即调节电容电流 I_C，使发电机输出电压。读取相对应的空载电压 U_0，电容值 C，电容电流 I_C。取数据 7～8 组记录于表 2-79 中。测试完毕停机。

2）当电容不变时的空载电压与转速（频率）特性

按上面步骤（1）启动电机。增大可调电容使发电机电压接近于额定电压。保持这一电

容 C 不变,然后缓慢增大 R_1 阻值(即减小电机转速)。在 1 500 r/min 至 1 450 r/min 之间测取空载电压与转速(频率)的对应值,即 $U_0 = f(n)$。共取 7~8 组数据记录于表 2-80 中。测试完毕停机。

3)当空载电压不变时的电容与转速特性

按上面步骤(1)启动电机。增大可调电容使发电机电压接近于额定电压并保持不变。调节 R_1 及电容值。在 1 650 r/min 至 1 500 r/min 之间测取电容与转速(频率)的对应值(注意在实验过程中保持电压基本不变),即 $C = f(n)$。共取 7~8 组数据记录于表 2-81 中。测试完毕停机。

4)外特性实验

(1)接线如图 2-36 所示。电容 C 为 D46 上 C_1、C_2、C_3 三组电容并联,把 C_3 调到最小值。电阻 R 用 D42 上 900 Ω 加上 900 Ω 共 1 800 Ω 阻值(共三组)并调到最大值。开关 S_1、S_2 放在断开位置。将 MG 电枢串联启动电阻 R_1 调至最大,R_{f1} 调至最小。先接通励磁电源,再接通电枢电源。电动机 MG 启动正常运转后,将启动电阻 R_1 调到最小,调节 R_{f1} 到发电机转速为 1 500 r/min 并保持不变。

(2)先合上开关 S_2,再合上开关 S_1。调节电容 C 值和电阻 R 值(三组电阻同时调节)使发电机电压接近于额定电压,记录此时的 U、I 值,并保持此电压和转速为 1 500 r/min 不变,逐渐增大电阻 R 值直至空载(断开开关 S_2)。其间共测 7~8 组数据记录于表 2-82 中。测试完毕停机。

2.16.6　实验报告

专业_____　　班级_____　　学号_____　　姓名_____

实验组号_____　　同组者_____　　室温(℃)_____　　得分_____

被测试设备铭牌数据_____

1)实验数据与曲线分析

(1)空载试验

表 2-79

$n = n_N = $ ____r/min

序　号	1	2	3	4	5	6	7	8
U_0(V)								
I_C(A)								
$C(\mu F)$								

① 根据空载试验数据作空载特性曲线 $U_0 = f(I_C)$ 和空载电压与电容的关系曲线 $U_0 = f(C)$。

② 与图 2-39 和图 2-40 进行比较是否相同。根据图 2-39 和图 2-40 分析得出结论:电压与电容的关系曲线与空载特性曲线相似,只有当电容量达到一定数值时,空载电压才趋于稳定。你的结论与上述相同吗? 如不同请分析原因。

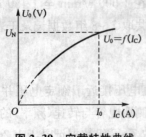

图 2-39　空载特性曲线

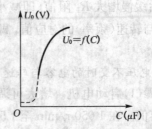

图 2-40　空载电压与电容的关系曲线

（2）当电容不变时的空载电压与转速（频率）特性

表 2-80

$C = \underline{\quad} \mu F$

序　号	1	2	3	4	5	6	7	8
n(r/min)								
U_0(V)								

① 根据表 2-71 作出空载电压与转速（频率）$U_0 = f(n)$ 的特性曲线。

② 与图 2-41 进行比较是否相同。根据图 2-41 分析得出结论：空载电压与转速（频率）曲线近似于线性关系。你的结论与上述相同吗？如不同请分析原因。

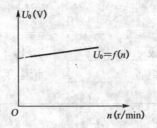

图 2-41　空载电压与转速（频率）关系曲线

（3）当空载电压不变时的电容与转速特性

表 2-81

$U_0 \approx \underline{\quad} V$

序　号	1	2	3	4	5	6	7	8
n(r/min)								
$C(\mu F)$								

① 根据表 2-81 作出电容与转速（频率）$C = f(n)$ 的关系曲线。

② 与图 2-42 进行比较是否相同。根据图 2-42 分析得出结论：表明频率低时所需电容最大，即低转速时要达到额定电压需要增加很多的电容量。你的结论与上述相同吗？如不同请分析原因。

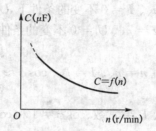

图 2-42　电容与转速(频率)关系曲线

（4）外特性实验

表 2-82

$n = $ ＿＿r/min, $C = $ ＿＿μF

序　号	1	2	3	4	5	6	7	8
U(V)								
I(A)								

① 由表 2-82 可作出三相异步发电机的外特性曲线图。

② 与图 2-43 进行比较是否相同。根据图 2-43 分析得出结论：
负载增加时电压下降，当负载增至临界值，继续增加负载，电流反而
减小，线电压急剧下降。你的结论与上述相同吗？如不同请分析
原因。

2）思考题

（1）课前思考题

① 三相异步发电机是用什么装置来充磁？它是一个怎样的激
磁过程？

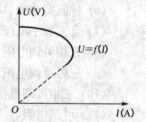

图 2-43　外特性曲线

② 三相异步发电机的空载特性是什么？在测取空载特性曲线时，哪些物理量应保持不
变？哪些物理量应测取？

（2）课后思考题

通过外特性的测取，分析负载增加时发电机电压为何会急剧下降？

2.17　三相同步发电机的运行特性

2.17.1　实验目的

（1）掌握测量同步发电机在对称负载下运行特性的方法。

（2）学会用实验数据计算同步发电机在对称运行时的稳态参数。

2.17.2　实验内容

（1）测定电枢绕组的实际冷态直流电阻。

(2) 空载实验:测取在 $n = n_N$、$I = 0$ 不变的条件下,$U_0 = f(I_f)$ 的空载特性曲线。

(3) 三相短路实验:测取在 $n = n_N$、$U = 0$ 不变的条件下,$I_K = f(I_f)$ 的三相短路特性曲线。

(4) 纯电感负载特性:测取在 $n = n_N$、$I = I_N$、$\cos\varphi \approx 0$ 不变的条件下,$U = f(I_f)$ 的纯电感负载特性曲线。

(5) 外特性:测取在 $n = n_N$、$I_f = $ 常数、$\cos\varphi = 1$ 和 $\cos\varphi = 0.8$(滞后)不变的条件下,$U = f(I)$ 的外特性曲线。

(6) 调节特性:测取在 $n = n_N$、$U = U_N$、$\cos\varphi = 1$ 不变的条件下,$I_f = f(I)$ 的调节特性曲线。

2.17.3　实验器件

(1) 导轨、测速发电机及转速表 DD03,1 件。

(2) 校正直流测功机 DJ23,1 件。

(3) 三相凸极式同步电机 DJ18,1 件。

(4) 数/模交流电流表 D32,1 件。

(5) 数/模交流电压表 D33,1 件。

(6) 智能型功率、功率因数表 D34-3(或 D34-2),1 件。

(7) 直流数字电压、毫安、安培表 D31(或 D31-2),1 件。

(8) 三相可调电阻器 D41,1 件。

(9) 三相可调电阻器 D42,1 件。

(10) 三相可调电抗器 D43,1 件。

(11) 可调电阻器、电容器 D44,1 件。

(12) 波形测试及开关板 D51,1 件。

(13) 旋转灯、并网开关、同步机励磁电源 D52,1 件。

(14) 转矩转速功率表 D55,1 件。

2.17.4　操作要点

他励直流电机的启动和停机步骤:启动前将 MG 电枢串联启动电阻 R_1 调至最大,R_{f1} 调至最小。S_1、S_2 开关在断开位置,同步发电机 GS 的负载电阻、负载电抗放最大位置。R_{f2} 调至最大。启动时先合上励磁电源,再合上电枢电源。电动机 MG 启动。正常运转后,将启动电阻 R_{st} 调到最小,调节 R_{f1} 到发电机转速至所需值。停机时将启动电阻 R_1 调到最大,先断开电枢电源,再断开励磁电源。

2.17.5　实验步骤与原理图

1) 测定电枢绕组实际冷态直流电阻

被试电机为 DJ18 三相凸极式同步电机。测定方法见实验 1.6 节。记录室温。测量数据记录于表 2-83 中。

2) 空载实验

(1) 接线如图 2-44 所示,按他励方式联接 DJ23 校正直流测功机 MG,作为电动机拖动三相同步发电机 GS 旋转,GS 的电枢绕组为 Y 形接法($U_N = 220$ V)。R_{f2} 用 D41 组件上的 90 Ω 与 90 Ω 串联加上 90 Ω 与 90 Ω 并联共 225 Ω 阻值,R_{st} 用 D44 上的 180 Ω 电阻值,R_{f1} 用 D44 上的 1 800 Ω 电阻值。S_1 和 S_2 开关选用 D51 挂箱。将 D52 上的 24 V 励磁电源串接的 R_{f2} 调至最大位置。MG 的电枢串联电阻 R_{st} 调至最大值,MG 的励磁调节电阻 R_{f1} 调至最小值。S_1、S_2 开关均断开。同步发电机 GS 的负载电阻、负载电抗放最大位置。将控制屏左侧调压器旋钮向逆时针方向旋转退到零位,检查控制屏上的电源总开关、电枢电源开关及励磁电源开关都必须在"关断"位置。

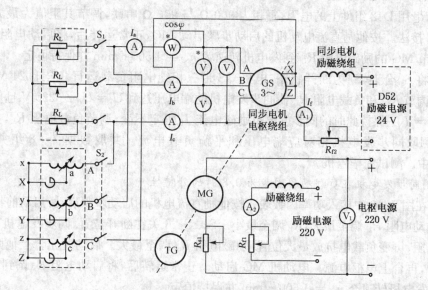

图 2-44　三相同步发电机实验接线图

(2) 打开控制屏上的电源总开关,按下"启动"按钮,接通励磁电源开关,观察 A_2 电流表,当有励磁电流指示后,再打开电枢电源开关,MG 启动。运行正常后,将 R_{st} 电阻调至最小,调节 R_{f1} 电阻使 MG 转速达到同步发电机的额定转速 $n_N = 1\,500$ r/min 并保持恒定。合上 GS 的励磁电源,调节 GS 励磁电流(注意:R_{f2} 必须单方向调节),使 I_f 单方向递增至 GS 输出电压 $U_0 \approx 1.3U_N$ 为止。然后再单方向减小 GS 励磁电流,使 I_f 单方向减至零值为止,读取相对应的励磁电流 I_f 和空载电压 U_0。在额定电压附近要多测一些点。共取数据 9~10 组并记录于表 2-84 中。

3) 三相短路试验

(1) 调节 GS 的励磁电源串接的 R_{f2} 至最大值。调节电机转速为 $n_N = 1\,500$ r/min,且保持恒定。合上 GS 的 24 V 励磁电源,调节 R_{f2} 使 GS 输出的三相线电压(即三只电压表 V 的读数)最小,然后把 GS 输出三端点短接(即把三只电流表输出端短接)。

(2) 缓慢调节 GS 的励磁电流 I_f,观察电流表 A 指示,使其定子电流 $I_K = 1.2I_N$,读取 GS 相对应的励磁电流值 I_f 和定子电流值 I_K。然后逐渐减小 GS 的励磁电流使定子电流减小,直至励磁电流为零,读取相对应的励磁电流 I_f 和定子电流 I_K。共取数据 7~8 组并记录于表 2-85 中。测试完毕停机。

4) 纯电感负载特性

将 GS 的 R_{f2} 调至最大值,可变电抗器调到最大阻抗位置。同时拔掉 GS 输出三端点的短接线。按他励直流电动机的启动步骤启动直流电机 MG，正常运转后，将启动电阻 R_{st} 调到最小，调节 MG 的励磁电阻 R_{f1} 到发电机转速为 $n_N = 1\,500$ r/min 并保持恒定。合上开关 S_2，电机 GS 带(D43 挂件上)纯电感负载运行。调节 R_{f2} 和可变电抗器使同步发电机端电压 $U_0 \approx 1.1U_N$ 且电流为 I_N，读取端电压值和励磁电流值。缓慢调节励磁电流使电机端电压减小，并调节可变电抗器使定子电流保持为恒定值 I_N。读取相对应的端电压和励磁电流。共测取 7~8 组数据记录于表 2-86 中。测试完毕停机。

5) 测同步发电机在纯电阻负载时的外特性

(1) R_L 用 D42 组件上的电阻，每相为 $900\ \Omega$ 与 $900\ \Omega$ 串联，调节其阻值为最大值。接成三相 Y 接法。按他励直流电动机的启动步骤启动 MG，正常运转后，将启动电阻 R_{st} 调到最小，调节 MG 的励磁电阻 R_{f1} 到发电机转速为 $n_N = 1\,500$ r/min 并保持恒定。

(2) 将 S_1 合上，S_2 为断开状态，电机 GS 带三相纯电阻负载运行。合上 24 V 励磁电源，缓慢调节 R_{f2} 和负载电阻 R_L 使同步发电机的端电压达到 $U = U_N = 220$ V 且负载电流亦达到 $I = I_N$。保持此时的同步发电机励磁电流 I_f 恒定不变，调节负载电阻 R_L，在 $I_N \sim 0$ 范围内，测取同步发电机相对应端电压和平衡负载电流。共取数据 7~8 组并记录于表 2-87 中。测试完毕停机。

6) 测同步发电机在负载功率因数为 0.8 时的外特性

(1) 在图 2-40 中接入功率因数表。按他励直流电机的启动步骤启动：启动前将 MG 电枢串联启动电阻 R_1 调至最大，R_{f1} 调至最小。S_1、S_2 开关在断开位置，同步发电机 GS 的可变负载电阻、可变负载电抗放最大位置，励磁电阻 R_{f2} 调至最大。启动时先合上他励电动机励磁电源，再合上电枢电源。电动机 MG 启动。正常运转后，将启动电阻 R_{st} 调到最小，调节 R_{f1} 到发电机转速至 $n_N = 1\,500$ r/min 并保持恒定。

(2) 先合上 24 V 励磁电源，然后合上开关 S_1、S_2。调节 R_{f2}、负载电阻 R_L 及可变电抗器 X_L，使同步发电机的端电压达到 $U = U_N = 220$ V，负载电流亦达到 $I = I_N$，功率因数 $\cos\varphi = 0.8$。保持此时的同步发电机励磁电流 I_f 恒定不变，调节负载电阻 R_L 和可变电抗器 X_L，在 $I_N \sim 0$ 范围内(注：负载电流改变而功率因数 $\cos\varphi = 0.8$ 保持不变)，测取同步发电机相对应端电压和平衡负载电流。共取数据 7~8 组并记录于表 2-88 中。测试完毕停机。

7) 测同步发电机在纯电阻负载时的调整特性

将同步发电机 GS 的可变负载电抗器去掉，发电机接入三相纯电阻负载 R_L，按上面的启动步骤启动。电机转速仍为 $n_N = 1\,500$ r/min 并保持恒定。调节 R_{f2} 使发电机端电压达到 $U = U_N = 220$ V 并保持恒定。调节 R_L 阻值，改变负载电流(最大电流应小于额定电流)，读取相对应的励磁电流 I_f 和负载电流，共取数据 7~8 组记录于表 2-89 中。测试完毕停机。

2.17.6　实验报告

专业_____　　班级_____　　学号_____　　姓名_____

实验组号_____　　同组者_____　　室温(℃)_____　　得分_____

被测试设备铭牌数据_____

1) 电枢绕组的冷态电阻并计算基准工作温度下的电阻

表 2-83

室温_____℃

	绕 组 Ⅰ		绕 组 Ⅱ		绕 组 Ⅲ	
$I(mA)$						
$U(V)$						
$R(\Omega)$						

计算基准工作温度下的电阻,见实验 1.6 节。

2) 由实验数据绘出同步发电机的空载特性

表 2-84

$n = n_N = 1\,500\ r/min,\ I = 0$

序 号	1	2	3	4	5	6	7	8	9	10
$U_0(V)$										
$I_f(A)$										

参数的取值方法:

在用实验方法测定同步发电机的空载特性时,由于转子磁路中剩磁情况的不同,当单方向改变励磁电流 I_f 从零到某一最大值,再反过来由此最大值减小到零时将得到上升和下降的两条不同曲线,如图 2-45 所示。两条曲线的出现,反映铁磁材料中的磁滞现象。测定参数时使用下降曲线,其最高点取 $U_0 \approx 1.3U_N$。如剩磁电压较高,可延伸曲线的直线部分使其与横轴相交,则交点的横坐标绝对值 Δi_{f0} 应作为校正量,在所有试验测得的励磁电流数据上加上此值,即得通过原点之校正曲线,如图 2-46 所示。

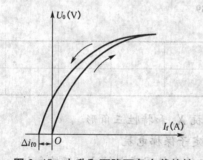

图 2-45　上升和下降两条空载特性

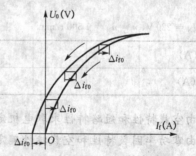

图 2-46　校正过的下降空载特性

3) 由实验数据绘出同步发电机短路特性

表 2-85

$U = 0\,V,\ n = n_N = 1\,500\ r/min$

序 号	1	2	3	4	5	6	7	8
$I_K(A)$								
$I_f(A)$								

4）由实验数据绘出同步发电机的纯电感负载特性

表 2-86

$n = n_N = 1\,500 \text{ r/min}, \; I = I_N = \underline{\quad} \text{A}$

序　号	1	2	3	4	5	6	7	8
$U(V)$								
$I_f(A)$								

5）由实验数据绘出同步发电机纯电阻时的外特性

表 2-87

$n = n_N = 1\,500 \text{ r/min}, \; I_f = \underline{\quad} \text{A}, \; \cos\varphi = 1$

序　号	1	2	3	4	5	6	7	8
$U(V)$								
$I(mA)$								

6）由实验数据绘出同步发电机在负载功率因数为 0.8 时的外特性

表 2-88

$n = n_N = 1\,500 \text{ r/min}, \; I_f = \underline{\quad} \text{A}, \; \cos\varphi = 0.8$

$U(V)$								
$I(A)$								

7）由实验数据绘出同步发电机的调整特性

表 2-89

$U = U_N = 220 \text{ V}, \; n = n_N = 1\,500 \text{ r/min}$

$I(A)$								
$I_f(A)$								

8）由空载特性和短路特性求取电机定子漏抗 X_σ 和特性三角形

9）由零功率因数特性和空载特性确定电机定子保梯电抗

10）利用空载特性和短路特性确定同步电机的直轴同步电抗 X_d（不饱和值）

11）利用空载特性和纯电感负载特性确定同步电机的直轴同步电抗 X_d（饱和值）

12）求短路比

13）由外特性试验数据求取电压调整率 $\Delta U \%$

14）思考题

（1）课前思考题

① 在对称负载下同步发电机有哪些基本特性？怎样测得？

② 怎样用实验测得的数据计算对称运行时的稳态参数？

(2) 课后思考题

① 定子漏抗 X_σ 和保梯电抗 X_p 各代表什么参数? 它们有什么差别? 是怎样产生的?

② 用空载特性和特性三角形作图法求得的零功率因数的负载特性和实测特性有差别吗? 造成这种差别的因素有哪些?

2.18 三相同步发电机的并网运行

2.18.1 实验目的

(1) 学会和掌握三相同步发电机投入电网并联运行的条件与操作方法。

(2) 学会和掌握三相同步发电机并联运行时有功功率与无功功率的调节。

2.18.2 实验内容

(1) 用准确同步法将三相同步发电机投入电网并联运行。

(2) 用自同步法将三相同步发电机投入电网并联运行。

(3) 三相同步发电机与电网并联运行时的有功功率调节。

(4) 三相同步发电机与电网并联运行时的无功功率调节。

① 测取当输出功率等于零时三相同步发电机的 V 形曲线。

② 测取当输出功率等于 0.5 倍额定功率时三相同步发电机的 V 形曲线。

2.18.3 实验器件

(1) 导轨、测速发电机及转速表 DD03，1 件。

(2) 校正直流测功机 DJ23，1 件。

(3) 三相同步电机 DJ18，1 件。

(4) 数/模交流电流表 D32，1 件。

(5) 数/模交流电压表 D33，1 件。

(6) 智能型功率、功率因数表 D34-3(或 D34-2)，1 件。

(7) 直流数字电压、毫安、安培表 D31(或 D31-2)，1 件。

(8) 三相可调电阻器 D41，1 件。

(9) 可调电阻器、电容器 D44，1 件。

(10) 旋转灯、并网开关、同步机励磁电源 D52，1 件。

(11) 整步表及开关 D53，1 件。

(12) 转矩转速功率表 D55，1 件。

2.18.4 操作要点

启动前:将三相调压器旋钮调至零位,电枢电源及励磁电源开关放在"关断"位置。MG 电枢串联启动电阻 R_{st} 调至最大, R_{f1} 调至最小。S_1 开关在"断开"位置, S_2 合向左边。R_{f2} 调至最大。D53 整步表上琴键开关打在"断开"位置。

启动:打开电源总开关,按下"启动"按钮,调节调压器使电压升至额定电压 220 V(通过

V_1 表观测)。然后依次合上励磁电源和电枢电源。电动机 MG 启动。正常运转后,将启动电阻 R_{st} 调到最小,调节 R_{f1} 到发电机转速至所需值。再把开关 S_2 合向右边(同步发电机的 24 V 励磁电源端)。

停机:先断开 D53 整步表上琴键开关,然后按下 D52 上红色按钮,断开电网开关 S_1。将 R_{st} 调至最大,断开电枢电源,再断开励磁电源,把三相调压器旋至零位。

2.18.5　实验步骤与原理图

1) 用准同步法将三相同步发电机投入电网并联运行

三相同步发电机与电网并联运行必须满足下列条件:

发电机和电网电压大小、相位要相同,即 $E_{0\text{II}} = U_\text{I}$;

发电机的频率和电网频率要相同,即 $f_\text{II} = f_\text{I}$;

发电机和电网的相序要相同。

下面用灯光旋转和整步表两种方法检查相序和频率。电压用电压表检查。

(1) 接线如图 2-47 所示。三相同步发电机 GS 选用 DJ18,电动机 MG 选用校正直流测功机 DJ23。R_{st} 选用 D44 上 180 Ω 电阻,R_{f1} 选用 D44 上 1 800 Ω 阻值,R_{f2} 选用 D41 上 90 Ω 与 90 Ω 串联加上 90 Ω 与 90 Ω 并联共 225 Ω 阻值,R 选用 D41 上 90 Ω 固定电阻。开关 S_1 选用 D52 挂箱,S_2 选用 D53 挂箱。并把开关 S_1 打在"关断"位置,开关 S_2 合向左边固定电

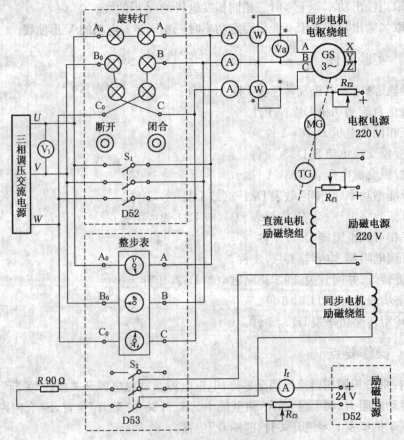

图 2-47　三相同步发电机的并网运行

阻端。将三相调压器旋钮退至零位，电枢电源及励磁电源开关放在"关断"位置。MG 电枢串联启动电阻 R_{st}，并调至最大位置。励磁调节电阻 R_{f1} 调至最小。D53 整步表上琴键开关打在"断开"位置。

（2）打开电源总开关，按下"启动"按钮，调节调压器使电压升至额定电压 220 V（通过 V_1 表观测）。然后依次打开励磁电源和电枢电源，启动 MG。正常运行后，将启动电阻 R_{st} 调至最小，调节 R_{f1} 到发电机所需的同步转速 1 500 r/min。将开关 S_2 合向右边同步发电机的 24 V 励磁电源端，调节 R_{f2} 改变同步发电机 GS 的励磁电流 I_f，使同步发电机发出额定电压 220 V（通过 V_2 表观测）。此时，观察三组相灯，若依次明灭形成旋转灯光，则表示发电机和电网相序相同，若三组相灯同时发亮、同时熄灭则表示发电机和电网相序不同。当发电机和电网相序不同时，应立即停机（先将 R_{st} 电阻调到最大位置，然后依次断开电枢电源开关，按下交流电源的"停止"按钮），并把三相调压器输出调至零位。检查并确认在断电状态下，调换发电机或三相电源任意两根端线，相序改变后，按上述启动方法重新启动。

（3）在发电机和电网相序相同的状态下，调节同步发电机励磁电阻 R_{f2}（即同步发电机励磁电流 I_f）使同步发电机电压与电网（电源）电压相同。再进一步细调原动机转速（即电动机励磁电阻 R_{f1}），使两者频率非常接近。当显示各相灯光缓慢地轮流旋转发亮时，接通 D53 整步表上琴键开关，观察 D53 上的 V 表和 Hz 表上指针到中间位置，S 表指针缓慢旋转。这时注意观察，可让其多循环几次再并网。并网时要选准并网时机，待 A 相灯熄灭时合上并网开关 S_1，把同步发电机投入电网并联运行。停机时一定要首先断开 D53 整步表上琴键开关，然后按下 D52 上红色按钮，断开电网开关 S_1。在确认上面两开关已断开的情况下将 R_{st} 调至最大，断开电枢电源，再断开励磁电源，把三相调压器旋至零位。

2）用自同步法将三相同步发电机投入电网并联运行

（1）在相序相同的条件下，并网开关 S_1 放在"断开"位置，将开关 S_2 合向右边到励磁端，D53 整步表上琴键开关放在"断开"位置。按上述电动机的启动步骤和过程进行启动，调节 R_{f1} 到接近同步转速（1 485～1 515 r/min 之间）。调节同步电机励磁电源电压或励磁电阻 R_{f2}（即励磁电流 I_f，使发电机电压接近电网电压 220 V。此时将开关 S_2 合向左边到 R 端。R 为 90 Ω 固定阻值（约为三相同步发电机励磁绕组电阻阻值的 10 倍）。

（2）将开关 S_1 合上并网，再把开关 S_2 合向右边到励磁端，此时电机利用"自整步作用"使它迅速被牵入同步，再接通 D53 上整步表开关。

3）三相同步发电机与电网并联运行时有功功率的调节

在 $I_f = I_{f0}$ 条件不变的情况下，测取 $P_2 = f(I)$，$\cos \varphi_0 = f(P_2)$。

（1）用准同步法或自同步法中任意一种方法把同步发电机投入电网并联运行（如已停机需按上述启动步骤重新启动，并将同步发电机投入电网并联运行状态）。

（2）确认并网后，调节电动机 MG 的励磁电阻 R_{f1} 和发电机的励磁电阻 R_{f2}（即励磁电流 I_f）使同步发电机定子电流接近于零，此时对应的同步发电机励磁电流 $I_f = I_{f0}$。保持 $I_f = I_{f0}$ 不变，调节直流电机的励磁调节电阻 R_{f1}，使其阻值增加，此时同步发电机输出功率 P_2 增大。在同步机定子电流接近于零到额定电流的范围内（$I \approx 0$、I_N 两点必测）读取三相电流 I、三相功率 P_2、功率因数 $\cos \varphi$，共取数据 7～8 组记录于表 2-90 中。

4) 三相同步发电机与电网并联运行时无功功率的调节

(1) 测取当输出功率等于零时三相同步发电机的 V 形曲线 $I = f(I_f)$。

条件：$n = $ 常数，$U = $ 常数，$P_2 \approx 0$ 不变。

① 用准同步法或自同步法中任意一种方法把同步发电机投入电网并联运行（如已停机需按上述启动步骤重新启动，并将同步发电机投入电网并联运行状态）。

② 调节减小 R_{f2} 电阻，使同步发电机励磁电流 I_f 逐步上升（调节时应先调节两个 90 Ω 相串联的电阻部分，调至最小零位后需用导线将其短接，再调节两个 90 Ω 并联的电阻部分），观察电流表，使同步发电机定子电流上升到额定电流，并同时调节 R_{st}，保持 $P_2 \approx 0$。记录此点同步发电机励磁电流 I_f、定子电流 I。然后调节增大 R_{f2} 电阻，减小同步电机励磁电流 I_f，使定子电流 I 减小到最小值，记录此点数据。同步电机励磁电流继续向单方向减小，此时定子电流又将增大至额定电流。记录从过励到欠励过程的数据 11～12 组于表 2-91 中（整个过程需保持同步发电机的输出功率 $P_2 \approx 0$）。

(2) 测取当输出功率等于 0.5 倍额定功率时三相同步发电机的 V 形曲线 $I = f(I_f)$。

条件：$n = $ 常数，$U = $ 常数，$P_2 \approx 0.5 P_N$ 不变。

① 用准同步法或自同步法中任意一种方法把同步发电机投入电网并联运行（如已停机需按上述启动步骤重新启动，并将同步发电机投入电网并联运行状态）。

② 调节减小 R_{f2} 电阻，使同步发电机励磁电流 I_f 逐步上升（调节时应先调节两个 90 Ω 相串联的电阻部分，调至最小零位后需用导线将其短接，再调节两个 90 Ω 并联的电阻部分），观察电流表，使同步发电机定子电流上升到额定电流，并同时调节 R_{st}，保持 $P_2 \approx 0.5 P_N$。记录此点同步发电机励磁电流 I_f、定子电流 I。然后调节增大 R_{f2} 电阻，减小同步电机励磁电流 I_f，使定子电流 I 减小到最小值，记录此点数据。同步电机励磁电流继续向单方向减小，此时定子电流又将增大至额定电流。记录从过励到欠励过程的数据 11～12 组于表 2-92 中（整个过程需保持同步发电机的输出功率 $P_2 \approx 0.5 P_N$）。

2.18.6　实验报告

专业＿＿＿＿＿＿＿　班级＿＿＿＿＿＿　学号＿＿＿＿＿＿　姓名＿＿＿＿＿

实验组号＿＿＿＿＿　同组者＿＿＿＿＿　室温(℃)＿＿＿＿　得分＿＿＿＿＿

被测试设备铭牌数据＿＿＿＿＿＿＿＿＿＿＿＿＿＿＿＿＿＿＿＿＿＿＿＿＿＿＿＿

1) 通过用准同步法和自同步法两种不同方式将三相同步发电机投入电网并联运行的实验，分析这两种方法的优缺点

2) 绘出有功功率的调节曲线 $P_2 = f(I)$，$\cos \varphi_0 = f(P_2)$ 并进行分析

表 2-90

$U = $＿＿＿ V(Y)，$I_f = I_{f0} = $＿＿＿ A

序　号	输出电流 I(A)				输出功率 P_2(W)			功率因数
	I_A	I_B	I_C	I	P_I	P_{II}	P_2	$\cos \varphi$
1								
2								

序 号	输出电流 I(A)				输出功率 P_2(W)			功率因数
	I_A	I_B	I_C	I	P_I	P_{II}	P_2	$\cos\varphi$
3								
4								
5								
6								
7								
8								

注：表中，$I = \dfrac{I_A + I_B + I_C}{3}$，　$P_2 = P_I + P_{II}$，　$\cos\varphi = P_2 / \sqrt{3}UI$。

3) 绘出 $P_2 \approx 0$ 与 $P_2 \approx 0.5$ 倍额定功率时同步发电机的 V 形曲线 $I = f(I_f)$，并进行分析

表 2-91

$n = $ ____r/min，$U = $ ____V，$P_2 \approx 0$ W

序 号	三相电流 I(A)				励磁电流 I_f(A)
	I_A	I_B	I_C	I	
1					
2					
3					
4					
5					
6					
7					
8					
9					
10					
11					
12					

注：表中，$I = \dfrac{I_A + I_B + I_C}{3}$。

表 2-92

$n = $ ____r/min，$U = $ ____V，$P_2 \approx 0.5 P_N$

序 号	三相电流 I(A)				励磁电流 I_f(A)
	I_A	I_B	I_C	I	
1					
2					

序　号	三相电流 I(A)				励磁电流 I_f(A)
	I_A	I_B	I_C	I	
3					
4					
5					
6					
7					
8					
9					
10					
11					
12					

注:表中, $I = \dfrac{I_A + I_B + I_C}{3}$。

4) 思考题

(1) 课前思考题

① 分析并说明三相同步发电机投入电网并联运行需满足哪些条件? 并联运行条件不满足时,如并网将引起什么后果?

② 用自同步法将三相同步发电机投入电网并联运行时要在同步发电机的励磁回路中串入 10 倍励磁绕组电阻值的附加电阻 R 的作用是什么?

(2) 课后思考题

① 说明三相同步发电机与电网并联运行时有功功率和无功功率的调节方法和调节过程。

② 用自同步法将三相同步发电机投入电网并联运行时,必须由原动机带动同步发电机旋转到接近同步转速(1 485～1 515 r/min 之间)后再并入电网,如果转速太低并网将会产生什么情况?

2.19　三相同步电动机

2.19.1　实验目的

(1) 学会和掌握三相同步电动机的异步启动方法。

(2) 学会测取三相同步电动机的 V 形曲线。

(3) 学会测取三相同步电动机的工作特性。

2.19.2　实验内容

(1) 三相同步电动机的异步启动。

(2) 测取三相同步电动机输出功率 $P_2 \approx 0$ 时的 V 形曲线。

(3) 测取三相同步电动机输出功率 $P_2 = 0.5$ 倍额定功率时的 V 形曲线。

(4) 测取三相同步电动机的工作特性。

2.19.3　实验器件

(1) 导轨、测速发电机及转速表 DD03,1 件。

(2) 校正直流测功机 DJ23,1 件。

(3) 三相凸极式同步电机 DJ18,1 件。

(4) 数/模交流电流表 D32,1 件。

(5) 数/模交流电压表 D33,1 件。

(6) 智能型功率、功率因数表 D34-3(或 D34-2),1 件。

(7) 直流数字电压、毫安、安培表 D31(或 D31-2),2 件。

(8) 三相可调电阻器 D41,1 件。

(9) 三相可调电阻器 D42,1 件。

(10) 旋转灯、并网开关、同步机励磁电源 D52,1 件。

(11) 波形测试及开关板 D51,1 件。

(12) 转矩转速功率表 D55,1 件。

2.19.4　操作要点

启动前:将三相调压器旋钮调至零位,电枢电源及励磁电源开关放在"关断"位置。MG 的负载电阻 R_2 调至最大,R_{f1} 调至最小。S 开关闭合在上端位置。

启动:打开电源总开关,按下"启动"按钮,调节 D52 同步电机励磁电源调压旋钮及 R_f 阻值,使同步电机励磁电流 I_f 在 0.7 A 左右。然后把开关 S 闭合于 R 电阻一侧(图 2-48 中为下端),调节调压器逐步增加同步电机电枢电压,使升压至同步电动机额定电压 220 V,观察电机旋转方向,若不符合则应调整相序使电机旋转方向符合要求。当转速接近同步转速 1 500 r/min 时,再把开关 S 迅速从下端切换到上端,让同步电动机励磁绕组加直流励磁而强制拉入同步运行,此时异步启动同步电动机的整个启动过程结束。

停机:将 R_2 调至最大,断开电枢电源,再断开励磁电源,把三相调压器旋至零位。

2.19.5　实验步骤与原理图

1) 三相同步电动机的异步启动

(1) 接线如图 2-48 所示。R 用 D41 上 90 Ω 固定电阻的阻值,为同步电动机 MS 励磁绕组电阻的 10 倍(约 90 Ω)。R_f 选用 D41 上 90 Ω 串联 90 Ω 加上 90 Ω 并联 90 Ω 共 225 Ω 阻值。R_{f1} 选用 D42 上 900 Ω 串联 900 Ω 共 1 800 Ω 阻值并调至最小。R_2 选用 D42 上 900 Ω 串联 900 Ω 加上 900 Ω 并联 900 Ω 共 2 250 Ω 阻值并调至最大。将开关 S 闭合于励磁电源一侧(即上端位置)。控制屏左侧调压器旋钮向逆时针方向旋转至零位。接通电源总开关,按下"启动"按钮。并调节 D52 同步电机励磁电源调压旋钮及 R_f 阻值,使同步电机励磁电流 I_f 在 0.7 A 左右。

(2) 将开关 S 闭合于 R 电阻一侧(即下端位置),调节调压器旋钮逐步增加同步电机电

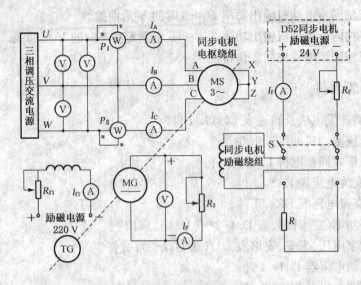

图 2-48　三相同步电动机实验接线图

枢电压,使升压至同步电动机额定电压 220 V,观察电机旋转方向,若不符合则应调整相序使电机旋转方向符合要求。当转速接近同步转速 1 500 r/min 时,把开关 S 迅速从下端切换到上端,让同步电动机励磁绕组加直流励磁而强制拉入同步运行,异步启动同步电动机的整个启动过程完毕。

2) 测取三相同步电动机输出功率 $P_2 \approx 0$ 时的 V 形曲线 $I = f(I_f)$

条件:$U = U_N$,$f = f_N$,$P_2 \approx 0$ 不变。

(1) 同步电动机空载(即轴端不联接校正直流电机 DJ23),启动同步电动机方法同上所述。调节同步电动机的励磁电流 I_f 并使 I_f 增加,观察同步电动机的定子三相电流 I 应随之增加直至达到额定值,记录定子三相电流 I 和相应的励磁电流 I_f、输入功率 P_1。

(2) 调节 I_f 使 I_f 逐渐减小,观察此时 I 亦随之减小直至最小值,记录定子三相电流 I 及相应的励磁电流 I_f 和输入功率 P_1。继续减小同步电动机的磁励电流 I_f,直到同步电动机的定子三相电流反而增大达到额定值。

(3) 在过励和欠励范围内共读取数据 11~12 组并记录于表 2-93 中。

3) 测取三相同步电动机输出功率 $P_2 \approx 0.5$ 倍额定功率时的 V 形曲线 $I = f(I_f)$

条件:$U = U_N$,$f = f_N$,$P_2 \approx 0.5P_N$。

(1) 将校正直流电机 MG(按他励发电机接线)与三相同步电动机联接起来(作 MS 的负载)。按上述方法启动同步电动机。调节并保持直流电机的励磁电流为规定值 100 mA,逐步增大负载电流 I_F(即减小负载电阻 R_2 的阻值),使同步电动机输出功率 P_2 增大,直至同步电动机输出功率接近于 0.5 倍额定功率且保持不变(P_2 功率的读取:$P_2 = 0.105nT_2$,$n = $ 电机转速,r/min;$T_2 = $ 由直流电机 MG 负载电流 I_F 查对应转矩,N·m,或从 D55 转矩表上直接读数。)。

(2) 调节同步电动机的励磁电流 I_f 使 I_f 增加,这时同步电动机的定子三相电流 I 亦随之增加,直到同步电动机达额定电流,记录定子三相电流 I 和相应的励磁电流 I_f、输入功率 P_1。然后调节 I_f 使 I_f 逐渐减小,这时 I 亦随之减小直至最小值,记录这时的定子三相电流

I、励磁电流 I_f、输入功率 P_1。继续调小 I_f,这时同步电动机的定子电流 I 反而增大直到额定值。

（3）在过励和欠励范围内读取数据 11～12 组并记录于表 2-94 中。

4）测取三相同步电动机的工作特性 I_1、P_1、T、η、$\cos\varphi = f(P_2)$

条件：$U = U_N$, $f = f_N$, $I_f = $ 常数。

（1）同步电动机启动方法同上。调节直流发电机的励磁电流为规定值 100 mA 并保持不变。

逐步增大直流发电机的负载电流 I_F（即减小负载电阻 R_2 的阻值），同时调节同步电动机的励磁电流 I_f,使同步电动机输出功率 P_2 达额定值及功率因数为 1。

（2）在此时同步电动机的励磁电流 I_f 及校正直流测功机的励磁电流恒定不变的条件下,逐渐减小直流电机的负载电流（即增大负载电阻 R_2 的阻值）,使同步电动机输出功率逐渐减小直至为零,读取定子电流 I、输入功率 P_1、输出转矩 T_2、转速 n。共取数据 8～9 组并记录于表 2-95 中。

2.19.6 实验报告

专业＿＿＿＿＿＿　班级＿＿＿＿＿＿　学号＿＿＿＿＿＿　姓名＿＿＿＿＿＿
实验组号＿＿＿＿＿　同组者＿＿＿＿＿　室温(℃)＿＿＿＿＿　得分＿＿＿＿＿
被测试设备铭牌数据＿＿＿＿＿＿＿＿＿＿＿＿＿＿＿＿＿＿＿＿＿＿＿＿＿＿＿

1）绘出 $P_2 \approx 0$ 时同步电动机 V 形曲线 $I = f(I_f)$,并分析说明定子电流的性质

表 2-93

$n = $ ＿＿＿r/min, $U = $ ＿＿＿V, $P_2 \approx 0$

序号	定子三相电流 I(A)				励磁电流 I_f(A)	输入功率 P_1(W)		
	I_A	I_B	I_C	I	I_f	P_I	P_{II}	P_1
1								
2								
3								
4								
5								
6								
7								
8								
9								
10								
11								
12								

注：表中，$I = \dfrac{I_A + I_B + I_C}{3}$, $P_1 = P_I + P_{II}$。

2) 绘出 $P_2 \approx 0.5$ 倍额定功率时同步电动机的 V 形曲线 $I = f(I_f)$，并分析说明定子电流的性质

表 2-94

$n =$ ___r/min, $U =$ ___V, $P_2 \approx 0.5P_N$

序号	定子三相电流 I(A)				励磁电流 I_f(A)	输入功率 P_1(W)		
	I_A	I_B	I_C	I	I_f	P_I	P_{II}	P_1
1								
2								
3								
4								
5								
6								
7								
8								
9								
10								
11								
12								

注：表中，$I = \dfrac{I_A + I_B + I_C}{3}$，$P_1 = P_I + P_{II}$。

3) 绘出同步电动机的工作特性曲线：I、P、$\cos\varphi$、T_2、$\eta = f(P_2)$

表 2-95

$U = U_N =$ ___V, $I_f =$ ___A, $n =$ ___r/min

序号	同 步 电 动 机 输 入								同 步 电 动 机 输出			
	I_A (A)	I_B (A)	I_C (A)	I (A)	P_I (W)	P_{II} (W)	P_1 (W)	$\cos\varphi$	I_F (A)	T_2 (N·m)	P_2 (W)	η (%)
1												
2												
3												
4												
5												

序号	同 步 电 动 机 输 入								同步电动机输出			
	I_A (A)	I_B (A)	I_C (A)	I (A)	P_I (W)	P_{II} (W)	P_1 (W)	$\cos\varphi$	I_F (A)	T_2 (N·m)	P_2 (W)	η (%)
6												
7												
8												
9												

注：表中，$I = \dfrac{I_A + I_B + I_C}{3}$，$P_1 = P_I + P_{II}$，$P_2 = 0.105nT_2$，$\eta = \dfrac{P_2}{P_1} \times 100\%$。

4）思考题

（1）课前思考题

① 三相同步电动机应怎样异步启动？根据什么原理？

② 三相同步电动机的 V 形曲线是怎样的？怎样作为无功发电机（调相机）使用？

③ 三相同步电动机的工作特性怎样？用什么方法测取？

（2）课后思考题

① 当同步电动机异步启动时应先把同步电动机的励磁绕组经一可调电阻 R 构成回路，这个可调电阻的阻值调节是同步电动机的励磁绕组电阻值的 10 倍，此电阻在启动过程中的作用是什么？如果此电阻为零时将会怎样？

② 在保持恒功率输出测取 V 形曲线时输入功率会出现什么变化？为什么？

③ 根据工作特性的测试计算数据和绘出的曲线对这台同步电动机作一评价。

2.20 三相同步发电机参数的测定

2.20.1 实验目的

学会和掌握三相同步发电机参数的测定方法，并会进行分析比较加深理论学习。

2.20.2 实验项目

（1）用转差法测定同步发电机的同步电抗 X_d、X_q。

（2）用反同步旋转法测定同步发电机的负序电抗 X_2 及负序电阻 r_2。

（3）用单相电源测同步发电机的零序电抗 X_0。

（4）用静止法测超瞬变电抗 X_d''、X_q'' 或瞬变电抗 X_d'、X_q'。

2.20.3 实验器件

（1）导轨、测速发电机及转速表 DD03，1 件。

（2）校正直流测功机 DJ23，1 件。

（3）三相同步电机 DJ18，1 件。

(4) 三相可调电阻器 D41，1 件。

(5) 可调电阻器、电容器 D44，1 件。

(6) 数/模交流电流表 D32，1 件。

(7) 数/模交流电压表 D33，1 件。

(8) 智能型功率、功率因数表 D34-3(或 D34-2)，1 件。

(9) 波形测试及开关板 D51，1 件。

(10) 转矩转速功率表 D55，1 件。

2.20.4 操作要点

启动前:将三相调压器旋钮调至零位,电枢电源及励磁电源开关放在"关断"位置。MG 的负载电阻 R_{st} 调至最大,R_f 调至最小。S 开关闭合在上端位置。功率表电流线圈短接。

启动:打开电源总开关,按下"启动"按钮,先接通励磁电源,后接通电枢电源,启动直流 电动机 MG,观察电动机转向。再断开电枢电源和励磁电源,使直流电机 MG 停机。调节调 压器旋钮,给三相同步发电机加一电压,使其作同步电动机启动,观察同步电动机转向。此 时同步电动机转向如与直流电机转向一致。则说明同步电动机定子旋转磁场与转子转向一 致,若不一致,将三相电源任意两相换接,使定子旋转磁场转向改变。

停机:将 R_2 调至最大,断开电枢电源,再断开励磁电源,把三相调压器旋至零位。

2.20.5 实验步骤与原理图

1) 用转差法测定同步发电机的同步电抗 X_d、X_q

(1) 接线如图 2-49 所示。同步发电机 GS 定子绕组为 Y 形接法。校正直流测功机 MG 按他励电动机方式接线,作 GS 的原动机用。R_f 选用 D44 上 1 800 Ω 电阻,并调至最 小。R_{st} 选用 D44 上 180 Ω 电阻,并调至最大。R 选用 D41 上 90 Ω 固定电阻。开关 S 合向 R 端(即上端位置)。

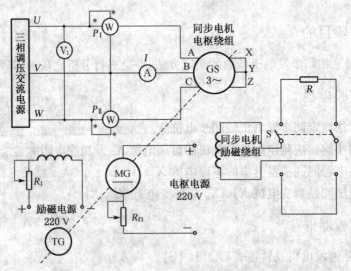

图 2-49 用转差法测同步发电机的同步电抗接线图

（2）将控制屏左侧调压器旋钮退到零位，功率表电流线圈短接。检查控制屏下方两边的电枢电源开关及励磁电源开关都必须在"关"的位置。接通控制屏上的电源总开关，按下"启动"按钮，先接通励磁电源，后接通电枢电源，启动直流电动机 MG，观察电动机转向。然后断开电枢电源和励磁电源，使直流电机 MG 停机。再调节调压器旋钮，给三相同步发电机加一电压，使其作同步电动机启动，观察同步电动机转向。若此时同步电动机转向与直流电机转向一致。则说明同步电动机定子旋转磁场与转子转向一致。若不一致，将三相电源任意两相换接，使定子旋转磁场转向改变。

（3）调节调压器给同步发电机加 5%～15% 的额定电压（电压数值不宜过高，以免磁阻转矩将电机牵入同步，同时也不能太低，以免剩磁引起较大误差）。此时可接通励磁电源和电枢电源，启动直流电动机 MG 再调节直流电机 MG 转速（即 R_f 励磁电阻增大），使之升速到接近 GS 的额定转速 1 500 r/min，直至同步发电机电枢电流表指针缓慢摆动（电流表量程选用 0.3 A 挡），在同一瞬间读取电枢电流周期性摆动的最小值与相应电压最大值，以及电流周期性摆动最大值和相应电压最小值。

（4）测取两组数据记录于表 2-96 中。

2）用反同步旋转法测定同步发电机的负序电抗 X_2 及负序电阻 r_2

（1）将同步发电机电枢绕组任意两相对换，以改换相序使同步发电机的定子旋转磁场和转子转向相反。把开关 S 合向短接端（即下端位置），调压器旋钮退至零位。

（2）接通控制屏上的电源总开关，按下"启动"按钮，先后接通励磁电源和电枢电源。直流电机 MG 启动，使电机逐渐升至额定转速 1 500 r/min（即 R_f 励磁电阻增大）。顺时针缓慢调节调压器旋钮，使三相交流电源逐渐升压直至同步发电机电枢电流的 30%～40% 额定电流。

（3）测取此时的电枢绕组电压、电流和功率值记录于表 2-97 中。

3）用单相电源测同步发电机的零序电抗 X_0

（1）接线如图 2-50 所示，将 GS 的三相电枢绕组首尾依次串联，接至单相交流电源 U、N 端上。调压器退至零位，同步发电机励磁绕组短接。

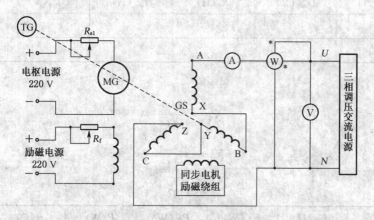

图 2-50　用单相电源测同步发电机的零序电抗

（2）启动直流电机 MG 并使电机升至额定转速 1 500 r/min。接通交流电源并缓慢调节调压器使 GS 定子绕组电流上升至额定电流值。

（3）测取此时的电压、电流和功率值并记录于表 2-98 中。

4）用静止法测超瞬变电抗 X_d''、X_q'' 或瞬变电抗 X_d'、X_q'

（1）接线如图 2-51 所示，将 GS 三相电枢绕组联接成星形，任取二相端点接至单相交流电源 U、N 端上。调压器退到零位，发电机处于静止状态。

（2）接通交流电源缓慢调节调压器升高输出电压，使同步发电机定子绕组电流接近 $20\% I_N$（注意：观察电流表不要超过 $20\% I_N$）。用手慢慢转动同步发电机转子，同时观察两只电流表读数的变化，仔细调整同步发电机转子的位置使两只电流表读数达到最大。

（3）测取此位置时的电压、定子绕组电流、功率值并记录于表 2-99 中。从该数据可测定 X_d''。

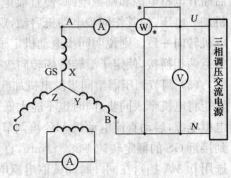

图 2-51 用静止法测超瞬变电抗

（4）再把同步发电机转子转过 45°角，在这附近仔细调整同步发电机转子的位置，使两只电流表指示达最小。

（5）测取此位置时的电压 U、电流 I、功率 P 值并记录于表 2-100 中。从该数据可测定 X_q''。

2.20.6 实验报告

专业＿＿＿＿＿＿＿ 班级＿＿＿＿＿＿ 学号＿＿＿＿＿＿ 姓名＿＿＿＿＿

实验组号＿＿＿＿＿ 同组者＿＿＿＿＿ 室温(℃)＿＿＿＿ 得分＿＿＿＿＿

被测试设备铭牌数据＿＿＿＿＿＿＿＿＿＿＿＿＿＿＿＿＿＿＿＿＿＿＿＿＿＿＿

1）根据实验测取的数据分别计算出：X_d、X_q、X_2、r_2、X_0、X_d''、X_q''

表 2-96

序号	I_{max}(A)	U_{min}(V)	X_q(Ω)	I_{min}(A)	U_{max}(V)	X_d(Ω)
1						
2						

计算：

$$X_q = \frac{U_{min}}{\sqrt{3} I_{max}}$$

$$X_d = \frac{U_{max}}{\sqrt{3} I_{min}}$$

表 2-97

序号	I(A)	U(V)	P_I(W)	P_{II}(W)	P(W)	r_2(Ω)	X_2(Ω)
1							
2							

注：表中，$P = P_I + P_{II}$。

计算：

$$Z_2 = \frac{U}{\sqrt{3}I}$$

$$r_2 = \frac{P}{3I^2}$$

$$X_2 = \sqrt{Z_2^2 - r_2^2}$$

表 2-98

U(V)	I(A)	P(W)	X_0(Ω)

表中 X_0 的计算：

$$Z_0 = \frac{U}{3I}$$

$$r_0 = \frac{P}{3I^2}$$

$$X_0 = \sqrt{Z_0^2 - r_0^2}$$

表 2-99

U(V)	I(A)	P(W)	X_d''(Ω)

表中 X_d'' 的计算：

$$Z_d'' = \frac{U}{2I}$$

$$r_d'' = \frac{P}{2I^2}$$

$$X_d'' = \sqrt{Z_d''^2 - r_d''^2}$$

表 2-100

U(V)	I(A)	P(W)	X_q''(Ω)

表中 X_q'' 的计算：

$$Z_q'' = \frac{U}{2I}$$

$$r_q'' = \frac{P}{2I^2}$$

$$X_q'' = \sqrt{Z_q''^2 - r_q''^2}$$

2) 思考题

(1) 课前思考题

① 同步发电机参数 X_d、X_q、X_d'、X_q'、X_d''、X_q''、X_0、X_2 各代表什么物理意义？它们对

应什么磁路和耦合关系？

② 用什么方法判别同步电机定子旋转磁场与转子的旋转方向是同方向还是反方向？

（2）课后思考题

① 各项试验方法的理论根据是什么？

② 可用哪些方法来测量这些参数？并进行比较和分析。

3 控制微电机实验

3.1 永磁式直流测速发电机

3.1.1 实验目的

学会和掌握测速发电机特性的测试方法。

3.1.2 实验内容

(1) 测取测速发电机 $I_a = 0$ 时的特性曲线 $U = f(n)$。
(2) 测取测速发电机 $I_a \neq 0$ 时的特性曲线 $U = f(n)$。

3.1.3 实验器件

(1) 导轨、测速发电机及转速表 DD03，1 件。
(2) 校正直流测功机 DJ23，1 件。
(3) 直流数字电压、毫安、安培表 D31(或 D31-2)，1 件。
(4) 可调电阻器、电容器、开关 S D44，1 件。
(5) 转矩转速功率表 D55，1 件。

3.1.4 操作要点

启动前：电枢电源及励磁电源开关放在"关断"位置。M 的电枢电阻 R_1 调至最大，励磁电阻 R_{f1} 调至最小。测速发电机 TG 的负载电阻 R_Z 调至最大位置。S 开关在"断开"位置。

启动：打开电源总开关，按下"启动"按钮，先接通励磁电源，后接通电枢电源，电动机 M 运行后将 R_1 调至最小。

停机：将 R_1 调至最大，断开电枢电源，再断开励磁电源。

3.1.5 实验步骤与原理图

测取测速发电机 $I_a = 0$ 时和 $I_a \neq 0$ 的特性曲线 $U = f(n)$。

(1) 接线如图 3-1 所示。直流电动机 M 选用 DJ23 作他励接法，永磁式直流测速发电机

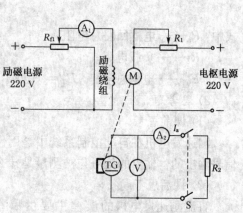

图 3-1　直流测速发电机接线图

TG 选用导轨上的 DD03，R_{fl} 选用 D44 上 900 Ω 阻值，R_1 选用 D44 上 180 Ω 阻值调至最大位置，R_Z 选用 D44 上 10 K/8 W 功率电阻，电流表 A_1、A_2 选用 D31（或 D31-2）挂件上，开关 S 选用 D44 上的开关，并处于"断开"位置。

（2）先接通励磁电源，此时励磁电阻 R_{fl} 调至最小，励磁电流为最大值。然后接通电枢电源，电动机 M 运行后将 R_1 调至最小。调节电阻 R_{fl}、R_1 转速达 2 400 r/min，再逐渐使电机减速（电阻 R_1 调至最大位置以后可降低电枢电源的输出电压来降低转速）。记录对应的转速和输出电压。共测取 9～10 组数据记录于表 3-1 中。

（3）合上开关 S，重复上面步骤，记录 9～10 组数据于表 3-2 中。

3.1.6　实验报告

专业＿＿＿＿＿＿　　班级＿＿＿＿＿＿　　学号＿＿＿＿＿＿　　姓名＿＿＿＿＿

实验组号＿＿＿＿　　同组者＿＿＿＿　　室温(℃)＿＿＿＿　　得分＿＿＿＿

被测试设备铭牌数据＿＿＿＿＿＿＿＿＿＿＿＿＿＿＿＿＿＿＿＿＿＿＿＿＿＿＿＿＿＿

1）分别绘出测速发电机 $I_a = 0$ 时和 $I_a \neq 0$ 的特性曲线 $U = f(n)$，并进行比较分析

表 3-1

n(r/min)									
U(V)									

表 3-2

n(r/min)									
U(V)									

由 $U = E_0 - I_a R_a = E_0 - \dfrac{U}{R_Z} R_a$，得：

$$U = \frac{E_0}{1 + \dfrac{R_a}{R_Z}} = \frac{C_e \phi}{1 + \dfrac{R_a}{R_Z}}$$

式中：R_a——电枢回路总电阻；

$\quad\quad R_Z$——负载电阻；

$\quad\quad E_0$——电枢总电势，$E_0 = C_e \Phi n$。

2）思考题

（1）课前思考

测速发电机在自动控制系统中是用作测量什么信号的元件？它是将哪个量变换为电压信号输出的？输出的信号与被测量是什么关系？

（2）课后思考题

直流测速发电机的误差主要由哪些因素造成？在自动控制系统中它主要起什么作用？

3.2　直流伺服电动机

3.2.1　实验目的

(1) 用实验方法测出直流伺服电动机的参数 r_a、K_e、K_T。

(2) 学会和掌握直流伺服电动机的机械特性和调节特性的测量方法。

3.2.2　实验内容

(1) 测量直流伺服电动机的电枢电阻。

(2) 测试直流伺服电动机的机械特性 $T = f(n)$。

(3) 测试直流伺服电动机的调节特性 $n = f(U_a)$。

(4) 测试空载始动电压和检查空载转速的不稳定性。

(5) 测量直流伺服电动机的机电时间常数 T_M。

3.2.3　实验器件

(1) 导轨、测速发电机及转速表 DD03，1 件。

(2) 直流并励电动机(作直流伺服电动机,也可用 DJ25) DJ15，1 件。

(3) 校正直流测功机 DJ23，1 件。

(4) 直流电压、毫安、安培表 D31(或 D31-2)，2 件。

(5) 可调电阻、电容器 D41，1 件。

(6) 三相可调电阻器 D42，1 件。

(7) 三相可调电阻器 D44，1 件。

(8) 波形测试及开关板 D51，1 件。

(9) 记忆示波器，1 件，另配。

(10) 转矩转速功率表 D55，1 件。

3.2.4　操作要点

(1) 启动前:电枢电源及励磁电源开关放在"关断"位置。M 的电枢电阻 R_1 调至最大,分压电阻 R_2 调至最大,励磁电阻 R_{f1} 调至最小。发电机 MG 的励磁电阻 R_{f2} 调至最大、负载电阻 R_Z 调至最大位置。S_1、S_2 开关在"断开"位置。励磁回路用 500 mA 量程电流表,电枢、负载回路用 5A 量程电流表。

启动:打开电源总开关,按下"启动"按钮,先接通励磁电源,观察励磁回路电流表有指示值后,再接通电枢电源,电动机 M 运行后将 R_1 调至最小。

停机:将 R_1 调至最大,断开电枢电源,再断开励磁电源。

(2) 电动机达到额定值的调节:R_{f1} 电阻增加、I_f 励磁电流减少、n 转速上升,反之亦然。R_2 负载电阻减少、I_a 电枢电流增加、电动机负载增加,反之亦然。

3.2.5　实验步骤与原理图

伺服电动机在自动控制系统中用来作为执行元件又称为执行电动机,它把输入的控制电压信号转变为输出的机械转矩或角速度。它的运行状态是由控制信号控制,加上控制电压它应当立即旋转,去掉控制电压它应当立即停转,转速高低与控制信号成正比。

1) 用伏安法测直流伺服电动机电枢的直流电阻

见实验1.6节,测试和记录数据于表3-3中。

2) 测取直流伺服电动机的机械特性 $n = f(T)$

(1) 接线如图3-2所示,R_{f1}、R_{f2}选用 D42 上 1 800 Ω 阻值,R_1 选用 D41 上六只 90 Ω 串联共 540 Ω 阻值,R_2 选用 D44 上 180 Ω 阻值采用分压器接法,R_L 选用 D42 上 1 800 Ω 串联上 900 Ω 并联 900 Ω 共 2 250 Ω 阻值,S_1、S_2 开关选用 D51,A_1、A_3 选用两只 D31 上 500 mA 挡,A_2、A_4 选用 D31 上 5 A 安培挡。将 R_{f1} 调至最小,R_{f2}、R_1、R_2、R_L 调至最大,开关 S_1、S_2 在"断开"位置。

(2) 先接通励磁电源,观察励磁回路电流表有指示值后,再接通电枢电源并调至 220 V,电机运行后把 R_1 调至最小。把开关 S_1 合上,调节校正直流测功机 DJ23 的励磁电阻 R_{f2},使励磁电流 $I_{f2}=100$ mA 校正值不变(如果是 DJ25 则取 $I_{f2}=50$ mA)。然后同时调节其负载电阻 R_L

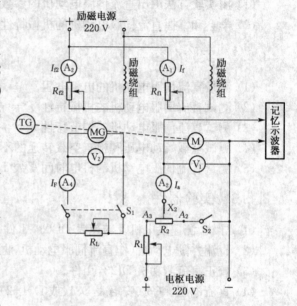

图 3-2　直流伺服电动机接线图

(先调 1 800 Ω 阻值,调到最小后用导线短接,再调节 450 Ω 的电阻部分)和电动机的磁场调节电阻 R_{f1},使电动机达到额定值:$U = U_N = 220$ V, $I = I_N = 0.8$ A, $n = n_N = 1 600$ r/min。此时 M 的励磁电流 I_f 即为额定励磁电流 I_{fN}。

(3) 保持 $U = U_N$, $I_f = I_{fN}$, $I_{f2} = 100$ mA 不变,从这一点开始逐渐增加 R_L 阻值,即减小 I_a 电枢电流,测取额定负载到空载(断开 S_1 开关)电动机电枢输入电流 I_a 及对应的转速 n 和校正电机的负载电流 I_F(由校正曲线查出电动机输出对应转矩 T_2)和 T_2 的数值(或在 D55 器件上直接读取)。共记录 8～9 组数据于表3-4中。

(4) 调节电枢电压为 $U = 160$ V,保持励磁电流 $I_{f2} = 100$ mA 校正值不变(如果是 DJ25 则取 $I_{f2} = 50$ mA),电动机励磁电流的额定电流 $I_f = I_{fN}$ 不变,调节 R_L 阻值,使 $I_a = I_N = 0.8$ A,从这一点开始逐渐减少电枢电流 I_a(即增大 R_L 阻值)一直到空载,共记录 8～9 组数据于表3-5中。

(5) 调节电枢电压为 $U = 110$ V,保持励磁电流 $I_{f2} = 100$ mA 校正值不变(如果是 DJ25 则取 $I_{f2} = 50$ mA),电动机励磁电流的额定电流 $I_f = I_{fN}$ 不变,调节 R_L 阻值,使 $I_a = I_N = 0.8$ A,从这一点开始逐渐减少电枢电流 I_a(即增大 R_L 阻值)一直到空载,共记录 8～9 组数据于表3-6中。

3) 测取直流伺服电动机的调节特性 $n = f(U)$

(1) 调节电枢电压为 $U = 220$ V(如已停机按以上步骤启动电动机),保持 $I_f = I_{fN}$、

$I_{f2} = 100$ mA 不变。调节 R_L 阻值，使 $I_a = I_N = 0.8$ A，此时的电动机输出转矩为额定输出转矩。记录 I_F 值或转矩 $T = T_N$ 并保持不变，即保持校正直流电机输出电流为额定输出转矩时的电流值（额定输出转矩 $T_N = \dfrac{P_N}{0.105 n_N}$），调节直流伺服电动机电枢电压（单方向调节控制屏上旋钮）测取电动机电枢电压 U_a 及对应转速 n 直到 $n = 200$ r/min 左右，共 8～9 组数据记录于表 3-7 中。

（2）保持电动机输出转矩 $T = 0.5 T_N$，重复以上实验，共 8～9 组数据于记录表 3-8 中。停机。

（3）将校正直流测功机与直流伺服电动机脱开，直流伺服电动机直接与测速发电机同轴联接。按前面的步骤启动电动机，此时的电动机输出转矩 $T = 0$，调节直流伺服电动机电枢电压。当电枢电压调至最小后合上开关 S_2，减小分压电阻 R_2，直至 $n = 0$ r/min，共 8～9 组数据记录于表 3-9 中。

4）测定空载始动电压和检查空载转速的不稳定性

（1）空载始动电压

将电枢电压调至最大 $U = U_N = 220$ V（如停机需重新启动，方法同上），合上开关 S_2，逐渐减小 R_2 直至 $n = 0$ r/min，再慢慢增大分压电阻 R_2，即使电枢电压从零缓慢上升，直至转速开始连续转动，此时的电压即为空载始动电压。

（2）正、反向各作三次，取其平均值作为该电机始动电压，将数据记录于表 3-10 中。

5）测量直流伺服电动机的机电时间常数

按图 3-11 中右半边接线（校正直流测功机与直流伺服电动机分离），直流伺服电动机加额定励磁电流 I_{fN}，用记忆示波器拍摄直流伺服电动机空载启动时的电流过渡过程，从而求得电动机的机电时间常数 T_M。

3.2.6 实验报告

专业＿＿＿＿＿＿ 班级＿＿＿＿＿＿ 学号＿＿＿＿＿＿ 姓名＿＿＿＿＿＿

实验组号＿＿＿＿＿ 同组者＿＿＿＿＿ 室温（℃）＿＿＿＿＿ 得分＿＿＿＿＿

被测试设备铭牌数据＿＿＿＿＿＿＿＿＿＿＿＿＿＿＿＿＿＿＿＿＿＿＿＿＿＿＿＿＿＿＿＿＿＿

1）电动机 M 电枢绕组的直流冷态电阻数据和基准工作温度时的电枢电阻计算

表 3-3

室温＿＿＿＿＿℃

序号	$U(V)$	$I(A)$	$R($ 平均$)(\Omega)$		$R_a(\Omega)$	$R_{aref}(\Omega)$
1			$R_{a11} =$	$R_{a1} =$		
			$R_{a12} =$			
			$R_{a13} =$			
2			$R_{a21} =$	$R_{a2} =$		
			$R_{a22} =$			
			$R_{a23} =$			

续表 3-3

序号	$U(V)$	$I(A)$	$R(\text{平均})(\Omega)$		$R_a(\Omega)$	$R_{aref}(\Omega)$
3			$R_{a31}=$	$R_{a3}=$		
			$R_{a32}=$			
			$R_{a33}=$			

注：表中，$R_{a1}=\dfrac{1}{3}(R_{a11}+R_{a12}+R_{a13})$，　$R_{a2}=\dfrac{1}{3}(R_{a21}+R_{a22}+R_{a23})$，　$R_{a3}=\dfrac{1}{3}(R_{a31}+R_{a32}+R_{33})$，

$R_a=\dfrac{1}{3}(R_{a1}+R_{a2}+R_{a3})$，　$R_{aref}=R_a\dfrac{235+\theta_{ref}}{235+\theta_a}$

2）由实验数据求得电机参数：R_{aref}、K_e、K_T

直流伺服电动机基准工作温度时的电枢电阻：

$$R_{aref}=\quad\Omega$$

电势常数：

$$K_e=\frac{U_{aN}}{n_0}$$

转矩常数：

$$K_T=\frac{30}{\pi}K_e$$

3）由实验数据绘出直流伺服电动机的三条机械特性 $n=f(T)$

（1）条件：$U=U_N$，$I_f=I_{fN}$，$I_{f2}=100\ \text{mA}$ 不变

表 3-4

$U=U_N=220\ \text{V}$，$I_{f2}=\underline{\quad}\ \text{mA}$，$I_f=I_{fN}=\underline{\quad}\ \text{mA}$

序号	1	2	3	4	5	6	7	8	9
$n(\text{r/min})$									
$I_a(A)$									
$I_F(A)$									
$T(\text{N}\cdot\text{m})$									

（2）条件：$U=160\ \text{V}$，$I_f=I_{fN}$，$I_{f2}=100\ \text{mA}$ 不变

表 3-5

$U=160\ \text{V}$，$I_{f2}=\underline{\quad}\ \text{mA}$，$I_f=I_{fN}=\underline{\quad}\ \text{mA}$

序号	1	2	3	4	5	6	7	8	9
$n(\text{r/min})$									
$I_a(A)$									
$I_F(A)$									
$T(\text{N}\cdot\text{m})$									

（3）条件：$U=110\ \text{V}$，$I_f=I_{fN}$，$I_{f2}=100\ \text{mA}$ 不变

表 3-6

$U = 110 \text{ V}, I_{f2} = \underline{\quad} \text{mA}, I_f = I_{fN} = \underline{\qquad} \text{mA}$

序号	1	2	3	4	5	6	7	8	9
$n(\text{r/min})$									
$I_a(\text{A})$									
$I_F(\text{A})$									
$T(\text{N} \cdot \text{m})$									

4) 由实验数据绘出直流伺服电动机的三条调节特性曲线 $n = f(U)$

(1) 条件: $T = T_N$

表 3-7

$I_{f2} = \underline{\quad} \text{mA}, I_f = I_{fN} = \underline{\quad} \text{mA}, I_F = \underline{\quad} \text{A}(T = T_N)$

序号	1	2	3	4	5	6	7	8	9
$U_a(\text{V})$									
$n(\text{r/min})$									

(2) 条件: $T = 0.5T_N$

表 3-8

$I_{f2} = \underline{\quad} \text{mA}, I_f = I_{fN} = \underline{\quad} \text{mA}, I_F = \underline{\quad} \text{A} \quad (T = 0.5T_N)$

序号	1	2	3	4	5	6	7	8	9
$U_a(\text{V})$									
$n(\text{r/min})$									

(3) 条件: $T = 0$

表 3-9

$I_f = I_{fN} = \underline{\quad} \text{mA} \quad (T = 0)$

序号	1	2	3	4	5	6	7	8	9
$U_a(\text{V})$									
$n(\text{r/min})$									

5) 计算和分析空载始动电压和空载转速的不稳定性

表 3-10

$I_f = I_{fN} = \underline{\quad} \text{mA} \quad (T = 0)$

次 数	1	2	3	平 均
正向 $U_a(\text{V})$				
反向 $U_a(\text{V})$				

正(反)转空载转速的不对称性：

$$正(反)转空载转速不对称性 = \frac{正(反)向空载转速 - 平均转速}{平均转速} \times 100\%$$

$$平均转速 = \frac{正向空载转速 - 反向空载转速}{2}$$

注:正(反)转空载转速的不对称性应 $\leqslant 3\%$。

6) 求出该直流伺服电动机的传递函数

7) 思考题

(1) 课前思考题

① 分析说明直流伺服电动机的运行原理。

② 怎样测量直流伺服电动机的机电时间常数,并求传递函数。

(2) 课后思考题

① 转矩常数 K_T 的计算现采用 $K_T = \frac{30}{\pi} K_e$,而没有采用公式 $K_T = \frac{T_K R_a}{U_a}$ 来求取,这是为什么?用这两种方法所得之值是否相同,如有差别其原因是什么?

② 如直流伺服电动机正(反)转速有差别,分析其产生的原因。

3.3　控制式自整角机

3.3.1　实验目的

(1) 通过实验学会测定控制式自整角机的主要技术参数。

(2) 理解和掌握控制式自整角机的工作原理和运行特性。

3.3.2　实验内容

(1) 测试自整角变压器输出电压与失调角的关系 $U_2 = f(\theta)$。

(2) 测定比电压 U_θ 和零位电压 U_0。

3.3.3　实验器件

(1) 自整角机实验装置 ZSZ-1,1 件。

(2) 数/模交流电压表 D33,1 件。

(3) 砝码若干。

3.3.4　操作要点

接线前,电源需在"关断"位置,且调压器输出放在最小位置。实验结束后,应先断开电源。

3.3.5　实验步骤与原理图

1) 测定控制式自整角变压器输出电压与失调角的关系 $U_2 = f(\theta)$

(1) 接线如图 3-3 所示。合上交流电源,缓慢调节调压器使输出电压到发送机额定电压,旋转发送机刻度盘至 $0°$ 位置并紧固。

（2）用手缓慢旋转自整角变压器的指针圆盘,观察在 L_1'、L_2' 两端的数字电压表就有相应读数,找到输出电压为最小值的位置,即为起始零点。然后,用手缓慢旋转自整角变压器的指针圆盘,在指针每转过 $10°$ 时测量一次自整角变压器的输出电压 U_2。测取 U_2 及所对应 θ 值记录于表3-11中。

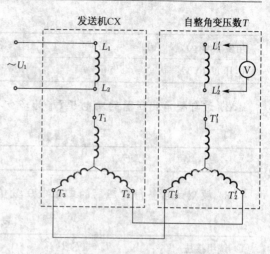

图 3-3 控制式自整角机实验接线图

2）测定比电压 U_θ

比电压是指自整角变压器在失调角为 $1°$ 时的输出电压,单位为 V/deg。

在以上测定控制式自整角变压器输出电压与失调角关系的实验时,用手缓慢旋转自整角变压器的指针圆盘,使指针转过起始零点 $5°$,在这个位置记录自整角变压器的输出电压 U_2 值于表 3-12 中。计算失调角为 $1°$ 时的输出电压,即为比电压 U_θ。

3）测定零位电压 U_0

（1）接线如图 3-4 所示。调压器输出电压为最小位置,绕组 T_2'、T_3' 两端点短接。合上交流电源,缓慢调节调压器使输出电压为 $49\ V$,并保持不变。

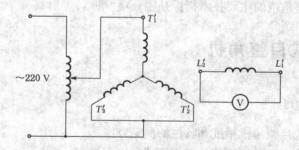

图 3-4 测定控制式自整角机零位电压接线图

（2）用手缓慢旋转指针圆盘,找出控制式自整角机输出电压为最小的位置,即为基准电压零位。指针转过 $180°$,仍找出零位电压位置。同样方法,改接绕组（使 T_1'、T_3' 短接,T_1'、T_2' 短接）,找出零位电压位置,测量这六个位置的零位电压值记录于表 3-13 中。

3.3.6 实验报告

专业_____ 班级_____ 学号_____ 姓名_____

实验组号_____ 同组者_____ 室温(℃)_____ 得分_____

被测试设备铭牌数据_____

1）作自整角变压器的输出电压与失调角的关系曲线 $U_2 = f(\theta)$

表 3-11

角度 $\theta(deg)$	0°	10°	20°	30°	40°	50°	60°	70°	80°	90°
电压 U_2(V)										

角度 θ(deg)	100°	110°	120°	130°	140°	150°	160°	170°	180°
电压 U_2(V)									

2）该自整角变压器的比电压 U_θ 为多少

表 3-12

U_2(V)	

3）被测试自整角变压器的零位电压数值为多少

表 3-13

绕组接法	$T_1' - T_2' T_3'$		$T_2' - T_1' T_3'$		$T_3' - T_1' T_2'$	
理论零位电压位置	0°	180°	60°	240°	120°	300°
实际刻度值						
零位电压大小						

4）思考题

（1）说明控制式自整角机的工作原理和运行特性。

（2）控制式自整角机的主要技术指标是哪几项？

3.4　力矩式自整角机

3.4.1　实验目的

（1）学会力矩式自整角机精度和特性的测定方法。

（2）掌握力矩式自整角机系统的工作原理和应用知识。

3.4.2　实验内容

（1）力矩式自整角机的使用方法。

（2）测试力矩式自整角发送机的零位误差。

（3）测试力矩式自整角机静态整步转矩与失调角的关系曲线。

（4）测试力矩式自整角比整步转矩（又称比力矩）及阻尼时间。

（5）测试力矩式自整角机的静态误差。

3.4.3　实验器件

（1）自整角机实验装置 ZSZ-1（圆盘半径为 2 cm），1 件。

（2）数/模交流电压表 D33，1 件。

（3）三相可调电阻器 D41，1 件。

（4）砝码若干。

(5) 光线示波器另配。

3.4.4 操作要点

接线前,激励电源需在"关断"位置。实验结束后,应先断开激励电源(如有砝码应先取下砝码)。

3.4.5 实验步骤与原理图

1) 力矩式自整角机的使用方法

自整角机是一种对角位移或角速度的偏差有自整步能力的控制电机,它广泛用于显示装置和随动系统中,使机械上互不相连的两根或多根转轴能自动保持相同的转角变化或同步旋转,在系统中通常是两台或多台自整角机组合使用。产生信号的一方称为发送机,接收信号的一方称为接收机。

(1) 自整角机技术参数

发送机型号　　BD-404A-2

接收机型号　　BS-404A

激磁电压　　　220 V±5%

激磁电流　　　0.2 A

次级电压　　　49 V

频率　　　　　50 Hz

(2) 将发送机的刻度盘及接收机的指针调准在特定位置的方法:旋松电机轴头螺母,拧紧电机后轴头,旋转刻度盘(或手拨指针圆盘)至某要求的刻度值位置,保持该电机转轴位置并旋紧轴头螺母。

(3) 接线柱的使用方法:将自整角机的五个输出端分别与接线柱对应相连,激磁绕组用 L_1、$L_2(L_1'$、$L_2')$ 表示;次级绕组用 T_1、T_2、$T_3(T_1'$、T_2'、$T_3')$ 表示。使用时根据实验接线图要求用手枪插头线分别将接线柱连接,即可完成实验要求(注:电源线、连接导线出厂配套)。

(4) 在发送机的刻度盘上面和接收机的指针两端均有 20 小格的刻度线,每一小格为 $3'$,转角按游标尺方法读数。

(5) 接收机的指针圆盘直径为 4 cm,测量静态整步转矩 = 砝码重力×圆盘半径 = 砝码重力×2 cm。

(6) 将固紧滚花螺钉拧松后,便可用手柄轻巧地旋转发送机的刻度盘(不允许用力向外拉,以防轴头变形)。如需固定刻度盘在某刻度值位置不动,可用手旋紧滚花螺钉。

(7) 需吊砝码实验时,将串有砝码钩线的另一线端固定在指针小圆盘的小孔上,将线绕过小圆盘上面的凹槽,在砝码钩上吊砝码即可。

(8) 每套自整角机实验装置中的发送机、接收机均应配套,按同一编号配套。

(9) 自整角机变压器用力矩式自整角接收机代用。

(10) 需要测试激磁绕组的信号,在该部件的电源插座上插上激磁绕组测试线即可。

2) 测定力矩式自整角发送机的零位误差 $\Delta\theta$

(1) 接线如图 3-5 所示。把励磁绕组 L_1、L_2 接额定激励电压端,整步绕组 T_2—T_3 端接电压表。

(2) 加激励电源电压 U_N(220 V)，旋转刻度盘，找出输出电压为最小的位置作为基准电气零位。从基准电气零位开始，刻度盘每转过 60°，整步绕组中有一线间电位为零的位置。此位置称为理论电气零位。

(3) 在整步绕组三线间共有六个零位，刻度盘转过 60°，即有两线端输出电压为最小值。实测整步绕组三线间六个输出电压为最小值的相应位置角度与电气角度，并记录于表 3-14 中。测试完毕断开激励电源。

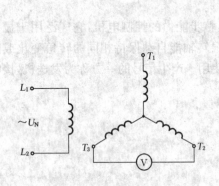

图 3-5　测定力矩式自整角机零位误差接线图

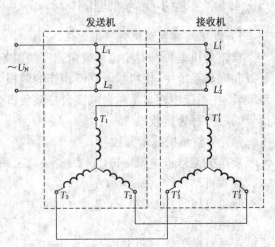

图 3-6　力矩式自整角机实验接线图

3) 测定力矩式自整角机静态整步转矩与失调角的关系 $T = f(\theta)$

(1) 接线如图 3-6 所示。加额定激励电压 220 V 给发送机和接收机的励磁绕组，待稳定后，发送机和接收机均调整到 0°位置。固紧发送机刻度盘在该位置。

(2) 在接收机的指针圆盘上吊砝码，记录砝码重量以及接收机转轴偏转角度。在偏转角从 0°到 90°之间取 8～9 组数据并记录于表 3-15 中。测试结束后，先取下砝码，再断开励磁电源。

4) 测定力矩式自整角机的静态误差 $\Delta\theta_{jt}$

在力矩式自整角机系统中，静态协调时，发送机和接收机转角之差为静态误差 $\Delta\theta_{jt}$，以角度表示。

(1) 接线图仍按图 3-6 不变。在力矩式自整角机系统中，静态协调时，发送机和接收机转角之差为静态误差 $\Delta\theta_{jt}$，以角度表示。加额定电压 220 V 给发送机和接收机的励磁绕组，发送机的刻度盘不固紧，并将发送机和接收机均调整到 0°位置。

(2) 缓慢旋转发送机刻度盘，每转过 20°，读取接收机实际转过的角度并记录于表 3-16 中。测试结束后停机同上。

5) 测定力矩式自整角机的比整步转矩 T_θ

比整步转矩是指在力矩式自整角机系统中，接收机与发射机在协调位置附近，单位失调角所产生的整步转矩称为力矩式自整角机的比整步转矩。以 T_θ 表示，单位为 N·m /deg。

(1) 接线图仍按图 3-6 不变，测定接收机的比整步转矩时，T_2'、T_3' 用导线短接。

(2) 在励磁绕组 L_1—L_2 和 L_1'—L_2' 两端上施加额定电压，在指针圆盘上加砝码，使指针偏转 5°左右，测得整步转矩。实验应在正、反两个方向各测一次，两次测量的平均值应符合规定标准。将数据记录于表3-17中。测试结束后停机同上。

6）阻尼时间 t_m 的测定

阻尼时间 t_m 是指在力矩式自整角系统中，接收机自失调位置至协调位置，达到稳定状态所需时间。测定阻尼时间。

（1）接线如图3-7所示，电阻 R 用 D41 上90 Ω 并 90 Ω 共 45 Ω，调至 5 Ω 左右。

（2）在发送机和接收机的励磁绕组加上额定电压，使发送机的刻度盘和接收机的指针指在 0°位置并固紧发送机的刻度盘在该位置。旋转接收机指针圆盘使系统失调角为 177°，然后松手使接收机趋向平衡位置，用光线示波器拍摄（或用慢扫描示波器观察）取样电阻 R 两端的电流波形，记录接收机阻尼时间 t_m 于表3-18中。测试结束后停机同上。

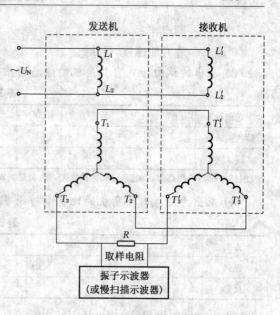

图 3-7   测定力矩式自整角机阻尼时间接线图

3.4.6   实验报告

专业＿＿＿＿＿   班级＿＿＿＿＿   学号＿＿＿＿＿   姓名＿＿＿＿＿

实验组号＿＿＿＿   同组者＿＿＿＿   室温(℃)＿＿＿   得分＿＿＿＿

被测试设备铭牌数据＿＿＿＿＿＿＿＿＿＿＿＿＿＿＿＿＿＿＿＿＿＿＿＿＿＿

1）根据实验结果，求出被试力矩式自整角发送机的零位误差 $\Delta\theta$

表 3-14

理论上应转角度	基准电气零位	+180°	+60°	+240°	+120°	+300°
刻度盘实际转角						
误 差						

注：机械角度超前为正误差，滞后为负误差，正负最大误差为绝对值之和的一半，此误差值即为发送机的零位误差 $\Delta\theta$，以角分表示。

2）作出静态整步转矩与失调角的关系曲线 $T = f(\theta)$

表 3-15

序 号	1	2	3	4	5	6	7	8	9
m（kg）									
T(N·cm)									
θ(deg)									

表 3-15 中：

$$T = mgR$$

式中：m—— 砝码重量，kg；

R—— 圆盘半径,cm;

g—— 重力加速度,N/kg。

3) 求出被试力矩式自整角机的静态误差 $\Delta\theta_{jt}$

表 3-16

发送机转角	0°	20°	40°	60°	80°	100°	120°	140°	160°	180°
接收机转角										
误差										

注:接收机转角超前为正误差,滞后为负误差,正、负最大误差值之和的一半为力矩式接收机的静态误差。

4) 求出力矩式自整角机的比整步转矩 T_θ

表 3-17

方向	m (kg)	$G = mg$ (N)	θ (deg)	$T = GR$ (N·m)	$T_\theta = T/2\theta$ (N·m)
正向					
反向					

比整步转矩 T_θ 按下式计算:

$$T_\theta = \frac{T}{2\theta}$$

式中:T—— 整步转矩,N·m,$T = GR$;

θ—— 指针偏转的角度,deg(度);

m—— 砝码重量,kg;

R—— 轮盘半径,2(cm)。

5) 实测比整步转矩和接收机的阻尼时间数值为多少

表 3-18

t_m	

6) 思考题

(1) 力矩式自整角机的工作原理。

(2) 力矩式自整角机精度与特性测试方法。

(3) 力矩式自整角机比整步转矩的测量方法。

3.5 正、余弦旋转变压器

3.5.1 实验目的

(1) 研究和掌握正余弦旋转变压器的空载输出特性和负载输出特性。

(2) 研究和掌握二次侧补偿、一次侧补偿的正余弦旋转变压器的输出特性。

(3) 了解和学会正余弦旋转变压器的几种应用情况。

3.5.2 实验内容

(1) 旋转变压器、中频电源实验装置的使用方法。

（2）测试正余弦旋转变压器空载时的输出特性 $U_{r0} = f(\alpha)$。

（3）测试负载时的输出特性 $U_{rL} = f(\alpha)$。

（4）测试二次侧补偿后负载时的输出特性 $U_{rL} = f(\alpha)$。

（5）测试一次侧补偿后负载时的输出特性 $U_{rL} = f(\alpha)$。

（6）正余弦旋转变压器作线性应用时的输出特性 $U_r = f(\alpha)$。

3.5.3 实验器件

（1）旋转变压器中频电源 D56，1 件。

（2）数/模交流电压表 D33，1 件。

（3）三相可调电阻器 D42，1 件。

（4）波形测试及开关板 D51，1 件。

3.5.4 操作要点

接线前，电源需在"关断"位置，且输出放在最小位置。实验结束后，应先断开电源。要保持输出电压不变，可将转角固定，微调旋钮。负载 R_L 参考值为 1 200 Ω。

3.5.5 实验步骤与原理图

旋转变压器是一种输出电压随转子转角变化的信号元件。当激磁绕组以一定频率的交流电激励时，输出绕组的电压可与转角的正弦、余弦成函数关系，或在一定的范围内可以成线性关系。它广泛用于自动控制系统中的三角运算、传输角度数据等，也可以用作为移相器。

1）旋转变压器，中频电源实验装置的使用方法

D56 旋转变压器，中频电源实验装置是由旋转变压器实验仪和旋转变压器中频电源两部分组合而成。

（1）实验仪

① 旋转变压器技术指标

型　号：36XZ20-5

电压比：0.56

电　压：60 V

频　率：400 Hz

激励方：定子

空载阻抗：2 000 Ω

绝缘电阻：≥100 MΩ

精　度：1 级

② 刻度盘

本装置将旋转变压器转轴与刻度盘固紧连接，使用时旋转刻度盘手柄即可完成转轴旋转。可轻松旋转刻度盘，但不允许用力向外拉，以防轴头变形。

③ 接线柱

本装置将旋转变压器的引线端与接线柱一一对应连接，使用时根据实验接线图用手枪

插头(或鳄鱼夹)将接线柱连接即可完成实验要求。

(2) 中频电源

① 技术参数

波　形：正弦波

频　率：400 Hz±5 Hz

电　压：0～70 V

失真度：1%

负　载：36XZ20-5 旋转变压器

② 电原理框图

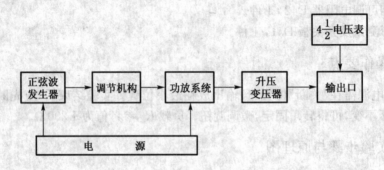

③ 结构特征

前面板用 $4\frac{1}{2}$ 电压表用于指示输出电压,下端是 400 Hz 中频电源的输出端。输出调节旋钮顺时针旋转为增大输出幅度,逆时针旋转为减小输出幅度。

2) 测试正余弦旋转变压器空载时的输出特性 $U_{r0} = f(\alpha)$

(1) 接线如图 3-8 所示。R、R_L 均用 D42 上 900 Ω 串联 900 Ω 共 1 800 Ω 阻值,并调定在 1 200 Ω 阻值。S_1、S_2、S_3 开关用 D51 上相应开关,D_1、D_2 为激磁绕组,D_3、D_4 为补偿绕组,Z_1、Z_2 为余弦绕组,Z_3、Z_4 为正弦绕组。S_1、S_2、S_3 开关都放在"断开"位置。

(2) 定子励磁绕组两端 D_1、D_2 施加额定电压 U_{fN}(60 V、400 Hz)且保持不变。用手缓慢旋转刻度盘,找出余弦输出绕组输出电压为最小值的位置,此位置即为起始零位。

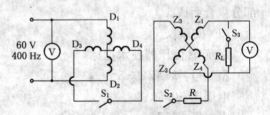

图 3-8　正、余弦旋转变压器空载及负载实验接线图

(3) 在 0°～180°间每转角 10°测量转子余弦空载输出电压 U_{r0} 与对应的刻度盘转角 α 的数值,记录于表 3-19 中。

3) 测试负载时的输出特性 $U_{rL} = f(\alpha)$

(1) 在图 3-8 中,S_1、S_2 开关仍打开,S_3 开关闭合,使正、余弦旋转变压器带负载电阻 R_L 运行。

(2) 重复上面实验方法和步骤,测量余弦负载输出电压 U_{rL} 与对应转角 α 的数值,记录于表 3-20 中。

4)测试二次侧补偿后负载时的输出特性 $U_{rL} = f(\alpha)$

(1)在图3-8中,S_1 开关断开,S_3 开关闭合接通负载电阻 R_L,同时 S_2 开关也闭合,使二次侧正弦输出绕组端 Z_3、Z_4 经补偿电阻 R 闭合。

(2)重复上面实验方法和步骤,测量余弦负载输出电压 U_{rL} 与对应转角 α 的数值,记录于表3-21中(实验时应注意一次侧输出电流的变化)。

5)测试一次侧补偿后负载时的输出特性 $U_{rL} = f(\alpha)$

(1)在图3-8中,S_3 开关闭合接通负载电阻 R_L,同时 S_1 开关也闭合,将一次侧接成补偿电路,S_2 开关打开。

(2)重复上面实验方法和步骤,测量余弦负载输出电压 U_{rL} 与对应转角 α 的数值,并记录于表3-22中。

6)正、余弦旋转变压器作线性应用时的输出特性 $U_r = f(\alpha)$

(1)接线如图3-9所示。图中 R_L 用D42上900 Ω串联900 Ω共1 800 Ω阻值并用万用表调至1 200 Ω固定不变。

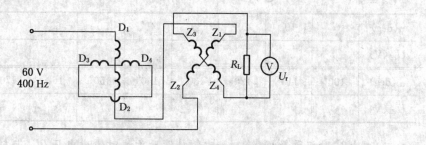

图 3-9 正、余弦旋转变压器作线性应用时的接线图

(2)重复上面实验方法和步骤,在 $-60° \sim 60°$ 之间,每转角10°测量输出电压 U_r 与对应转角 α 的数值,并记录于表3-23中。

3.5.6 实验报告

专业＿＿＿＿＿＿＿＿ 班级＿＿＿＿＿＿＿ 学号＿＿＿＿＿＿＿ 姓名＿＿＿＿＿＿
实验组号＿＿＿＿＿ 同组者＿＿＿＿＿ 室温(℃)＿＿＿＿＿ 得分＿＿＿＿＿
被测试设备铭牌数据＿＿＿＿＿＿＿＿＿＿＿＿＿＿＿＿＿＿＿＿＿＿＿＿＿＿＿

1)根据实验记录数据,绘制正、余弦旋转变压器空载时输出电压 U_{r0} 与转子转角 α 的关系曲线,即 $U_{r0} = f(\alpha)$

表 3-19

$U_{fN} = 60$ V

α (deg)	0°	10°	20°	30°	40°	50°	60°	70°	80°	90°
U_{r0} (V)										

α (deg)	100°	110°	120°	130°	140°	150°	160°	170°	180°
U_{r0} (V)									

2) 根据实验记录数据,绘制负载时输出电压 U_{rL} 与转子转角 α 的关系曲线,即 $U_{rL} = f(\alpha)$

表 3-20

$U_{fN} = 60\ V$

$\alpha(\deg)$	0°	10°	20°	30°	40°	50°	60°	70°	80°	90°
$U_{rL}(V)$										
$\alpha(\deg)$	100°	110°	120°	130°	140°	150°	160°	170°	180°	
$U_{rL}(V)$										

3) 根据实验记录数据,绘制二次侧补偿后负载时输出电压 U_{rL} 与转子转角 α 的关系曲线,即 $U_{rL} = f(\alpha)$

表 3-21

$U_{fN} = 60\ V$

$\alpha(\deg)$	0°	10°	20°	30°	40°	50°	60°	70°	80°	90°
$U_{rL}(V)$										
$\alpha(\deg)$	100°	110°	120°	130°	140°	150°	160°	170°	180°	
$U_{rL}(V)$										

4) 根据实验记录数据,绘制一次侧补偿后负载时输出电压 U_{rL} 与转子转角 α 的关系曲线,即 $U_{rL} = f(\alpha)$

表 3-22

$U_{fN} = 60\ V$

$\alpha(\deg)$	0°	10°	20°	30°	40°	50°	60°	70°	80°	90°
$U_{rL}(V)$										
$\alpha(\deg)$	100°	110°	120°	130°	140°	150°	160°	170°	180°	
$U_{rL}(V)$										

5) 根据实验记录数据,绘制正、余弦旋转变压器作线性应用时输出电压 U_r 与转子转角 α 的关系曲线,即 $U_r = f(\alpha)$

表 3-23

$U_{fN} = 60\ V$

$\alpha(\deg)$	−60°	−50°	−40°	−30°	−20°	−10°	0°
$U_r(V)$							
$\alpha(\deg)$	10°	20°	30°	40°	50°	60°	
$U_r(V)$							

6) 思考题

(1) 课前思考题

① 阐述正、余弦旋转变压器的工作原理。

② 阐述正、余弦旋转变压器的主要特性及其实验方法。

(2) 课后思考题

① 说明旋转变压器一、二次侧补偿的原理。

② 说明正、余弦旋转变压器作线性变压器的原理。

3.6 交流伺服电动机

3.6.1 实验目的

(1) 观察交流伺服电动机的自制动过程。

(2) 学会和掌握用实验方法配圆形磁场。

(3) 学会和掌握交流伺服电机的机械特性及调节特性的测量方法。

3.6.2 实验内容

(1) 用实验方法配堵转圆形磁场。

(2) 测试交流伺服电机幅值控制时的机械特性和调节特性。

(3) 测试交流伺服电机幅值——相位控制时的机械特性。

(4) 观察自转现象。

3.6.3 实验器件

(1) 交流伺服电机控制箱 D57,1 件。

(2) 交流伺服电机实验装置 JSZ-1(圆盘半径为 3 cm),1 件。

(3) 数/模交流电流表 D32,1 件。

(4) 数/模交流电压表 D33,1 件。

(5) 三相可调电阻器 D41,1 件。

(6) 示波器,1 台,另配。

(7) 光电转速表,1 台,另配。

3.6.4 操作要点

接线前,电源需在"关断"位置,且输出放在最小位置。实验时,应先调节三相调压器使 U_f 到所需值,再调节单相调压器 T_2 使 U_C 到所需值。实验结束后,操作顺序反之。

3.6.5 实验步骤与原理图

1) 幅值控制

(1) 测交流伺服电动机的机械特性

在用光电计测转速之前,先在黑色转盘上贴上一条白色的胶布或纸条。

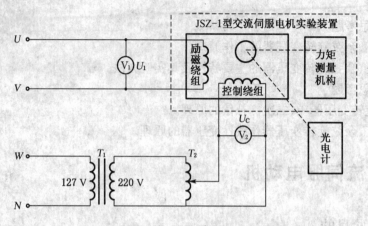

图 3-10　交流伺服电动机幅值控制接线图

① 条件：$\alpha = 1$（即 $U_C = U_N = 220$ V）

a. 按如图 3-10 所示接线，图中 T_1、T_2 选用 D57 挂件，V_1、V_2 选用 D33 挂件。接通三相交流电源，缓慢调节调压器，使 $U_f = 220$ V，再调节单相调压器 T_2 使 $U_C = U_N = 220$ V。

b. 调节棘轮机构，逐次增大力矩 $T[T = (F_{10} - F_2) \times 3]$，读取 10 N 弹簧称和 2 N 弹簧称读数及对应的电机转速 8 ~ 9 组数据记录于表 3-24 中。

② 条件：$\alpha = 0.75$（即 $U_C = 0.75U_N = 165$ V）

保持 $U_f = 220$ V 不变，调节单相调压器 T_2 使 $U_C = 0.75U_N = 165$ V。重复上述步骤，将所测 8 ~ 9 组数据记录于表 3-25 中。

(2) 实测交流伺服电动机的调节特性

条件：$U_f = 220$ V

调节三相调压器使 $U_f = 220$ V，松开棘轮机构，即电机空载。缓慢调节单相调压器 T_2，使控制电压 U_C 从 220 V 逐次减小直到 0 V。将所测的控制电压 U_C 与对应电动机转速 n 的 7 ~ 8 组数据记录于表 3-26 中。

2) 幅值—相位控制

(1) 观测使电机堵转时的旋转磁场应为圆形磁场

① 接线如图 3-11 所示，T_1、T_2、C 选用 D57 挂件。A_1、A_2 表选用 D32 挂件。V_1、V_2、V_3 选用 D33 挂件。R_1、R_2 选用 D41 挂件上 90 Ω 与 90 Ω 并联共 45 Ω 阻值并用万用表调定在 5 Ω 阻值。示波器两探头地线应接图中 N 线，X 踪和 Y 踪幅值量程一致，并设在迭加状态。

② 接通三相交流电源，先调节三相调压器使 $U_1 = 127$ V，再调节单相调压器 T_2 使 $U_C = U_1 = 127$ V，调节棘轮机构使电机堵转。调节可变电容 C，观察 A_1 和 A_2 表，使 $I_f = I_C$，观察此时示波器轨迹应为圆形旋转磁场。电压表指示值 U_f 应等于 U_C。

(2) 测试交流伺服电动机的机械特性

① 条件：$U_1 = 127$ V，$\alpha = 1$（即 $U_C = U_N = 220$ V）

调节三相交流电源和单相调压器 T_2 使 $U_C = U_N = 220$ V。松开棘轮机构，再调节棘轮机

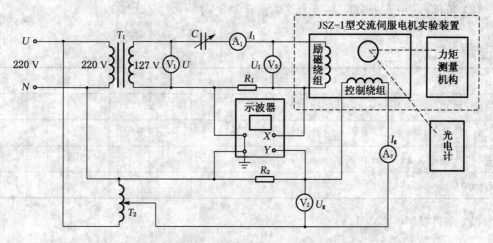

图 3-11 交流伺服电动机幅值—相位控制接线图

构手柄逐次增大力矩。记录电机从空载至堵转时,10 N 弹簧称和 2 N 弹簧称读数及对应电机转速 n 的 8～9 组数据于表 3-27 中。

② 条件:$U_1 = 127\ \text{V}$,$\alpha = 0.75$(即 $U_C = 0.75U_N = 165\ \text{V}$)

调节三相交流电源和单相调压器 T_2 使 $U_C = 0.75U_N = 165\ \text{V}$,重复上面实验,记录数据 8～9 组于表 3-28 中。

3)观察交流伺服电动机"自转"现象

接线如图 3-15 所示不变,调节三相交流电源和单相调压器 T_2 使 $U_1 = 127\ \text{V}$,$U_C = 220\ \text{V}$,再将 U_C 开路,观察电机有无"自转"现象。然后再将 U_C 调到 0 V,观察电机有无"自转"现象。

3.6.6 实验报告

专业＿＿＿＿＿＿ 班级＿＿＿＿＿ 学号＿＿＿＿＿＿ 姓名＿＿＿＿＿

实验组号＿＿＿＿ 同组者＿＿＿＿ 室温(℃)＿＿＿＿ 得分＿＿＿＿＿

被测试设备铭牌数据＿＿＿＿＿＿＿＿＿＿＿＿＿＿＿＿＿＿＿＿＿＿＿＿＿＿＿＿

1)作交流伺服电动机幅值控制时的机械特性 $T = f(n)$ 和调节特性 $n = f(U)$

(1)条件:$\alpha = 1$(即 $U_C = U_N = 220\ \text{V}$)

表 3-24

$U_f = \_\_\_\text{V},\ U_C = \_\_\_\text{V}$									
序　号	1	2	3	4	5	6	7	8	9
$F_{10}(\text{N})$									
$F_2(\text{N})$									
$T = (F_{10} - F_2) \times 3(\text{N} \cdot \text{cm})$									
$n(\text{r/min})$									

(2) 条件：$\alpha = 0.75$(即 $U_C = 0.75U_N = 165$ V)

表 3-25

$U_f = \underline{\quad}$ V，$U_C = \underline{\quad}$ V

序　号	1	2	3	4	5	6	7	8	9
F_{10}(N)									
F_2(N)									
$T = (F_{10} - F_2) \times 3$ (N·cm)									
n(r/min)									

(3) 条件：$U_f = 220$ V

表 3-26

序　号	1	2	3	4	5	6	7	8
U(V)								
n(r/min)								

2) 作交流伺服电动机幅值—相位控制时的机械特性 $T = f(n)$

(1) 条件：$U_1 = 127$ V，$\alpha = 1$(即 $U_C = U_N = 220$ V)

表 3-27

$U_f = \underline{\quad}$ V，$U_C = \underline{\quad}$ V

序　号	1	2	3	4	5	6	7	8
F_{10}(N)								
F_2(N)								
$T = (F_{10} - F_2) \times 3$ (N·cm)								
n(r/min)								

(2) 条件：$U_1 = 127$ V，$\alpha = 0.75$(即 $U_C = 0.75, U_N = 165$ V)

表 3-28

$U_f = \underline{\quad}$ V，$U_C = \underline{\quad}$ V

序　号	1	2	3	4	5	6	7	8
F_{10}(N)								
F_2(N)								
$T = (F_{10} - F_2) \times 3$(N·cm)								
n(r/min)								

3) 分析和研究实验数据及实验过程中发生的现象

4）思考题

（1）课前思考题

① 交流伺服电动机有什么技术要求？有几种控制方式？

② 什么是交流伺服电动机的机械特性和调节特性？

（2）课后思考题

① 分析无"自转"现象的原因。怎样消除"自转"现象？

② 交流伺服电动机在幅值—相位控制状态下时，什么条件下电机气隙磁场为圆形磁场？其理想空载转速是多大？

3.7 交流测速发电机实验

3.7.1 实验目的

（1）学会和掌握交流测速发电机的输出特性及其线性误差的测定方法。

（2）通过实验了解和分析负载性质及大小对交流测速发电机输出特性的影响。

3.7.2 实验内容

（1）测定交流测速发电机的剩余电压。

（2）测定交流测速发电机带纯电阻负载时的输出特性 $n = f(U_2)$。

（3）测定交流测速发电机带纯电容负载时的输出特性 $n = f(U_2)$。

（4）交流测速发电机产生线性误差的测定。

3.7.3 实验器件

（1）导轨、测速发电机及转速表 DD03，1 件。

（2）直流并励电动机 DJ15，1 台。

（3）交流测速发电机 HK27，1 件。

（4）数/模交流电压表 D33，1 件。

（5）可调电阻器、电容器、开关 S D44，1 件。

（6）转矩转速功率表 D55，1 件。

（7）示波器，另配。

3.7.4 操作要点

启动前：电枢电源及励磁电源开关放在"关断"位置。M 的电枢电阻 R_1 调至最大，励磁电阻 R_{f1} 调至最小。测速发电机 TG 的负载电阻 Z_L 调至最大位置。S 开关在"断开"位置。

停机：依次将 R_1 调至最大，S 开关放在"断开"位置，将调节调压器调至零位，断开电枢电源，再断开励磁电源。

3.7.5 实验步骤与原理图

1）测空载时的输出特性和 $n = 0$ 时的剩余电压

（1）接线如图 3-12 所示，电动机 M 电枢电阻 R_1 及励磁电阻 R_{f1} 分别选用 D44 上 180 Ω

及 900 Ω 的电阻,其中 R_{fl} 为分压接法。当 Z_L 是交流测速发电机 TG 纯电阻负载时,选用 D44 上 10 kΩ 和 20 kΩ 电阻组合,为容性负载时选用 D44 上 1μF 和 2μF 的电容组合。电压表 V_1、V_2 选用 D33 挂件上,开关 S 选用 D44 挂件上,并处于"断开"位置。TG 的励磁绕组经调压器接交流电源。

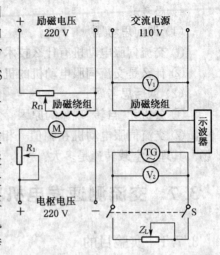

图 3-12　交流测速发电机实验接线图

(2) 打开电源总开关,按下"启动"按钮,调节调压器使电压升至额定电压 $U_1 = U_{1N} = 110$ V(观测 V_1 表数值)并保持不变。因电动机 DJ15 未启动,交流测速发电机 TG 转子不旋转,即 $n = 0$ 时,此时测定的输出电压 U_2 为一个很小数值 $U_2 = U_r$,该值即为剩余电压。也可用示波器观察剩余电压波形。当交流测速发电机转子位置在一周内变化时,剩余电压最大值与最小值之差即为剩余电压的波动值。在测定剩余电压时,输出绕组为开路状态。

(3) 依次合上励磁电源和电枢电源。电动机 MG 启动。正常运转后,将启动电阻 R_1 调到最小,电枢电压调至 220 V,调节发电机转速至 2 100 r/min 左右(即 R_{fl} 电阻增加),从这一点开始,调节 R_{fl}、R_1 及电枢电源电压使转速每降 300 r/min 时记录对应的输出电压,直至转速为零。共测取 6～7 组数据,记录于表 3-29 中。

2) 带负载时的输出特性 $n = f(U_2)$

(1) 带纯电阻负载

① 条件:$U_1 = U_{1N} = 110$ V, $Z_L = R = 30$ kΩ

合上开关 S,测量和调速步骤与上述方法相同。测量各转速下对应的输出电压 U_2,共测取 6～7 组数据,记录于表 3-30 中。

② 条件:$U_1 = U_{1N}$,当 $Z_L = R = 20$ kΩ

测量各转速下对应的输出电压 U_2,共测取 6～7 组数据,记录于表 3-31 中。

③ 条件:$U_1 = U_{1N}$,当 $Z_L = R = 10$ kΩ

测量各转速下对应的输出电压 U_2,共测取 7～8 组数据,记录于表 3-32 中。

(2) 带纯电容负载

带电容负载时,电容选用 D44 挂件上的电容组合,注意当转速 $n = 0$ 时,应断开开关 S。

① 条件:$U_1 = U_{1N}$, Z_L 为 $C = 1$ μF

测量各转速下对应的输出电压 U_2,共测取 7～8 组数据,记录于表 3-33 中。

② 条件:$U_1 = U_{1N}$, Z_L 为 $C = 2$ μF

测量各转速下对应的输出电压 U_2,共测取 7～8 组数据,记录于表 3-34 中。

③ 条件:$U_1 = U_{1N}$, Z_L 为 $C = 3$ μF

测量各转速下对应的输出电压 U_2,共测取 7～8 组数据,记录于表 3-35 中。

3) 交流测速发电机线性误差的测定

交流测速发电机线性误差是指电机在额定频率、额定激磁电压的条件下,电机在最大线性工作转速范围内,以补偿点转速时的输出电压为基准电压,输出电压之差对最大理想输出电压之比。测定线性误差时,电机应安装在规定的温升实验散热板上,在额定励磁条件下,将其输出绕组开路。使电机驱动至补偿点转速 n_c,待电机及数字电压表稳定后,在最大线性工作转速范围内,用数字电压表分别测量正、负转向 7~8 个转速点的输出电压,测出线性输出特性 $U_{2LTmax} = f(\gamma)$。记录于表 3-36 中。

3.7.6 实验报告

专业_____ 班级_____ 学号_____ 姓名_____

实验组号_____ 同组者_____ 室温(℃)_____ 得分_____

被测试设备铭牌数据_____

1) 根据实验结果求出 $U_1 = U_{1N}$、转速 $n = 0$ 时,交流测速发电机的剩余电压值 U_r,并进行分析

表 3-29

序 号	1	2	3	4	5	6	7	8
n (r/min)								
U_2(V)								

2) 在同一坐标纸上绘出不同性质负载时的输出特性曲线 $n = f(U_2)$,并进行分析比较

(1) 带纯电阻负载

表 3-30

$U_1 = U_{1N} = 110$ V, $Z_L = R = 30$ kΩ

序 号	1	2	3	4	5	6	7
n(r/min)							
U_2(V)							

表 3-31

$U_1 = U_{1N} = 110$ V, $Z_L = R = 20$ kΩ

序 号	1	2	3	4	5	6	7	8
n(r/min)								
U_2(V)								

表 3-32

$U_1 = U_{1N} = 110$ V, $Z_L = R = 10$ kΩ

序 号	1	2	3	4	5	6	7	8
n(r/min)								
U_2(V)								

（2）带纯电容负载

表 3-33

$U_1 = U_{1N} = 110\,\text{V}$，$Z_L$ 为 $C = 1\,\mu\text{F}$

序　号	1	2	3	4	5	6	7	8
$n(\text{r/min})$								
$U_2(\text{V})$								

表 3-34

$U_1 = U_{1N} = 110\,\text{V}$，$Z_L$ 为 $C = 2\,\mu\text{F}$

序　号	1	2	3	4	5	6	7	8
$n(\text{r/min})$								
$U_2(\text{V})$								

表 3-35

$U_1 = U_{1N} = 110\,\text{V}$，$Z_L$ 为 $C = 3\,\mu\text{F}$

序　号	1	2	3	4	5	6	7	8
$n(\text{r/min})$								
$U_2(\text{V})$								

3）分析交流测速发电机的线性误差

表 3-36

序　号	1	2	3	4	5	6	7	8
$n\,(\text{r/min})$								
$U_2(\text{V})$								

v 为交流测速发电机的相对速度，即

$$v = \frac{n}{n_c}$$

式中：n—— 实际转速，r/min；

n_c—— 同步转速，r/min。

为了便于衡量实际输出特性的线性度，一般取实际

输出特性的最大相对转速 v_{max} 的 $\dfrac{\sqrt{3}}{2}$ 这一点与坐标原点的

连线来作为线性输出特性。如图 3-13 中曲线 1 所示。

线性误差 δ_u 按下式计算：

$$\delta_u = \frac{|\Delta U_{max}|}{U_{2LT_{max}}} \times 100\%$$

式中：ΔU_{max}——实际输出（电压）特性与线性输出（电压）特性的最大偏差，V；

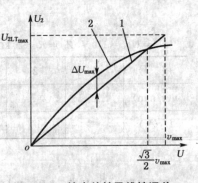

图 3-13　输出特性及线性误差

1—线性输出特性；2—实际输出特性

$U_{2LT_{max}}$ —— 对应于最大转速 n_{max}（技术条件上有规定）的线性输出电压。

交流测速发电机正、反转的线性误差均应符合标准规定。作为阻尼元件时允许线性误差可大些，为百分之几到千分之几；作为解算元件时，线性误差必须很小，为千分之几到万分之几。目前，高精度的异步测速发电机线性误差可小到 0.05%。

4）思考题

（1）课前思考题

交流测速发电机的工作原理是什么？如何理解它的运行情况？

（2）课后思考题

① 通过实验测试和分析纯电阻负载及纯电容负载对交流测速发电机输出特性有何影响？

② 什么是交流测速发电机产生线性误差？产生的原因是什么？怎样测定其线性误差？

3.8　旋转编码器实验

3.8.1　实验目的

（1）学会和掌握旋转编码器特性的测试方法。

（2）掌握旋转编码器的工作原理和应用知识。

3.8.2　实验项目

（1）学会和掌握波形观察及方向的判断。

（2）学会转速、频率的函数关系 $n = f(f)$ 的测试方法。

（3）掌握转角、脉冲数的函数关系 $Q(\deg) = f(N)$ 的测试方法。

3.8.3　实验器件

（1）不锈钢电机导轨、光码盘测速系统 DD03，1 件。

（2）并励直流电动机 DJ15，1 台。

（3）直流数字电压、毫安、安培表 D31（或 D31-2），1 件。

（4）三相可调电阻器 D42，1 件。

（5）旋转编码器测试箱（频率计数器）D47，1 件。

（6）转矩转速功率表 D55，1 件。

（7）数字式示波器，另配。

3.8.4　操作要点

启动前：电枢电源及励磁电源开关放在"关断"位置。M 的电枢电阻 R_1 调至最大，励磁电阻 R_{f1} 调至最小。

启动：打开电源总开关，按下"启动"按钮，先接通励磁电源，后接通电枢电源，电动机 M 运行后将 R_1 调至最小。

停机：依次将 R_1 调至最大，断开电枢电源，再断开励磁电源。

3.8.5　实验步骤与原理图

旋转编码器是一种旋转式脉冲发生器,它把机械转角变成电脉冲信号,是一种常用的角位移传感器,脉冲编码器分为光电式、接触式和电磁感应式,本书实验中采用的是光电式旋转编码器,其精度和可靠性好,在控制系统中常作为判断方向、测量转速及检测转角位置的测量元件。

1)波形观察及方向判断

(1)接线如图 3-14 所示,DJ15 按他励分压法接线。R_1,R_{f1} 分别选用 D42 上两个独立的 900 Ω 电阻。先接通励磁电源,此时励磁电阻 R_{f1} 最小,励磁电流为最大值。再接通电枢电源,电动机 M 启动后将 R_1 电阻调至最小位置。将电枢电压调至 220 V,再缓慢调节 R_{f1}(即 R_{f1} 阻值增加),使转速达到 2 400 r/min,然后调节 R_1、R_{f1} 及电枢电源电压并逐渐降低转速,当调节到转速为 100 r/min 左右,将数字示波器探头接到

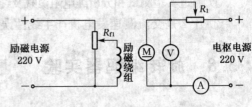

图 3-14　直流电动机接线图

DD03-3 上旋转编码器的信号输出端观测每相波形及任两相波形,在图 3-15(a)中记录波形。

(2)任意调换励磁绕组或电枢绕组两端的接线插头,使电机反转,转速约 100 r/min,观测两相的波形。在图 3-15(b)中记录波形。比较正反转波形的差别,由此来根据波形判断转向。

2)转速、频率的函数关系

(1)把旋转编码器信号输出端的 A 或 B 接到 D47 的测频输入端,黑色端子与地相连。调节电机转速,n 从 0 r/min 至 2 400 r/min,每升 300 r/min 记录下频率计显示的频率 f,填入表 3-37 中。

(2)转角、脉冲数的函数关系

选择 D47 上的计数功能键,调节指针到零刻度,缓慢地向一个方向旋转编码器,每 30° 用计数器记录其脉冲数,填入表 3-38 中。

3.8.6　实验报告

专业_____　班级_____　学号_____　姓名_____

实验组号_____　同组者_____　室温(℃)_____　得分_____

被测试设备铭牌数据_____

1)绘制波形

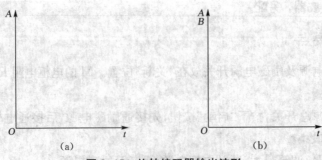

图 3-15　旋转编码器输出波形

2）绘制转速、频率的函数关系 $n = f(f)$，验证函数关系

表 3-37

$n(\text{r/min})$								
$f(\text{Hz})$								

3）绘制转角、脉冲数的函数关系 $\theta(\deg) = f(N)$，验证函数关系

表 3-38

$\theta(\deg)$					
N					
$\theta(\deg)$					
N					

4）思考题

（1）课前思考题

旋转编码器是一种什么脉冲发生器？有哪几种？在控制系统中常作为哪方面的测量元件？

（2）课后思考题

旋转编码器的工作原理是什么？

3.9 三相永磁同步电机实验

3.9.1 实验目的

（1）了解和掌握三相永磁同步电机结构特点。

（2）学会和掌握三相永磁同步电机工作原理。

（3）学会和掌握三相永磁同步电机运行特性。

3.9.2 实验内容

（1）测量定子绕组的冷态电阻。

（2）测试速度—频率 $n = f(f)$。

（3）测试压频—转矩特性 $f = f(U)$。

（4）测试三相永磁同步电机在工频下的工作特性 P_1、I_1、η、$\cos \varphi_1 = f(P_2)$。

3.9.3 实验器件

（1）导轨、测速发电机及转速表 DD03，1 件。

（2）校正直流测功机 DJ23，1 台。

（3）直流数字电压、毫安、安培表 D31（或 D31-2），1 件。

（4）数/模交流电压表 D32，1 件。

（5）数/模交流电流表 D33，1 件。

（6）智能型功率、功率因数表 D34-3，1 件。

（7）可调电阻器 D42，1 件。

（8）波形测试及开关板 D51，1 件。

（9）三相永磁同步电机控制箱 D91，1 件。

（10）三相永磁同步电机 HK91，1 件。

（11）转矩转速功率表 D55，1 件。

3.9.4　操作要点

实验前：断开总电源，三相调压器逆时针旋转到底，输出在零位置。励磁电源开关放在"关断"位置。校正直流测功机 MG 的励磁电阻 R_{f2} 调至最大，负载电阻 R_Z 调至最大位置。S 开关在"断开"位置。交流表选用 D32、D33 上指针式仪表。

启动：打开电源总开关，按下"启动"按钮，缓慢调节三相调压器至输出电压 380 V。再按下变频器上的"PU/EXT"按钮，调节左侧旋钮使频率显示为零，此时按下"RUN"键使电机启动运转起来，调节变频器左侧旋钮即可调节频率从而改变转速。观察电机旋转方向。

3.9.5　实验步骤与原理图

1）用伏安法测量定子绕组的冷态直流电阻（见实验 1.6 节）

用伏安法测试 HK91 三相永磁同步电机 M 定子绕组的冷态直流电阻和计算基准工作温度时的定子电阻，将测试数据记录于表 3-39 中。

2）速度—频率 $n = f(f)$ 测试

（1）接线如图 3-16 所示。永磁同步电机 HK91 绕组为 Y 接法，与校正直流测功机 DJ23 同轴联接。R_{f2} 选用 D42 上的 1 800 Ω 电阻，R_L 选用 D42 上 900 Ω 并联 900 Ω 加上 900 Ω 串联 900 Ω 共 2 250 Ω 阻值。直流表选用 D31，交流表选用 D32、D33 上指针式仪表。S 开关选用 D51 上的开关。

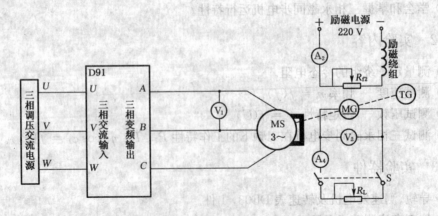

图 3-16　速度—频率 $n = f(f)$ 测试接线图

（2）打开电源总开关，按下"启动"按钮，将交流调压器调至电压 380 V。按下变频器上的"PU/EXT"按钮，调节左侧旋钮使频率显示为零，再按下"RUN"使电机运转起来。调节变频器左侧旋钮即可调节频率从而改变转速。观察电机旋转方向，频率由小到大，记录 6～7 组频率与对应转速的数据（校正直流测功机不加负载）于表 3-40 中。

3）压频—转矩特性的测定 $f = f(U)$

（1）启动过程同上，调节变频频率到 10 Hz。打开励磁电源，调节校正直流测功机的励磁电流 I_f 为校正值 100 mA，然后缓慢增大负载电流 I_F（即减小 R_L 负载电阻）使转矩为额定转矩 $T_N = 1.15$ N・m 并保持不变。记录 5～6 组频率与对应的输出电压于表 3-41 中。

（2）使校正直流测功机空载，即负载电流 $I_F = 0$（S 开关断开），测试方法同上，记录 5～6 组频率与对应的输出电压于表 3-42 中。停机。

4）测取三相永磁同步电机在工频下的工作特性

（1）接线如图 3-17 所示，打开电源总开关，按下"启动"按钮，将交流调压器调至电压 380 V。调节校正直流测功机的励磁电流 I_f 为校正值 100 mA，然后缓慢增大负载电流 I_F（即减小 R_L 负载电阻）。使同步电机的输出功率逐渐上升，直至 $1.2 P_N$。

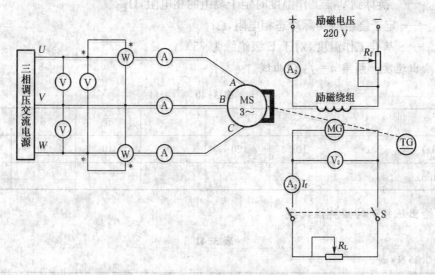

图 3-17 三相永磁同步电机在工频下的工作特性

（2）从这点负载开始，逐渐减小负载（即增大 R_L 负载电阻）直至输出功率为 $0.2 P_N$，在这个范围内读取 8～9 组异步电动机的定子电流 I_1、输入功率 P_1、转速 n、校正直流测功机的负载电流 I_F（由校正曲线查出电动机输出对应转矩 T_2）或在 D55 器件上直接读取转矩 T_2 和输出功率 P_2 的数值等数据。共取数据 8～9 组记录于表 3-43 中。

3.9.6 实验报告

专业_____ 班级_____ 学号_____ 姓名_____

实验组号_____ 同组者_____ 室温（℃）_____ 得分_____

被测试设备铭牌数据_____

1) 定子绕组的冷态直流电阻和基准工作温度时的定子电阻计算

表 3-39

室温_____℃

	绕 组 Ⅰ		绕 组 Ⅱ		绕 组 Ⅲ		r_{1ref}
I(mA)							
U(V)							
R(Ω)							

计算基准工作温度时的相电阻。

由实验直接测得每相电阻值,此值为实际冷态电阻值。冷态温度为室温。将各次测得的电阻值相加取平均值,按下式换算到基准工作温度时的定子绕组相电阻:

$$r_{1ref} = r_{1c} \frac{235 + \theta_{ref}}{235 + \theta_c}$$

式中:r_{1ref}—— 换算到基准工作温度时定子绕组的相电阻,Ω;

r_{1c}—— 定子绕组的实际冷态相电阻,Ω;

θ_{ref}—— 基准工作温度,对于 E 级绝缘为 75℃;

2) 绘出速度—频率 $n = f(f)$ 曲线

表 3-40

序 号	1	2	3	4	5	6	7
f(Hz)	0	10	20	30	40	50	60
n(r/min)							

3) 绘出压频—转矩特性曲线

表 3-41

$T_N = 1.15\,\text{N} \cdot \text{m}$

序 号	1	2	3	4	5	6
f(Hz)	10	20	30	40	50	60
U(V)						

表 3-42

$I_F = 0$

序 号	1	2	3	4	5	6
f(Hz)	10	20	30	40	50	60
U(V)						

4）绘出工作特性曲线 P_1、I_1、η、$\cos\varphi_1 = f(P_2)$

表 3-43

$U_1 = U_{1N} = 380\text{ V(Y)}$，$I_f = 100\text{ mA}$

序号	I_U (A)	I_V (A)	I_W (A)	I_1 (A)	P_I (W)	P_{II} (W)	P_1 (W)	I_F (A)	n (r/min)	T_2 (N·m)	P_2 (W)	$\cos\varphi_1$	η (%)
1													
2													
3													
4													
5													
6													
7													
8													
9													

5）思考题

（1）课前思考题

① 三相永磁同步电机是怎样工作的？

② 三相永磁同步电机的运行特性。

③ 变频器的变频原理是什么？变频方式有哪些？

（2）课后思考题

根据测试计算的数据和绘出的工作特性曲线进行性能分析，它与三相同步电动机的工作特性曲线有相同处和不同处吗？

3.10　直流无刷电机实验

3.10.1　实验目的

（1）掌握直流无刷电机的组成、工作原理及特点。

（2）了解 DSP 的工作原理。

（3）掌握 DSP 控制无刷电机的方法。

（4）掌握工作特性的测试方法。

3.10.2　实验内容

（1）测量定子绕组的冷态直流电阻。

（2）观测位置传感器的输出。

（3）测试空载损耗。

（4）测试工作特性曲线 P_1、I_1、η、$\cos\varphi_1$、n、$T = f(P_2)$。

3.10.3　实验器件

（1）导轨、测速发电机及转速表 DD03，1 件。

（2）校正直流测功机 DJ23，1 台。

（3）直流数字电压、毫安、安培表 D31（或 D31-2），1 件。

（4）数/模交流电压表 D32，1 件。

（5）数/模交流电流表 D33，1 件。

（6）智能型功率、功率因数表 D34-3，1 件。

（7）可调电阻器 D42，1 件。

（8）波形测试及开关板 D51，1 件。

（9）直流无刷电机控制器 D93，1 件。

（10）直流无刷电机 HK93，1 件。

（11）转矩转速功率表 D55，1 件。

（12）示波器，1 件（自备）。

3.10.4　操作要点

实验前：断开总电源，三相调压器逆时针旋转到底，输出在零位置。将 D93 调速电位器调至最小。励磁电源开关放在"关断"位置。校正直流测功机 MG 的励磁电阻 R_{f2} 调至最大，负载电阻 R_L 调至最大位置。S 开关在"断开"位置。

启动：缓慢调节三相调压器至输入电压 AC 220 V 并保持不变，按下 D93 上的"启动"按钮，调节 D93 调速电位器。

停机：按下 D93 上的"停止"按钮，三相调压器调至零位。

3.10.5　实验步骤与原理图

1）测量定子绕组的冷态直流电阻（见实验 1.6 节）

用伏安法测试 HK93 直流无刷电机定子绕组的冷态直流电阻和计算基准工作温度时的定子电阻，将测试数据记录于表 3-44 中。

2）观测位置传感器的输出

接线如图 3-18 所示，本实验装置所使用的直流无刷电机采用二二导通、三相六状态 PWM 调制方式。位置传感器输出信号为 011、001、101、100、110、010 六种状态。不同的位置传感器对应着功率管的不同导通状态。

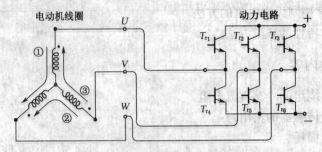

图 3-18　功率管与绕组接线图

（1）将无刷电机的位置传感器的输出端与实验箱联接,把示波器的两个探头插入直流无刷电机控制器 D93 上的位置信号检测孔。打开实验箱的电源开关,缓慢调节调压器输出到 220 V,加到 D93 上的电源输入孔。将钮子开关拨至正转,按下 D93 上的"启动"按钮,调节电位器旋转 1/2 周左右。手动转动电机,在示波器上观察面板上位置传感器的状态,用交流电压表分别测量 U、V、W 每两相之间的电压,通过电压的大小来判断六个功率管的开通关断,将数据记录在表 3-45 中。

（2）按"停止"按钮,再将钮子开关拨至反转,按下"启动"按钮。重复上面操作过程,将数据记录在表 3-46 中。

3）空载损耗

接线如图 3-19 所示,直流无刷电动机与校正直流测功机 DJ23 脱离,直接与测速发电机联接。R_{f2} 选用 D42 上的 900 Ω 串 900 Ω 共 1 800 Ω 阻值,R_L 选用 900 Ω 串 900 Ω 加 900 Ω 并 900 Ω 共 2 250 Ω 阻值,开关 S 选用 D51 上的开关。缓慢调节三相调压器至输入电压 AC 220 V 并保持不变。按下 D93 上的"启动"按钮,调节 D93 调速电位器,使转速达到 1 500 r/min。从这一点开始,逐步降低电压直至转速为零,记录不同转速时对应的 U_0、I_0、P_0、n 于表3-47 中。测试完毕停机。

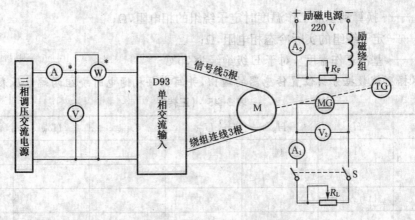

图 3-19　直流无刷电机的空载损耗及工作特性实验接线图

4）直流无刷电机的工作特性

将校正直流测功机与直流无刷电机同轴联接,缓慢调节三相调压器至输入电压 AC 220 V 并保持不变,按下 D93 上的"启动"按钮。调节电阻 R_{f2} 使 MG 的励磁电流为校正值 100 mA,增大校正直流测功机负载电流(即减少电阻 R_L 阻值)给直流无刷电机加载。同时调节 D93 调速电位器,使直流无刷电机 $n = n_N = 1\,500$ r/min,$P_2 = 100$ W。从这一点开始,逐步减少负载电流(即增大电阻 R_L 阻值)直至空载(开关 S 断开),在这个范围内读取 8～9 组直流无刷电机的电流 I_1、输入功率 P_1、转速 n、校正直流测功机的负载电流 I_F(由校正曲线查出电动机输出对应转矩 T_2)或在 D55 器件上直接读取转矩 T_2 和输出功率 P_2 的数值等数据。共取数据 8～9 组记录于表 3-48 中。

3.10.6　实验报告

专业＿＿＿＿＿＿　班级＿＿＿＿＿＿　学号＿＿＿＿＿＿　姓名＿＿＿＿＿＿

实验组号_____　　　同组者_____　　　室温(℃)_____　　　得分_____

被测试设备铭牌数据_____

1) 定子绕组的冷态直流电阻和基准工作温度时的定子电阻计算

表 3-44

室温_____℃

	绕组 Ⅰ		绕组 Ⅱ		绕组 Ⅲ		r_{1ref}
$I(mA)$							
$U(V)$							
$R(\Omega)$							

计算基准工作温度时的相电阻:

由实验直接测得每相电阻值,此值为实际冷态电阻值。冷态温度为室温。将各次测得的电阻值相加取平均值,按下式换算到基准工作温度时的定子绕组相电阻:

$$r_{1ref} = r_{1c} = \frac{235 + \theta_{ref}}{235 + \theta_c}$$

式中：r_{1ref}—— 换算到基准工作温度时定子绕组的相电阻,Ω；

　　　r_{1c}—— 定子绕组的实际冷态相电阻,Ω；

　　　θ_{ref}—— 基准工作温度 ,对于 E 级绝缘为 $75℃$。

2) 根据测试数据分析位置传感器的输出,并写出每相通电时绕组两端电压表达式

表 3-45　(正转)

H_1	H_2	H_3	U_{UV}	U_{UW}	U_{VW}	导通的管子
1	1	0				

表 3-46　(反转)

H_1	H_2	H_3	U_{UV}	U_{UW}	U_{VW}	导通的管子
1	1	0				

3) 绘制空载损耗曲线

表 3-47

序号	$n(\text{r/min})$	$U_0(\text{V})$	$I_0(\text{A})$	$S = U_0 \times I_0 \ (\text{V} \cdot \text{A})$	$P_0(\text{W})$	$\cos \varphi_1$
1						
2						
3						
4						
5						
6						
7						
8						
9						

4) 绘制工作特性曲线 P_1、I_1、η、$\cos \varphi_1$、n、$T = f(P_2)$

表 3-48

$U = U_N = 220 \text{ V}$, $I_f = $ ____ mA

序号	$I_F(\text{V})$	$I(\text{A})$	$S = U \times I \ (\text{W})$	$P_1(\text{W})$	$n(\text{r/min})$	$T_2(\text{N} \cdot \text{m})$	$P_2(\text{W})$	$\cos \varphi_1$	$\eta(\%)$
1									
2									
3									
4									
5									
6									
7									
8									
9									

5) 思考题

(1) 课前思考题

① 分析直流无刷电机的运行原理。

② 直流无刷电机的控制方法?

(2) 课后思考题

① 根据测试数据和绘制曲线分析直流无刷电机的工作特性。

② 直流无刷电机应用在哪些方面。

3.11 步进电动机

3.11.1 实验目的

(1) 通过实验了解和加深对步进电动机的驱动电源和步进电机的工作情况。
(2) 学会和掌握步进电动机基本特性的测定方法。

3.11.2 实验项目

(1) 步进电机控制箱和实验装置的使用方法。
(2) 观察单步运行状态。
(3) 观察角位移与脉冲数的关系。
(4) 测试空载突跳频率。
(5) 测试空载时的最高连续工作频率。
(6) 观察转子的振荡状态。
(7) 测试定子绕组中电流和频率的关系。
(8) 测试平均转速和脉冲频率的关系。
(9) 测试矩频特性及最大静力矩特性。

3.11.3 实验器件

(1) 步进电机控制箱 D54(BSZ-1),1 台。
(2) 步进电机实验装置 BSZ-1,1 台。
(3) 三相可调电阻器 D41,1 件。
(4) 直流数字电压、毫安、安培表 D31(或 D31-2),1 件。
(5) 测功圆盘及测功支架 DD05,1 件。
(6) 双踪示波器,1 台,另配。

3.11.4 操作要点

接线前,步进电机控制箱需在"关断"位置,且"速度调节旋钮"需逆时针调节在较小位置。接线时,步进电机输入端应对应接步进电机控制箱上标有"接三相步进电机绕组"的对应输出端,切勿误接下方"脉冲波形观测端"以免误操作损坏电机控制箱。实验过程中,调节"速度调节旋钮"增大频率,当步进电机出现失步时,应尽快将"速度调节旋钮"调小。实验结束后,应先按步进电机控制箱上的"复位"按钮,再断开电源。

3.11.5 实验步骤与原理图

步进电动机又称脉冲电机,是数字控制系统中的一种重要的执行元件,它是将电脉冲信号变换成转角或转速的执行电动机,其角位移量与输入电脉冲数成正比;其转速与电脉冲的频率成正比。在负载能力范围内,这些关系将不受电源电压、负载、环境、温度等因素的影响,还可在很宽的范围内实现调速,快速启动、制动和反转。随着数字技术和电子计算机的发展,使步进电机的控制更加简便、灵活和智能化。现已广泛用于各种数控机床,绘图机,自动化仪表,计算机外设,数、模变换等数字控制系统中作为元件。

1) 步进电机控制箱和实验装置的使用方法

D54 步进电机实验装置由步进电机智能控制箱和实验装置两部分构成。

(1) D54 步进电机智能控制箱

该控制箱用来控制步进电机的各种运行方式,它的控制功能是由单片机来实现的。通过键盘的操作和不同的显示方式来确定步进电机的运行状况。

该控制箱可适用于三相、四相、五相步进电动机各种运行方式的控制。

因实验装置只提供三相反应式步进电动机,故控制箱仅提供三相步进电动机的驱动电源,面板上也只装有三相步进电动机的绕组接口。

① 面板示意图

② 技术指标

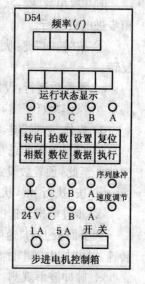

功能:能实现单步运行、连续运行和预置数运行;能实现单拍、双拍及电机的可逆运行。

电脉冲频率:5 Hz～1 kHz

工 作 条 件:供电电源　AC220 V±22 V,50 Hz

　　　　　　　环境温度　　−5 ℃～40 ℃

　　　　　　　相对湿度　　≤80%

重　　　量:6 kg

尺　　　寸:390 mm×200 mm×230 mm

③ 使用说明

A. 开启电源开关,面板上的三位数字频率计将显示"000";由六位 LED 数码管组成的步进电机运行状态显示器自动进入 "9999→8888→7777→6666→5555→4444→3333→2222→1111→0000"动态自检过程,而后停显在系统的初态"┤.3"。

B. 控制键盘功能说明

设置键:手动单步运行方式和连续运行各方式的选择。

拍数键:单三拍、双三拍、三相六拍等运行方式的选择。

相数键:电机相数(三相、四相、五相)的选择。

转向键:电机正、反转选择。

数位键:预置步数的数据位设置。

数据键:预置步数位的数据设置。

执行键:执行当前运行状态。

复位键:由于意外原因导致系统死机时可按此键,经动态自检过程后返回系统初态。

C. 控制系统试运行

暂不接步进电机绕组,开启电源进入系统初态后即可进入试运行操作。

　　a. 单步操作运行:每按一次"执行键",完成一拍的运行,若连续按执行键,状态显示器的末位将依次循环显示"B→C→A→B…";由五只 LED 发光二极管组成的绕组通电状态指示器的 B、C、A 将依次循环点亮,以示电脉冲的分配规律。

　　b. 连续运行:按设置键,状态显示器显示"⊣3000",称此状态为连续运行的初态。此时,可分别操作"拍数"、"转向"和"相数"三个键,以确定步进电机当前所需的运行方式。最后按"执行"键,即可实现连续运行。三个键的具体操作如下(注:在状态显示器显示"⊣3000"状态下操作):

　　ⓐ 按"拍数"键:状态显示器首位数码管显示在"⊣"、"]"、"⅂"之间切换,分别表示三相单拍、三相六拍和三相双三拍运行方式。

　　ⓑ 按"相数"键:状态显示器的第二位,在"3、4、5"之间切换,分别表示为三相、四相、五相步进电机运行。

　　ⓒ 按"转向"键:状态显示器的首位在"⊣"与"⊢"之间切换,"⊣"表示正转,"⊢"表示反转。

　　c. 预置数运行:设定"拍数"、"转向"和"相数"后,可进行预置数设定,其步骤如下:

　　ⓐ 操作"数位"键,可使状态显示器逐位显示"0.",出现小数点的位即为选中位。

　　ⓑ 操作"数据"键,写入该位所需的数字。

　　ⓒ 根据所需的总步数,分别操作"数位"和"数据"键,将总步数的各位写入显示器的相应位。至此,预置数设定操作结束。

　　ⓓ 按"执行"键,状态显示器作自动减 1 运算,直减至 0 后,自动返回连续运行的初态。

　　d. 步进电机转速的调节与电脉冲频率显示

　　调节面板上的"速度调节"电位器旋钮,即可改变电脉冲的频率,从而改变了步进电机的转速。同时,由频率计显示出输入序列脉冲的频率。

　　e. 脉冲波形观测

　　在面板上设有序列脉冲和步进电机三相绕组驱动电源的脉冲波形观测点,分别将各观测点接到示波器的输入端,即可观测到相应的脉冲波形。

　　经控制系统试运行无误后,即可接入步进电机的实验装置。

　　(2) BSZ-1 型步进电机实验装置

　　该装置系统由步进电动机、刻度盘、指针以及弹簧测力矩机构组成。

　　① 步进电动机技术数据

　　型号:70BF10C

　　相数:三相

　　每相绕组电阻:$1.2\ \Omega$

　　每相静态电流:3 A

　　直流励磁电压:24 V

　　最大静力矩:$0.588\ \mathrm{N \cdot m}$

　　② 装置结构

　　a. 该装置已将步进电动机紧固在实验架上,步进电动机的绕组已按星形("Y"形)接好并已将四个引出线接在装置的四个接线端上。运行时只需将这四个接线端与智能控制箱的对应输入端相连接即可。

　　b. 步进电动机转轴上固定有红色指针及力矩测量盘，底面是刻度盘（刻度盘的最小分度为1°）。该装置门形支架的上端装有定滑轮和一固定支点（采用卡簧结构），20 N的弹簧秤连接在固定支点上，30 N的弹簧秤通过丝线与下滑轮、测量盘、棘轮机构等连接。装置的下方设有棘轮机构。整套系统由丝绳把棘轮机构、定滑轮、弹簧秤、力矩测量盘等连接起来构成一套完整的力矩测量系统。

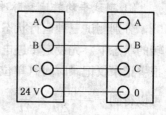

图3-20　步进电机实验接线图

　　c. 步进电机实验接线图如图3-20所示。

　　2）观察单步运行状态

　　分别观察三种运行状态下的单步运行。接通电源，将控制系统设置于某一运行状态下单步运行。或复位后，将控制系统设置于某一运行状态下单步运行，按"执行"键，观察步进电机走过的步距角及相应绕组的发光管发亮，再不断按"执行"键，步进电机转子也不断作步进运动。如改变电机转向，电机作反向步进运动。作一脉冲循环周期测试并记录于表3-49中。

　　3）观察角位移和脉冲数的关系

　　分别观察三种运行状态下的角位移和脉冲数的关系。控制系统接通电源，将控制系统设置于某一运行状态下，设置好预置步数，按"执行"键，电机运转，观察并记录电机偏转角度，再重设置另一预置步数，按"执行"键，观察并记录电机偏转角度于表3-50、表3-51中，并利用公式计算电机偏转角度来校验与实际值是否一致。

　　4）测试空载突跳频率

　　分别测试三种运行状态下的空载突跳频率。控制系统接通电源，将控制系统设置于某一运行状态下，控制系统置连续运行状态，按"执行"键，电机连续运转后，调节速度调节旋钮使频率提高至某频率（自动指示当前频率）。按"设置"键让步进电机停转，再重新启动电机（按"执行"键），观察电机能否运行正常，如正常，则继续提高频率，直至电机不失步启动的最高频率，则该频率为步进电机的空载突跳频率。并记录于表3-52中。

　　5）测试空载最高连续工作频率

　　分别测试三种运行状态下的空载最高连续工作频率。步进电机空载连续运转后缓慢调节速度调节旋钮使频率提高，仔细观察电机是否不失步，如不失步，则再缓慢提高频率，直至电机能连续运转的最高频率，则该频率为步进电机空载最高连续工作频率。并记录于表3-53中。

　　6）观察转子振荡状态

　　分别观察三种运行状态下的转子振荡状态。步进电机空载连续运转后，调节并提高脉冲频率，直至步进电机声音异常或出现电机转子来回偏摆即为步进电机的振荡状态。在表3-54中记录此时的频率。

　　7）测试定子绕组中电流和频率

　　分别测试三种运行状态下定子绕组中的电流和频率。在步进电机电源的输入端串接一只直流安培表（注意正负端，量程用5 A挡），使步进电机连续运转，调节"速度调节"旋钮，由低到高逐渐改变步进电机的频率，记录各五组电流表的平均值与对应的频率值于表3-55中。观察示波器波形，并做好记录。

8) 测试平均转速和脉冲频率

分别测试三种运行状态下的平均转速和脉冲频率。接通电源,将电机设为某一连续运转的状态下。先设定步进电机运行的步数 N,最好为 120 的整数倍。利用控制屏上定时兼报警记录仪记录时间 t(单位:分钟),按下复位键时钟停止计时,松开复位键时钟继续计时,可以得到 $n = \dfrac{60N}{120t} = \dfrac{N}{2t}$。改变速度调节旋钮,测量频率 f 与对应的转速 n,即 $n = f(f)$。记录各五组频率 f 与对应的转速 n 于表 3-56 中。

9) 测试矩频特性

分别测试三种运行状态下的矩频特性。置步进电机为逆时针转向,试验架上左端挂 20 N 的弹簧秤,右端挂 30 N 的弹簧秤,两秤下端的弦线套在皮带轮的凹槽内,控制电路工作于某一连续方式,设定频率后,使步进电机启动运转,旋转棘轮机构手柄,弹簧秤通过弦线对皮带轮施加制动力矩 $\left[\text{力矩大小 } T = (F_{\text{大}} - F_{\text{小}})\dfrac{D}{2}\right]$,$D = 6 \text{ cm}$,仔细测定对应设定频率的最大输出动态力矩(电机失步前的力矩)。改变频率,重复上述过程得到一组与频率 f 对应的转矩 T 值,即为步进电机的矩频特性 $T = f(f)$。记录各五组数据于表 3-57 中。

10) 测试静力矩特性 $T = f(I)$

(1) 将电源关闭,改接线路。把可调电阻箱 D41 的两只 90 Ω 电阻并联(阻值为 45 Ω,电流 3 A)并调至最大,与 5 A 直流电流表串联,接入 D54 步进电机控制箱 A 输出端与步进电机实验装置 A 相输入端的绕组回路(注意正负端),同时把 D54 步进电机控制箱的 24 V 电源端与步进电机实验装置的输入端 O 用导线连接。把弦线一端串在皮带轮边缘上的小孔并固定,盘绕皮带轮凹槽几圈后另一端接在 30 N 弹簧秤下端的圆环上,弹簧秤的另一端通过弦线与定滑轮、棘轮机构连接。

(2) 分别测试单三拍和三相六拍状态下的矩频特性。接通电源,控制电路设置于某一单步工作运行状态,按"执行"键,设置 A 相为导通相。使 A 相绕组通过电流,缓慢旋转手柄,读取并记录步进电机失步时对应的最大值即为对应电流 I 的最大静力矩 T_{max} 值($T_{max} = F \cdot D/2$),改变可调电阻并使阻值逐渐减小(电流值不能大于 3 A)。重复上述过程,可得一组电流 I 值及对应 I 值的最大静力矩 T_{max} 值,即为 $T_{max} = f(I)$ 静力矩特性。记录各五组数据于表 3-58 中。

3.11.6　实验报告

专业＿＿＿＿＿＿　　班级＿＿＿＿＿＿　　学号＿＿＿＿＿＿　　姓名＿＿＿＿＿＿

实验组号＿＿＿＿＿　　同组者＿＿＿＿＿　　室温(℃)＿＿＿＿＿　　得分＿＿＿＿＿

被测试设备铭牌数据＿＿＿＿＿＿＿＿＿＿＿＿＿＿＿＿＿＿＿＿＿＿＿＿＿＿＿＿＿＿

1) 通过上述实验后,对照实验内容写出数据总结并对电机试验加以小结

(1) 步进电机驱动系统各部分的功能和波形试验

① 方波发生器。

② 状态选择。

③ 各相绕组间的电流关系。

(2) 步进电机的特性

① 单步运行状态:步矩角

表 3-49

单 三 拍	A→B	B→C	C→A
双 三 拍	AB→BC	BC→CA	CA→AB
三相六拍	A→AB	AB→B	B→BC
	BC→C	C→CA	CA→A

② 角位移和脉冲数(步数)关系

表 3-50

步数＝＿＿步

运行状态	实际电机偏转角度	理论电机偏转角度
单 三 拍		
双 三 拍		
三相六拍		

表 3-51

步数＝＿＿步

运行状态	实际电机偏转角度	理论电机偏转角度
单 三 拍		
双 三 拍		
三相六拍		

③ 空载突跳频率

表 3-52

运行状态	空载突跳频率(Hz)
单 三 拍	
双 三 拍	
三相六拍	

④ 空载最高连续工作频率

表 3-53

运行状态	空载最高连续工作频率(Hz)
单 三 拍	
双 三 拍	
三相六拍	

⑤ 转子振荡频率

表 3-54

运行状态	转子振荡状态下的频率(Hz)
单 三 拍	
双 三 拍	
三相六拍	

⑥ 作绕组电流的平均值与频率之间 $n=f(f)$ 的关系曲线

表 3-55

运行状态	f(Hz)	I(A)	f(Hz)	I(A)	f(Hz)	I(A)	f(Hz)	I(A)	f(Hz)	I(A)
单 三 拍										
双 三 拍										
三相六拍										

⑦ 作平均转速和脉冲频率 $n=f(f)$ 的特性曲线

表 3-56

运行状态	f (Hz)	n (r/min)	f (Hz)	n (r/min)	f (Hz)	n (r/min)	f (Hz)	n (r/min)	f (Hz)	n (r/min)
单 三 拍										
双 三 拍										
三相六拍										

⑧ 作矩频 $T=f(f)$ 的特性曲线

表 3-57

$D=$ ___ cm

运行状态	f(Hz)	$F_{大}$(N)	$F_{小}$(N)	T(N·cm)	f(Hz)	$F_{大}$(N)	$F_{小}$(N)	T(N·cm)
单 三 拍								
双 三 拍								
三相六拍								
运行状态	f(Hz)	$F_{大}$(N)	$F_{小}$(N)	T(N·cm)	f(Hz)	$F_{大}$(N)	$F_{小}$(N)	T(N·cm)
单 三 拍								
双 三 拍								
三相六拍								
运行状态	f(Hz)	$F_{大}$(N)	$F_{小}$(N)	T(N·cm)	f(Hz)	$F_{大}$(N)	$F_{小}$(N)	T(N·cm)
单 三 拍								
双 三 拍								
三相六拍								

⑨ 作最大静力矩 $T_{max} = f(I)$ 的特性曲线

表 3-58

$D=\underline{\quad}$ cm

运行状态	I (A)	F (N)	T_{max} (N・cm)	I (A)	F (N)	T_{max} (N・cm)	I (A)	F (N)	T_{max} (N・cm)
单 三 拍									
三相六拍									
运行状态	I (A)	F (N)	T_{max} (N・cm)	I (A)	F (N)	T_{max} (N・cm)	I (A)	F (N)	T_{max} (N・cm)
单 三 拍									
三相六拍									

⑩ 小结(对三种运行状态进行比较)

2) 思考题

(1) 课前思考题

① 了解步进电动机的工作情况和驱动电源。

② 步进电动机有哪些基本特性? 怎样测定?

(2) 课后思考题

① 影响步进电动机步距的因素有哪些? 对实验用步进电动机,采用何种方法步距最小?

② 平均转速和脉冲频率的关系怎样? 为什么特别强调是平均转速?

③ 最大静力矩特性是怎样的特性? 是由什么因素造成的?

④ 请对该步进电动机矩频特性加以评价,能否再进行改善? 若能改善应从何处着手?

⑤ 通过上述实验的测试,比较各种通电方式对性能的影响。

3.12 直线电机实验

3.12.1 实验目的

(1) 学习和掌握直线电机工作原理,了解与旋转电机的区别。

(2) 了解直线电机的结构和应用情况。

(3) 学会和掌握用实验方法测定直线感应电动机的基本特性。

3.12.2 实验内容

(1) 观察直线电机的运行情况

(2) 测定直线感应电动机的推力

(3) 测定启动电压特性

① $F = f(U)$;

② $I_1 = f(U)$;

③ $P = f(U)$;

④ $\cos \varphi = f(U)$。

(4) 测定气隙特性

① $F = f(\delta)$;

② $I_1 = f(\delta)$;

③ $P = f(\delta)$;

④ $\cos \varphi = f(\delta)$。

3.12.3　实验器件

(1) 电源控制屏 DD01,1 件。

(2) 实验桌 DD02,1 件。

(3) 数/模交流电流表 D32,1 件。

(4) 数/模交流电压表 D33,1 件。

(5) 智能型功率、功率因数表 D34-3,1 件。

(6) 直线电机运行实验箱 D92,1 件。

(7) 直线电机实验部件 THHZ-1,1 件。

(8) 20 cm 左右的细线配件,1 根。

3.12.4　操作要点

接线前:断开总电源,三相调压器逆时针旋转到底,实验时,应缓慢调节三相调压器到所需值,观察各测试仪表的指示。测试完毕应先将三相调压器逆时针旋转到底,再断开总电源。

3.12.5　实验步骤与原理图

1) 观察直线电机的运行

将直线电机运行实验箱 D92 挂件的限位信号输入端用信号线与直线电机实验部件 THHZ-1 连接起来,按下 D92"启动"按钮,缓慢调节调压器电压到 160 V 左右(使电机能顺利往返运行为准),操作左行或右行,观察次级运行情况。

2) 测定直线感应电动机的推力

推力是直线电机一项重要的技术性能指标,在实验中,因受场地及设备条件的限制,往往只能验证 $s=1$,即启动时的推动力值。

(1) 调节直线电机初级与次级板间的气隙为 2 mm,用称重传感器测量推力。

检查实验线路确认正确无误后,调换电源相序使直线电机的运动方向与传感器的受力方向一致。然后用细线连接称重传感器,缓慢调节调压器得到不同电压时所对应的推力,记录测力计的指示读数于表 3-59 中。

在此实验中,直线电机产生的推力被两部分力平衡,一个是传感器的拉力,另一个是摩擦阻力。因此传感器指示的推力值比实际直线电机产生的推力值要小,直线电机实际推力值是上述两分力之和。

(2) 摩擦阻力的测试方法:将直线电机脱离电源,在此状态下,通过传感器与定滑轮拉次级侧,当次级从静止开始运动的瞬间所指示的读数,便是摩擦阻力。将此时测力计的指示读数记录在表 3-59 中。

3) 直线感应电动机的启动特性试验

(1) 接线如图 3-21 所示。直线电机的启动特性实验主要是测试在不同电压下,推力、电流、功率因数等的变化情况。实验前应根据被试直线电机的推力、电压、电流、功率等数值的大小选取合适的仪表量程,调整好气隙,并使电机的运行方向与传感器的拉力方向一致。

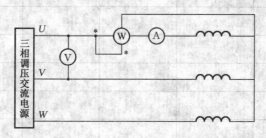

图 3-21　直线电机实验接线图

(2) 如直线电机的额定电压为 380 V,实验电压可在 200～420 V 中取几个值,额定点数值必须取准。读取每一电压值所对应的电流、输入功率、推力值,记录于表 3-60 中(当试验电压大于额定值时,电机电流大,次级板发热加剧,因此读数要迅速,否则会影响试验的准确性)。

4) 测试不同气隙下的直线感应电动机特性

(1) 对于直线电机,气隙的大小对它的性能有很大的影响。低速直线电机一般靠滚轮来保持初次级间的气隙,由于机械安装的原因,气隙要比旋转电机大。对于钢次级电机,为避免初次级间有过分大的吸力,气隙也不宜太小,因此直线电机的单边机械气隙至少要 1～2 mm。

(2) 直线电机的气隙在安装时可以进行调整,通过实验,可得到随气隙变化的推力、电流、功率因数特性曲线,这些特性曲线对我们在设计、制造、安装直线电机时都是十分有用的。THHZ-1 型直线电机实验装置气隙可在 1～8 mm 调节,其中额定值这点一定要取准。缓慢调节调压器电压到 $U = U_N = 380\,\text{V}$,对应每一气隙值读取相应的电流、输入功率、推力值,记录于表 3-61 中。

3.12.6　实验报告

专业_____　　班级_____　　学号_____　　姓名_____

实验组号_____　　同组者_____　　室温(℃)_____　　得分_____

被测试设备铭牌数据_____

1) 在不同电压下电机运行速度如何变化

2) 直线感应电动机的推力

表 3-59

拉　　力	摩　擦　力	推　　力

3) 绘出 $F = f(U)$，$I_1 = f(U)$，$P = f(U)$，$\cos\varphi = f(U)$ 特性曲线并进行分析

表 3-60

序号	电压 U_1	电流 I_1	输入功率		视在功率 S	推力 F	功率因数 $\cos\varphi$
			P_1	P			
1	200						
2	250						
3	300						
4	350						
5	380						
6	400						
7	420						

视在功率　　　　　　　　　　$P_S = \sqrt{3} U_1 I_1$

输入功率　　　　　　　　　　$P = 3P_1$

功率因数　　　　　　　　　　$\cos\varphi = \dfrac{P}{P_S}$

4) 绘出气隙特性曲线 $F = f(\delta)$；$I_1 = f(\delta)$，$P = f(\delta)$，$\cos\varphi = f(\delta)$ 并进行分析

表 3-61

$U = U_N = 380\ \text{V}$

序号	机械气隙 δ (mm)	电流	输入功率		推力 F	功率因数 $\cos\varphi$
		I_1 (A)	P_1 (W)	P (W)		
1	2					
2	5					
3	8					

5) 思考题

(1) 课前思考题

① 阐述直线电机的工作原理。

② 直线感应电机的基本特性是什么？

(2) 课后思考题

① 直线感应电机与旋转感应电机有哪些区别？

② 直线电机应用于哪些场合？

3.13 开关磁阻电机

3.13.1 实验目的

(1) 了解开关磁阻电机的组成、特点。
(2) 学会和掌握开关磁阻电机的工作原理及特点。
(3) 学会和掌握开关磁阻电机的磁链特性、稳态运行特性和电机基本损耗的测试方法。

3.13.2 实验内容

(1) 测量定子绕组的冷态直流电阻
(2) 位置传感器的输出观测
(3) 静态转矩特性测定
(4) 测试磁链特性
(5) 测试工作特性
(6) 测试空载损耗

3.13.3 实验器件

(1) 导轨、测速发电机及转速表 DD03，1 台。
(2) 开关磁阻电机 HK94，1 台。
(3) 校正直流测功机 DJ23，1 台。
(4) 直流数字电压、毫安、安培表 D31(或 D31-2)，2 件。
(5) 数/模交流电流表 D32，1 件。
(6) 数/模交流电压表 D33，1 件。
(7) 智能型功率、功率因数表 D34-3，1 件。
(8) 可调电阻器 D42，1 件。
(9) 可调电阻器 D41，1 件。
(10) 开关磁阻电机控制器 D94，1 件。
(11) 转矩转速功率表 D55，1 件。
(12) 弹簧秤(50 N)，1 件。
(13) 示波器，1 件(自备)。

3.13.4 操作要点

实验前：断开总电源，输入电压在零位置。D94 上的船形开关在"断开"位置，速度环开关调至开环状态，开环调节电位器调至最小。励磁电源开关放在"关断"位置。校正直流测功机 MG 的励磁电阻 R_{f2} 调至最大，负载电阻 R_L 调至最大位置。S 开关在"断开"位置。

3.13.5 实验步骤与原理图

1) 测量定子绕组的冷态直流电阻，见实验 1.6 节

用伏安法测试 HK94 开关磁阻电机定子绕组的冷态直流电阻和计算基准工作温度时

的定子电阻,测试和记录数据于表 3-62 中。

　　2) 观测位置传感器的输出

　　(1) 将位置传感器信号线及定子绕组两根连接线与开关磁阻电机和控制箱 D94 连接好,然后将四只电流表串入 D94 的 A、A′;B、B′;C、C′;D、D′各相绕组中,速度环开关调至开环状态,把示波器的两个探头插入 D94 上的位置信号检测孔,D94 上的船形开关合向接通位置,调节控制屏左侧调压器旋钮至输入交流电压 220 V,按下 D94 上的正转按钮,缓慢调节开环调节电位器至四个电流表显示绕组中有电流流过为止,但此时电机应保持静止状态。用手缓慢旋转电机,在示波器上观察霍尔传感器的波形,共有 00、01、10 和 11 四种状态,同时用 D31 上的直流电流表分别测量 A、B、C、D 每相的电流,通过电流的大小来判断四个功率管的开通关断,记录数据于表 3-63 中。

　　(2) 停机。把电机状态设为反转,重复上面操作过程,记录数据于表 3-64 中。

　　(3) 缓慢调节开环调节电位器,使电机低速连续旋转,在示波器上同时观察 H_1、H_2 位置信号的波形,记录正反转时对应的波形在图 3-27 中。

　　3) 静态转矩特性测定

　　静态转矩特性实验的接线如图 3-22 所示,只给其中一相绕组通电直流电源。可调电阻选用 D41 上的 90 Ω 串联 90 Ω 共 180 Ω 阻值,测量仪表选用 D31(或 D31-2)上直流电压表和直流电流表。把测功支架固定在导轨的另一侧,堵转圆盘装在开关磁阻电机的联接轴上并固定在导轨上,然后将开关磁阻电机固定在导轨上合适的位置(测静转矩时弹簧秤两端的细线应保持竖直为准),通过细线给开关磁阻电机施加力矩。缓慢调节直流可调电源,观察电流表指示,测试和记录取电流为以下值时所对应的不同角度静态转矩数值于表 3-65 中。

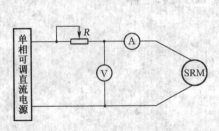 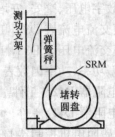

图 3-22　静态转矩特性实验接线图　　　　图 3-23　静转矩实验左视图

　　4) 磁链特性测定

　　间接法是利用测量的静态转矩特性和一条给定位置的磁化曲线来重构 $\Psi/i/\phi$ 形式磁化曲线族,即磁链。给定位置的磁化曲线一般采用不对齐位置磁化曲线,用交流法测量:

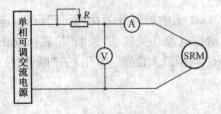 

图 3-24　磁链特性实验接线图　　　　　图 3-25　磁链特性实验左视图

交流法实验接线如图 3-24 所示。把控制屏左侧调压器旋钮逆时针旋转到底,使三相电压输出为零。再将堵转圆盘固定在开关磁阻电机的联轴器上,便于通过堵转手柄改变转子的位置,开关磁阻电机直接与导轨同轴连接。缓慢调节调压器,输入单相可调交流电源,将转子调节到表格中给出的角度并保持不变,调节电阻或电源电压,测取相应 U_{rms}、I_{rms} 的值,记录于表 3-66 中。

5) 测定开关磁阻电机的工作特性

接线如图 3-26 所示。选择速度开环,缓慢调节三相调压器,输入单相可调交流电源至 220 V,调节 R_{f2} 电阻使校正直流测功机的励磁电流为校正值 100 mA,调节 D94 开环调速电位器并调节校正直流测功机负载电流(即减少 R_L 电阻),给开关磁阻电机加载,使电机 $n = n_N = 1\,500$ r/min, $P_2 = 100$ W。从这一点开始,逐步减少负载电流(即增大电阻 R_L 阻值)直至空载(开关 S 断开),在这个范围内读取 8~9 组直流无刷电机的电流 I、输入功率 P_1、转速 n、校正直流测功机的负载电流 I_F(由校正曲线查出电动机输出对应转矩 T_2)或在 D55 器件上直接读取转矩 T_2 和输出功率 P_2 的数值等数据。共取数据 8~9 组记录于表 3-67 中。同时在图 3-28 中用示波器记录电压、电流波形。

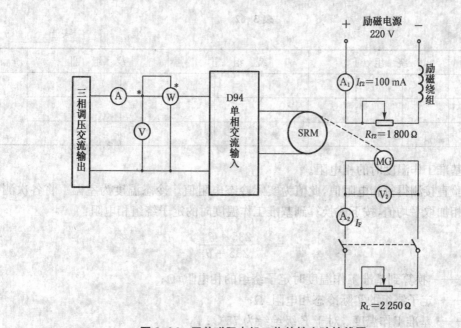

图 3-26 开关磁阻电机工作特性实验接线图

6) 空载损耗实验

(1) 测试系统空载损耗

接线如图 3-26 所示,开关在 S 断开位置,输入单相可调交流电源至 220 V,调节 R_{f2} 电阻使校正直流测功机的励磁电流为校正值 100 mA,速度环开关调至开环状态,调节 D94 开环调速电位器(校正直流测功机不加载),测试和记录在表 3-68 中所示转速数值时所对应的 U、I、P_1。

(2) 测试机械损耗

接线如图 3-27 所示,空载电动机法是测量直流电机空载损耗的传统试验方法,要求先脱开 SR 电机,使 DJ23 他励接法。先合上励磁电源,调节 R_{f2} 电阻使校正直流测功机的励磁电流为校正值 100 mA,再合上电枢电源缓慢调至 220 V,空载旋转,测试和记录在表 3-69 中所示转速数值时所对应的 U、I。停机。

然后联机,操作同上,测试和记录在表 3-68 中所示转速数值时所对应的 U、I。停机。

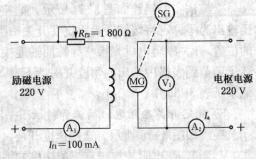

图 3-27　空载损耗实验接线图

3.13.6　实验报告

专业＿＿＿＿＿＿　　班级＿＿＿＿＿＿　　学号＿＿＿＿＿＿　　姓名＿＿＿＿＿

实验组号＿＿＿＿＿　同组者＿＿＿＿＿　室温(℃)＿＿＿＿＿　得分＿＿＿＿＿

被测试设备铭牌数据＿＿＿＿＿＿＿＿＿＿＿＿＿＿＿＿＿＿＿＿＿＿＿＿＿＿＿＿＿

1) 定子绕组的冷态直流电阻和基准工作温度时的定子电阻计算

表 3-62

室温＿＿＿＿＿℃

	绕 组 Ⅰ			绕 组 Ⅱ			绕 组 Ⅲ			r_{1ref}
I (mA)										
U (V)										
$R(\Omega)$										

计算基准工作温度时的相电阻。

由实验直接测得每相电阻值,此值为实际冷态电阻值。冷态温度为室温。将各次测得的电阻值相加取平均值,按下式换算到基准工作温度时的定子绕组相电阻:

$$r_{1ref} = r_{1c} \frac{235 + \theta_{ref}}{235 + \theta_c}$$

式中: r_{1ref}——换算到基准工作温度时定子绕组的相电阻,Ω;

r_{1c}——定子绕组的实际冷态相电阻,Ω;

θ_{ref}——基准工作温度 ,对于 E 级绝缘为 75℃;

θ_c——实际冷态时定子绕组的温度,℃。

2) 根据测试数据和图形分析位置传感器的输出信号

表 3-63　(正转)

H_1	H_2	I_A(mA)	I_B(mA)	I_C(mA)	I_D(mA)	励磁绕组
0	0					

表 3-64　（反转）

H_1	H_2	I_A(mA)	I_B(mA)	I_C(mA)	I_D(mA)	励磁绕组
0	0					

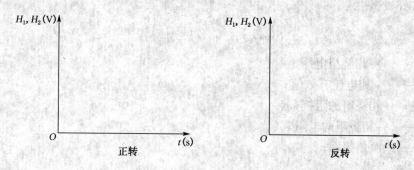

图 3-28　霍尔信号波形记录图

3) 绘制静态转矩特性曲线 $T = f(\phi, i)$

表 3-65

直流电流	序号	1	2	3	4	5
$I=\underline{0}.5$A	θ(deg)	0	7.5	15	22.5	30
	T(N·m)					
$I=\underline{1}.0$A	T(N·m)					
$I=\underline{1}.5$A	T(N·m)					
$I=\underline{2}.0$A	T(N·ⅲ)					

4) 绘制磁链特性曲线 $\Psi = f(i, \phi)$

表 3-66

角度 ϕ(deg)	序　号	1	2	3	4	5
0°	U_{rms}(V)					
	I_{rms}(A)					
	Ψ_μ(Wb)					
7.5°	I_{rms}(A)					
	Ψ_μ(Wb)					
15°	I_{rms}(A)					
	Ψ_μ(Wb)					

角度 ϕ(deg)	序　号	1	2	3	4	5
22.5°	I_{rms}(A)					
	Ψ_μ(Wb)					
30°	I_{rms}(A)					
	Ψ_μ(Wb)					

$$U_{rms} = I_{rms} \mid Z \mid$$

$$(\omega L_\mu)^2 = \mid Z \mid^2 - R_P^2$$

式中：U_{rms}——一相绕组电压；

　　　I_{rms}——一相电流有效值；

　　　Z——一相绕组的阻抗；

　　　R_P——一相绕组的电阻；

　　　ω——电源角频率；

　　　L_μ——电感。

计算磁链：

$$\Psi_\mu = i_\mu \cdot L_\mu$$

5) 绘制工作特性曲线 P_1、I_1、η、$\cos\varphi_1 = f(P_2)$ 及示波器记录的电压、电流波形

表 3-67

序号	U(V)	I(A)	$U \cdot I$(W)	P_1(W)	n(r/min)	I_F(A)	T_2(N·m)	P_2(W)	$\cos\varphi_1$	η(%)
1										
2										
3										
4										
5										
6										
7										
8										
9										

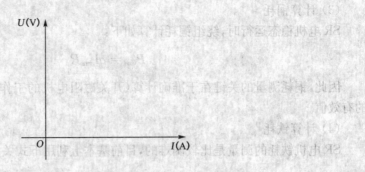

图 3-29 电压、电流波形

6) 绘出开关磁阻电机的转矩特性曲线 $n = f(T_2)$

7) 空载损耗的计算

(1) 绘出系统空载损耗曲线

表 3-68

序 号	$n(\text{r/min})$	$U(\text{V})$	$I(\text{A})$	$U \cdot I(\text{W})$	$P_1(\text{W})$	$\cos \varphi_1$
1	300					
2	600					
3	900					
4	1 200					
5	1 500					

(2) 绘出机械损耗曲线

表 3-69

$n(\text{r/min})$	状 态	$U(\text{V})$	$I(\text{A})$	$U \cdot I(\text{W})$	$P_{\text{机}}(\text{W})$
1 500	脱机				
	联机				
1 200	脱机				
	联机				
900	脱机				
	联机				
600	脱机				
	联机				
300	脱机				
	联机				

分别计算脱机、联机机械损耗,两者差值即为 SR 电机的机械损耗。

（3）计算铜耗

SR 电机稳态运行时，绕组铜耗计算如下：

$$P_{Cu} = qI^2_{rms}R_p$$

因此，铜耗测量的关键在于准确计算（开关磁阻电机的工作特性测定）所记录电流波形的有效值。

（4）计算铁耗

SR 电机铁耗的测量是比较困难的，目前基本上利用下式关系来测量铁耗：

$$P_{Fe} = P_{in} - P_2 - P_{cu} - P_{fw} - P_s$$

式中：P_s——杂散损耗，准确测量十分困难，一般按总损耗的 6% 计在计算输入功率 P_{in} 时，假设绕组端电压为理想方波，则

$$P_{in} = q(I_{tav} - I_{dav})U$$

式中：I_{tav}——主开关管导通时一相绕组平均电流值，A；

　　　I_{dav}——主开关管关断时一相绕组平均电流值，A。

4 电机性能专题研究实验

4.1 直流他励电动机在各种运转状态下的机械特性

4.1.1 实验目的

掌握他励直流电动机在各种运转状态的机械特性。

4.1.2 实验内容

(1) 测试电动及回馈制动状态下的机械特性。
(2) 测试电动及反接制动状态下的机械特性。
(3) 测试能耗制动状态下的机械特性。

4.1.3 实验器件

(1) 导轨、测速发电机及转速表 DD03,1 台。
(2) 直流并励电动机 DJ15,1 台。
(3) 校正直流测功机 DJ23,1 台。
(4) 直流数字电压、毫安、安培表 D31(或 D31-2),2 件。
(5) 三相可调电阻器 D41,1 件。
(6) 三相可调电阻器 D42,1 件。
(7) 可调电阻器、电容器 D44,1 件。
(8) 波形测试及开关板 D51,1 件。
(9) 转矩转速功率表 D55,1 件。

4.1.4 操作要点

(1) 直流电动机启动前,一定要将电枢电阻 R_1 阻值调到最大,R_{f1} 阻值调到最小。负载电阻 R_2 调到最大,电枢电源调压旋钮调至较小位置。先接通励磁电源,观察励磁电流表 A_1 是否有电流值指示,如没有说明励磁回路断路。检查励磁回路排除故障。当 A_1 电流表有电流值指示且 I_{f1} 为最大时,再接通电枢电源,使电动机启动运转。

(2) 停机(先关断"电枢电源"开关,再关断"励磁电源"开关,并将开关 S_2 合向 $2'$ 端)。

(3) 调节串联的可调电阻时,要先减少额定电流值小的电阻,如电流需继续增大,额定电流值小的电阻调至零后应短接后再减少额定电流值大的电阻。防止个别电阻器过流而烧坏。

4.1.5　实验步骤与原理图

　　接线如图 4-1 所示，M 选用编号为 DJ15 的直流并励电动机（现为他励电机），MG 选用编号为 DJ23 的校正直流测功机，电阻 R_{f1} 选用 D44 上的 1 800 Ω 加上 180 Ω 串联共 1 980 Ω 阻值，电阻 R_1 选用 D42 上的 900 Ω 并联 900 Ω 共 450 Ω 阻值，电阻 R_{f2} 选用 D42 上的 1 800 Ω 加上 D41 上的 180 Ω 共 1 980 Ω 阻值，电阻 R_2 选用 D42 上的 1 800 Ω 加上 D41 上的四个 90 Ω 串联共 2 160 Ω。电流表 A_1、A_3 选用 D31（或 D31-2）量程 500 mA，电流表 A_2、A_4 选用 D31（或 D31-2）量程 5 A，电压表 V_1、V_2 选用 D31 量程 500 V。S_1、S_2 开关选用 D51 上的双刀双掷开关。将 R_{f1} 阻值置最小位置，R_{f2}、R_1 及 R_2 阻值置最大位置，转速表置正向 1 800 r/min 量程。

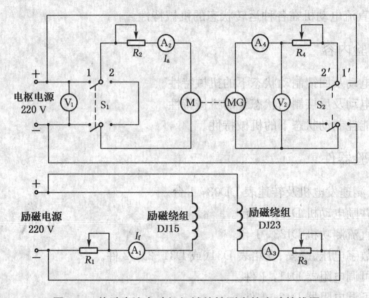

图 4-1　他励直流电动机机械特性测定的实验接线图

　　1）当 $R_2 = 0$ 时电动及回馈制动状态下的机械特性

　　（1）将 S_1 合向 1 电源端，S_2 合向 2′ 短接端。

　　先合上励磁电源开关，观察励磁电流表 A_1、A_3 是否有电流值指示，再合上电枢电源开关，使他励直流电动机 M 启动运转。把电枢电源的电压调至 220 V，电枢串联电阻 R_1 调至零。调节直流测功机 MG 的励磁电流 I_{f2}（A_3 电流表）至 100 mA 并保持不变（校正值）。然后同时调节其负载电阻 R_2（先减少 D42 上 1 800 Ω 阻值，调至最小后应用导线短接）和电动机的励磁电阻 R_{f1}（增大），使电动机达到额定值：$U = U_N = 220$ V，$I_a = I_N = 1.06$ A，$n = n_N = 1 600$ r/min。此时 M 的励磁电流 I_f 即为额定励磁电流 I_{fN}。保持 $U = U_N = 220$ V，$I_{f1} = I_{fN}$，$I_{f2} = 100$ mA 不变，增大 R_2 阻值，直至空载（将开关 S_2 拨至中间位置，也可将 S_2 左端短接线拔掉），记录电动机 M 在电动状态下从额定负载至空载范围的转速 n 与对应的电枢电流 I_a 共 9～10 组数据于表 4-1 中。

　　（2）在 S_2 开关处于中间位置的情况下（或 S_2 左端短接线拔掉），把 R_2 调至零值位置（其中 D42 上 1 800 Ω 阻值调至零值后用导线短接），再减小 R_{f2} 阻值，使 MG 的空载电压与电枢电源电压值接近相等（在 S_2 开关两端测），且极性相同（如不同在 S_2 开关端调换），将 S_2 开关合向 $1'$ 端。保持 $U = U_N = 220$ V，$I_f = I_{fN}$，增大电阻 R_{f2} 阻值，电动机转速升高，当 A_2 表的电流值为 0 A 时，此时电动机的转速为理想空载转速（将转速表量程拨向正向 3 600 r/min 挡），继续增加 R_{f2} 阻值，电动机进入第二象限回馈制动状态运行直至转速达到 $n = 1\,900$ r/min，记录电动机 M 在回馈制动状态下从理想空载转速 n_0（必测）至 $n = 1\,900$ r/min 范围的转速 n 与对应的电枢电流 I_a 共 9～10 组数据于表 4-2 中。停机（先关断"电枢电源"开关，再关断"励磁电源"开关，并将开关 S_2 合向 $2'$ 端）。

2）当 $R_1 = 400$ Ω 时的电动运行及反接制动状态下的机械特性

（1）将电阻 R_1 调至 400 Ω（用万用表测），R_{f1} 调至最小，R_{f2} 调至最大，R_2 置最大值。把电机 MG 电枢的两个插头对调（在 S_2 开关端调换），S_1 合向 1 端，S_2 合向中间位置（或 S_2 左端短接线拔掉），转速表量程拨向正向 1 800 r/min 挡。

（2）先合上励磁电源，再合上电枢电源，使电动机 M 启动运转，测量开关 S_2 两端电机 MG 的空载电压与电枢电源的电压极性是否相反，若相反，把 S_2 合向 $1'$ 端（电阻 R_2 需在最大位置）。$U = U_N = 220$ V，$I_f = I_{fN}$ 保持不变，逐渐减小 R_2 阻值（先减小 D44 上 1 800 Ω 阻值，调至零值后用导线短接），使电动机 M 缓慢减速直至为零。此时将转速表量程拨向反向 1 800 r/min 挡，继续减小电阻 R_2 阻值，电动机进入反向旋转并逐渐上升，电动机 M 进入反接制动状态运行，直到电动机 M 的 $I_a = I_{aN}$ 为止，记录电动机 M 在 1、4 象限的转速 n 与对应的电枢电流 I_a 共取 12～13 组数据于表 4-3 中。停机（操作步骤同上）。

3）能耗制动状态下的机械特性

（1）$R_1 = 180$ Ω

① 电阻 R_{f1} 调至最大位置，R_{f2} 调至最小位置，R_1 调到 180 Ω 阻值，开关 S_1 合向 2 短接端，S_2 合向 $1'$ 端。

② 先合上励磁电源，再合上电枢电源，使校正直流测功机 MG 启动运转，调节电枢电源电压至 220 V，调节 R_{f1} 使电动机 M 的励磁电流 $I_f = I_{fN}$，逐步减少电阻 R_2（先减小 D44 上 1 800 Ω 阻值，调至零值后用导线短接）的阻值使电机 M 的能耗制动电流 $I_a = 0.8 I_{aN}$，然后再逐步增加 R_2 直至最大阻值，记录其间 M 的能耗制动电流 I_a 与对应的转速 n 共 9～10 组数据于表 4-4 中。

（2）$R_1 = 90$ Ω

把电阻 R_1 调到 90 Ω 阻值，重复上面操作步骤，记录其间 M 的能耗制动电流 I_a 与对应的转速 n 共 9～10 组数据于表 4-5 中。

4.1.6　实验报告

专业＿＿＿＿＿＿　　班级＿＿＿＿＿＿　　学号＿＿＿＿＿＿　　姓名＿＿＿＿＿＿

实验组号＿＿＿＿＿　　同组者＿＿＿＿＿　　室温（℃）＿＿＿＿＿　　得分＿＿＿＿＿

被测试设备铭牌数据＿＿＿＿＿＿＿＿＿＿＿＿＿＿＿＿＿＿＿＿＿＿＿＿＿＿＿＿＿＿＿

1）根据实验测试数据，绘制他励直流电动机在第一、第二、第四象限的电动和制动状态及能耗制动状态下运行的机械特性 $n = f(I_a)$（用同一坐标纸绘出）

（1）$R_2 = 0$ 时电动及回馈制动状态下的机械特性测试数据

表 4-1

$U_N = 220\ \text{V}, I_{fN} = \_\_\_\ \text{mA}$

序　号	1	2	3	4	5	6	7	8	9	10
$I_a(\text{A})$										
$n(\text{r/min})$										

表 4-2

$U_N = 220\ \text{V}, I_{fN} = \_\_\_\ \text{mA}$

序　号	11	12	13	14	15	16	17	18	19	20
$I_a(\text{A})$										
$n(\text{r/min})$										

（2）$R_1 = 400\ \Omega$ 时的电动运行及反接制动状态下的机械特性测试数据

表 4-3

$U_N = 220\ \text{V}, I_{fN} = \_\_\_\ \text{mA}, R_2 = 400\ \Omega$

序　号	1	2	3	4	5	6	7	8	9	10	11	12	13
$I_a(\text{A})$													
$n(\text{r/min})$													

（3）能耗制动状态下的机械特性测试数据

① $R_1 = 180\ \Omega$

表 4-4

$R_2 = 180\ \Omega, I_{fN} = \_\_\_\ \text{mA}$

序　号						
$I_a(\text{A})$						
$n(\text{r/min})$						

② $R_1 = 90\ \Omega$

表 4-5

$R_2 = 90\ \Omega, I_{fN} = \_\_\_\ \text{mA}$

序　号						
$I_a(\text{A})$						
$n(\text{r/min})$						

2）思考题

（1）课前思考题

① 用哪些方法可以改变他励直流电动机的机械特性？

②他励直流电动机在什么情况下，从电动机运行状态进入回馈制动状态？他励直流电动机进入回馈制动后，能量传递关系、电动势平衡方程式及机械特性情况如何？

③他励直流电动机反接制动时，能量传递关系、电动势平衡方程式及机械特性情况如何？

④能耗制动状态时，能量传递关系、电动势平衡方程式及机械特性情况如何？

（2）课后思考题

①在测试回馈制动特性时，如何判别电动机运行在理想空载点？

②直流电动机从第一象限运行到第二象限转子旋转方向不变，电磁转矩的方向是否变化？为什么？

③直流电动机从第一象限运行到第四象限，其转向反了，但电磁转矩方向未变，为什么？而作为负载的 MG，从第一象限到第四象限其电磁转矩方向是否改变？为什么？

4.2　并励电动机转动惯量测试

4.2.1　实验目的

（1）学会和掌握转动惯量的计算方法。

（2）用空载减速法测试并励电动机的转动惯量。

4.2.2　实验内容

（1）根据公式计算电机的转动惯量。

（2）测试电机的机械损耗。

（3）用空载转速法测试电机的转动惯量。

4.2.3　实验器件

（1）导轨、测速发电机及转速表 DD03，1 台。

（2）校正直流测功机 DJ23，1 台。

（3）直流并励电动机 DJ15（受试电机），1 台。

（4）直流数字电压、毫安、安培表 D31（或 D31-2），1 件。

（5）可调电阻、电容器 D44，1 件。

（6）转矩转速功率表 D55，1 件。

（7）数字式记忆示波器，1 件，自备。

4.2.4　操作要点

直流电动机 MG 启动前，一定要将 R_1 阻值调到最大，R_{f1} 阻值调到最小。电枢电源调压旋钮调至较小位置。先接通励磁电源，观察励磁电流表 A_1 是否有电流值指示，如没有说明励磁回路断路，检查励磁回路排除故障。当 A_1 电流表有电流值指示且 I_{f1} 为最大时，再接通电枢电源，使 MG 启动运转。启动完毕，应将 R_1 调到最小。

4.2.5　实验步骤与原理图

1) 测试电机的机械损耗

(1) 接线如图 4-1 所示。电阻 R_1 选用 D44 上的 90 Ω 串联 90 Ω 共 180 Ω 阻值,电阻 R_{f1} 选用 D44 上的 900 Ω 串联 900 Ω 共 1 800 Ω 阻值。电流表 A_1 选用 D31(或 D31-2)量程 500 mA,电流表 A_2 选用 D31(或 D31-2)量程 5 A,电压表 V 选用 D31 量程 500 V。并将电阻 R_1 调至最大位置,电阻 R_{f1} 调至最小位置。

(2) 把并励电动机 DJ15 与校正直流测功机 DJ23 同轴连接。先合上 DJ23 的励磁电源,再合上电枢电源,使电机启动(观察电机是否符合正转要求),并逐步升压至额定电压 220 V。将电阻 R_1 减至最小位置,然后调节电

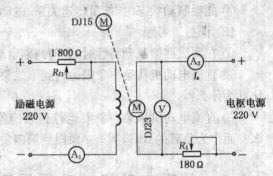

图 4-2　受试电机的机械损耗实验接线图

阻 R_{f1} 使电机的转速升至 1 500 r/min 并保持不变。运行 10 min 左右使机组的机械损耗稳定。记录此时 DJ23 的电枢电压 U、电枢电流 I 于表 4-6 联机栏中。停机。然后将并励电动机 DJ15 与 DJ23 脱离,重复上面操作步骤,记录此时 DJ23 的电枢电压 U、电枢电流 I 于表 4-6 脱机栏中。停机。

2) 用空载转速法测定电动机的转动惯量

(1) 接线如图 4-1 所示。将图中的 DJ23 换成 DJ15,不与 DJ23 连接,空载运转。启动步骤同上,稳定运行后,调节电阻 R_{f1} 使电机的转速升至 1.1 倍的额定转速即 1 650 r/min。

(2) 把数字记忆示波器的探头接至 DD03 导轨上的转速模拟量输出端。调整数字示波器的频率及幅值以便观测转速变化的波形。按下控制屏上的"停止"按钮,使并励电动机 DJ23 自由停机。摄录电机从 1.1 倍的额定转速下降至零时的波形,并记录电机从 1.1 倍的额定转速下降至 0.95 倍额定转速(即 $n = 1 425$ r/min)所用的时间 Δt,并将摄录的波形绘制于图 4-3 中。

4.2.6　实验报告

专业＿＿＿＿＿＿　　班级＿＿＿＿＿＿　　学号＿＿＿＿＿＿　　姓名＿＿＿＿＿

实验组号＿＿＿＿＿　　同组者＿＿＿＿＿　　室温(℃)＿＿＿＿　　得分＿＿＿＿

被测试设备铭牌数据＿＿＿＿＿＿＿＿＿＿＿＿＿＿＿＿＿＿＿＿＿＿＿＿＿＿＿＿＿＿

1) 根据公式计算转子的转动惯量

电机转子是一个接近规整的圆柱体,但它至少由三种不同的材料制作而成,并且相互交叉,因此很难进行准确计算。在要求不高时可将转子看成一个密度均匀的圆柱体。现知受试电机的质量 $m =$＿＿kg,转子半径 $r =$＿＿m。可根据下面公式计算受试电机转子的转动惯量。

$$J = \frac{1}{2} mr^2$$

2) 根据测试数据和摄录的波形图计算受试电机的转动惯量

表 4-6

序号	联 机			脱 机			机械损耗
1	U_1(V)	I_1(A)	P_1(W)	U_2(V)	I_2(A)	P_2(W)	$P_{mec}=P_1-P_2$
2							

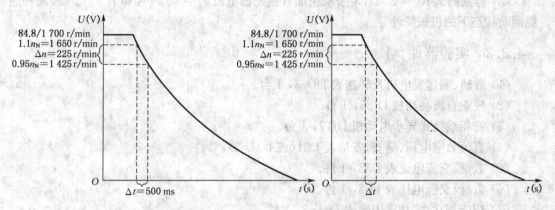

图 4-3 转速下降观测到的波形图

计算公式:

$$J = 91.2 \frac{P_{mec} \cdot \Delta t}{n_N \cdot \Delta n}$$

其中:J——转动惯量,kg・m²;

$\quad P_{mec}$—— 受试电机的机械损耗,W;

$\quad \Delta t$—— 转速变化所用时间,s;

$\quad \Delta n = 1.1 n_N - 0.95 n_N = 0.15 n_N$。

3) 将测得的转动惯量与计算的转动惯量相比较,分析产生误差的原因

4) 推导公式

$$J = 9.12 \frac{P_{mec} \cdot \Delta t}{n_N \cdot \Delta n}$$

5) 思考题

(1) 转动惯量的定义。

(2) 在电力拖动系统中电机转动惯量的大小对系统的运行有何影响?

4.3 三相异步电动机在各种运行状态下的机械特性

4.3.1 实验目的

掌握三相线绕式异步电动机在各种运行状态下的机械特性。

4.3.2　实验内容

(1) 测试三相线绕式转子异步电动机在 $R_S = 0$ 时，电动状态下、反接制动状态下及回馈制动状态下的机械特性。

(2) 测试三相线绕转子异步电动机在 $R_S = 36\,\Omega$ 时，电动状态下、反接制动状态下及回馈制动状态下的机械特性。

(3) 分别测试 $R_S = 36\,\Omega$，定子绕组加直流励磁电流 $I_1 = 0.36\,\mathrm{A}$ 和 $I_2 = 0.6\,\mathrm{A}$ 两种能耗制动状态下的机械特性。

4.3.3　实验器件

(1) 导轨、测速发电机及转速表 DD03，1 台。

(2) 校正直流测功机 DJ23，1 台。

(3) 三相线绕式异步电动机 DJ17，1 台。

(4) 直流数字电压、毫安、安培表 D31(或 D31-2)，2 件。

(5) 数/模交流电流表 D32，1 件。

(6) 数/模交流电压表 D33，1 件。

(7) 智能型功率、功率因数表 D34-3，1 件。

(8) 三相可调电阻器 D41，1 件。

(9) 三相可调电阻器 D42，1 件。

(10) 可调电阻器、电容器 D44，1 件。

(11) 波形测试及开关板 D51，1 件。

(12) 转矩转速功率表 D55，1 件。

4.3.4　操作要点

(1) 电动机启动：将 R 阻值调到最大，R_{fl} 阻值调到最小。电枢电源调压旋钮调至较小位置。先接通励磁电源，再接通电枢电源，使电动机启动运转。

(2) 停机：S_3 合至 $2'$ 端，断开电枢电源，再断开励磁电源。将电阻 R 调至最大值，调压器为零位。断开总电源。

(3) 调节串联的可调电阻时，要先减少额定电流值小的电阻，如电流需继续增大，额定电流值小的电阻调至零并短接后再减少额定电流值大的电阻，以防止个别电阻器过流而烧坏。

4.3.5　实验步骤与原理图

1) 测试 $R_S = 0$ 时的电动状态下、反接制动状态下及回馈制动状态下的机械特性

(1) 接线如图 4-4 所示，M 选用 DJ17 的三相线绕式异步电动机，220 V/Y 接法。MG 选用 DJ23 的校正直流测功机。R 选用 D44 的 180 Ω 阻值加上 D42 上四只 900 Ω 串联再加两只 900 Ω 并联共 4 230 Ω 阻值，R_{fl} 选用 D44 上 1 800 Ω 阻值，R_S 选用 D41 上三组 45 Ω 可调电阻(90 Ω 与 90 Ω 并联)，并用万用表调定在 36 Ω 阻值(每组)，R_{f2} 暂不接。S_1、S_2、S_3 选用 D51 挂箱上的，并将 S_1 开关合向左边 1 端，S_2 开关合在左边短接端(即线绕式电机转

子短路），S_3 开关合在 2′ 位置。直流电表 A_2、A_4 的量程为 5 A，A_3 量程为 200 mA，V_2 的量程为 1 000 V，交流电表 V_1 的量程为 300 V，A_1 量程为 3 A。转速表 n 置正向 1 800 r/min 量程。把电阻 R_{f1} 调至最小位置，电阻 R 调至最大位置。将三相调压器旋钮按逆时针方向旋到底，即输出电压为零。

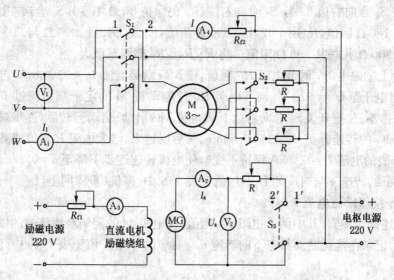

图 4-4　三相线绕转子异步电动机机械特性的接线图

　　(2) 合上电源总开关，按下"启动"按钮，缓慢调节三相调压器旋钮使三相交流电压逐步升高，观察电机是否正向运转。若符合要求则升高到 $U = 110$ V 保持不变（在以后的实验中同样）。先合上励磁电源，调节电阻 R_{f1}，使 MG 的励磁电流 $I_{f1} = 100$ mA 校正值并保持不变。再合上电枢电源，测量 S_3 开关 2′ 端的 MG 电机输出电压极性，其极性应先与 S_3 开关 1′ 端的电枢电源相反。在电阻 R 为最大的条件下将 S_3 合向 1′ 端。

　　(3) 缓慢调节电枢电源输出电压（增加）或电阻 R（阻值减少，应先调节 D42 上四只 900 Ω 阻值，调至短路后用导线短接），使电动机 M 的转速逐渐下降，直至 n 为零。把转速表拨反向位置，继续减小电阻 R 阻值或升高电枢电压使电机反向运转到 $n = -1\,400$ r/min 为止。然后与前操作顺序相反，增大电阻 R 阻值或减小 MG 的电枢电压使电机从反转运行状态进入堵转再进入电动运行状态，记录在正反转状态下的转速 n 与对应的 U_a、I_a、I_1 值于表 4-7 中。

　　(4) 当电动机 M 接近空载而转速不能升高时，把 S_3 合向 2′ 端，调换 MG 电枢极性（在 S_3 开关的两端换），此时与电枢电源同极性。缓慢调节电枢电源使其电压值与 MG 电压值接近相等，再将 S_3 合向 1′ 端。减小电阻 R 阻值直至短路位置（先调节 D42 上四只 900 Ω 阻值，调至短路后用导线短接）。升高"电枢电源"电压或增大电阻 R_{f1} 阻值（减小电机 MG 的励磁电流）使电动机 M 的转速超过同步转速 n_0 而进入回馈制动状态，记录转速 n 在 1 800 r/min～n_0 范围内所对应的 U_a、I_a、I_1 值于表 4-7 中。停机（S_3 合上 2′ 端，断开电枢电源，再断开励磁电源。将电阻 R 调至最大值，调压器为零位。断开总电源）。

　　2) 当 $R_S = 36$ Ω 时的电动状态下、反接制动状态下及回馈制动状态下的机械特性

　　将开关 S_2 合向右端，线绕式异步电动机转子每相串入 36 Ω 电阻。测验步骤同上。记

录在正反转状态下及发电制动状态下的转速 n 与对应的 U_a、I_a、I_1 值于表 4-8 中。停机（步骤同上）。

3) 能耗制动状态下的机械特性

(1) 定子绕组励磁电流 $I = 0.36\ A$

① 开关 S_1 合向右边 2 端，S_2 合向右端（R_S 仍保持 36 Ω 不变），S_3 合向左边 2′ 端，电阻 R 用 D44 上 180 Ω 阻值，R_{f1} 用 D42 上 1 800 Ω 阻值，R_{f2} 用 D42 上 900 Ω 与 900 Ω 并联再加上 900 Ω 与 900 Ω 并联共 900 Ω 阻值。将 R、R_{f1}、R_{f2} 都调至最大。

② 先合上励磁电源，调节电阻 R_{f1} 阻值，使 MG 励磁电流 $I_{f1} = 100\ mA$，再合上电枢电源，调节输出电压至 $U = 220\ V$。调节电阻 R_{f2} 使电动机 M 的定子绕组流过 $I = 0.6I_N = 0.36\ A$ 并保持不变。把开关 S_3 合向右边 1′ 端电机 MG 启动。启动运转后，逐步减小电阻 R 阻值，使电机 MG 的转速升至 $n = 1\ 700\ r/min$。然后反过来，增大电阻 R 阻值或减小电枢电源电压（注：A_4 表的电流 $I = 0.36\ A$ 保持不变），使电机转速逐步下降至 $n = 0\ r/min$，记录在能耗制动状态下的转速 n 与对应的 U_a、I_a 值于表 4-9 中。停机（步骤同上）。

(2) 定子绕组励磁电流 $I = 0.6\ A$

重复上述操作步骤，其中调节电阻 R_{f2} 阻值，使电机 M 的定子绕组流过的励磁电流 $I = I_N = 0.6\ A$。记录在能耗制动状态下的转速 n 与对应的 U_a、I_a 值于表 4-10 中。停机（步骤同上）。

4) 测试电机 M-MG 机组的空载损耗曲线 $P_0 = f(n)$

开关 S_1、S_2 调至中间位置（即电机 M 定子绕组、转子绕组开路。如不易操作，可将开关 S_1、S_2 接定子绕组和转子绕组线拆除），先合上励磁电源，调节电阻 R_{f1} 阻值，使 MG 的励磁电流 $I_{f1} = 100\ mA$ 校正值并保持不变。合上电枢电源（电阻 R 阻值需在最大位置），使电机 MG 启动。启动运转后，逐步减小电阻 R 阻值及升高电枢电源输出电压，使电机转速升至 1 700 r/min。然后反过来逐渐增大 R_1 阻值及减小电枢电源输出电压，使电机转速下降直至 $n = 0\ r/min$，记录机组 M-MG 在空载损耗下的转速 n 与对应的 U_{a0}、I_{a0} 值于表 4-11 中。停机（步骤同上）。

4.3.6　实验报告

专业 ＿＿＿＿＿＿　　　班级 ＿＿＿＿＿＿　　　学号 ＿＿＿＿＿＿　　　姓名 ＿＿＿＿＿＿

实验组号 ＿＿＿＿＿　　同组者 ＿＿＿＿＿　　室温(℃) ＿＿＿＿＿　　得分 ＿＿＿＿＿

被测试设备铭牌数据

1) 绘制电机 M-MG 机组的空载损耗曲线 $P_0 = f(n)$

表 4-7

$I_f = 100\ mA$

$n\ (r/min)$	1 800	1 700	1 600	1 500	1 400	1 300	1 200	1 100	1 000	900
$U_{a0}\ (V)$										
$I_{a0}\ (A)$										
$P_{a0}\ (W)$										

$n(\text{r/min})$	800	700	600	500	400	300	200	100	0	
$U_{a0}(\text{V})$										
$I_{a0}(\text{A})$										
$P_{a0}(\text{W})$										

2) 根据实验测试数据和计算公式绘制各种运行状态下的机械特性(画在同一张坐标纸上)

计算公式:

$$T = \frac{9.55}{n}[P_0 + (U_a I_a - I_a^2 R_a)]$$

式中：T——受试异步电动机 M 的输出转矩,N・m;

U_a——测功机 MG 的电枢端电压,V;

I_a——测功机 MG 的电枢电流,A(第Ⅰ、Ⅳ象限电流 I_a 取正,第Ⅱ象限电流 I_a 取负);

R_a——测功机 MG 的电枢电阻,Ω(见第 1.6 节);

P_0——对应某转速 n 时的某空载损耗,W。

注：上式计算的 T 值为电机在 $U = 110$ V 时的转矩值,实际转矩值应折算到额定电压 220 V。

(1) $R_S = 0$ 时的电动状态下、反接制动状态下及回馈制动状态下的机械特性

表 4-8

$U = 110$ V, $R_S = 0\ \Omega$, $I_f = $ ___ mA

$n(\text{r/min})$	1 800	1 700	1 600	1 500	1 400	1 300	1 200	1 100	1 000	900	800
$U_a(\text{V})$											
$I_a(\text{A})$											
$I_1(\text{A})$											
$T(\text{N}\cdot\text{m})$											
$n(\text{r/min})$	700	600	500	400	300	200	100	0	−100	−200	−300
$U_a(\text{V})$											
$I_a(\text{A})$											
$I_1(\text{A})$											
$T(\text{N}\cdot\text{m})$											
$n(\text{r/min})$	−400	−500	−600	−700	−800	−900	−1 000	−1 100	−1 200	−1 300	−1 400
$U_a(\text{V})$											
$I_a(\text{A})$											
$I_1(\text{A})$											
$T(\text{N}\cdot\text{m})$											

（2）$R_S = 36\,\Omega$ 时的电动状态下、反接制动状态下及回馈制动状态下的机械特性

表 4-9

$U = 110\text{ V},\ R_S = 36\,\Omega,\ I_f = \underline{\quad}\text{ mA}$

n(r/min)	1 800	1 700	1 600	1 500	1 400	1 300	1 200	1 100	1 000	900	800
U_a(V)											
I_a(A)											
I_1(A)											
T(N·m)											
n(r/min)	700	600	500	400	300	200	100	0	−100	−200	−300
U_a(V)											
I_a(A)											
I_1(A)											
T(N·m)											
n(r/min)	−400	−500	−600	−700	−800	−900	−1 000	−1 100	−1 200	−1 300	−1 400
U_a(V)											
I_a(A)											
I_1(A)											
T(N·m)											

（3）能耗制动状态下的机械特性

① 定子绕组励磁电流 $I = 0.36$ A

表 4-10

$R_S = 36\,\Omega,\ I = 0.36\text{ A},\ I_f = \underline{\quad}\text{ mA}$

n(r/min)	1 700	1 600	1 500	1 400	1 300	1 200	1 100	1 000	900
U_a(V)									
I_a(A)									
T(N·m)									
n(r/min)	800	700	600	500	400	300	200	100	0
U_a(V)									
I_a(A)									
T(N·m)									

② 定子绕组励磁电流 $I = 0.6$ A

表 4-11

$R_S = 36\ \Omega,\ I = 0.6\ A,\ I_f = \underline{\quad}\ mA$

$n(r/min)$	1 700	1 600	1 500	1 400	1 300	1 200	1 100	1 000	900
$U_a(V)$									
$I_a(A)$									
$T(N\cdot m)$									
$n(r/min)$	800	700	600	500	400	300	200	100	0
$U_a(V)$									
$I_a(A)$									
$T(N\cdot m)$									

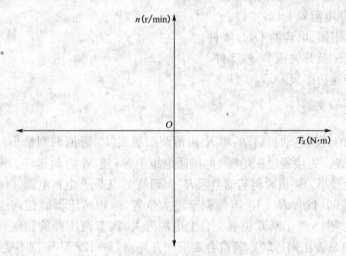

图 4-5 各种运行状态下的机械特性曲线

3）思考题

（1）课前思考题

怎样利用现有设备测试三相线绕式异步电动机在各种运行状态下的机械特性？测试过程中应注意哪些问题？

（2）课后思考题

将实验方法测试计算绘制出的各种运行状态下的机械特性进行分析比较，评价其性能。

4.4 三相异步电动机的 M-S 曲线测试

4.4.1 实验目的

掌握三相异步电动机输出转矩 M-S 特性。

4.4.2 实验内容

（1）测试三相鼠笼式异步电动机的 M-S 转矩特性曲线。

（2）测试三相线绕式转子异步电动机在 $R_S=0$ 时的 M-S 转矩特性曲线。

4.4.3　实验器件

（1）导轨、测速发电机及转速表 DD03，1 台。
（2）校正直流测功机 DJ23，1 台。
（3）三相鼠笼式异步电动机 DJ16，1 台。
（4）三相线绕式异步电动机 DJ17，1 台。
（5）直流电压、毫安、安培表 D31（或 D31-2），1 件。
（6）交流电流表 D32，1 件。
（7）交流电压表 D33，1 件。
（8）单三相智能功率、功率因数表 D34-3，1 件。
（9）三相可调电阻器 D42，1 件。
（10）可调电阻器、电容器 D44，1 件。
（11）波形测试及开关板 D51，1 件。
（12）转矩转速功率表 D55，1 件。

4.4.4　操作要点

测空载损耗的直流电动机启动：将 R_1 阻值调到最大，R_{fl} 阻值调到最小。电枢电源调压旋钮调至较小位置。先接通励磁电源，再接通电枢电源，使 M 启动运转。调节输出电压至 220 V，将 R_1 调到最小。停机时将启动电阻 R_1 调到最大，先断开电枢电源，再断开励磁电源。

测 M-S 曲线的启动：R_1、R_{fl} 阻值调至最大位置，三相调压器旋钮向逆时针方向旋到底，即输出电压为零，S 处于断开位置。合上电源开关，调节调压器旋钮使三相交流电压缓慢升高，观察电机是否正向运转。若符合要求则升高到 $U=127$ V 保持不变（在以后实验中同样）。然后先合上励磁电源，再合上电枢电源，停机时将启动电阻 R_1 调到最大，先断开电枢电源，再断开励磁电源。

调节串联的可调电阻时，要先减少额定电流值小的电阻，如电流需继续增大，额定电流值小的电阻调至零并短接后再减少额定电流值大的电阻，以防止个别电阻器过流而烧坏。

4.4.5　实验步骤与原理图

1）测试直流电机 MG 电枢电阻 R_a，见实验 1.6

2）鼠笼式异步电机与校正直流测功机空载损耗的测试

（1）接线如图 4-6 所示，M 选用 DJ16 的三相鼠笼式异步电动机，220 V/△接法。MG 选用 DJ23 的校正直流测功机。S 选用 D51 挂箱上的开关，并处于断开状态。R_1 选用 D44 的 180 Ω 阻值加上 D42 上四只 900 Ω 串联再加两只 900 Ω 并联共 4 230 Ω 阻值，R_{fl} 选用 D44 上 1 800 Ω 阻值。R_{fl} 调至最小位置，R_1 调至最大位置。

（2）把三相鼠笼式异步电动机与校正直流测功机同轴联接。先接通励磁电源，观察励磁电流表 A_1 是否有电流值指示，再接通电枢电源，使 MG 启动运转，调节输出电压至 220 V，把 R_1 调到最小。调节 R_{fl} 的阻值，使电机转速升至 1 500 r/min，然后逐次减小电枢电源输出电压或增大 R_1 阻值，使电机转速每下降 100 r/min 测试一次数据，直至 $n=0$ r/

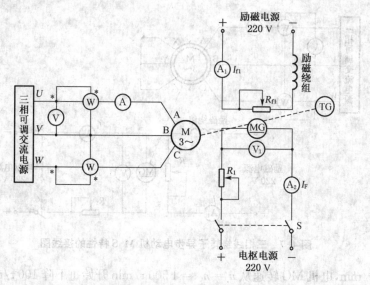

图 4-6　三相鼠笼式异步电动机 M-S 测试曲线接线图

min，记录对应的 U_{a0}、I_{a0} 及 n 值于表 4-12 中。停机。

3）鼠笼式异步电动机 M-S 曲线的测试

（1）直流励磁电源和电枢电源在关断位置，把 R_1、R_{f1} 阻值调至最大位置，三相调压器旋钮向逆时针方向旋到底，即输出电压为零，S 处于断开位置。

（2）合上电源开关，调节调压器旋钮使三相交流电压缓慢升高，观察电机是否正向运转。若符合要求则升高到 $U=127$ V 保持不变（在以后实验中同样）。然后先合上励磁电源，再合上电枢电源，测量 S 开关下端电机 MG 的输出电压极性，其极性应先与 S 开关上端的电枢电源相反。将 S 开关闭合（在确认电阻 R_1 为最大值的条件下）。

（3）缓慢调节电枢电源输出电压或 R_1 阻值，使电动机从接近于堵转至接近于空载状态；当电动机接近空载而转速不能上升时，断开 S 开关，将 MG 电枢两端极性调换（在 S 开关的两端换），此时与电枢电源同极性。调节电枢电源输出电压使其与 MG 电压值接近相等，闭合 S 开关。三相交流输出电压 $U=127$ V 保持不变，减小 R_1 阻值（转速上升）直至短路位置（应先调节 D42 上六只 900 Ω 阻值，调至短路后用导线短接）。调节电枢电源输出电压（升高电枢电源电压）使电动机 M 的转速达同步转速 n_0。记录转速从 0 r/min 开始每上升100 r/min 测试一次数据，直至 $n=n_0=1500$ r/min 范围内测取电机 MG 的 U_a、I_a、n 数据于表 4-13 中。停机。

4）线绕式异步电动机与直流测功机空载损耗的测试

（1）接线如图 4-7 所示，M 选用 DJ17 的三相线绕式异步电动机，220 V/Y 接法。MG 选用 DJ23 的校正直流测功机。把线绕式电机转子短路，S 选用 D51 挂箱上的开关。R_1 选用 D44 的 180 Ω 阻值加上 D42 上四只 900 Ω 串联再加两只 900 Ω 并联共 4 230 Ω 阻值，R_{f1} 选用 D44 上 1 800 Ω 阻值。R_{f1} 调至最大位置，R_1 调至最大位置。

（2）把三相线绕式异步电动机 DJ17 与校正直流测功机 DJ23 同轴联接。先合上励磁电源，再合上电枢电源，电机 MG 启动运转，调节电枢电源输出电压（升高）及减小 R_1 阻值，使电机转速为 1 500 r/min，然后逐次减小"电枢电源"输出电压或增大 R_1 阻值，使电机转速下

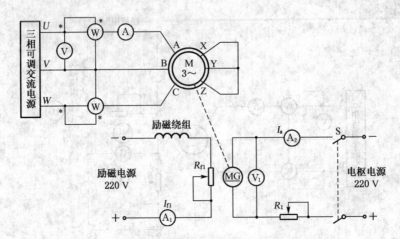

图 4-7　三相线绕转子异步电动机 M-S 特性的接线图

降至 $n = 0$ r/min，电机 MG 转速从 $n = n_0 = 1\,500$ r/min 开始每下降 100 r/min 测试一次数据，直至 $n = 0$ r/min 范围内的 U_a、I_a、n 数据记录于表 4-14。停机。

5）线绕式异步电动机的 M-S 曲线的测试

（1）直流励磁电源和电枢电源在关断位置，R_1、R_f 阻值置最大位置，断开 S 开关，把 M 的定子绕组接成星形。三相调压器旋钮向逆时针方向旋到底，即输出电压为零。

（2）合上电源开关，调节调压器旋钮使三相交流电压缓慢升高，观察电机是否正向运转。若符合要求则升高到 $U = 127$ V 保持不变（在以后实验中同样）。然后先合上励磁电源，再合上电枢电源，测量 S 开关左端电机 MG 的输出电压极性，其极性应先与 S 开关右端的电枢电源相反。将 S 开关闭合（在确认电阻 R_1 为最大值的条件下）。

（3）缓慢调节电枢电源输出电压或 R_1 阻值，使电动机从接近于堵转至接近于空载状态；当电动机接近空载而转速不能上升时，断开 S 开关，将 MG 电枢两端极性调换（在 S 开关的两端换），此时与电枢电源同极性。调节电枢电源输出电压使其与 MG 电压值接近相等，闭合 S 开关。三相交流输出电压 $U = 127$ V 保持不变，减小 R_1 阻值（转速上升）直至短路位置（应先调节 D42 上六只 900 Ω 阻值，调至短路后用导线短接）。调节电枢电源输出电压（升高电枢电源电压）使电动机 M 的转速达同步转速 n_0。转速从 0 r/min 开始每上升 100 r/min 测试一次数据，直至 $n = n_0 = 1\,500$ r/min 范围内测取电机 MG 的 U_a、I_a、n 数据记录于表 4-15 中。停机。

6）实验报告

专业_____　　班级_____　　学号_____　　姓名_____

实验组号_____　　同组者_____　　室温(℃)_____　　得分_____

被测试设备铭牌数据_____

（1）计算基准工作温度时的电枢电阻

（换算到基准工作温度时的电枢电阻）$R_{aref} = $ 　　　 Ω

（2）绘制鼠笼式异步电动机机组与线绕式异步电动机电机机组的空载损耗曲线 $P_0 = f(n)$

① 鼠笼式异步电动机的空载损耗数据

表 4-12

序　号	1	2	3	4	5	6	7	8
$n(\text{r/min})$	1 500	1 400	1 300	1 200	1 100	1 000	900	800
$U_{a0}(\text{V})$								
$I_{a0}(\text{A})$								
$P_0(\text{W})$								
序　号	9	10	11	12	13	14	15	16
$n(\text{r/min})$	700	600	500	400	300	200	100	0
$U_{a0}(\text{V})$								
$I_{a0}(\text{A})$								
$P_0(\text{W})$								

② 线绕式异步电动机的空载损耗数据

表 4-13

序　号	17	18	19	20	21	22	23	24
$n(\text{r/min})$	1 500	1 400	1 300	1 200	1 100	1 000	900	800
$U_{a0}(\text{V})$								
$I_{a0}(\text{A})$								
$P_0(\text{W})$								
序　号	25	26	27	28	29	30	31	32
$n(\text{r/min})$	700	600	500	400	300	200	100	0
$U_{a0}(\text{V})$								
$I_{a0}(\text{A})$								
$P_0(\text{W})$								

（3）根据实验测试数据分别计算和绘制鼠笼式异步电动机与线绕式异步电动机的 M-S 特性曲线

① 鼠笼式异步电动机 M-S 特性曲线数据

表 4-14

$U = 127\ \text{V}$

序　号	1	2	3	4	5	6	7	8
$n(\text{r/min})$	0	100	200	300	400	500	600	700
S								
$U_a(\text{V})$								
$I_a(\text{A})$								
$M(\text{N}\cdot\text{M})$								

序　号	9	10	11	12	13	14	15	16
n(r/min)	800	900	1 000	1 100	1 200	1 300	1 400	1 500
S								
U_a(V)								
I_a(A)								
M(N·M)								

② 线绕式异步电动机 M-S 特性曲线数据

表 4-15

$U = 127$ V, $R_S = 0$ Ω

序　号	1	2	3	4	5	6	7	8
n(r/min)	0	100	200	300	400	500	600	700
S								
U_a(V)								
I_a(A)								
M(N·m)								
序　号	9	10	11	12	13	14	15	16
n(r/min)	800	900	1 000	1 100	1 200	1 300	1 400	1 500
S								
U_a(V)								
I_a(A)								
M(N·m)								

计算公式：

$$M = \frac{9.55}{n_0(1-S)}[P_0 + (U_a I_a - I_a^2 R_a)] \times 3$$

式中：M——受试异步电动机 M 的输出转矩，N·m；

U_a——测功机 MG 的电枢端电压，V；

I_a——测功机 MG 的电枢电流，A；

R_a——测功机 MG 的电枢电阻，Ω；

P_0——对应某转速 n 时的空载损耗，W。

注：根据测试计算的 M 值为电机在 $U = 127$ V 时的值，应折算到 $U = 220$ V 时的转矩值。

7）思考题

（1）课前思考题

如何利用现有设备测定三相线绕式异步电动机的输出转矩特性？

（2）课后思考题

怎样根据所测出的数据计算被试电机的输出转矩特性？

4.5 三相鼠笼式异步电动机的不对称运行

4.5.1 实验目的

(1) 学会和掌握三相鼠笼式异步电动机不对称运行的实验方法。

(2) 通过实验的测试数据分析不对称运行的危害。

(3) 学会分析几种常见不对称运行状态。

4.5.2 实验项目

(1) 三相鼠笼式异步电动机空载状态下的正常运行、缺相运行和单相运行测试。

(2) 三相鼠笼式异步电动机负载状态下的正常运行、缺相运行和单相运行测试。

4.5.3 实验器件

(1) 导轨、测速发电机及转速表 DD03,1 台。

(2) 校正直流测功机 DJ23,1 台。

(3) 三相鼠笼式异步电动机 DJ16(380 V Y 接法),1 台。

(4) 数字直流电压、毫安、安培表 D31,1 件。

(5) 数/模交流电流表 D32,1 件。

(6) 数/模交流电压表 D33,1 件。

(7) 可调电阻器 D42,1 件。

(8) 波形测试及开关板 D51,1 件。

(9) 转矩转速功率表 D55,1 件。

4.5.4 操作要点

(1) 实验前:需将控制屏左侧调压器旋钮向调压器旋钮逆时针方向旋转到底,即将其调到输出电压为零的位置。检查负载电阻是否在最大值位置,接负载电阻的开关 S 是否在断开位置。

(2) 启动:合上交流电源,顺时针方向缓慢调节调压器旋钮时,应注意电压表、电流表的数值变化,三相电压,三相电流是否对称。如出现电机声音异常,三相电压、电流不对称,应迅速将调压器旋钮调压器旋钮逆时针方向旋转到底。断开交流电源,检查线路故障。

4.5.5 实验步骤与原理图

1) 测试三相鼠笼式异步电动机空载状态下的正常运行、缺相运行和单相运行

(1) 正常运行

① 接线如图 4-8 所示,三相鼠笼式异步电动机 DJ16 电压为 380 V(Y 接法)。R_f 电阻选用 D42 上 900 Ω 串联 900 Ω 共 1 800 Ω 阻值调至最大,R_L 电阻选用 D42 上 900 Ω 串联 900 Ω 加上 900 Ω 并联 900 Ω 共 2 250 Ω 阻值调至最大, S、S_1、S_2 选用 D51 上的开关且 S、S_2 处于断开位置,S_1 处于闭合状态。交流电压表选用 D33 挂件,交流电流表选用 D32 挂件,直

流测量仪表选用 D31(或 D31-2)挂件。把调压器旋钮逆时针旋转到底,使输出电压为零。

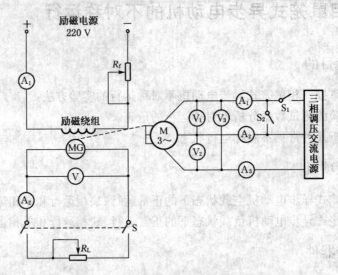

图 4-8　三相鼠笼式异步电机不对称实验接线图

② 合上交流电源,调节调压器,观察三相电压指示及旋转方向(如果电机为反转应切断电源调换相序使旋转方向为正转),逐渐升压至额定电压 $U_N = 380\,V$ 并保持不变。使三相鼠笼式异步电动机全压正常运转。稳定运行以后记录此时的电压 U、电流 I、转速 n 于表 4-16 正常运行项中。

(2) 缺相运行

在稳定运行状态下断开 S_1 开关,S、S_2 开关仍为断开状态,此时电机处于缺相运行状态。待电机稳定运行后,记录此时的电压 U、电流 I、转速 n 于表 4-16 缺相运行项中。测试完毕后应迅速闭合开关 S_1,使电动机处于正常运行状态。

(3) 单相运行

在稳定运行状态下闭合开关 S_2,同时开关 S_1、S 保持断开状态。此时电机处于单相运行状态。待电机运行稳定后将此时的电压 U、电流 I、转速 n 记录在表 4-16 单相运行项中。测试完毕后应迅速断开开关 S_2,闭合开关 S_1,使电动机处于正常运行状态。

2) 测试三相鼠笼式异步电动机负载状态下的正常运行、缺相运行和单相运行

在三相鼠笼式异步电动机正常稳定运行状态下,接通校正直流测功机的励磁电源,调节励磁电阻 R_f 使励磁电流为 100 mA。合上 S 开关,使电动机带上负载。调节负载电阻 R_L,使异步电动机的定子电流逐渐上升,直至输出功率 P_2 达到 30 W 左右为止。然后重复上面的实验步骤记录正常运行、缺相运行和单相运行的电压 U、电流 I、转速 n 于表 4-17 中。

4.5.6　实验报告

专业＿＿＿＿＿＿　班级＿＿＿＿＿＿　学号＿＿＿＿＿＿　姓名＿＿＿＿＿＿

实验组号＿＿＿＿＿　同组者＿＿＿＿＿　室温(℃)＿＿＿＿＿　得分＿＿＿＿＿

被测试设备铭牌数据＿＿＿＿＿＿＿＿＿＿＿＿＿＿＿＿＿＿＿＿＿＿＿＿＿＿＿＿＿

1) 根据实验测试数据分析电动机不对称运行的危害

表 4-16 空载状态

$P_2 = 0$

运行状态	电 压			电 流			$n(\text{r/min})$
	$U_1(\text{V})$	$U_2(\text{V})$	$U_3(\text{V})$	$I_1(\text{A})$	$I_2(\text{A})$	$I_3(\text{A})$	
正常运行							
缺相运行							
单相运行							

表 4-17 负载状态

$P_2 = 30\,\text{W}$

运行方式	电 压			电 流			$n(\text{r/min})$
	$U_1(\text{V})$	$U_2(\text{V})$	$U_3(\text{V})$	$I_1(\text{A})$	$I_2(\text{A})$	$I_3(\text{A})$	
正常运行							
缺相运行							
单相运行							

2) 三相鼠笼式异步电动机在单相运行实验中,稳态不对称电流 I_A、I_B、I_C 之间存在如下关系: $I_A = I_B = \dfrac{\sqrt{3}}{2} I_C$,将实验测试值与理论值进行比较,并进行分析

3) 思考题

(1) 课前思考题

用对称分量法分析不对称运行。

(2) 课后思考题

画出感应电动机的正序等效电路和负序等效电路。

4.6 三相异步电动机的温升试验

4.6.1 实验目的

学会和掌握做异步电动机温升试验的方法。

4.6.2 实验内容

(1) 测试冷却介质的温度。
(2) 测试定子铁心的温度。
(3) 在直接负载下,用电阻法测试定子绕组的平均温升。

4.6.3 实验器件

(1) 导轨、测速发电机及转速表 DD03,1 台。
(2) 校正直流测功机 DJ23,1 台。

(3) 三相鼠笼式异步电动机 DJ16，1 台。

(4) 数/模交流电压表 D33，1 件。

(5) 数/模交流电流表 D32，1 件。

(6) 智能型功率、功率因数表 D34-3，1 件。

(7) 数字直流电压、毫安、安培表 D31(或 D31-2)，1 件。

(8) 可调电阻器 D42，1 件。

(9) 波形测试及开关板 D51，1 件。

(10) 温度计，另配。

4.6.4 操作要点

实验前：需将控制屏左侧调压器旋钮向调压器旋钮逆时针方向旋转到底，即将其调到输出电压为零的位置。直流电枢电源调至最小。检查负载电阻是否在最大值位置，接负载电阻的开关 S 是否在断开位置。

启动：合上交流电源，顺时针方向缓慢调节调压器旋钮时，应注意电压表、电流表的数值变化，三相电压、三相电流是否对称。如出现电机声音异常，三相电压、电流不对称，应迅速将调压器旋钮调压器旋钮逆时针方向旋转到底。断开交流电源，检查线路故障。

定子绕组通电试验时，电流必须小于规定值。

4.6.5 实验步骤与原理图

1) 冷却介质温度及实际冷态时定子绕组电阻 r 的测定

(1) 冷却介质温度的测定

将几只水银温度计(或酒精温度计)放置在冷却空气进入电机的途径中距离电动机 1～2 m 处，并注意不受外来辐射热及气流的影响，几只温度计读数的平均值即为冷却介质的温度。将数据记录于表 4-18 中。

(2) 实际冷态时定子绕组电阻 R 的测试

测试线路如图 4-9 所示，直流电源用电枢电源并调至最小。S_1、S_2 开关选用 D51 挂箱，电阻 R 用 D42 挂箱上 1 800 Ω可调电阻调至最大位置。

先用指针式万用表 $R \times 1$ 电阻挡(或数字式万用表)测量三相鼠笼式异步电动机定子每相绕组的电阻，范围在 50 Ω 左右。测试时通过定子绕组

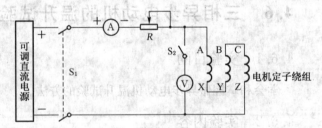

图 4-9 三相交流绕组电阻测定

的电流应小于额定电流的 20%(小于 100 mA)，三相绕组串联约为 150 Ω。当流过三相串联绕组的电流为 100 mA 时两端电压约为 15 V，因此直流电流表的量程用 200 mA 挡，直流电压表量程用 20 V 挡。合上 S_1 开关，缓慢调节直流电源旋钮及电阻 R，读取电流值及电压值，记录 7～8 组电流和电压的数值于表 4-19 中。

2) 定子铁心温度的测定

(1) 把电机放置在室内一段时间，用温度计测量铁心的温度。当所测温度与冷却介质

温度之差不超过 2 K 时,即为实际冷态温度。记录于表 4-20 中。

　　(2) 接线如图 4-10 所示,R_f 用 D42 上 1 800 Ω 阻值,R_L 用 D42 上 1 800 Ω 阻值加上 900 Ω 并联 900 Ω 共 2 250 Ω 阻值,均调至最大位置。

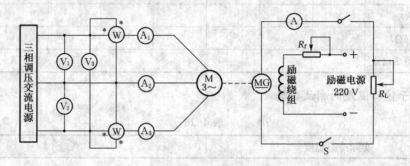

图 4-10　温升实验接线图

　　缓慢调节三相调压器旋钮,观察三相电流表、电压表指示,调至输出到 220 V,使异步电动机全压运行。合上励磁电源,调节励磁电阻 R_f 使励磁电流为 100 mA。闭合开关 S,调节负载电阻 R_L,使异步电动机的定子电流逐渐上升,直至鼠笼机定子电流达到额定值为止,当被试电机带上负载后,铁心温度开始上升。以后每隔 20 min 测取一次,直至铁心温度达到实际稳定状态,即 1 h 内定子铁心温度的变化不超过 1℃ 为止。

　　测试方法:将酒精温度计(因铁心表面有磁场变化,不能用水银温度计)球部一端与被试电机定子铁心表面紧贴并设法固定。为了减少误差,从被测点到温度计的热传导应尽可能良好,温度计球面部分用绝热材料覆盖,以免受冷却介质的影响。将数据记录于表 4-21 中。

　　3) 定子绕组平均温升的测定

　　当电机温升稳定后(即铁心温升达到实际稳定状态),做好测定定子绕组热态电阻的准备。断开电源,迅速堵住转子,测试线路仍按图 4-4 所示,电枢电源调至最小,电阻 R 调至最大位置,合上 S_1 开关,调节直流电源及 R 阻值使试验电流为 50 mA,记录电流和电压值于表 4-22 中。

　　如果电机断电以后绕组电阻开始增大,然后再减小,则应取所测电阻最大值作为断电瞬间的电阻值。

4.6.6　实验报告

专业＿＿＿＿＿＿　　班级＿＿＿＿＿＿　　学号＿＿＿＿＿＿　　姓名＿＿＿＿＿＿
实验组号＿＿＿＿＿　同组者＿＿＿＿＿　室温(℃)＿＿＿＿　得分＿＿＿＿＿＿
被测试设备铭牌数据＿＿＿＿＿＿＿＿＿
1) 冷却介质温度及实际冷态时定子绕组电阻 R 的测试计算数据

表 4-18

冷却介质温度 1	℃
冷却介质温度 2	℃
冷却介质温度 3	℃
冷却介质温度 4	℃
平均冷却介质温度	℃

表 4-19

序　号	1	2	3	4	5	6	7	8
$U(V)$								
$I(mA)$								
电阻值(Ω)								
平均电阻值 $R(\Omega)$								

2）定子铁心温度的测试数据

表 4-20

实际冷态温度	℃

表 4-21

序　号	1	2	3	4	5	6	7	8
时间 t(min)	0	20	40	60	80	100	120	140
温度 T(℃)								

3）定子绕组平均温升的测试计算数据

表 4-22

$I =$ ＿＿ mA

序　号	1	2	3	4	5	6	7	8
时间间隔 t(s)								
U(V)								
电阻值 r_m(Ω)								
平均温升 θ(K)								

4）计算定子绕组的平均温升

画曲线 $\operatorname{tg} r_t = f(t)$，如图 4-11 所示，从最初一点延长曲线，交纵轴于 $\lg r_m$，r_m 即为断电瞬间的绕组电阻。利用绕组的直流电阻随温度的变化关系，可按下式求得绕组的平均温升为 τ。

$$\theta = \frac{r_m - r}{r}(K + T) + T - T'$$

式中：T——实际冷态时绕组的温度，℃；

　　　　T'——试验结束时冷却介质的温度，℃；

　　　　r_m——断电瞬间绕组的热态电阻，Ω；

　　　　r——实际冷态时定子绕组的电阻，Ω；

　　　　K——常数，$K_{铜}=235$，$K_{铝}=228$。

图 4-11　断电瞬间的电阻

5）求定子铁心温升

从表 4-6、表 4-7 记录数据中选取最后稳定的铁心温度与当时实际冷态温度之差即为铁心温升。

6）思考题

（1）课前思考题

如何用电阻法、温度计法测定温升，应注意哪些事项？

（2）课后思考题

分析温升试验中存在哪些误差。如何提高温升试验的准确性？对被试电机的温升情况作出评价。

4.7　三相鼠笼式异步电动机转子转动惯量测试

4.7.1　实验目的

（1）学会和掌握转动惯量的计算方法。

（2）用空载减速法测定受试电机的转动惯量。

4.7.2　实验内容

（1）根据公式计算受试电机的转动惯量。

（2）测试电机的机械损耗。

（3）用提高电源频率法测试电机的转动惯量。

（4）用机械拖动法测试电机的转动惯量。

4.7.3　实验器件

（1）导轨、测速发电机及转速表 DD03，1 台。

（2）校正直流测功机 DJ23，1 台。

（3）三相鼠笼式异步电动机 DJ16（受试电机），1 台。

（4）直流数字电压、毫安、安培表 D31（或 D31-2），1 件。

（5）可调电阻、电容器 D44，1 件。

（6）三相永磁同步电机控制箱 D91，1 件。

（7）转矩转速功率表 D55，1 件。

（8）数字式记忆示波器，1 件，另配。

4.7.4　操作要点

直流电动机启动：将 R_1 阻值调到最大，R_{f1} 阻值调到最小。电枢电源调压旋钮调至较小位置。先接通励磁电源，观察励磁电流表 A_1 是否有电流值指示，如没有说明励磁回路断路。检查励磁回路，排除故障。当 A_1 电流表有电流值指示且 I_{f1} 为最大时，再接通电枢电源，使 MG 启动运转。启动完毕，应将 R_1 调到最小。

异步电动机启动：打开电源总开关，按下"启动"按钮，缓慢调节三相调压器至输出电压 380 V。再按下变频器上的"PU/EXT"按钮，调节左侧旋钮使频率显示为零，此时按下"RUN"键使电机启动运转起来，调节变频器左侧旋钮即可调节频率从而改变转速。观察电机旋转方向。

4.7.5 实验步骤与原理图

1）测试电机的机械损耗

（1）接线如图 4-12 所示。把三相鼠笼式异步电动机 DJ16 与校正直流测功机 DJ23 同轴联接。电阻 R_1 选用 D44 上的 90 Ω 串联 90 Ω 共 180 Ω 阻值，电阻 R_{fl} 选用 D44 上的 900 Ω 串联 900 Ω 共 1 800 Ω 阻值。电流表 A_1 选用 D31(或 D31-2)量程 500 mA，电流表 A_2 选用 D31(或 D31-2)量程 5 A，电压表 V 选用 D31 量程 500 V。并将电阻 R_1 调至最大位置，电阻 R_{fl} 调至最小位置。

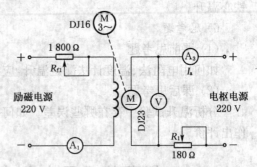

图 4-12　受试电机的机械损耗实验接线图

（2）先合上 DJ23 的励磁电源，再合上电枢电源，使电机启动（观察电机是否符合正转要求），并逐步升压至额定电压 220 V。将电阻 R_1 减至最小位置，然后调节电阻 R_{fl} 使电机的转速升至 1 420 r/min 并保持不变。运行 10 min 左右使机组的机械损耗稳定。记录此时 DJ23 的电枢电压 U、电枢电流 I 于表 4-23 联机栏中。停机。将三相鼠笼式异步电动机 DJ16 与 DJ23 脱机，重复以上操作步骤，记录此时 DJ23 的电枢电压 U、电枢电流 I 于表 4-23 脱机栏中。停机。

2）用提高电源频率法测试三相鼠笼式异步电动机的转动惯量

（1）接线如图 4-13 所示，变频器选用 D91 挂件的变频器模块。调节三相自耦调压器旋钮，使输出电压达到 380 V。按下变频器上的"PU/EXT"按钮，调节左侧旋钮使频率显示为零，再按下"RUN"使电机运转起来，然后缓慢调节变频器左侧旋钮使频率上升从而改变转速，至变频器输出频率到 60 Hz。

图 4-13　提高电源频率法测定电机转动惯量接线图

（2）把数字记忆示波器的探头接至 DD03 导轨上的转速模拟量输出端。调整数字示波器的频率及幅值以便观测转速变化的波形。按下控制屏上的"停止"按钮，使三相鼠笼式异步电动机自由停机。摄录电机从 1.1 倍的额定转速下降至零时的波形，并记录电机从 1.1 倍的额定转速下降至 0.95 倍额定转速（即 $n=1 349$ r/min）所用的时间 Δt。将摄录的波形绘制于图 4-15 中。

3）用机械拖动法测试电机的转动惯量

（1）按照并励电动机转动惯量测试方法步骤，测试和计算出 D23 校正直流测功机的转动惯量。

（2）接线如图 4-14 所示，三相鼠笼式异步电动机 DJ16 与校正直流测功机 DJ23 同轴联接。启动步骤同上，稳定运行后，调节电阻 R_{fl} 使电机的转速达到 1 600 r/min。

（3）把数字记忆示波器的探头接至 DD03 导轨上的转速模拟量输出端。调整数字示波器的

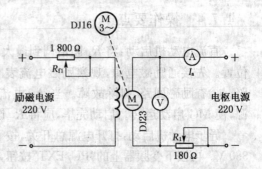

图 4-14　机械拖动法测量电机转动惯量接线图

频率及幅值以便观测转速变化的波形。按下控制屏上的"停止"按钮,使机组自由停机。摄录电机从 1.1 倍的额定转速下降至零时的波形,并记录电机从 1.1 倍的额定转速下降至 0.95 倍额定转速(即 $n=1\,349$ r/min)所用的时间 Δt。将摄录的波形绘制于图 4-16 中。

4.7.6 实验报告

专业＿＿＿＿＿＿＿　　班级＿＿＿＿＿＿＿　　学号＿＿＿＿＿＿＿　　姓名＿＿＿＿＿＿＿
实验组号＿＿＿＿＿＿　同组者＿＿＿＿＿＿　室温(℃)＿＿＿＿＿＿　得分＿＿＿＿＿＿＿
被测试设备铭牌数据＿＿＿＿＿＿＿＿＿＿＿＿＿＿＿＿＿＿＿＿＿＿＿＿＿＿＿＿＿＿＿＿＿

1) 根据公式计算转子的转动惯量

电机转子是一个接近规整的圆柱体,但它至少由三种不同的材料制作而成,并且相互交叉,因此很难进行准确计算。在要求不高时可将转子看成一个密度均匀的圆柱体。现知受试电机的质量 $m=$＿＿kg,转子半径 $r=$＿＿m。根据下面公式计算受试电机转子的转动惯量。

$$J = \frac{1}{2}\,mr^2$$

2) 根据测试数据和摄录的波形图计算受试电机的转动惯量

表 4-23

序号	联 机			脱 机			机械损耗
1	$U_1(\text{V})$	$I_1(\text{A})$	$P_1(\text{W})$	$U_2(\text{V})$	$I_2(\text{A})$	$P_2(\text{W})$	$P_{\text{mec}} = P_1 - P_2$
2							

计算公式:

$$J = 9.12\,\frac{P_{\text{mec}} \cdot \Delta t}{n_\text{N} \cdot \Delta n}$$

其中: J——转动惯量,kg・m² ;

　　　P_{mec}——受试电机的机械损耗,W;

　　　Δt——转速变化所用时间,s;

　　　$\Delta n = 1.1\,n_\text{N} - 0.95\,n_\text{N} = 0.15\,n_\text{N}$。

(1) 用提高电源频率法测定三相鼠笼式异步电动机的转动惯量计算(见图 4-15、图 4-16)

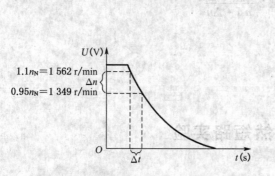

图 4-15　转速下降波形图(示意图)

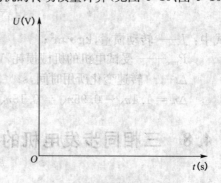

图 4-16　转速下降波形图

(2) 用机械拖动法测定电机的转动惯量计算

　　将机组的转动惯量值减去校正直流测功机的转动惯量值即可得到三相鼠笼式异步电动机的转动惯量值。

　　3）将两种方法测得的转动惯量与计算的转动惯量相比较，分析产生误差的原因

　　4）推导公式

$$J = 91.2 \frac{P_{\text{mec}} \cdot \Delta t}{n_{\text{N}} \cdot \Delta n}$$

　　5）思考题

　　① 转动惯量的定义。

　　② 在电力拖动系统中电机转动惯量的大小对系统的运行有何影响？

　　附：校正直流测功机 DJ23 的测试数据、摄录的波形图（见图 4-17）记录和转动惯量计算

序号	联　机			脱　机			机械损耗
1	$U_1(\text{V})$	$I_1(\text{A})$	$P_1(\text{W})$	$U_2(\text{V})$	$I_2(\text{A})$	$P_2(\text{W})$	$P_{\text{mec}} = P_1 - P_2$
2							

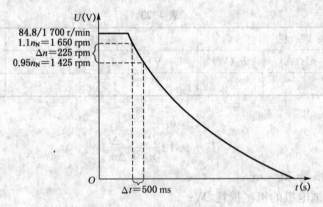

图 4-17　转速下降观测到的波形图

　　计算公式：

$$J = 91.2 \frac{P_{\text{mec}} \cdot \Delta t}{n_{\text{N}} \cdot \Delta n}$$

式中：J——转动惯量，$\text{kg} \cdot \text{m}^2$；

　　　　P_{mec}——受试电机的机械损耗，W；

　　　　Δt——转速变化所用时间，s；

　　　　$\Delta n = 1.1 n_{\text{N}} - 0.95 n_{\text{N}} = 0.15 n_{\text{N}}$。

4.8　三相同步发电机的突然短路实验

4.8.1　实验目的

（1）学会和掌握超导体闭合回路磁链守恒原则。

（2）学会三相突然短路的物理分析，短路电流及时间常数的计算。

（3）掌握瞬变电抗和超瞬变电抗及其测试方法。

（4）观察和分析三相同步发电机在空载状态下突然短路时定子绕组以及励磁绕组通过的瞬间电流波形。

4.8.2　实验内容

观察和测试突然短路时定子绕组以及励磁绕组的瞬间电流。

4.8.3　实验器件

（1）导轨、测速发电机及转速表 DD03，1 台。

（2）三相同步电机 DJ18，1 台。

（3）校正直流测功机 DJ23，1 台。

（4）直流数字电压、毫安、安培表 D31（或 D31-2），1 件。

（5）数/模交流电流表 D32，1 件。

（6）数/模交流电压表 D33，1 件。

（7）可调电阻器 D41，1 件。

（8）可调电阻器 D42，1 件。

（9）可调电阻器、电容器 D44，1 件。

（10）旋转灯、并网开关、同步机励磁电源 D52，1 件。

（11）数字记忆示波器（自备），1 件。

4.8.4　操作要点

直流电动机启动：将 R_1 阻值调到最大，R_{f1} 阻值调到最小。电枢电源调压旋钮调至较小位置。先接通励磁电源，再接通电枢电源，使 M 启动运转。启动完毕，应将 R_1 调到最小。停机时将启动电阻 R_1 调到最大，先断开电枢电源，再断开励磁电源。

4.8.5　实验步骤与原理图

观察和测试三相同步发电机突然短路瞬间的电流波形。

（1）接线如图 4-18 所示，R_{f1} 选用 D44 上的 900 Ω 加 900 Ω 共 1 800 Ω 阻值，电阻 R_1 选用 D44 上的 90 Ω 串联 90 Ω 共 180 Ω 阻值。R_{f2} 选用 D42 上 900 Ω 串联 900 Ω 共 1 800 Ω 阻值，限流电阻 R 选用 D41 上的 90 Ω 并联 90 Ω 共 45 Ω 阻值。电流表 A_1、A_2、A_3 选用 D32 上的交流电流表，三相开关 KM_1 选用 D52 上的交流接触器。同步机的励磁电源选用 D52 上的电源。将电阻 R_1 调至最大位置，R_{f1}

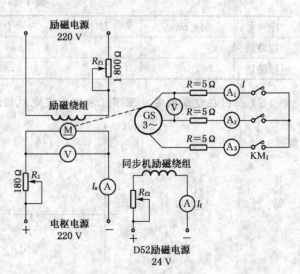

图 4-18　三相同步发电机突然短路实验接线图

调至最小位置,电阻 R_{f2} 调至最大位置。三相开关 KM_1 处于断开位置。

(2) 先合上励磁电源开关,再合上电枢电源开关,校正直流测功机 M 启动,转向符合正转要求。运行正常后,调节电枢电压至 220 V,将 R_1 电阻调至最小,调节 R_{f1} 电阻使 M 转速达到同步发电机的额定转速 $n_N = 1\,500$ r/min 并保持恒定。

(3) 打开同步机的励磁电源,调节同步电机的励磁电流 I_f 使同步电机输出电压等于额定电压 110 V。记录此时电机的转速 n、电压 U、定子电流 I、励磁电流 I_f 以及校正直流测功机的电枢电流 I_a 于表 4-24 短路前栏中。

(4) 把数字式记忆示波器的探头接至 A 相绕组所串联电阻 R 两端。按下 D52 上的"启动"按钮使同步发电机突然短路,用示波器摄录短路后定子绕组电流的波形,绘制在图 4-18 坐标纸上。并记录短路后的转速 n、电压 U、定子电流 I、励磁电流 I_f 以及校正直流测功机的电枢电流 I_a 于表 4-24 短路后栏中。

(5) 将数字示波器的触发电平位置调高。按下 D52 上的"停止"按钮,同步发电机开路。把数字式记忆示波器设为单脉冲触发状态。再按下 D52 上的"启动"按钮使同步发电机突然短路,数字示波器上显示出突然短路时 A 相绕组瞬时的电流波形。在图 4-19 中画出突然短路瞬间 A 相电流的瞬时波形。

(6) 按下 D52 上的"停止"按钮,三相同步发电机开路。将示波器的探头接至励磁绕组所串联电阻 R_{f2} 两端,按上述步骤(5)的方法用数字式记忆示波器摄录短路瞬间三相同步发电机励磁电流的波形,在图 4-19 中画出突然短路瞬间励磁电流的波形。

4.8.6　实验报告

专业_____　　班级_____　　学号_____　　姓名_____
实验组号_____　　同组者_____　　室温(℃)_____　　得分_____
被测试设备铭牌数据_____

1) 短路前与短路后的数据值

表 4-24

序　号	n(r/min)	U(V)	I(A)	I_f(A)	I_a(A)
短路前					
短路后					

2) 画出在空载额定电压下三相同步发电机短路后定子绕组电流的波形

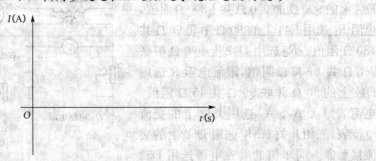

图 4-19　短路后的定子绕组电流的波形

3）画出在空载额定电压下三相同步发电机突然短路时瞬间励磁绕组的电流波形,以及定子绕组的电流波形

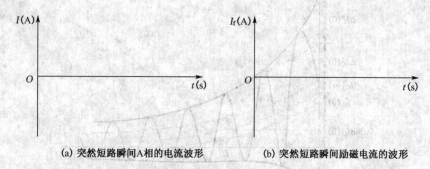

(a) 突然短路瞬间A相的电流波形　　　　　(b) 突然短路瞬间励磁电流的波形

图 4-20　画出短路瞬间定子绕组电流和励磁电流的波形图

4）计算数据

根据电机学可知定子电流一般应为周期分量、非周期分量和 2 次谐波三个分量之和。若忽略 2 次谐波,则有:

$$i = \sqrt{2}E_0\left[\frac{1}{X_d} + \left(\frac{1}{X_d'} - \frac{1}{X_d}\right)e^{-\frac{t}{\tau_d'}} + \left(\frac{1}{X_d''} - \frac{1}{X_d'}\right)e^{-\frac{t}{\tau_d''}}\right]\cos(\omega t + \beta_{ph}) + \frac{\sqrt{2}E_0}{X_d''}\cos\beta_{ph}e^{-\frac{t}{T_a}}$$

$$= \sqrt{2}\left[I_K(\infty) + \Delta I_K'(0)e^{-\frac{t}{\tau_d'}} + \Delta I_K''(0)e^{-\frac{t}{\tau_d''}}\right]\cos(\omega t + \beta_{ph}) + I_{a1}e^{-\frac{t}{T_a}}$$

$$= \sqrt{2}\left[I_K(\infty) + \Delta I_K' + \Delta I_K''\right]\cos(\omega t + \beta_{ph}) + I_{a1}e^{-\frac{t}{T_a}}$$

式中: $I_K(\infty) = \dfrac{\sqrt{2}E_0}{X_d}$ ——短路稳态电流最大值;

$\Delta I_K'(0) = \dfrac{\sqrt{2}E_0}{X_d'} - \dfrac{\sqrt{2}E_0}{X_d}$ ——瞬变分量电流的最大值;

$\Delta I_K''(0) = \dfrac{\sqrt{2}E_0}{X_d''} - \dfrac{\sqrt{2}E_0}{X_d'}$ ——超瞬变分量电流的最大值;

$I_{a1} = \dfrac{\sqrt{2}E_0}{X_d''}\cos\beta_{ph}$ ——非周期分量电流的起始值;

T_d'、T_d''、T_a ——三相突然短路时瞬变分量、超瞬变分量及非周期分量。

电流衰减时间常数:

$$\Delta I_K' = \Delta I_K'(0)e^{-\frac{t}{\tau_d'}}$$

$$\Delta I_K'' = \Delta I_K''(0)e^{-\frac{t}{\tau_d''}}$$

根据上述相电流的表达式,可以确定瞬变分量电流、超瞬变分量电流以及非周期分量电流的分离方法和步骤如下:

(1) 绘制出三相突然短路电流波幅的包络线。将所摄录电流波形的各个波峰值绘制在坐标纸上,然后用平滑的曲线连接起来,就得到一相电流波形的上下两条包络线,如图 4-15 所示。如果起始几个电流波峰之间的时间间隔不相等,则应按实际量得的时间间隔绘制。

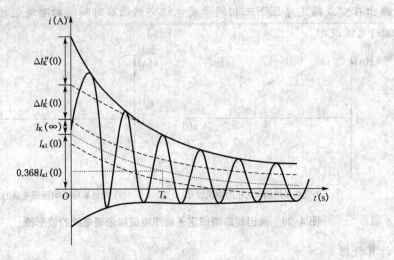

图 4-21　三相同步发电机突然短路定子绕组电流波形

（2）把各项电流的周期分量与非周期分量分开。两瞬时包络线距离的中点的连线（即图 4-21 中虚线所示）为非周期分量电流衰减曲线。两者代数差的一半（即虚线至包络线的距离）为该瞬间电流的周期分量，再求出三相电流周期分量的平均值。

（3）瞬变分量（$\Delta I_K'$）和超瞬变分量（$\Delta I_K''$）。从电枢电流周期分量中减去稳态短路电流 $I_K(\infty)$，即得电流曲线（$\Delta I_K' + \Delta I_K''$），将其绘于半对数坐标纸上，将（$\Delta I_K' + \Delta I_K''$）曲线后半部的直线部分延伸到纵坐标上，其交点即为短路电流瞬变分量的初始值 $\Delta I_K'(0)$。

在半对数坐标纸上，曲线（$\Delta I_K' + \Delta I_K''$）与直线 $\Delta I_K'$ 在同一瞬间的差值即为短路电流的超瞬变分量 $\Delta I_K''$。把超瞬变电流分量与时间的关系也画在半对数坐标纸上，并将其延伸到纵坐标轴，则交点即为超瞬变分量电流的起始值 $\Delta I_K''(0)$。

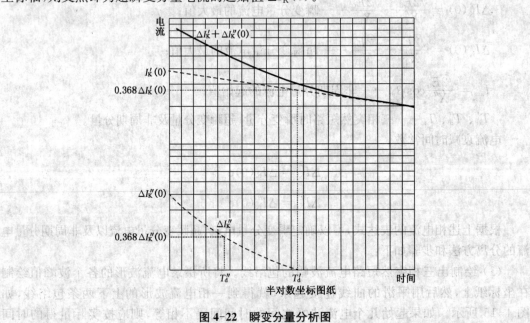

图 4-22　瞬变分量分析图

（4）计算直轴瞬变电抗 X_d' 及超瞬变电抗 X_d''

$$X_d' = \frac{\sqrt{2}U}{\sqrt{3}[I_K(\infty) + \Delta I_K'(0)]}$$

$$X_d'^* = \frac{I_{\varphi N}}{U_{\varphi N}} X_d'$$

$$X_d'' = \frac{\sqrt{2}U}{\sqrt{3}[I_K(\infty) + \Delta I_K'(0) + \Delta I_K''(0)]}$$

$$X_d'^* = \frac{I_{\varphi N}}{U_{\varphi N}} X_d''$$

式中：$U_{\varphi N}$ 和 $I_{\varphi N}$—— 分别为被试电机的额定相电压和额定相电流。

（5）确定时间常数 T_d'、T_d'' 及 T_a。

电枢绕组短路时的直轴瞬变时间常数 T_d' 是电枢电流瞬变周期分量自初始值 $\Delta I_K'(0)$ 衰减到 $0.368\Delta I_K'(0)$ 时所需要的时间。

电枢绕组短路时的直轴超瞬变时间常数 T_d'' 是电枢电流超瞬变分量自初始值 $\Delta I_K''(0)$ 衰减到 $0.368\Delta I_K''(0)$ 时所需要的时间。

电枢绕组短路时的非周期分量时间常数 T_a 是电枢电流非周期分量 I_{a1} 自初始值衰减到 0.368 初始值时所需的时间。

5）思考题

三相同步电机突然短路的数学分析。

4.9　三相同步发电机不对称运行实验

4.9.1　实验目的

（1）学会和掌握不对称运行的相序方程式和等值电路。

（2）掌握负序和零序参数的测试方法。

（3）掌握几种不对称稳态短路的分析。对称分量分析方法及使用条件。

4.9.2　实验内容

（1）测试零序阻抗及负序阻抗。

（2）单相短路不对称运行测试。

（3）相间短路不对称运行测试。

4.9.3　实验器件

（1）导轨、测速发电机及转速表 DD03，1 台。

（2）三相同步电机 DJ18，1 台。

（3）校正直流测功机 DJ23，1 台。

（4）直流电压、毫安、电流表 D31（或 D31-2），1 件。

（5）数/模交流电流表 D32，1 件。

（6）数/模交流电压表 D33，1 件。

（7）智能型功率、功率因数表 D34-3，1 件。

（8）可调电阻器 D41，1 件。

（9）可调电阻器 D42，1 件。

（10）旋转灯、并网开关及励磁电源 D52，1 件。

（11）波形测试及开关板 D51，1 件。

4.9.4　操作要点

直流电动机启动：将 R_1 阻值调到最大，R_{f1} 阻值调到最小。电枢电源调压旋钮调至较小位置。先接通励磁电源，再接通电枢电源，使 M 启动运转。启动完毕，应将 R_1 调到最小。停机时将启动电阻 R_1 调到最大，先断开电枢电源，再断开励磁电源。

4.9.5　实验步骤与原理图

1）零序电抗的测试

（1）接线如图 4-23 所示，电阻 R_{f1} 选用 D42 上的 900 Ω 串联 900 Ω 共 1 800 Ω 阻值，电阻 R_1 选用 D41 上的 90 Ω 串联 90 Ω 共 180 Ω，把电阻 R_{f1} 调至最小位置，电阻 R_1 调至最大位置。同步发电机的定子绕组串联联接。

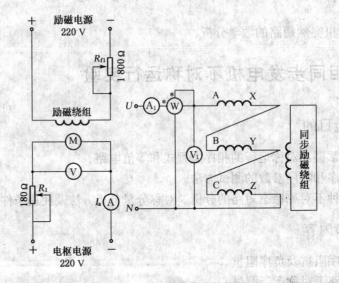

图 4-23　测定零序电抗接线图

（2）三相调压器旋钮调至输出电压为零的位置。合上校正直流测功机的励磁电源，再接通电枢电源，观察转向应符合正转要求。运行正常后，调节电枢电压至 220 V，将 R_1 电阻调至最小，调节 R_{f1} 电阻使 M 转速达到同步发电机的额定转速 $n_N = 1\,500$ r/min。缓慢调节三相调压器旋钮，观察 A_1 电流表指示，调至电流数值（零序电流）等于 0.25 I_N 时为止。将此时的电压 U_0、电流 I_0、功率 P_0 记录在表 4-25 中。

2) 负序电抗的测试

接线如图 4-24 所示,把电阻 R_{f1} 调至最小位置,电阻 R_1 调至最大位置。缓慢调节调压器旋钮使电机运转起来,如果同步电机为正转则应调换相序使电机运转方向为反转。运转起来后,先合上励磁电源,再接通电枢电源,使机组符合正转旋转方向。调节电枢电压至 220 V,将 R_1 电阻调至最小,调节 R_{f1} 电阻使 M 转速达到同步发电机的额定转速 $n_N = 1\,500$ r/min。缓慢调节三相调压器旋钮,观察 A_1 电流表指示(三相是否对称),调至电流数值等于 $0.25\,I_N$ 时为止。将此时的三相电压 U、三相电流 I、三相功率 P 记录在表 4-26 中。

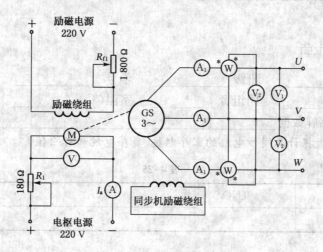

图 4-24 负序电抗测定接线图

3) 单相短路、相间短路和三相短路不对称运行测试

(1) 接线如图 4-25 所示,电阻 R_{f1} 选用 D42 上的 900 Ω 串联 900 Ω 共 1 800 Ω 阻值,电阻 R_1 选用 D42 上的 900 Ω 并联 900 Ω 共 450 Ω,电阻 R_{f2} 选用 D42 上的 900 Ω 并联 900 Ω 共 450 Ω,把电阻 R_{f1} 调至最小位置,电阻 R_1、R_{f2} 调至最大位置。S_1、S_2、S_3 开关选用挂件 D51 上的开关,均放在断开位置。

(2) 校正直流测功机 M 启动方法同上,并使转速达到 1 500 r/min。合上D52 上 24 V 励磁电源,调节同步发电机的励磁电阻 R_{f2},观察 V_1 电压表指示(三相是否对称)到同步发电机输出电压为 220 V 额定电压为止。此时三相同步发电机处于空载运行状态。记录 U_1、U_2、U_3、I_1、I_2、I_3、I_a、I_{f2} 于表 4-27 空载运行栏中。

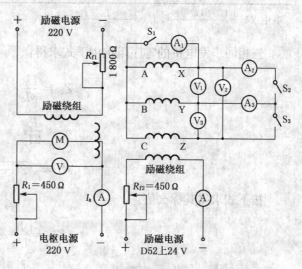

图 4-25 三相同步发电机不对称运行实验接线图

(3) 保持同步发电机输出电压 $U = 220$ V 不变,把 S_1 开关闭合,S_2、S_3 开关断开,此时

三相同步发电机处于单相短路运行状态。记录 U_1、U_2、U_3、I_1、I_2、I_3、I_a、I_{f2} 于表 4-27 单相短路栏中。

（4）保持同步发电机输出电压 220 V 不变，把 S_2 开关闭合，S_1、S_3 开关断开，三相同步发电机处于相间短路运行状态。记录 U_1、U_2、U_3、I_1、I_2、I_3、I_a、I_{f2} 于表 4-27 相间短路栏中。

（5）保持同步发电机输出电压 220 V 不变，把 S_1 开关断开，S_2、S_3 开关闭合，此时三相同步发电机处于三相稳态短路运行状态。记录 U_1、U_2、U_3、I_1、I_2、I_3、I_a、I_{f2} 于表 4-27 三相短路运行栏中。

4.9.6　实验报告

专业＿＿＿＿＿＿＿　　班级＿＿＿＿＿＿＿　　学号＿＿＿＿＿＿＿　　姓名＿＿＿＿＿＿
实验组号＿＿＿＿＿　　同组者＿＿＿＿＿　　室温(℃)＿＿＿＿＿　　得分＿＿＿＿＿＿
被测试设备铭牌数据＿＿＿＿＿＿＿＿＿＿＿＿＿＿＿＿＿＿＿＿＿＿＿＿＿＿＿＿＿＿＿

1）根据实验数据计算同步电机的零序电抗、负序电抗和标幺值

表 4-25

测量数据	U_0(V)	I_0(A)	P_0(W)
数　值			

表 4-26

测量数据	U_1(V)	U_2(V)	U_3(V)	U_-(V)	I_1(A)	I_2(A)	I_3(A)	I_-(A)	P_1(W)	P_2(W)	P_-(W)
数　值											

其中：$U_- = \dfrac{U_1 + U_2 + U_3}{3}$，$I_- = \dfrac{I_1 + I_2 + I_3}{3}$，$P_- = P_1 + P_2$

三相同步发电机的零序阻抗由下式求得：

$$Z_0 = \frac{U_0}{3I_0}$$

$$r_0 = \frac{P_0}{3I_0^2}$$

$$X_0 = \sqrt{Z_0^2 - r_0^2}$$

按下式求出其标幺值：

$$Z_0^* = \frac{I_{N\varphi}}{U_{N\varphi}} Z_0$$

$$r_0^* = \frac{I_{N\varphi}}{U_{N\varphi}} r_0$$

$$X_0^* = \frac{I_{N\varphi}}{U_{N\varphi}} X_0$$

其中 $U_{N\varphi}$ 和 $I_{N\varphi}$ 为同步发电机的额定相电压和额定相电流。

计算负序电抗：

$$Z_- = \frac{U_+}{\sqrt{3}I_+}$$

$$r_- = \frac{P_-}{3I_-^2}$$

$$X_- = \sqrt{Z_-^2 - r_-^2}$$

计算负序阻抗标幺值的方法与计算零序阻抗标幺值的方法一样。

求出其标幺值。

2）验证当同步发电机的励磁电流相同时，单相短路稳态电流 I_{K1}、相间短路稳态电流 I_{K2} 以及三相稳态短路电流 I_K 之间的关系近似为 $I_{K1}:I_{K2}:I_K = 3:\sqrt{3}:1$

表 4-27

运行状态	U_1(V)	U_2(V)	U_3(V)	I_1(A)	I_2(A)	I_3(A)	I_a(A)	I_{f2}(A)
空载运行								
单相短路运行								
相间短路运行								
三相短路运行								

3）思考题

（1）课前思考题

说明负序阻抗以及零序阻抗的含义。

（2）课后思考题

分析三相同步发电机不对称稳态短路以及运行时的危害。

4.10　三相三绕组变压器

4.10.1　实验目的

（1）学会和掌握三相三绕组变压器参数测定的方法。

（2）了解和分析三绕组变压器带负载后输出电压的变化情况。

4.10.2　实验内容

（1）空载实验和变比测定。

（2）短路实验。

（3）负载实验。

4.10.3　实验器件

（1）数/模交流电压表 D33，1 件。

（2）数/模交流电流表 D32，1 件。

（3）三相芯式变压器 DJ12，1 件。

（4）智能型功率、功率因数表 D34-3，1 件。

（5）三相可调电阻器 D42，1 件。

（6）三相可调电抗器 D43，1 件。

（7）波形测试及开关板 D51，1 件。

4.10.4　实验步骤与原理图

根据被试变压器的铭牌数据，自行设计实验接线图和选择仪表、绘制实验数据记录表格。

图 4-26　三相三绕式变压器实验接线图

1）空载实验

（1）低压绕组作为一次绕组接电源，其他两绕组开路。

（2）实验方法与三相双绕组变压器相同。

（3）测定变比：在实验中需同时测取高压、中压和低压绕组的空载电压。

（4）将测量数据记录在表 4-28 中。

2）短路实验

按照以下方法分别进行三次短路实验：

（1）高压绕组施加电压，中压绕组短路，低压绕组开路。

（2）低压绕组施加电压，高压绕组短路，中压绕组开路。

（3）低压绕组施加电压，中压绕组短路，高压绕组开路。

（4）将测量数据记录在表 4-29 中。

3）负载实验

低压绕组接电源，高压绕组接电阻感性负载（$\cos \varphi_2 = 0.8$），中压绕组接纯电阻负载（$\cos \varphi_2 = 1$）。在保持低压绕组额定电压的情况下，将高压、中压绕组的电流分别逐渐升至 50% 额定电流为止，将测取的中压、低压绕组输出的电压、电流和功率因数数据记录在表 4-30 中。

4.10.5　实验报告

专业_____　　　班级_____　　　学号_____　　　姓名_____

实验组号_____　　同组者_____　　室温(℃)_____　　得分_____

被测试设备铭牌数据_____

1) 绘出空载特性曲线

表 4-28

计算三相三绕组变压器的变比:

$$K_{12} = \frac{U_1}{U_2}$$

$$K_{13} = \frac{U_1}{U_3}$$

$$K_{23} = \frac{U_2}{U_3}$$

式中: U_1、U_2、U_3——分别为高、中、低三个绕组的三相平均相电压。

2) 由短路实验计算参数,并画出等效电路图

表 4-29

根据短路实验 1 算出 Z_{K12}、r_{K12} 和 X_{K12}。
根据短路实验 2 算出 Z_{K31}、r_{K31} 和 X_{K31}。
根据短路实验 3 算出 Z_{K32}、r_{K32} 和 X_{K32}。
将 Z_{K12} 折算到低压方:

$$Z'_{K12} = \frac{Z_{K12}}{K_{13}^2} = r'_{K12} + jX'_{K12}$$

低压绕组的参数:

$$Z_3 = \frac{1}{2}(Z_{K31} + Z_{K32} - Z'_{K12})$$

$$r_3 = \frac{1}{2}(r_{K31} + r_{K32} - r'_{K12})$$

$$X_3 = \frac{1}{2}(X_{K31} + X_{K32} - X'_{K12})$$

中压绕组的参数:

$$Z'_2 = \frac{1}{2}(Z_{K32} + Z'_{K12} - Z_{K31})$$

$$r_2' = \frac{1}{2}(r_{K32} + r_{K12}' - r_{K31})$$

$$X_2' = \frac{1}{2}(X_{K32} + X_{K12}' - X_{K31})$$

高压绕组的参数：

$$Z_1' = \frac{1}{2}(Z_{K31} + Z_{K12}' - Z_{K32})$$

$$r_1' = \frac{1}{2}(r_{K31} + r_{K12}' - r_{K32})$$

$$X_1' = \frac{1}{2}(X_{K31} + X_{K12}' - X_{K32})$$

最后，将短路电阻和电抗换算到基准工作温度时的值。

3）根据下式计算出三绕组变压器的电压变化率

表 4-30

高压绕组：

$$\Delta u_{31} = u_{Kr31}\cos\varphi_1 + u_{KX31}\sin\varphi_1 + u_{r2}\cos\varphi_2 + u_{X2}\sin\varphi_2$$

$$u_{Kr31} = \frac{I_1' r_{K31}}{U_{3N\varphi}} \times 100\%$$

$$u_{KX31} = \frac{I_1' X_{K31}}{U_{3N\varphi}} \times 100\%$$

$$u_{r2} = \frac{I_2' r_3}{U_{3N\varphi}} \times 100\%$$

式中：

$$u_{X2} = \frac{I_2' X_3}{U_{3N\varphi}} \times 100\%$$

$$u_{Kr32} = \frac{I_2' r_{K32}}{U_{3N\varphi}} \times 100\%$$

$$u_{KX32} = \frac{I_2' X_{K32}}{U_{3N\varphi}} \times 100\%$$

$$u_{r1} = \frac{I_1' r_3}{U_{3N\varphi}} \times 100\%$$

$$u_{X1} = \frac{I_1' X_3}{U_{3N\varphi}} \times 100\%$$

以上各式所有电阻均为基准工作温度时的阻值。$U_{3\varphi}$为低压绕组额定相电压,I_1'、I_2'分别为折算到低压方的高压和中压方的负载电流。

4)思考题

将电压变化率的计算值与实测值进行比较分析,说明引起三绕组变压器输出电压变化的因素及电压变化率的计算方法。

附　录

附录 1　DDSZ 型电机实验装置各类电机铭牌数据一览表

序号	编号	名　称	P_N(W)	U_N(V)	I_N(A)	n_N(r/min)	U_{fN}(V)	I_{fN}(A)	绝缘等级	备注
1	DJ11	三相组式变压器	230/230	380/95	0.35/1.4					Y/Y
2	DJ12	三相芯式变压器	152/152/152	220/63.6/55	0.4/1.38/1.6					Y/△/Y
3	DJ13	直流复励发电机	100	200	0.5	1 600			E	
4	DJ14	直流串励电动机	120	220	0.8	1 400			E	
5	DJ15	直流并励电动机	185	220	1.2	1 600	220	<0.16	E	
6	DJ16	三相鼠笼式异步电动机	100	220(△)	0.5	1 420			E	
7	DJ17	三相线绕式异步电动机	120	220(Y)	0.6	1 380		.	E	
8	DJ18	三相同步发电机	170	220(Y)	0.45	1 500	14	1.2	E	
9	DJ18	三相同步电动机	90	220(Y)	0.35	1 500	10	0.8	E	
10	DJ19	单相电容启动电动机	90	220	1.45	1 400			E	C=35 μF
11	DJ20	单相电容运行电动机	120	220	1.0	1 420			E	C=4 μF
12	DJ21	单相电阻启动电动机	90	220	1.45	1 400			E	
13	DJ22	双速异步电动机	120/90	220	0.6/0.6	2 820/1 400			E	YY/△
14	DJ23	校正直流测功机	355	220	2.2	1 500	220	<0.16	E	
15	WDJ24	三相鼠笼式异步电动机	60	380(Y)	0.35	1 430			E	
16	DJ25	直流他励电动机	80	220	0.5	1 500	220	<0.13	E	

续表

序号	编号	名称	$P_N(W)$	$U_N(V)$	$I_N(A)$	$n_N(r/min)$	$U_{fN}(V)$	绝缘等级	备注
17	DJ26	三相鼠笼式异步电动机	180	380(△)	1.12	1 430		E	
18	HK10	永磁式直流测速发电机				2 400		E	输出斜率 5 V/kr/min
19	ZSZ-1	自整角机		$U_f = 220$	0.2			E	次级电压 49 V
20	XSZ-1	旋转变压器		60				E	$K = 0.56$, $f_N = 400$ Hz
21	JSZ-1	交流伺服电机		$U_c = 220$		2 700	$U_f = 220$	E	
22	HK27	交流测速发电机				1 800	110	E	输出斜率 4 V/kr/min
23	HK91	三相永磁同步电动机	180	380(Y)	0.35	1 500		E	
24	HK93	高压直流无刷电机	100	220		1 500		E	
25	BSZ-1	步进电动机		24	3			E	$\theta_{se} = 1.5/3$ deg $T_{max} = 0.588$ N·m
26	HK92	直线电动机		380(Y)	0.22	4.5 m/s		E	额定气隙 $\delta = 2$ mm, 推力 $F = 8$ N
27	HK94	开关磁阻电机	100	220		1 500		E	
28									
29									
30									
31									
32									
33									

附录 2　电机实验技术测试原始数据记录册

附 2.1　电机与拖动实验

附 2.1.1　直流他励电动机

专业 _____　班级 _____　学号 _____　姓名 _____

实验组号 _____　同组者 _____　室温(℃) _____　审阅教师 _____

被测试设备铭牌数据 _____

1) 电动机 M 电枢绕组的直流冷态电阻测试数据

附表 1-1

室温___℃

序　号	U(V)	I(A)	R(平均)(Ω)	
1			$R_{a11}=$	
			$R_{a12}=$	$R_{a1}=$
			$R_{a13}=$	
2			$R_{a21}=$	
			$R_{a22}=$	R_{a2}
			$R_{a23}=$	
3			$R_{a31}=$	
			$R_{a32}=$	R_{a3}
			$R_{a33}=$	

2) 转矩 $T_2 = f(I_F)$ 的特性曲线测试数据

附表 1-2

序　号	1	2	3	4	5	6	7	8
I_F(A)								
T_2(N · m)								

3) 他励电动机的转速调节测试数据

附表 1-3

R_1	转速 n	R_{f1}	转速 n
增加		增加	
减少		减少	

4）电动机的转向改变

附表 1-4

电枢绕组	转速方向	励磁绕组	转速方向
两端对调		两端对调	

附 2.1.2　直流发电机

专业＿＿＿＿＿＿＿　班级＿＿＿＿＿＿　学号＿＿＿＿＿＿　姓名＿＿＿＿＿＿

实验组号＿＿＿＿＿＿　同组者＿＿＿＿＿　室温(℃)＿＿＿＿　审阅教师＿＿＿＿＿

被测试设备铭牌数据＿＿＿＿＿＿＿＿＿＿＿＿＿＿＿＿＿＿＿＿＿＿＿＿＿＿＿＿

1）他励直流发电机实验测试数据

（1）空载特性测试数据

附表 1-5

$n = n_N = 1\,600 \text{ r/min}, I_L = 0$

U_0(V)							
I_f(mA)							

（2）外特性测试数据

附表 1-6

$n = n_N = \underline{\quad} \text{ r/min}, I_f = I_{fN} = \underline{\quad} \text{mA}$

U(V)							
I_L(A)							

（3）调整特性测试数据

附表 1-7

$n = n_N = \underline{\quad} \text{ r/min}, U = U_N = \underline{\quad} \text{V}$

I_L(A)							
I_f(mA)							

2）并励发电机外特性实验测试数据

附表 1-8

$n = n_N = \underline{\quad} \text{ r/min}, I_{f2} = I_{fN}$

U(V)							
I_L(A)							

3) 复励发电机外特性实验测试数据

附表 1-9

$n = n_N = $ ___r/min, $I_f = I_{fN}$

$U(V)$						
$I_L(A)$						

附 2.1.3　直流并励电动机

专业_____　班级_____　学号_____　姓名_____
实验组号_____　同组者_____　室温(℃)_____　审阅教师_____
被测试设备铭牌数据_____

1) 并励电动机的工作特性和机械特性实验测试数据

附表 1-10

$U = U_N = $ ___V, $I_f = I_{fN} = $ ___mA, $I_{f2} = 100$ mA

$I_a(A)$							
$n(r/min)$							
$I_F(A)$							
$T_2(N \cdot m)$							

2) 并励电动机的调速特性实验测试数据

(1) 电枢绕组串电阻

附表 1-11

$I_f = I_{fN} = $ ___mA, $I_F = $ ___A($T_2 = $ ___N·m), $I_{f2} = 100$ mA

$U_a(V)$							
$n(r/min)$							
$I_a(A)$							

(2) 改变励磁电流

附表 1-12

$U = U_N = $ ___V, $I_F = $ ___A($T_2 = $ ___N·m), $I_{f2} = 100$ mA

$n(r/min)$							
$I_f(mA)$							
$I_a(A)$							

附 2.1.4　直流串励电动机

专业_____　班级_____　学号_____　姓名_____

实验组号_____ 同组者_____ 室温(℃)_____ 审阅教师_____

被测试设备铭牌数据_____

1) 工作特性和机械特性实验测试数据

附表 1-13

$U_1 = U_N = \underline{\quad}$ V, $I_{f2} = \underline{\quad}$ mA

$I_a(A)$						
$n(r/min)$						
$I_F(A)$						
$T_2(N \cdot m)$						

2) 人为机械特性实验测试数据

附表 1-14

$U = U_N = \underline{\quad}$ V, $R_1 = 常值$, $I_{f2} = \underline{\quad}$ mA

$I_F(A)$					
$n(r/min)$					
$I_a(A)$					
$T_2(N \cdot m)$					

3) 调速特性实验测试数据

(1) 电枢回路串电阻调速

附表 1-15

$U = U_N = \underline{\quad}$ V, $I_{f2} = \underline{\quad}$ mA, $I_F = \underline{\quad}$ A

$n(r/min)$						
$I_a(A)$						
$U_2(V)$						

(2) 磁场绕组并联电阻调速

附表 1-16

$U = U_N = \underline{\quad}$ V, $I_{f2} = \underline{\quad}$ mA, $I_F = \underline{\quad}$ A

$n(r/min)$						
$I_a(A)$						
$I_{f1}(A)$						

附 2.1.5　单相变压器

专业_____ 班级_____ 学号_____ 姓名_____

实验组号＿＿＿＿＿＿　同组者＿＿＿＿＿＿　室温(℃)＿＿＿＿＿　审阅教师＿＿＿＿＿＿

被测试设备铭牌数据＿＿＿＿＿＿＿＿＿＿＿＿＿＿＿＿＿＿＿＿＿＿＿＿＿＿＿＿＿＿＿

1) 空载实验测试数据

附表 1-17

序　号	实 验 数 据			
	$U_0(V)$	$I_0(A)$	$P_0(W)$	$U_{AX}(V)$
1				
2				
3				
4				
5				
6				
7				
8				

2) 短路实验测试数据

附表 1-18

室温＿＿＿℃

序　号	实 验 数 据		
	$U_K(V)$	$I_K(A)$	$P_K(W)$
1			
2			
3			
4			
5			
6			
7			
8			

3) 负载实验测试数据

(1) 纯电阻负载

附表 1-19

$\cos\varphi_2 = 1, U_1 = U_N = \underline{\quad} V$

序　号					
$U_2(V)$					
$I_2(A)$					

（2）阻感性负载

$\cos \varphi_2 = 0.8, U_1 = U_N = $ ___ V

序　号					
$U_2(V)$					
$I_2(A)$					

附 2.1.6　三相变压器

专业_____　　班级_____　　学号_____　　姓名_____

实验组号_____　　同组者_____　　室温(℃)_____　　审阅教师_____

被测试设备铭牌数据_____

1）测定变比实验测试数据

高压绕组线电压(V)		低压绕组线电压(V)	
U_{AB}		U_{ab}	
U_{BC}		U_{bc}	
U_{CA}		U_{ca}	

2）空载实验测试数据

序　号	实　验　数　据							
	$U_{0L}(V)$			$I_{0L}(A)$			$P_0(W)$	
	U_{ab}	U_{bc}	U_{ca}	I_{a0}	I_{b0}	I_{c0}	P_{01}	P_{02}
1								
2								
3								
4								
5								
6								
7								
8								
9								

3）短路实验测试数据

附表 1-23

室温____℃

序　号	实　验　数　据							
	$U_{KL}(V)$			$I_{KL}(A)$			$P_K(W)$	
	U_{AB}	U_{BC}	U_{CA}	I_{AK}	I_{BK}	I_{CK}	P_{K1}	P_{K2}
1								
2								
3								
4								
5								
6								
7								
8								

4）纯电阻负载实验测试数据

附表 1-24

$U_1 = U_{1N} = \underline{\quad} V, \cos\varphi_2 = 1$

序　号	$U_2(V)$				$I_2(A)$			
	U_{AB}	U_{BC}	U_{CA}	U_2	I_A	I_B	I_C	I_2
1								
2								
3								
4								
5								
6								
7								
8								

附 2.1.7　三相变压器的联接组和不对称短路

专业_____　　班级_____　　学号_____　　姓名_____

实验组号_____　　同组者_____　　室温(℃)_____　　审阅教师_____

被测试设备铭牌数据_____

1) 联接组实验测试数据

(1) Y/Y-12

附表 1-25

$U_{AB}(V)$	$U_{ab}(V)$	$U_{Bb}(V)$	$U_{Cc}(V)$	$U_{Bc}(V)$

(2) Y/Y-6

附表 1-26

$U_{AB}(V)$	$U_{ab}(V)$	$U_{Bb}(V)$	$U_{Cc}(V)$	$U_{Bc}(V)$

(3) Y/△-11

附表 1-27

$U_{AB}(V)$	$U_{ab}(V)$	$U_{Bb}(V)$	$U_{Cc}(V)$	$U_{Bc}(V)$

(4) Y/△-5

附表 1-28

实　验　数　据				
$U_{AB}(V)$	$U_{ab}(V)$	$U_{Bb}(V)$	$U_{Cc}(V)$	$U_{Bc}(V)$

2) 不对称短路实验测试数据

(1) Y/Y₀ 连接单相短路

① 三相心式变压器

附表 1-29

$I_{2K}(A)$	$I_A(A)$	$I_B(A)$	$I_C(A)$	$U_a(V)$	$U_b(V)$	$U_c(V)$

$U_A(V)$	$U_B(V)$	$U_C(V)$	$U_{AB}(V)$	$U_{BC}(V)$	$U_{CA}(V)$	

② 三相组式变压器

附表 1-30

$I_{2K}(A)$	$I_A(A)$	$I_B(A)$	$I_C(A)$	$U_a(V)$	$U_b(V)$	$U_c(V)$

$U_A(V)$	$U_B(V)$	$U_C(V)$	$U_{AB}(V)$	$U_{BC}(V)$	$U_{CA}(V)$	

（2）Y/Y 联接两相短路

① 三相心式变压器

附表 1-31

$I_{2K}(A)$	$I_A(A)$	$I_B(A)$	$I_C(A)$	$U_a(V)$	$U_b(V)$	$U_c(V)$

$U_A(V)$	$U_B(V)$	$U_C(V)$	$U_{AB}(V)$	$U_{BC}(V)$	$U_{CA}(V)$	

② 三相组式变压器

附表 1-32

$I_{2K}(A)$	$I_A(A)$	$I_B(A)$	$I_C(A)$	$U_a(V)$	$U_b(V)$	$U_c(V)$

$U_A(V)$	$U_B(V)$	$U_C(V)$	$U_{AB}(V)$	$U_{BC}(V)$	$U_{CA}(V)$	

3）零序阻抗实验测试数据

（1）三相心式变压器

附表 1-33

$I_{0L}(A)$	$U_{0L}(V)$	$P_{0L}(W)$
$0.25I_N=$		
$0.5I_N=$		

4）三相组式和心式变压器在不同连接方法时的空载电流和电势的波形实验测试数据

（1）三相组式变压器

① Y/Y 联接

附表 1-34

实　验　数　据	
$U_{AB}(V)$	$U_{AX}(V)$

② Y_0/Y 联接

附表 1-35

实　验　数　据	
$U_{AB}(V)$	$U_{AX}(V)$

③ Y/△连接

附表 1-36

实　验　数　据		
$U_{AB}(V)$	$U_{AX}(V)$	$U_{az}(V)$

附表 1-37

实　验　数　据		
$U_{AB}(V)$	$U_{AX}(V)$	I 谐波(A)

（2）三相心式变压器

① Y/Y 联接

附表 1-38

实　验　数　据	
$U_{AB}(V)$	$U_{AX}(V)$

② Y_0/Y 联接

附表 1-39

实　验　数　据	
$U_{AB}(V)$	$U_{AX}(V)$

③ Y/△连接

附表 1-40

实　验　数　据		
$U_{AB}(V)$	$U_{AX}(V)$	$U_{az}(V)$

附表 1-41

实　验　数　据		
$U_{AB}(V)$	$U_{AX}(V)$	I 谐波(A)

附 2.1.8　单相变压器的并联运行

专业＿＿＿＿＿＿　　班级＿＿＿＿＿　　学号＿＿＿＿＿＿　　姓名＿＿＿＿＿＿

实验组号＿＿＿＿＿　　同组者＿＿＿＿＿　　室温(℃)＿＿＿＿＿　　　审阅教师＿＿＿＿＿＿

被测试设备铭牌数据＿＿＿＿＿＿＿＿＿＿＿＿＿＿＿＿＿＿＿＿＿＿＿＿＿＿＿＿＿＿＿＿＿＿＿

1) 阻抗电压相等的两台单相变压器并联运行的实验测试数据

附表 1-42

I_1(A)	I_2(A)	I(A)

2) 阻抗电压不相等的两台单相变压器并联运行的实验测试数据

附表 1-43

I_1(A)	I_2(A)	I(A)

附 2.1.9　三相变压器的并联运行

专业＿＿＿＿＿＿＿　　班级＿＿＿＿＿＿　　学号＿＿＿＿＿＿＿　　姓名＿＿＿＿＿＿＿＿

实验组号＿＿＿＿＿　　同组者＿＿＿＿＿　　室温(℃)＿＿＿＿＿　　审阅教师＿＿＿＿＿＿

被测试设备铭牌数据＿＿＿＿＿＿＿＿＿＿＿＿＿＿＿＿＿＿＿＿＿＿＿＿＿＿＿＿＿＿＿＿＿＿

1）阻抗电压相等的两台三相变压器并联运行的实验测试数据

附表 1-44

$I_1(A)$	$I_2(A)$	$I(A)$

2）阻抗电压不相等的两台单相变压器并联运行的实验测试数据

附表 1-45

$I_1(A)$	$I_2(A)$	$I(A)$

附 2.1.10　三相鼠笼异步电动机的工作特性

专业_____　班级_____　学号_____　姓名_____
实验组号_____　同组者_____　室温(℃)_____　审阅教师_____
被测试设备铭牌数据_____
1）转差率实验测试数据

附表 1-46

N(转)	t(s)	S(转差率)	n(r/min)

2）定子绕组的冷态直流电阻实验测试数据

附表 1-47

室温＿＿℃

	绕 组 I			绕 组 II			绕 组 III		
I(mA)									
U(V)									
R(Ω)									

3）空载实验测试数据

附表 1-48

序号	U_0(V)				I_0(A)				P_0(W)		
	U_{AB}	U_{BC}	U_{CA}	U_{0L}	I_A	I_B	I_C	I_{0L}	P_1	P_2	P_0

4）短路实验测试数据

附表 1-49

序号	U_K(V)				I_K(A)				P_K(W)		
	U_{AB}	U_{BC}	U_{CA}	U_{KL}	I_A	I_B	I_C	I_{KL}	P_1	P_2	P_K

5）负载实验测试数据

附表 1-50

$U_1 = U_{1N} = 220\ V(\triangle)$, $I_f = \underline{\quad}$ mA

序号	$I_1(A)$				$P_1(W)$			$I_F(A)$	$T_2(N \cdot m)$	$n(r/min)$
	I_A	I_B	I_C	I_1	P_I	P_{II}	P_1			
1										
2										
3										
4										
5										
6										
7										
8										
9										

附 2.1.11　三相异步电动机的启动与调速

专业_____　　班级_____　　学号_____　　姓名_____

实验组号_____　　同组者_____　　室温(℃)_____　　审阅教师_____

被测试设备铭牌数据_____

1）直接启动实验测试数据

附表 1-51

$U_{st} = U_N = 220\ V$

次数	1	2	3
$I_{st}(A)$			

附表 1-52

测　量　值		
$U_K(V)$	$I_K(A)$	$F(N)$

2）星形—三角形(Y/△)启动实验测试数据

附表 1-53

$U_{st} = U_N = 220\ V(Y$ 接法$)$

次数	1	2	3
$I_{st}(A)$			

3) 自耦变压器启动实验测试数据

（1）用 D43 上的自耦调压器

附表 1-54

$U_N = 220$ V

	$U_N = 40\%U_N$	$U_N = 60\%U_N$	$U_N = 80\%U_N$
$I_{st}(A)$			
$I_{st}(A)$			
$I_{st}(A)$			

（2）用控制屏上的调压器

附表 1-55

$U_N = 220$ V

	$U_N = 40\%U_N$	$U_N = 60\%U_N$	$U_N = 80\%U_N$
$I_{st}(A)$			
$I_{st}(A)$			
$I_{st}(A)$			

4) 线绕式异步电动机转子绕组串入可变电阻器启动实验测试数据

附表 1-56

$U_K = $ ___ V

$R_{st}(\Omega)$	0	2	5	15
I_K				
$F(N)$				
$I_{st}(A)$				
$T_{st}(N \cdot m)$				

5) 线绕式异步电动机转子绕组串入可变电阻器调速实验测试数据

附表 1-57

$U = 220$ V，$I_f = $ ___ mA，$I_F = $ ___ A$(T_2 = $ ___ N $\cdot$ m)

$r_{st}(\Omega)$	0	2	5	15
$n(r/min)$				

附 2.1.12　单相电容启动异步电动机

专业 _____ 班级 _____ 学号 _____ 姓名 _____

实验组号 _____ 同组者 _____ 室温(℃) _____ 审阅教师 _____

被测试设备铭牌数据 _____

1) 定子主、副绕组的实际冷态电阻实验测试数据

附表 1-58

室温＿＿℃

	主　绕　组			副　绕　组	
$I(\text{mA})$					
$U(\text{V})$					
$R(\Omega)$					

2) 空载实验测试数据

附表 1-59

序　号	1	2	3	4	5	6	7	8
$U_0(\text{V})$								
$I_0(\text{A})$								
$P_0(\text{W})$								

3) 短路实验测试数据

附表 1-60

序　号					
$U_K(\text{V})$					
$I_K(\text{A})$					
$F(\text{N})$					
$T_K(\text{N} \cdot \text{m})$					

附表 1-61

$U_{K0}(\text{V})$	$I_{K0}(\text{A})$	$P_{K0}(\text{W})$

4) 负载实验测试数据

附表 1-62

$U_N = 220\ \text{V},\ I_f = \underline{\quad}\ \text{mA}$

序　号	1	2	3	4	5	6	7	8
$I(\text{A})$								
$P_1(\text{W})$								
$I_F(\text{A})$								
$n(\text{r/min})$								
$T_2(\text{N} \cdot \text{m})$								
$P_2(\text{W})$								

附 2.1.13　单相电容运转异步电动机

专业＿＿＿＿＿　班级＿＿＿＿＿　学号＿＿＿＿＿　姓名＿＿＿＿＿

实验组号＿＿＿＿　同组者＿＿＿＿　室温(℃)＿＿＿＿　审阅教师＿＿＿＿

被测试设备铭牌数据＿＿＿＿＿＿＿＿＿＿＿＿＿＿＿＿＿＿＿＿＿＿＿＿

1) 电机参数测试数据

(1) 定子主、副绕组的实际冷态电阻实验测试数据

附表 1-63

室温＿＿℃

	主　绕　组			副　绕　组		
$I(\text{mA})$						
$U(\text{V})$						
$R(\Omega)$						

(2) 有效匝数比测试数据

附表 1-64

E_a	E_m

(3) 空载实验测试数据

附表 1-65

序　号	1	2	3	4	5	6	7	8	9
$U_0(\text{V})$									
$I_0(\text{A})$									
$P_0(\text{W})$									
$\cos\varphi_0$									

(4) 短路实验测试数据

附表 1-66

序　号								
$U_K(\text{V})$								
$I_K(\text{A})$								
$F(\text{N})$								
$T_K(\text{N}\cdot\text{m})$								

附表 1-67

U_{K0} (V)	I_{K0} (A)	P_{K0} (W)

2) 负载实验测试数据

附表 1-68

$U_N = 220$ V，$I_f = $ ___ mA

序　号								
$I_主$ (A)								
$I_副$ (A)								
$I_总$ (A)								
P_1 (W)								
I_F (A)								
n (r/min)								
T_2 (N·m)								
P_2 (W)								

附 2.1.14　单相电阻启动异步电动机

专业_____　　班级_____　　学号_____　　姓名_____
实验组号_____　　同组者_____　　室温(℃)_____　　审阅教师_____
被测试设备铭牌数据_____

1) 电机参数测试数据

(1) 测定定子绕组的冷态电阻

附表 1-69

室温___℃

	主　绕　组			副　绕　组		
I (mA)						
U (V)						
R (Ω)						

(2) 空载实验测试数据

附表 1-70

序　号								
U_0 (V)								
I_0 (A)								
P_0 (W)								

（3）短路实验测试数据

附表 1-71

序　号						
$I_K(A)$						
$U_K(V)$						
$F(N)$						
$T_K(N \cdot m)$						

附表 1-72

$U_{K0}(V)$	$I_{K0}(A)$	$P_{K0}(W)$

2）负载实验测试数据

附表 1-73

$U_N = 220\ V$，$I_f =$ ____ mA

序　号						
$I(A)$						
$P_1(W)$						
$I_F(A)$						
$n(r/min)$						
$T_2(N \cdot m)$						
$P_2(W)$						

附 2.1.15　双速异步电动机

专业_____　班级_____　学号_____　姓名_____
实验组号_____　同组者_____　室温(℃)_____　审阅教师_____
被测试设备铭牌数据_____

1）四极运行时工作特性的测试数据

附表 1-74

$U_N = 220\ V$，$I_f =$ ____ mA，△ 接法（四极电机）

序　号	1	2	3	4	5	6	7	8
$I(A)$								
$P_1(W)$								
$I_F(A)$								

序　号	1	2	3	4	5	6	7	8
$n(\text{r/min})$								
$T_2(\text{N}\cdot\text{m})$								
$P_2(\text{W})$								

2) 二极运行时工作特性的测试数据

附表 1-75

$U_N = 220\text{ V}$, $I_f = $ ____ mA, YY 接法(二极电机)

序　号	1	2	3	4	5	6	7	8
$I(\text{A})$								
$P_1(\text{W})$								
$I_F(\text{A})$								
$n(\text{r/min})$								
$T_2(\text{N}\cdot\text{m})$								
$P_2(\text{W})$								

附 2.1.16　三相异步发电机

专业_____　　班级_____　　学号_____　　姓名_____
实验组号_____　　同组者_____　　室温(℃)_____　　审阅教师_____
被测试设备铭牌数据_____
1) 空载实验测试数据

附表 1-76

$n = n_N = $ ____ r/min

序　号	1	2	3	4	5	6	7	8
$U_0(\text{V})$								
$I_C(\text{A})$								
$C(\mu\text{F})$								

2) 当电容不变时的空载电压与转速(频率)特性实验测试数据

附表 1-77

$C = $ ____ μF

序　号	1	2	3	4	5	6	7	8
$n(\text{r/min})$								
$U_0(\text{V})$								

3) 当空载电压不变时的电容与转速特性实验测试数据

附表 1-78

$U_0 \approx$ ___ V

序 号	1	2	3	4	5	6	7	8
n(r/min)								
$C(\mu F)$								

4) 外特性实验测试数据

附表 1-79

$n =$ ___ r/min, $C =$ ___ μF

序 号	1	2	3	4	5	6	7	8
U(V)								
I(A)								

附 2.1.17 三相同步发电机的运行特性

专业_____ 班级_____ 学号_____ 姓名_____

实验组号_____ 同组者_____ 室温(℃)_____ 审阅教师_____

被测试设备铭牌数据_____

1) 电枢绕组的冷态电阻测试数据

附表 1-80

室温___℃

	绕组 I			绕组 II			绕组 III		
I(mA)									
U(V)									
$R(\Omega)$									

2) 空载实验测试数据

附表 1-81

$n = n_N = 1\ 500$ r/min, $I = 0$

序 号	1	2	3	4	5	6	7	8	9	10
U_0(V)										
I_f(A)										

　　3）短路实验测试数据

附表 1-82

$U = 0\text{V}, n = n_N = 1\,500\ \text{r/min}$

序　号							
$I_K(A)$							
$I_f(A)$							

　　4）纯电感负载实验测试数据

附表 1-83

$n = n_N = 1\,500\ \text{r/min}, I = I_N = \underline{\quad}\ \text{A}$

序　号	1	2	3	4	5	6	7	8
$U(V)$								
$I_f(A)$								

　　5）纯电阻负载实验测试数据

附表 1-84

$n = n_N = 1\,500\ \text{r/min}, I_f = \underline{\quad}\ \text{A}, \cos\varphi = 1$

序　号	1	2	3	4	5	6	7	8
$U(V)$								
$I(mA)$								

　　6）在负载功率因数为 0.8 时的实验测试数据

附表 1-85

$n = n_N = 1\,500\ \text{r/min}, I_f = \underline{\quad}\ \text{A}, \cos\varphi = 0.8$

$U(V)$							
$I(A)$							

　　7）纯负载的调整特性实验测试数据

附表 1-86

$U = U_N = 220\ \text{V}, n = n_N = 1\,500\ \text{r/min}$

$I(A)$							
$I_f(A)$							

附 2.1.18　三相同步发电机的并网运行

　　专业_____　　班级_____　　学号_____　　姓名_____

实验组号_____ 同组者_____ 室温(℃)_____ 审阅教师_____

被测试设备铭牌数据_____

1) 有功功率调节曲线 $P_2 = f(I)$，$\cos \varphi_0 = f(P_2)$ 的实验测试数据

附表 1-87

$U = $____V(Y)，$I_f = I_{f0} = $____A

序 号	输出电流 I(A)				输出功率 P_2(W)		
	I_A	I_B	I_C	I	P_I	P_{II}	P_2
1							
2							
3							
4							
5							
6							
7							
8							

2) $P_2 \approx 0$ 与 $P_2 \approx 0.5$ 倍额定功率时同步发电机 V 形曲线 $I = f(I_f)$ 的实验测试数据

附表 1-88

$n = $____r/min，$U = $____V，$P_2 \approx 0$ W

序 号	三相电流 I(A)				励磁电流 I_f(A)
	I_A	I_B	I_C	I	I_f
1					
2					
3					
4					
5					
6					
7					
8					
9					
10					
11					
12					

附表 1-89

$n = \underline{\quad}$ r/min, $U = \underline{\quad}$ V, $P_2 \approx 0.5P_N$

序　号	三相电流 I(A)				励磁电流 I_f(A)
	I_A	I_B	I_C	I	I_f
1					
2					
3					
4					
5					
6					
7					
8					
9					
10					
11					
12					

附 2.1.19　三相同步电动机

专业＿＿＿＿＿＿＿　　班级＿＿＿＿＿＿　　学号＿＿＿＿＿＿＿　　姓名＿＿＿＿＿＿＿

实验组号＿＿＿＿＿　　同组者＿＿＿＿＿　　室温(℃)＿＿＿＿　　审阅教师＿＿＿＿＿＿

被测试设备铭牌数据＿＿＿＿＿＿＿＿＿＿＿＿＿＿＿＿＿＿＿＿＿＿＿＿＿＿＿＿＿＿＿

1) $P_2 \approx 0$ 时同步电动机 V 形曲线 $I = f(I_f)$ 的实验测试数据

附表 1-90

$n = \underline{\quad}$ r/min, $U = \underline{\quad}$ V, $P_2 \approx 0$

序号	定子三相电流				励磁电流	输入功率		
	I_A	I_B	I_C	I	I_f	P_I	P_{II}	P_1
1								
2								
3								
4								
5								
6								
7								
8								

序号	定子三相电流				励磁电流	输入功率		
	I_A	I_B	I_C	I	I_f	P_I	P_{II}	P_1
9								
10								
11								
12								

2) $P_2 \approx 0.5$ 倍额定功率时同步电动机 V 形曲线 $I = f(I_f)$ 的测试数据

附表 1-91

$n = $ ___ r/min, $U = $ ___ V, $P_2 \approx 0.5 P_N$

序号	定子三相电流 I(A)				励磁电流 I_f(A)	输入功率 P_1(W)		
	I_A	I_B	I_C	I	I_f	P_I	P_{II}	P_1
1								
2								
3								
4								
5								
6								
7								
8								
9								
10								
11								
12								

3) 同步电动机工作特性的测试数据

附表 1-92

$U = U_N = $ ___ V, $I_f = $ ___ A, $n = $ ___ r/min

序 号	同步电动机输入							同步电动机输出		
	I_A	I_B	I_C	I	P_I	P_{II}	P_1	I_F	T_2	P_2
1										
2										
3										
4										

序　号	同步电动机输入							同步电动机输出		
	I_A	I_B	I_C	I	P_I	P_{II}	P_1	I_F	T_2	P_2
5										
6										
7										
8										
9										

附 2.1.20　三相同步电机参数的测定

专业＿＿＿＿＿＿　班级＿＿＿＿＿＿　学号＿＿＿＿＿＿　姓名＿＿＿＿＿＿

实验组号＿＿＿＿　同组者＿＿＿＿　室温(℃)＿＿＿＿　审阅教师＿＿＿＿

被测试设备铭牌数据＿＿＿＿＿＿＿＿＿＿＿＿＿＿＿＿＿＿＿＿＿＿＿＿＿

1) 转差法测定同步发电机同步电抗 X_d、X_q 的实验测试数据

附表 1-93

序号	$I_{max}(A)$	$U_{min}(V)$	$I_{min}(A)$	$U_{max}(V)$
1				
2				

2) 反同步旋转法测定同步发电机的负序电抗 X_2 及负序电阻 r_2 的实验测试数据

附表 1-94

序　号	$I(A)$	$U(V)$	$P_I(W)$	$P_{II}(W)$	$P(W)$

3) 单相电源测同步发电机的零序电抗 X_0 的实验测试数据

附表 1-95

$U(V)$	$I(A)$	$P(W)$

4) 用静止法测超瞬变电抗 X_d''、X_q'' 或瞬变电抗 X_d'、X_q' 的实验测试数据

附表 1-96

$U(V)$	$I(A)$	$P(W)$

附表 1-97

U(V)	I(A)	P(W)

附 2.2　控制微电机实验

附 2.2.1　永磁式直流测速发电机

专业＿＿＿＿＿＿＿＿　班级＿＿＿＿＿＿＿　学号＿＿＿＿＿＿＿＿　姓名＿＿＿＿＿＿
实验组号＿＿＿＿＿＿　同组者＿＿＿＿＿＿　室温(℃)＿＿＿＿＿　审阅教师＿＿＿＿＿＿
被测试设备铭牌数据＿＿＿＿＿＿＿＿＿＿＿＿＿＿＿＿＿＿＿＿＿＿＿＿＿＿＿＿＿＿＿＿＿

1) 测速发电机 $I_a = 0$ 时 0 的特性曲线实验测试数据

附表 2-1

$n(\text{r/min})$									
$U(\text{V})$									

2) 测速发电机 $I_a \neq 0$ 的特性曲线实验测试数据

附表 2-2

$n(\text{r/min})$									
$U(\text{V})$									

附 2.2.2　直流伺服电动机

专业＿＿＿＿＿＿＿＿　班级＿＿＿＿＿＿＿　学号＿＿＿＿＿＿＿＿　姓名＿＿＿＿＿＿
实验组号＿＿＿＿＿＿　同组者＿＿＿＿＿＿　室温(℃)＿＿＿＿＿　审阅教师＿＿＿＿＿＿
被测试设备铭牌数据＿＿＿＿＿＿＿＿＿＿＿＿＿＿＿＿＿＿＿＿＿＿＿＿＿＿＿＿＿＿＿＿＿

1) 直流伺服电动机 M 电枢绕组的直流冷态电阻测试数据

附表 2-3

室温＿＿＿℃

序　号	U(V)	I(A)	R(平均)(Ω)	
1			$R_{a11} =$	$R_{a1} =$
			$R_{a12} =$	
			$R_{a13} =$	

序　号	U(V)	I(A)	R(平均)(Ω)	
2			$R_{a21} =$	$R_{a2} =$
			$R_{a22} =$	
			$R_{a23} =$	
3			$R_{a31} =$	$R_{a3} =$
			$R_{a32} =$	
			$R_{a33} =$	

2）直流伺服电动机三条机械特性的实验测试数据

（1）条件：$U = U_N$, $I_f = I_{fN}$, $I_{f2} = 100$ mA 不变

附表 2-4

$U = U_N = 220$ V, $I_{f2} = $ ___ mA, $I_f = I_{fN} = $ ___ mA

序　号	1	2	3	4	5	6	7	8	9
n(r/min)									
I_a(A)									
I_F(A)									
T(N·m)									

（2）条件：$U = 160$ V, $I_f = I_{fN}$, $I_{f2} = 100$ mA 不变

附表 2-5

$U = 160$ V, $I_{f2} = $ ___ mA, $I_f = I_{fN} = $ ___ mA

序　号	1	2	3	4	5	6	7	8	9
n(r/min)									
I_a(A)									
I_F(A)									
T(N·m)									

（3）条件：$U = 110$ V, $I_f = I_{fN}$, $I_{f2} = 100$ mA 不变

附表 2-6

$U = 110$ V, $I_{f2} = $ ___ mA, $I_f = I_{fN} = $ ___ mA

序　号	1	2	3	4	5	6	7	8	9
n(r/min)									
I_a(A)									
I_F(A)									
T(N·m)									

3) 直流伺服电动机三条调节特性曲线的实验测试数据

（1）条件：$T = T_N$

附表 2-7

$I_{f2} = \_\_\_\text{mA}, I_f = I_{fN} = \_\_\_\text{mA}, I_F = \_\_\_\text{A}(T = T_N)$

序　号	1	2	3	4	5	6	7	8	9
$U_a(V)$									
$n(r/min)$									

（2）条件：$T = 0.5T_N$

附表 2-8

$I_{f2} = \_\_\_\text{mA}, I_f = I_{fN} = \_\_\_\text{mA}, I_F = \_\_\_\text{A}(T = 0.5T_N)$

序　号	1	2	3	4	5	6	7	8	9
$U_a(V)$									
$n(r/min)$									

（3）条件：$T = 0$

附表 2-9

$I_f = I_{fN} = \_\_\_\text{mA}　(T = 0)$

序　号	1	2	3	4	5	6	7	8	9
$U_a(V)$									
$n(r/min)$									

4) 空载始动电压和空载转速不稳定性的实验测试数据

附表 2-10

$I_f = I_{fN} = \_\_\_\text{mA}　(T = 0)$

次　数	1	2	3
正向 $U_a(V)$			
反向 $U_a(V)$			

附 2.2.3　控制式自整角机

专业＿＿＿＿＿＿　班级＿＿＿＿＿＿　学号＿＿＿＿＿＿　姓名＿＿＿＿＿＿

实验组号＿＿＿＿　同组者＿＿＿＿　室温(℃)＿＿＿＿　审阅教师＿＿＿＿

被测试设备铭牌数据＿＿＿＿＿＿＿＿＿＿＿＿＿＿＿＿＿＿＿＿＿＿＿

1) 自整角变压器的输出电压与失调角的关系曲线实验测试数据

附表 2-11

角度 θ(deg)	0°	10°	20°	30°	40°	50°	60°	70°	80°	90°
电压 U_2(V)										
角度 θ(deg)	100°	110°	120°	130°	140°	150°	160°	170°	180°	
电压 U_2(V)										

2) 自整角变压器的比电压和零位电压实验测试数据

附表 2-12

U_2(V)	

附表 2-13

绕组接法	$T_1'-T_2'T_3'$		$T_2'-T_1'T_3'$		$T_3'-T_1'T_2'$	
理论零位电压位置	0°	180°	60°	240°	120°	300°
实际刻度值						
零位电压大小						

附 2.2.4　力矩式自整角机

专业＿＿＿＿＿＿＿　　班级＿＿＿＿＿＿　　学号＿＿＿＿＿＿＿　　姓名＿＿＿＿＿＿
实验组号＿＿＿＿＿＿　同组者＿＿＿＿＿　室温(℃)＿＿＿＿＿　审阅教师＿＿＿＿＿
被测试设备铭牌数据＿＿＿＿＿＿＿＿＿＿＿＿＿＿＿＿＿＿＿＿＿＿＿＿＿＿＿＿＿＿

1) 力矩式自整角发送机的零位误差 $\Delta\theta$ 实验测试数据

附表 2-14

理论上应转角度	基准电气零位	+180°	+60°	+240°	+120°	+300°
刻度盘实际转角						
误　差						

2) 静态整步转矩与失调角的关系曲线实验测试数据

附表 2-15

序　号	1	2	3	4	5	6	7	8	9
m(kg)									
T(N·cm)									
θ(deg)									

3）力矩式自整角机的静态误差 $\Delta\theta_{jt}$ 实验测试数据

发送机转角	0°	20°	40°	60°	80°	100°	120°	140°	160°	180°
接收机转角										
误　差										

4）力矩式自整角机的比整步转矩 T_θ 实验测试数据

方向	$m(\mathrm{kg})$	$G=mg(\mathrm{N})$	$\theta(\mathrm{deg})$	$T=GR(\mathrm{N \cdot m})$	$T_\theta=T/2\theta(\mathrm{N \cdot m})$
正向					
反向					

5）比整步转矩和接收机的阻尼时间实验测试数据

t_m	

附 2.2.5　正、余弦旋转变压器

专业＿＿＿＿＿＿　　班级＿＿＿＿＿＿　　学号＿＿＿＿＿＿　　姓名＿＿＿＿＿＿

实验组号＿＿＿＿＿　　同组者＿＿＿＿＿　　室温(℃)＿＿＿＿＿　　审阅教师＿＿＿＿＿

被测试设备铭牌数据＿＿＿＿＿＿＿＿＿＿＿＿＿＿＿＿＿＿＿＿＿＿＿＿

1）正、余弦旋转变压器空载时输出特性实验测试数据

$U_{fN}=60\ \mathrm{V}$

$\alpha(\mathrm{deg})$	0°	10°	20°	30°	40°	50°	60°	70°	80°	90°
$U_{r0}(\mathrm{V})$										
$\alpha(\mathrm{deg})$	100°	110°	120°	130°	140°	150°	160°	170°	180°	
$U_{r0}(\mathrm{V})$										

2）负载时输出特性实验测试数据

$U_{fN}=60\ \mathrm{V}$

$\alpha(\mathrm{deg})$	0°	10°	20°	30°	40°	50°	60°	70°	80°	90°
$U_{rL}(\mathrm{V})$										

$\alpha(\deg)$	100°	110°	120°	130°	140°	150°	160°	170°	180°	
$U_{rL}(V)$										

3) 二次侧补偿后负载时输出特性实验测试数据

附表 2-21

$U_{fN} = 60\ V$

$\alpha(\deg)$	0°	10°	20°	30°	40°	50°	60°	70°	80°	90°
$U_{rL}(V)$										
$\alpha(\deg)$	100°	110°	120°	130°	140°	150°	160°	170°	180°	
$U_{rL}(V)$										

4) 一次侧补偿后负载时输出特性实验测试数据

附表 2-22

$U_{fN} = 60\ V$

$\alpha(\deg)$	0°	10°	20°	30°	40°	50°	60°	70°	80°	90°
$U_{rL}(V)$										
$\alpha(\deg)$	100°	110°	120°	130°	140°	150°	160°	170°	180°	
$U_{rL}(V)$										

5) 正余弦旋转变压器作线性应用时输出特性实验测试数据

附表 2-23

$U_{fN} = 60\ V$

$\alpha(\deg)$	−60°	−50°	−40°	−30°	−20°	−10°	0°
$U_r(V)$							
$\alpha(\deg)$	10°	20°	30°	40°	50°	60°	
$U_r(V)$							

附 2.2.6 交流伺服电动机

专业_____ 班级_____ 学号_____ 姓名_____

实验组号_____ 同组者_____ 室温(℃)_____ 审阅教师_____

被测试设备铭牌数据_____

1) 交流伺服电动机幅值控制时的机械特性和调节特性实验测试数据

(1) 条件:$\alpha = 1$(即 $U_C = U_N = 220\ V$)

附表 2-24

$U_f = \underline{\quad} V, U_C = \underline{\quad} V$

序　号	1	2	3	4	5	6	7	8	9
$F_{10}(N)$									
$F_2(N)$									
$T = (F_{10} - F_2) \times 3$ $(N \cdot cm)$									
$n(r/min)$									

(2) 条件:$\alpha = 0.75$(即 $U_C = 0.75$, $U_N = 165\,V$)

附表 2-25

$U_f = \underline{\quad} V, U_C = \underline{\quad} V$

序　号	1	2	3	4	5	6	7	8	9
$F_{10}(N)$									
$F_2(N)$									
$T = (F_{10} - F_2) \times 3$ $(N \cdot cm)$									
$n(r/min)$									

(3) 条件:$U_f = 220\,V$

附表 2-26

序　号	1	2	3	4	5	6	7	8
$U(V)$								
$n(r/min)$								

2) 交流伺服电动机幅值——相位控制时的机械特性实验测试数据

(1) 条件:$U_1 = 127\,V$, $\alpha = 1$(即 $U_C = U_N = 220\,V$)

附表 2-27

$U_f = \underline{\quad} V, U_C = \underline{\quad} V$

序　号	1	2	3	4	5	6	7	8
$F_{10}(N)$								
$F_2(N)$								
$T = (F_{10} - F_2) \times 3$ $(N \cdot cm)$								
$n(r/min)$								

(2) 条件：$U_1 = 127\,\text{V}$，$\alpha = 0.75$（即 $U_C = 0.75$，$U_N = 165\,\text{V}$）

附表 2-28

$U_f = \underline{\quad}\,\text{V}$，$U_C = \underline{\quad}\,\text{V}$

序　号	1	2	3	4	5	6	7	8
$F_{10}(\text{N})$								
$F_2(\text{N})$								
$T = (F_{10} - F_2) \times 3$ $(\text{N}\cdot\text{cm})$								
$n(\text{r/min})$								

附 2.2.7　交流测速发电机

专业＿＿＿＿＿＿　　班级＿＿＿＿＿　　学号＿＿＿＿＿＿　　姓名＿＿＿＿＿＿

实验组号＿＿＿＿＿　同组者＿＿＿＿　室温(℃)＿＿＿＿　审阅教师＿＿＿＿＿

被测试设备铭牌数据＿＿＿＿＿＿＿＿＿＿＿＿＿＿＿＿＿＿＿＿＿＿＿＿＿＿＿＿＿

1) 交流测速发电机的剩余电压实验测试数据

附表 2-29

$U_1 = U_{1N}$，转速 $n = 0$

序　号	1	2	3	4	5	6	7	8
$n(\text{r/min})$								
$U_2(\text{V})$								

2) 交流测速发电机带纯电阻负载时的实验测试数据

(1) 带纯电阻负载

附表 2-30

$U_1 = U_{1N} = 110\,\text{V}$，$Z_L = R = 30\,\text{k}\Omega$

序　号	1	2	3	4	5	6	7	8
$n(\text{r/min})$								
$U_2(\text{V})$								

附表 2-31

$U_1 = U_{1N} = 110\,\text{V}$，$Z_L = R = 20\,\text{k}\Omega$

序　号	1	2	3	4	5	6	7	8
$n(\text{r/min})$								
$U_2(\text{V})$								

附表 2-32

$U_1 = U_{1N} = 110\ \text{V},\ Z_L = R = 10\ \text{k}\Omega$

序　号	1	2	3	4	5	6	7	8
$n(\text{r/min})$								
$U_2(\text{V})$								

（2）带纯电容负载

附表 2-33

$U_1 = U_{1N} = 110\ \text{V},\ Z_L\ 为\ C = 1\ \mu\text{F}$

序　号	1	2	3	4	5	6	7	8
$n(\text{r/min})$								
$U_2(\text{V})$								

附表 2-34

$U_1 = U_{1N} = 110\ \text{V},\ Z_L\ 为\ C = 2\ \mu\text{F}$

序　号	1	2	3	4	5	6	7	8
$n(\text{r/min})$								
$U_2(\text{V})$								

附表 2-35

$U_1 = U_{1N} = 110\ \text{V},\ Z_L\ 为\ C = 3\ \mu\text{F}$

序　号	1	2	3	4	5	6	7	8
$n(\text{r/min})$								
$U_2(\text{V})$								

3）交流测速发电机的线性误差实验测试数据

附表 2-36

序　号	1	2	3	4	5	6	7	8
$n(\text{r/min})$								
$U_2(\text{V})$								

附 2.2.8　旋转编码器

专业＿＿＿＿＿＿　班级＿＿＿＿＿＿　学号＿＿＿＿＿＿　姓名＿＿＿＿＿＿

实验组号＿＿＿＿　同组者＿＿＿＿　室温(℃)＿＿＿＿　审阅教师＿＿＿＿＿

被测试设备铭牌数据＿＿＿＿＿＿＿＿＿＿＿＿＿＿＿＿＿＿＿＿＿＿＿＿＿＿＿＿

1）绘制波形

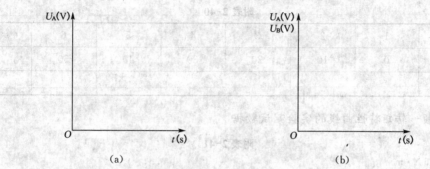

附图 2-14　旋转编码器输出波形

2）转速、频率的函数关系实验测试数据

附表 2-37

n(r/min)									
f(Hz)									

3）转角、脉冲数的函数关系实验测试数据

附表 2-38

θ(deg)							
N							
θ(deg)							
N							

附 2.2.9　三相永磁同步电机

专业＿＿＿＿＿＿　　班级＿＿＿＿＿＿　　学号＿＿＿＿＿＿　　姓名＿＿＿＿＿＿
实验组号＿＿＿＿＿　同组者＿＿＿＿＿　室温(℃)＿＿＿＿＿　审阅教师＿＿＿＿＿
被测试设备铭牌数据＿＿＿＿＿＿＿＿＿＿＿＿＿＿＿＿＿＿＿＿＿＿＿＿＿＿＿＿

1）定子绕组的冷态直流电阻实验测试数据

附表 2-39

室温＿＿＿℃

	绕组 I			绕组 II			绕组 III		
I(mA)									
U(V)									
R(Ω)									

2）速度—频率特性曲线的实验测试数据

附表 2-40

序 号	1	2	3	4	5	6	7
f(Hz)	0	10	20	30	40	50	60
n(r/min)							

3）压频—转矩特性曲线的实验测试数据

附表 2-41

$T_N = 1.15\,\text{N·m}$

序 号	1	2	3	4	5	6
f(Hz)	10	20	30	40	50	60
U(V)						

附表 2-42

$I_F = 0$

序 号	1	2	3	4	5	6
f(Hz)	10	20	30	40	50	60
U(V)						

4）三相永磁同步电机在工频下的工作特性实验测试数据

附表 2-43

$U_1 = U_{1N} = 380\,\text{V(Y)}$, $I_f = 100\,\text{mA}$

序号	I_U (A)	I_V (A)	I_W (A)	I_1 (A)	P_I (W)	P_{II} (W)	P_1 (W)	I_F (A)	n (r/min)	T_2 (N·m)	P_2 (W)
1											
2											
3											
4											
5											
6											
7											
8											
9											

附 2.2.10　直流无刷电机

专业＿＿＿＿＿＿　　班级＿＿＿＿＿＿　　学号＿＿＿＿＿＿　　姓名＿＿＿＿＿＿

实验组号＿＿＿＿＿ 同组者＿＿＿＿＿ 室温(℃)＿＿＿＿＿ 审阅教师＿＿＿＿＿

被测试设备铭牌数据＿＿＿＿＿

1) 定子绕组的冷态直流电阻实验测试数据

附表 2-44

室温＿＿＿℃

	绕组Ⅰ			绕组Ⅱ			绕组Ⅲ		
I(mA)									
U(V)									
R(Ω)									

2) 传感器的输出实验测试数据

附表 2-45 （正转）

H_1	H_2	H_3	U_{UV}	U_{UW}	U_{VW}	导通的管子
1	1	0				

附表 2-46 （反转）

H_1	H_2	H_3	U_{UV}	U_{UW}	U_{VW}	导通的管子
1	1	0				

3) 空载损耗实验测试数据

附表 2-47

序 号	n(r/min)	U_0(V)	I_0(A)	P_0(W)
1				
2				
3				
4				
5				

序　号	$n(\mathrm{r/min})$	$U_0(\mathrm{V})$	$I_0(\mathrm{A})$	$P_0(\mathrm{W})$
6				
7				
8				
9				

4) 工作特性实验测试数据

附表 2-48

$U = U_\mathrm{N} = 220\ \mathrm{V},\ I_\mathrm{f} = \underline{}\ \mathrm{mA}$

序　号	$I_\mathrm{F}(\mathrm{V})$	$I(\mathrm{A})$	$S = U \times I$ (W)	P_1 (W)	n (r/min)	T_2 (N·m)	P_2 (W)	$\cos\varphi_1$	$\eta(\%)$
1									
2									
3									
4									
5									
6									
7									
8									
9									

附 2.2.11　步进电动机

专业＿＿＿＿＿＿　班级＿＿＿＿＿　学号＿＿＿＿＿　姓名＿＿＿＿＿＿

实验组号＿＿＿＿　同组者＿＿＿＿　室温(℃)＿＿＿　审阅教师＿＿＿＿

被测试设备铭牌数据＿＿＿＿＿＿＿＿＿＿＿＿＿＿＿＿＿＿＿＿＿＿＿＿＿

1) 单步运行状态步矩角实验测试数据

附表 2-49

单 三 拍	A→B　○	B→C　○	C→A　○
双 三 拍	AB→BC　○	BC→CA　○	CA→AB　○
三相六拍	A→AB　○	AB→B　○	B→BC　○
	BC→C　○	C→CA　○	CA→A　○

2) 角位移和脉冲数(步数)关系实验测试数据

附表 2-50

步数=___步

运行状态	实际电机偏转角度	理论电机偏转角度
单 三 拍		
双 三 拍		
三相六拍		

附表 2-51

步数=___步

运行状态	实际电机偏转角度	理论电机偏转角度
单 三 拍		
双 三 拍		
三相六拍		

3) 空载突跳频率实验测试数据

附表 2-52

运行状态	空载突跳频率(Hz)
单 三 拍	
双 三 拍	
三相六拍	

4) 空载最高连续工作频率实验测试数据

附表 2-53

运行状态	空载最高连续工作频率(Hz)
单 三 拍	
双 三 拍	
三相六拍	

5) 转子振荡频率实验测试数据

附表 2-54

运行状态	转子振荡状态下的频率(Hz)
单 三 拍	
双 三 拍	
三相六拍	

6）绕组电流的平均值与频率的关系曲线实验测试数据

附表 2-55

运行状态	f(Hz)	I(A)	f(Hz)	I(A)	f(Hz)	I(A)	f(Hz)	I(A)	f(Hz)	I(A)
单 三 拍										
双 三 拍										
三相六拍										

7）平均转速和脉冲频率的特性曲线实验测试数据

附表 2-56

运行状态	f(Hz)	n(r/min)	f(Hz)	n(r/min)	f(Hz)	n(r/min)	f(Hz)	n(r/min)	f(Hz)	n(r/min)
单 三 拍										
双 三 拍										
三相六拍										

8）矩频特性曲线的实验测试数据

附表 2-57

$D=$ ＿＿ cm

运行状态	f(Hz)	$F_大$(N)	$F_小$(N)	T(N·cm)	f(Hz)	$F_大$(N)	$F_小$(N)	T(N·cm)
单 三 拍								
双 三 拍								
三相六拍								
运行状态	f(Hz)	$F_大$(N)	$F_小$(N)	T(N·cm)	f(Hz)	$F_大$(N)	$F_小$(N)	T(N·cm)
单 三 拍								
双 三 拍								
三相六拍								
运行状态	f(Hz)	$F_大$(N)	$F_小$(N)	T(N·cm)	f(Hz)	$F_大$(N)	$F_小$(N)	T(N·cm)
单 三 拍								
双 三 拍								
三相六拍								

9）最大静力矩的特性曲线实验测试数据

附表 2-58

$D=$ ＿＿ cm

运行状态	I(A)	F(N)	T_{max}(N·cm)	I(A)	F(N)	T_{max}(N·cm)	I(A)	F(N)	T_{max}(N·cm)
单 三 拍									
三相六拍									

运行状态	$I(A)$	$F(N)$	$T_{max}(N \cdot cm)$	$I(A)$	$F(N)$	$T_{max}(N \cdot cm)$	$I(A)$	$F(N)$	$T_{max}(N \cdot cm)$
单 三 拍									
三相六拍									

附 2.2.12 直线电机

专业_____ 班级_____ 学号_____ 姓名_____

实验组号_____ 同组者_____ 室温(℃)_____ 审阅教师_____

被测试设备铭牌数据_____

1) 直线感应电动机推力的实验测试数据

附表 2-59

拉 力	摩擦力	推 力

2) 直线感应电动机启动特性的实验测试数据

附表 2-60

序号	电压 U_1(V)	电流 I_1(A)	输入功率		推力 F(N)
			P_1(W)	P(W)	
1	200				
2	250				
3	300				
4	350				
5	380				
6	400				
7	420				

3) 不同气隙下直线感应电动机特性的实验测试数据

附表 2-61

$U = U_N = 380$ V

序 号	机械气隙δ (mm)	电流	输入功率		推力 F(N)
		I_1(A)	P_1(W)	P(W)	
1	2				
2	5				
3	8				

附 2.2.13　开关磁阻电机

专业＿＿＿＿＿＿＿　班级＿＿＿＿＿＿　学号＿＿＿＿＿＿＿　姓名＿＿＿＿＿＿

实验组号＿＿＿＿＿　同组者＿＿＿＿＿　室温(℃)＿＿＿＿　审阅教师＿＿＿＿＿

被测试设备铭牌数据＿＿＿＿＿＿＿＿＿＿＿＿＿＿＿＿＿＿＿＿＿＿＿＿＿＿＿

1) 定子绕组的冷态直流电阻测试数据

附表 2-62

室温＿＿＿℃

	绕组 I			绕组 II			绕组 III		
I(mA)									
U(V)									
R(Ω)									

2) 位置传感器的输出实验测试数据和波形记录

附表 2-63　(正转)

H_1	H_2	I_A(mA)	I_B(mA)	I_C(mA)	I_D(mA)	励磁绕组
0	0					

附表 2-64　(反转)

H_1	H_2	I_A(mA)	I_B(mA)	I_C(mA)	I_D(mA)	励磁绕组
0	0					

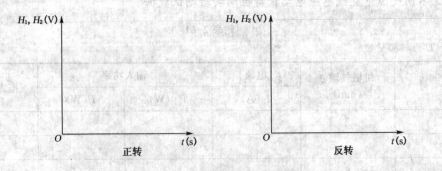

附图 2-1　霍尔信号波形记录图

3) 静态转矩特性实验测试数据

附表 2-65

直流电流	序号	1	2	3	4	5
$I=0.5$ A	$\theta(\text{deg})$	0	7.5	15	22.5	30
	$T(\text{N} \cdot \text{m})$					
$I=1.0$ A	$T(\text{N} \cdot \text{m})$					
$I=1.5$ A	$T(\text{N} \cdot \text{m})$					
$I=2.0$ A	$T(\text{N} \cdot \text{m})$					

4) 磁链特性实验测试数据

附表 2-66

角度 $\phi(\text{deg})$	序　号	1	2	3	4	5
0°	$U_{\text{rms}}(\text{V})$					
	$I_{\text{rms}}(\text{A})$					
	$\Psi_{\mu}(\text{Wb})$					
7.5°	$I_{\text{rms}}(\text{A})$					
	$\Psi_{\mu}(\text{Wb})$					
15°	$I_{\text{rms}}(\text{A})$					
	$\Psi_{\mu}(\text{Wb})$					
22.5°	$I_{\text{rms}}(\text{A})$					
	$\Psi_{\mu}(\text{Wb})$					
30°	$I_{\text{rms}}(\text{A})$					
	$\Psi_{\mu}(\text{Wb})$					

5) 开关磁阻电机的工作特性实验测试数据及示波器记录的电压、电流波形

附表 2-67

序　号	U(V)	I(A)	$U \times I$(W)	P_1(W)	n(r/min)	I_{F}(A)	T_2(N · m)	P_2(W)
1								
2								
3								
4								

序　号	U(V)	I(A)	U×I(W)	P_1(W)	n(r/min)	I_F(A)	T_2(N·m)	P_2(W)
5								
6								
7								
8								
9								

6) 空载损耗的测试数据

(1) 系统空载损耗实验测试数据

附表 2-68

序　号	n(r/min)	U(V)	I(A)	U×I(W)	P_1(W)
1	300				
2	600				
3	900				
4	1 200				
5	1 500				

(2) 机械损耗实验测试数据

附表 2-69

n(r/min)	状　态	U(V)	I(A)	U×I(W)	$P_机$(W)
1 500	脱　机				
	联　机				
1 200	脱　机				
	联　机				
900	脱　机				
	联　机				
600	脱　机				
	联　机				
300	脱　机				
	联　机				

附 2.3 电机性能专题研究实验

附 2.3.1 直流他励电动机在各种运转状态下的机械特性

专业_____ 班级_____ 学号_____ 姓名_____
实验组号_____ 同组者_____ 室温(℃)_____ 审阅教师_____
被测试设备铭牌数据_____

1) $R_2 = 0$ 时电动及回馈制动状态下的机械特性测试数据

附表 3-1

$U_N = 220\text{ V}, I_{fN} = \_\_\_\text{mA}$

序 号	1	2	3	4	5	6	7	8	9	10
$I_a(A)$										
$n(\text{r/min})$										
序 号	11	12	13	14	15	16	17	18	19	20
$I_a(A)$										
$n(\text{r/min})$										

2) $R_1 = 400\ \Omega$ 时的电动运行及反接制动状态下的机械特性测试数据

附表 3-2

$U_N = 220\text{ V}, I_{fN} = \_\_\_\text{mA}, R_2 = 400\ \Omega$

序 号	1	2	3	4	5	6	7	8	9	10	11	12	13
$I_a(A)$													
$n(\text{r/min})$													

3) 能耗制动状态下的机械特性测试数据

(1) $R_1 = 180\ \Omega$

附表 3-3

$R_2 = 180\ \Omega, I_{fN} = \_\_\_\text{mA}$

序 号						
$I_a(A)$						
$n(\text{r/min})$						

（2）$R_1 = 90\ \Omega$

附表 3-4

$R_2 = 90\ \Omega,\ I_{fN} = \underline{\quad}$ mA

序　号							
I_a(A)							
n(r/min)							

附 2.3.2　并励电动机转动惯量测试

专业_____　班级_____　学号_____　姓名_____
实验组号_____　同组者_____　室温(℃)_____　审阅教师_____
被测试设备铭牌数据_____

1) 机械损耗测试数据

附表 3-5

序　号	联　机			脱　机		
1	U_1(V)	I_1(A)	P_1(W)	U_2(V)	I_2(A)	P_2(W)
2						

2) 摄录和绘制空载转速法测定电动机转动惯量的波形图

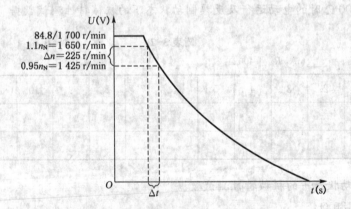

附图 3-1　转速下降观测到的波形图

附 2.3.3　三相异步电动机在各种运行状态下的机械特性

专业_____　班级_____　学号_____　姓名_____
实验组号_____　同组者_____　室温(℃)_____　审阅教师_____
被测试设备铭牌数据_____

1) $R_S = 0$ 时的电动状态下、反接制动状态下及回馈制动状态下机械特性测试数据

附表 3-6

$U = 110\,\text{V},\ R_S = 0\,\Omega,\ I_f = \underline{\quad}\,\text{mA}$

$n(\text{r/min})$	1 800	1 700	1 600	1 500	1 400	1 300	1 200	1 100	1 000	900	800
$U_a(\text{V})$											
$I_a(\text{A})$											
$I_1(\text{A})$											
$n(\text{r/min})$	700	600	500	400	300	200	100	0	−100	−200	−300
$U_a(\text{V})$											
$I_a(\text{A})$											
$I_1(\text{A})$											
$n(\text{r/min})$	−400	−500	−600	−700	−800	−900	−1 000	−1 100	−1 200	−1 300	−1 400
$U_a(\text{V})$											
$I_a(\text{A})$											
$I_1(\text{A})$											

2) $R_S = 36\,\Omega$ 时的电动状态下、反接制动状态下及回馈制动状态下机械特性测试数据

附表 3-7

$U = 110\,\text{V},\ R_S = 36\,\Omega,\ I_f = \underline{\quad}\,\text{mA}$

$n(\text{r/min})$	1 800	1 700	1 600	1 500	1 400	1 300	1 200	1 100	1 000	900	800
$U_a(\text{V})$											
$I_a(\text{A})$											
$I_1(\text{A})$											
$n(\text{r/min})$	700	600	500	400	300	200	100	0	−100	−200	−300
$U_a(\text{V})$											
$I_a(\text{A})$											
$I_1(\text{A})$											
$n(\text{r/min})$	−400	−500	−600	−700	−800	−900	−1 000	−1 100	−1 200	−1 300	−1 400
$U_a(\text{V})$											
$I_a(\text{A})$											
$I_1(\text{A})$											

3) 能耗制动状态下的机械特性测试数据

(1) 定子绕组励磁电流 $I = 0.36\,\text{A}$

附表 3-8

$R_S = 36\,\Omega$, $I - 0.36\,\text{A}$, $I_f = \underline{\quad}\,\text{mA}$

$n(\text{r/min})$	1 700	1 600	1 500	1 400	1 300	1 200	1 100	1 000	900
$U_a(\text{V})$									
$I_a(\text{A})$									
$n(\text{r/min})$	800	700	600	500	400	300	200	100	0
$U_a(\text{V})$									
$I_a(\text{A})$									

(2) 定子绕组励磁电流 $I = 0.6\,\text{A}$

附表 3-9

$R_S = 36\,\Omega$, $I = 0.6\,\text{A}$, $I_f = \underline{\quad}\,\text{mA}$

$n(\text{r/min})$	1 700	1 600	1 500	1 400	1 300	1 200	1 100	1 000	900
$U_a(\text{V})$									
$I_a(\text{A})$									
$n(\text{r/min})$	800	700	600	500	400	300	200	100	0
$U_a(\text{V})$									
$I_a(\text{A})$									

4) 电机 M-MG 机组的空载损耗曲线测试数据

附表 3-10

$I_f = 100\,\text{mA}$

$n(\text{r/min})$	1 800	1 700	1 600	1 500	1 400	1 300	1 200	1 100	1 000	900
$U_{a0}(\text{V})$										
$I_{a0}(\text{A})$										
$n(\text{r/min})$	800	700	600	500	400	300	200	100	0	
$U_{a0}(\text{V})$										
$I_{a0}(\text{A})$										

附 2.3.4　三相异步电动机的 M-S 曲线测试

专业_____　班级_____　学号_____　姓名_____

实验组号_____　同组者_____　室温(℃)_____　审阅教师_____

被测试设备铭牌数据_____

1) 直流电机 MG 电枢电阻测试数据 $R_a = \underline{\quad}\,\Omega$

2) 鼠笼式异步电动机机组的空载损耗曲线与 M-S 特性曲线测试数据

(1) 鼠笼式异步电动机的空载损耗测试数据

附表 3-11

序 号	1	2	3	4	5	6	7	8
n(r/min)	1 500	1 400	1 300	1 200	1 100	1 000	900	800
U_a(V)								
I_a(A)								
序 号	9	10	11	12	13	14	15	16
n(r/min)	700	600	500	400	300	200	100	0
U_a(V)								
I_a(A)								

（2）鼠笼式异步电动机 M-S 特性曲线测试数据

附表 3-12

$U = 127$ V

序 号	1	2	3	4	5	6	7	8
n(r/min)	0	100	200	300	400	500	600	700
U_a(V)								
I_a(A)								
序 号	9	10	11	12	13	14	15	16
n(r/min)	800	900	1 000	1 100	1 200	1 300	1 400	1 500
U_a(V)								
I_a(A)								

3）线绕式异步电动机机组的空载损耗曲线与 M-S 特性曲线测试数据

（1）线绕式异步电动机的空载损耗测试数据

附表 3-13

序 号	1	2	3	4	5	6	7	8
n(r/min)	1 500	1 400	1 300	1 200	1 100	1 000	900	800
U_a(V)								
I_a(A)								
序 号	9	10	11	12	13	14	15	16
n(r/min)	700	600	500	400	300	200	100	0
U_a(V)								
I_a(A)								

（2）线绕式异步电动机 M-S 特性曲线测试数据

附表 3-14

$U = 127\,\mathrm{V}$，$R_S = 0\,\Omega$

序　号	1	2	3	4	5	6	7	8
$n(\mathrm{r/min})$	0	100	200	300	400	500	600	700
$U_a(\mathrm{V})$								
$I_a(\mathrm{A})$								
序　号	9	10	11	12	13	14	15	16
$n(\mathrm{r/min})$	800	900	1 000	1 100	1 200	1 300	1 400	1 500
$U_a(\mathrm{V})$								
$I_a(\mathrm{A})$								

附 2.3.5　三相鼠笼式异步电动机的不对称运行

专业＿＿＿＿＿＿　　班级＿＿＿＿＿＿　　学号＿＿＿＿＿＿　　姓名＿＿＿＿＿＿

实验组号＿＿＿＿＿　同组者＿＿＿＿　　室温(℃)＿＿＿＿　审阅教师＿＿＿＿＿

被测试设备铭牌数据＿＿＿＿＿＿＿＿＿＿＿＿＿＿＿＿＿＿＿＿＿＿＿＿＿＿＿＿＿

1）三相鼠笼式异步电动机空载状态下的正常运行、缺相运行和单相运行测试数据

附表 3-15

$P_2 = 0$

运行状态	电　压			电　流			$n(\mathrm{r/min})$
	$U_1(\mathrm{V})$	$U_2(\mathrm{V})$	$U_3(\mathrm{V})$	$I_1(\mathrm{A})$	$I_2(\mathrm{A})$	$I_3(\mathrm{A})$	
正常运行							
缺相运行							
单相运行							

2）三相鼠笼式异步电动机负载状态下的正常运行、缺相运行和单相运行测试数据

附表 3-16

$P_2 = 30\,\mathrm{W}$

运行方式	电　压			电　流			$n(\mathrm{r/min})$
	$U_1(\mathrm{V})$	$U_2(\mathrm{V})$	$U_3(\mathrm{V})$	$I_1(\mathrm{A})$	$I_2(\mathrm{A})$	$I_3(\mathrm{A})$	
正常运行							
缺相运行							
单相运行							

附 2.3.6 三相异步电动机的温升试验

专业_____ 班级_____ 学号_____ 姓名_____

实验组号_____ 同组者_____ 室温(℃)_____ 审阅教师_____

被测试设备铭牌数据_____

1) 冷却介质温度及实际冷态时定子绕组电阻 r 的测试数据

附表 3-17

冷却介质温度1	℃
冷却介质温度1	℃
冷却介质温度1	℃
冷却介质温度1	℃
平均冷却介质温度	℃

附表 3-18

序 号	1	2	3	4	5	6	7	8
$U(V)$								
$I(mA)$								

2) 定子铁心温度的测试数据

附表 3-19

实际冷态温度	℃

附表 3-20

序 号	1	2	3	4	5	6	7	8
时间 t(min)	0	20	40	60	80	100	120	140
温度 T(℃)								

3) 定子绕组平均温升的测试数据

附表 3-21

$I = $____mA

序 号	1	2	3	4	5	6	7	8
时间间隔 t(s)								
$U(V)$								

附 2.3.7　三相鼠笼式异步电动机转子转动惯量测试

专业＿＿＿＿＿＿　　班级＿＿＿＿＿＿　　学号＿＿＿＿＿＿　　姓名＿＿＿＿＿＿
实验组号＿＿＿＿　　同组者＿＿＿＿＿　　室温(℃)＿＿＿＿　　审阅教师＿＿＿＿
被测试设备铭牌数据＿＿＿＿＿＿＿＿＿＿＿＿＿＿＿＿＿＿＿＿＿＿＿＿＿＿＿＿＿＿

1) 电机的机械损耗测试数据

附表 3-22

序　号	联　机			脱　机		
1	U_1(V)	I_1(A)	P_1(W)	U_2(V)	I_2(A)	P_2(W)
2						

2) 绘制用提高电源频率法测定三相鼠笼式异步电动机转动惯量的波形图

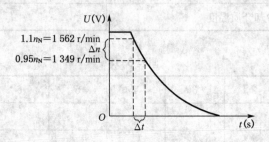

附图 3-2　转速下降波形图

3) 绘制用机械拖动法测定电机的转动惯量的波形图

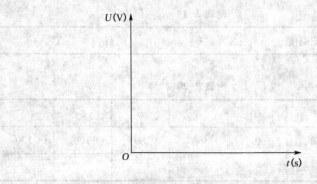

附图 3-3　转速下降波形图

附 2.3.8　三相同步发电机的突然短路测试

专业＿＿＿＿＿＿　　班级＿＿＿＿＿＿　　学号＿＿＿＿＿＿　　姓名＿＿＿＿＿＿
实验组号＿＿＿＿　　同组者＿＿＿＿＿　　室温(℃)＿＿＿＿　　审阅教师＿＿＿＿
被测试设备铭牌数据＿＿＿＿＿＿＿＿＿＿＿＿＿＿＿＿＿＿＿＿＿＿＿＿＿＿＿＿＿＿

1）短路前与短路后的测试数据

附表 3-23

序　号	n(r/min)	U(V)	I(A)	I_f(A)	I_a(A)
短路前					
短路后					

2）摄录和绘制在空载额定电压下三相同步发电机突然短路时瞬间的定子绕组的电流波形以及励磁绕组的电流波形

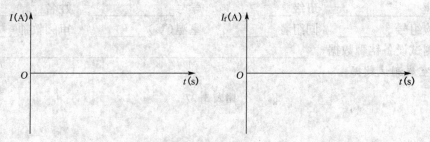

突然短路瞬间A相的电流波形　　　　　　　突然短路瞬间励磁电流的波形

附图 3-4　画出短路瞬间定子绕组电流和励磁电流的波形图

附 2.3.9　三相同步发电机不对称运行

专业_____　　班级_____　　学号_____　　姓名_____
实验组号_____　　同组者_____　　室温(℃)_____　　审阅教师_____
被测试设备铭牌数据_____
1）零序电抗的测试数据

附表 3-24

测量数据	U_0(V)	I_0(A)	P_0(W)
数　值			

2）负序电抗的测试数据

附表 3-25

测量数据	U_1(V)	U_2(V)	U_3(V)	I_1(A)	I_2(A)	I_3(A)	P_1(W)	P_2(W)
数　值								

3）单相短路、相间短路和三相短路不对称运行测试数据

附表 3-26

运行状态	U_1(V)	U_2(V)	U_3(V)	I_1(A)	I_2(A)	I_3(A)	I_a(A)	I_{f2}(A)
空　载　运　行								
单相短路运行								

运行状态	U_1(V)	U_2(V)	U_3(V)	I_1(A)	I_2(A)	I_3(A)	I_a(A)	I_{f2}(A)
相间短路运行								
三相短路运行								

附 2.3.10　三相三绕组变压器

专业＿＿＿＿＿＿　班级＿＿＿＿＿＿　学号＿＿＿＿＿＿　姓名＿＿＿＿＿＿

实验组号＿＿＿＿　同组者＿＿＿＿　室温(℃)＿＿＿＿　审阅教师＿＿＿＿

被测试设备铭牌数据＿＿＿＿＿＿＿＿＿＿＿＿＿＿＿＿＿＿＿＿＿＿＿＿＿＿＿

1）空载测试数据

附表 3-27

2）短路测试数据

附表 3-28

3）负载测试数据

附表 3-29

参 考 文 献

1　顾绳谷主编.电机及拖动基础(上、下).第3版.北京:机械工业出版社,2004
2　陈隆昌等.控制电机.第3版.西安:西安电子科技大学出版社,2000
3　许建国主编.电机与拖动基础.第1版.北京:高等教育出版社,2004
4　张勇主编.电机拖动与控制.第1版.北京:机械工业出版社,2003
5　付家才主编.电机实验与实践.第1版.北京:高等教育出版社,2004
6　付家才主编.电气控制实验与实践.第1版.北京:高等教育出版社,2004
7　付家才主编.电工实验与实践.第1版.北京:高等教育出版社,2004
8　周乐挺主编.电工与电子技术实训.第1版.北京:电子工业出版社,2004
9　郑治同主编.电机实验.第1版.北京:机械工业出版社,1981
10　天煌教仪.DDSZ型电机及电气技术实验装置实验指导书.浙江:天煌科技实业有限公司